ブラックアウト　下

マルク・エルスベルグ
猪股和夫・竹之内悦子＝訳

角川文庫 17507

編集協力：オフィス宮崎
翻訳協力：今井美帆／佐伯美穂／菅谷亜紀

ブラックアウト　下

ヨーロッパ
ロシア
デンマーク
コペンハーゲン
ブロックドルフ原発
ハンブルク
ベルリン
ベラルーシ
グローンデ原発
ポーランド
ラーティンゲン
ドイツ
デュッセルドルフ
ブラウヴァイラー
ウクライナ
プラハ
ボン
チェコ
フィリップスブルク原発
グンドレミンゲン原発
テメリン原発
ペルゼンボイク
ミュンヘン
イプス
ウィーン
フェッセンハイム原発
ブダペスト
オーストリア
スイス
イシュグル
ハンガリー
ルーマニア
ミラノ
トリノ
イタリア
ブルガリア
ローマ
ギリシア

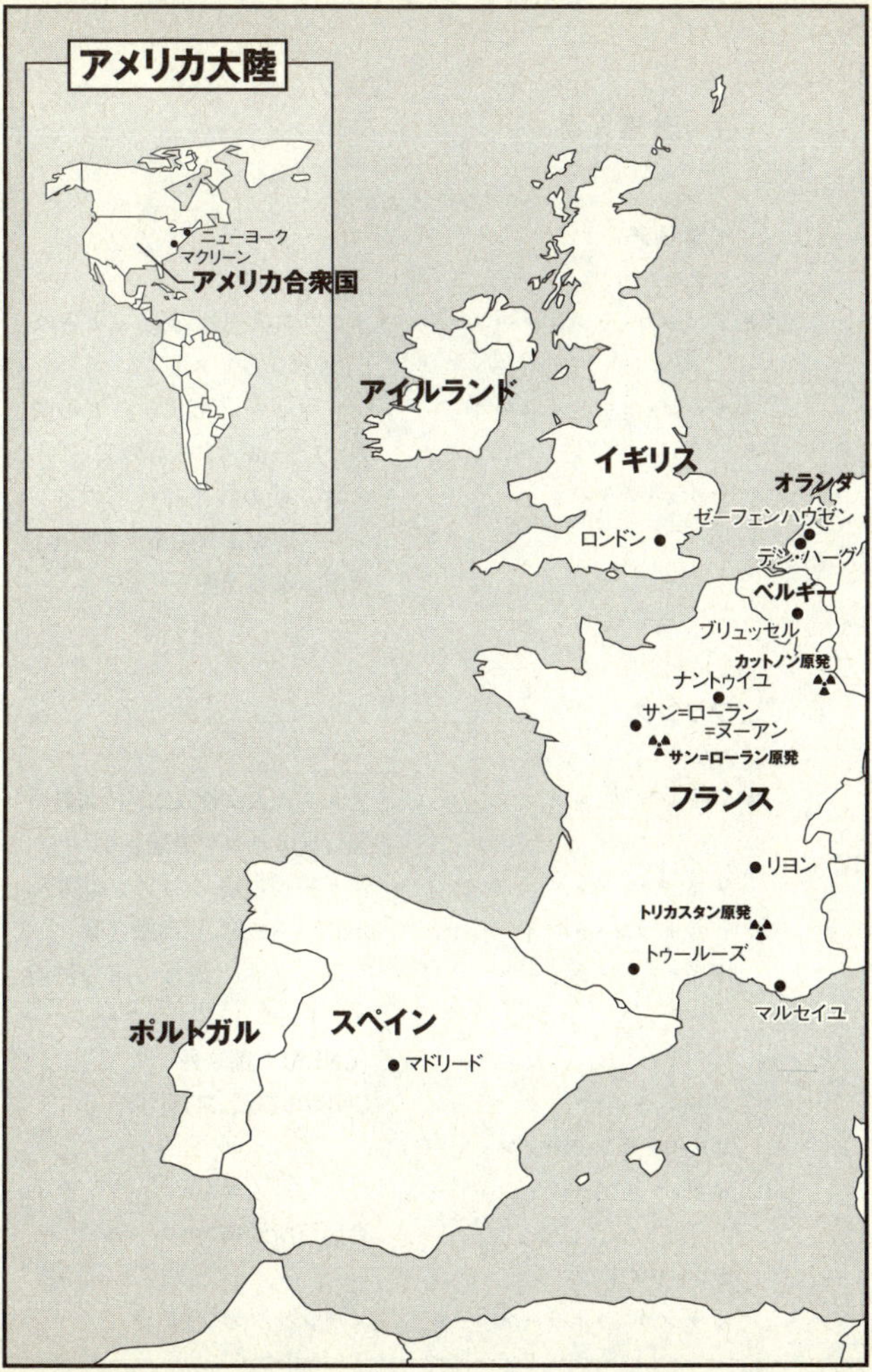

アメリカ大陸
ニューヨーク
マクリーン
アメリカ合衆国
アイルランド
イギリス
ロンドン
オランダ
ゼーフェンハウゼン
デン・ハーグ
ベルギー
ブリュッセル
カットノン原発
ナントゥイユ
サン=ローラン=ヌーアン
サン=ローラン原発
フランス
リヨン
トリカスタン原発
トゥールーズ
マルセイユ
ポルトガル
スペイン
マドリード

主な登場人物

イタリア

ミラノ

★ ピエーロ・マンツァーノ …… イタリア人男性。元ハッカーのITスペシャリスト

カルロ・ボンドーニ …… マンツァーノのアパートの隣人。ララ・ボンドーニの父

マリオ・クラッツォ …… エネル社の技術陣幹部のアシスタントおよび企業広報担当。技術本部の補佐

フランス

パリ

★ ローレン・シャノン …… アメリカ人女性。CNN特派員の同行カメラマン兼運転手

アネット・ドレイユ …… ボラールの姑。シャノンの隣人

ベルトラン・ドレイユ …… ボラールの舅。元高級官僚

ギイ・ブランシャール …… フランス電力公社の電力供給オペレーションセンター（CNES）の部署長

アルベール・プロクテ …… CNESの職員。IT部門チーフ

サン=ローラン=ヌーアン

イヴ・マルポー …… フランスのサン=ローラン原子力発電所勤務のエンジニア

ナントゥイユ

ヴァンサン・ボラール …… フランソワの父親

セレスト・ボラール …………… フランソワの母親

ベルギー

ブリュッセル

★ソニャ・オングストレム ……… スウェーデン人女性。EU情報監視センター（EUMIC）職員

ララ・ボンドーニ ……………… イタリア人女性。ブリュッセルの欧州委員会職員。カルロ・ボンドーニの娘でオングストレムの友人

ゾルターン・ナジ ……………… ハンガリー人男性。EU情報監視センター長

オランダ

デン・ハーグ

★フランソワ・ボラール ………… フランス人男性。ユーロポールのテロ対策部長

ヤニス・クリストポロス ……… ギリシャ人男性。ユーロポール職員。ボラールの部下

ダグ・アーンズビー …………… ユーロポールの情報分析官

カルロス・ルイス ……………… ユーロポール長官

マリー・ボラール ……………… フランソワの妻

ベルナデット・ボラール ……… フランソワの娘

ジョルジュ・ボラール ………… フランソワの息子

ゼーフェンハウゼン

マレン・ハールレーヴェン …… 農場の女主人

ドイツ

ベルリン

★フラウケ・ミヒェルゼン ……… ドイツ人女性。連邦内務省危機管理・国民保護局局長代理

ホルガー・レス ……………… 連邦内務省事務次官

★ユルゲン・ハルトラント ……… ドイツ人男性。連邦刑事局三十五課の刑事

ラーティンゲン

★ジェームズ・ウィックリー …… イギリス人男性。タレファー社のCEO(最高経営責任者)

ヘルマン・ドラゲナウ ………… タレファー社のソフトウェア「SCADA」の開発主任

デュッセルドルフ

ジークムント・フォン=バルスドルフ … ドイツ最大のエネルギー・コンツェルンの役員

ボン

ヘルゲ・ブロックホルスト …… 連邦・州共同状況分析センター(GMLZ)のセンター長

ブラウヴァイラー

ヨッヘン・ペヴァルスキ ……… アンプリオン社の送電網のシステム管理運営責任者

オーストリア

イプス=ペルゼンボイク

ヘルヴィヒ・オーバーシュテッター …… イプス=ペルゼンボイク水力発電所のエンジニア

スペイン

マドリッド

エルナンデス・デュラン ……… スペイン警察技術捜査部隊のサイバー犯罪およびサイバーテロ部門の部長代理

アメリカ合衆国

マクリーン

エルマー・シュレンツ ………… 国家テロ対策センター(NCTC)の捜査官。メキシコシティで潜伏中のテロリストを追う

リチャード・プライス………… シュレンツの上司

司令センター

ホルヘ・プカオ ………………… アルゼンチン人男性。IT専門家。司令センターのリーダー

シティ・ユスフ ………………… インドネシア人男性。IT専門家。司令センターのメンバー

レクエ・ビラビ ………………… ナイジェリア人男性。司令センターのメンバー

ボルドゥイン・フォン=アンゼン ……… ドイツの大富豪。プカオたちの組織に資金提供をしている

六日目　木曜日

ラーティンゲン

ハルトラントは夜明け前に目を覚ました。寝袋からそっと抜け出すと、服を着て、社員用バスルームで朝の身支度を整えた。それでも髭《ひげ》だけは剃《そ》らなかった。

暫定的作戦本部には錠をかけ、出入りできるのはハルトラントと同僚だけだった。中に自分たちのコンピューター、サーバー、データ通信も可能なTETRA無線（ヨーロッパ統一規格に基づく特定用途向け地上基盤無線）を設置した。

タレファー社での作戦に関わる仕事のほか、発電・送電事業者への出動グループの指揮も相変わらずハルトラントの責任であった。自分のノートパソコンを起動し、無線からの最新のデータをチェックした。ベルリンから新たな資料が送られてきた。変電所内の火災の分析だ。実際に六件の火災のうち三件は、出火原因が放火である確率が非常に高かった。火災のあったのはいずれも高圧送電網の変電所だった。ここで電圧を下げるので、電力が中圧送電網に分配できるのである。ここがやられると、その先への送電、全送電網の電圧をより公平に分配すること、そして全送電網全体が機能するようまとめることが難しくなる。調査すべき場所のリストは短かった。クロッペンブルク、ギュストロー、オスターレンフェルト。同僚が複数のリストを作成してくれていた。アルファベット順のリストだけでなく、おおよその出火時間順のリストもあった。それによると、オスターレンフェルトが土曜日、ギュストローが日曜日、クロッペンブルクが火曜日だった。

さらにもう一つ新たに変電所の火災があったという報告もあった。ミンデンで昨晩起きた火災で、その原因はまだ解明されていない。

ハルトラントは地理が不得意というわけではないが、火災現場がどのあたりか、頭に入っていなかった。共有のドイツ地図を呼び出した。ベルリンのオフィスの壁にある大きな地図上でそうしているように、このドイツ地図にもこれまで報告のあった火災がすべて記入してある。現場は北ドイツ全域に広がっていた。

ここにもう一つ新たな火災が加わったわけだ。

同じ部屋でブロンドの大男、同僚のポーレンが寝ぼけまなこでキーを叩《たた》いていた。

「これを見ろよ」とハルトラントが言った。「高圧送電網の変電所三カ所で放火があった」

「北ドイツ全体に散らばっているな」と、ポーレンがコメントした。「破壊工作員の大群でもいるのかな？」

ハルトラントは点をいったん消した。

「火災は同時に起こったわけではなく、時間のずれがある」と説明し、点を次々と加えていった。

「最初は北、それから東、その後西」とポーレンが確認した。「意味をなしていないね」

「まるで誰かが国中を縦横に駆け回って火付けしているみたいだ。しかしもう一つ報告がある。これだ。高圧線の鉄塔が爆破されているのがさらに四本発見された」

ハルトラントはその場所を自分のシステムに入力した。

「残念ながら現地チームは爆破の時間を正確に特定できていない。しかし……」と、言葉を切った。地図上にはすべての点を記入し終えていた。「これだけでもう面白いな」

ハルトラントは火災の三カ所を線で結んだ。東のリューベックからギュストロー、そこから西のクロッペンブルクへと。

「爆破された鉄塔のうち二本はギュストローとクロッペンブルクを結ぶ線のごく近くにある。ちょっとやってみよう」

ハルトラントは、インターネットでルート検索をするように、破壊工作のあった全施設のデータを入力した。その際、データは北から南と東から西とに分けて整理した。今度の線は爆破された鉄塔の一つから始まり、リューベック、シュヴェリン近郊の二基目の鉄塔を経てギュストローに達し、そこからリューネブルクとブレーメンを通ってクロッペンブルクの方向へ向かい、オランダ国境のリンゲンまで伸びた。そこから線は、ビリヤードの球が縁に当たって跳ね返るように戻り、一番新しい火災のあったミンデンで終わった。

「本当に、まるで誰かが計画的に、戦略的に重要な施設の破壊工作をしてまわったように見える」

「それじゃ、残りの施設をすぐ守らないと」とポーレンが大声で言った。

「無駄だよ。高圧送電網の中だけでも何百とあるんだ。全部を監視させるなんてできないよ。警察も連邦軍もそれでなくても手いっぱいなんだから。中・低圧送電網の報告は今まで上がってきていない。でもこっちはドイツ全土で五十万施設以上ある。たとえば旧型の変圧設備なら、君も知っているだろう？　連邦軍全員を投入しても、このうちの半分にしか監視を配置できない。まして鉄塔全部だなんて。でもこの線はルート・モデルになっている。もしこれからも今までと似たようなルートをたどるなら」と言いながら指でリンゲン〜ミンデン・ルートの延長線上をたどった。「今後の攻撃目標になりそうなところをかなり絞り込めるぞ」

「こいつら相当綿密に計画しているな」とポーレンは考えていることを口にした。「給油はできない。それは前もってわかっていた。ということは、前もって回るルートに倉庫を置いておいた。かなりの輸送の手間をかけて」

「それほどでもないよ」とハルトラントが反論した。「仕事がそれだけなら、二、三人いれば足りる。ただ、数カ月はかかるけどな。隠れ家を見つけ、準備し、誰からも疑惑をもたれないように、あるいは後からしっぽをつかまれないように少しずつ備蓄していく。九・一一の犯行を考えてみろ。あれをやったのも軍隊じゃなかった」

ハルトラントは無線機を手に取った。「ベルリンのほうでは何と言うかな？」

デン・ハーグ

「あなたの推測について話し合いましたよ」ボラールがマンツァーノに説明を始めた。「タレファー社のSCADAシステムに関する推測です。官庁間協力手続きの範囲内で、この件はドイツの関係当局が調査します。しかしユーロポールの職員は派遣できません。こちらも人手不足なので」

ボラールは前かがみになり、仕事机に両肘《りょうひじ》をついた。「そこで単刀直入に尋ねます。デュッセルドルフ近郊のラーティンゲンという町に行って、あなたの能力を生かしてみる気はありますか？」

マンツァーノは驚いて目を見開いた。

「ぼくはSCADAの専門家じゃありません」

ボラールがマンツァーノににやりと笑いかけた。

「あなたを信じています、あなたの推論も。でも、SCADAの専門家じゃないというのはどうかな？　もし仮にそうだとしても、あなたはシステム内のエラーがわかる。いま重要なのはそこです。一度報告書をダウンロードしてみるといいかもしれない。すでにうちのネットに入ってきています。ただし、ラーティンゲンにシャワーもトイレもある暖房つきのホテルがあるかどうかは保証できませんが」

「うまいことそそのかしましたね」

「車を一台支給します。報酬についてはきっと折り合いがつけられるでしょう。でもこの件はあなたの彼女には話さないように」

「彼女じゃありません」

「まあ、なんでもいいです。行きますか?」


「もうすぐこの部屋はきみ専用だよ」とマンツァーノは荷物をまとめながらシャノンに言った。

「でかけるの? シャノンは町を一回りして、いくつか短いリポートを持ち帰ったところだった。「どこへ?」

「どこでもいい」

バスルームからトイレの水を流す音が聞こえ、水道の水音がしたと思うと、ボラールが出てきた。

「おや、スター・リポーターだ」とボラールはあざけるように言った。「少し席をはずしてもらえますか?」

シャノンはためらった。ここは自分の部屋でもあるのだから。まあ、本当は違うけど。シャノンはカメラを事務机に置くと部屋を出てドアを外から閉め、ドアに耳をつけた。最初のうちはいくつか単語がわかっただけで、意味をなさなかった。しかし最後の発言は全部わかった。

「ドイツに、機能するインターネット・アクセスがあることを前提にして」とマンツァーノが言ったのだ。

それじゃドイツに行くんだわ。シャノンは熱にうかされたように今後のことを考えた。「タレファー社に派遣された連邦刑事局の職員は必要な装備を持っているでしょう。これが車のキーです。車はホテルのガレージに置いてあります。黒のアウディA4です。オランダのナンバープレートがついていて、満タンにしてあります。この車ならあっという間です。ラーティンゲンまで……」ボラールは地名の最後の音を強調してから言った。

「そして帰りも」

足音が聞こえたので、シャノンはつま先立って二つ先のドアまで走った。そこでずっと前からそうしていたかのように壁にもたれ、腕を組んだ。

ボラールが通りすぎながらうなずいた。

シャノンが部屋に戻ると、マンツァーノはスーツケースとノートパソコンを提げ、出発の準備はできていた。

「楽しかったよ」とシャノンに手を差し伸べた。「また会えるといいな。この件が全部終わってからね。ミラノで取材することもあるかもしれないね。住所は渡したよね？」

シャノンは、マンツァーノが出ていき、ドアが閉まるのを待って、大急ぎで荷物を全部ミリタリーバッグに詰め込み始めた。

ニューヨーク

ブルックリン行き地下鉄A線の車内は乗客でごったがえしていた。トミー・スアレスの周りの乗客は、それぞれ湯気を立てる服から雪を払ったり、電話したり、本を読んだり、空《くう》を見つめたりしている。そのとき電気が消えた。

ブレーキのきしむ音に乗客の叫び声が混じった。周りの乗客の体が激しくぶつかってきた。吊《つり》革が手首に食い込んだ。それから、衝撃で胸部、背中、足に痛みを感じ、まるで自分が洗濯機のドラムの中で脱水中のたくさんの洗濯物の一つにでもなったような気がした。突然地下鉄は停車した。一瞬車内がしんとなった。それから乗客たちは大声でわめき始めた。スアレスはバランスを取り戻した。どうしていいかわからなかった瞬間に感じた腹立たしさに代わって、自分と周りの世界との境界がまた知覚できた安心感を覚えた。非常灯がすべてを不気味な青い光で照らした。スアレスは体が硬直するのを感じた。周りの空間が閉じられ、まるで棺《ひつぎ》に入ったような実にいやな感じだった。意識を集中する必要があった。気持ちを切り替えないと。自分の腹のあたりに髭《ひげ》を生やした男が抱きついていた。車両のいたるところで、倒れた乗客が立ちあがり、助け起こす人もいた。座席に座り直す人、コートの埃《ほこり》を払う人、帽子をかぶり直す人、バッグの中身を確認する人。秩序が戻った。スアレスは自分につかまっている鈍重そうな男を立たせてやり、少し身を引いた。

「大丈夫ですか？」

髭の男は礼を言い、コートを直した。

スアレスの目がだんだん薄明かりに慣れてきた。さっきより少し明るくなったような気がして、自分が少しリラックスするのがわかった。

「けがをした人はいませんか？」と周りに声をかけてみた。

つぶやき声の様子からすると、誰もけがはしていないようだ。

「で？」とずっと前の方から大きな声がした。「動くのかね？」

「だといいですけど」とスアレスの隣にいた女性が言った。

スアレスには、次の駅までどのくらいあるのか、見当がつかなかった。誰も車両の行く手に飛び降りていないといいが。周りの話し声が大きくなった。時計を見た。七時十五分前だ。車掌のアナウンスはなぜないのだろう？

「なんてこと！」と老婦人が大声で言った。「また停電でないといいけど。二〇〇三年の大停電のときはこんな車両に二時間も閉じ込められたわ」

「二時間ですって？」若い女性が叫んだ。その声の奥にスアレスは、伝染性のパニックの響きが感じられた。

「あの時はまだ運がよかった」と老婦人が駄目押しした。「別の……」

その話はやめろ！

「きっとまたすぐ動きますよ」とスアレスは若い女性をなだめた。暗く狭い空間にたくさんの人と一緒にいると、落ち着きを失う人もいる。何時間も我慢しなければならないかもしれないと思ったらなおさらだ。その気持ちはよくわかる。スアレスは物事を悪いほうに考えるのは好きでなかった。特にこんな状況では。「大丈夫ですよ」

若者が携帯電話をかけていた。「こいつも使えない」

「地下にいるんだからしょうがないでしょう」と、スアレスの腹につかまっていた髭の男が言った。「最近の機械は、必要なときに限って役に立たないんだから」

「いつもはちゃんとかかるんだ」と若者が言い張った。

「もしこのままだったらどうしますかね？」と、ブリーフケースを腕に抱えた男が尋ねた。

「このままですって？」と別の女性が聞き返した。女性の着ているアノラックが光った。襟にフェイクファーがついている。スアレスは、なんでそんなことに注意が向いたのか、わからなかった。その女性は香水の匂いがした。強すぎるし甘すぎる香りだ。

「明かりもつかない、電車は動かない」

「そのとおり」さっきの老婦人がまた話に割り込んできた。「待つ。待って凍えるのよ」

スアレスはその横っ面に一発お見舞いして黙らせたいところだった。でもそんなことをしたら母親に平手打ちするようなものだろう。

「落ち着いて指示を待ちましょう」とアノラックの女性が答えた。

「落ち着いています」

「あそこに書いてあるでしょう」とアノラックの女性はドア脇のステッカーを指した。

「非常停車した場合の注意」

「こんなに暗くちゃだれにも読めやしない」と髭の男がぶつぶつ言った。

「ホーム以外で停車した場合、指示があるまで車両を離れないでください」アノラックの女性がきっぱりとした口調で読み上げた。

「指示を与える人がいるなら……」

スアレスは人々のいらいらした声がいやだった。人々の中に不安が広がるのが感じられた。

「もしこっちも同じ状況になったのだとしたら?」とアノラックの女性が言った。「ヨーロッパみたいに」

先ほどの若い女性は完全にパニックに陥り、しくしく泣いたかと思うと、叫び出した。スアレスは自分の体がまた硬直し、若い女のパニックが自分にも周りの人にも伝染したのに気がついた。自制し、女を怒鳴りつけないようにしなければ。怒鳴る代わりに慰め、肩をたたき、腕をとろうとした。

若い女は腕を振り回して暴れ、ますますヒステリックになった。

「離して！　降りるんだから！」

デン・ハーグ

「こちらへどうぞ」と男たちの一人が大声で言った。

マンツァーノが出発した後、監視役はユーロポールに引き上げようとしていた。

「お伝えすることが二つあります」と監視役の一人が言った。「まず、あのジャーナリストですが、マンツァーノの出発後すぐ、同じように出発しました。どこへ行くのかは、わかりません」

「あいつの後を追っていったのかもしれん」とボラールが言った。「いいネタを提供しているから」

「それからこれです。今になって見つけました。出発直前にメールを送信したに違いありません」

監視役のディスプレイ上にメールが表示されていた。内容は全部英語だった。「タレファー社へ。バグをさがす。何も見つからないだろう。新しいことがわかったら連絡する」

こんなことだろうと思っていた、とボラールは心の中で大声で怒鳴った。

「宛先《あてさき》は?」

「ロシアのアドレスです。Mata@radna.ru です。それ以上はまだわかりません」

「調べてくれ。なんで今頃わかったんだ？」

「なんとかしてこっそり送信したに違いありません」

「それともきみたちが鼻でもほじっていたか？」

何も見つからないだろう、だって？　どうしてマンツァーノにそんなことがわかるんだ。それとも何か見つかるのを防ごうというのか？　それならいったいなぜ、タレファー社の情報を提供したのか？　タレファー社に近づくためか？　自分がタレファー社に派遣されることは計算に入れられなかったのか？　もし仮にボラールが先に言いださなかったら、マンツァーノのほうからそれを提案したのかもしれない。あのイタリア人がこんなにあからさまなメールを送ったことが、ボラールには奇妙に思われた。ユーロポールに監視されていることは計算済みに違いない。ボラールはこの件を長官に報告する必要があった。というのも、もしその背後に何かあるなら、このメールは最初の有力な手がかりだからだ。狩猟本能で体が熱くなるのを感じた。

「長官はどこにいる？」

「ブライトシャイトの宿舎です」

ボラールは電話をとり、長官に電話した。長官補佐に電話の緊急性を納得させ、つないでもらうまでに長くはかからなかった。簡潔に事態を説明した。ボラールは長官が断定するのを予想していた。

「これ以上の危険は冒せない。タレファーの件を担当している連邦刑事局の男に連絡したまえ。名前はなんと言ったかな？」

「ハルトラントです」とボラールが答えた。

「そうだ。連邦刑事局にそのイタリア人を逮捕させなさい。向こうが何を探り出すか、様子を見よう。きっとCIAが喜んで手を貸してくれるだろう」

どうしてアメリカの諜報《ちょうほう》機関が出てくるんだ？

「どうしてCIAなのですか？」

「ニュースはまだそちらに届いていないのかね？」

「何のニュースですか？」

ベルリン

「アメリカ？」

内務省の作戦本部は一瞬まるでスナップショットでとらえたように固まった。それぞれが動作の途中でそのまま固まり、残された数少ない画面と事務次官の顔を見つめた。時計は十四時を少し回っていた。

「こっちと同じことが？」と誰かが尋ねた。

レス事務次官はうなずいた。耳に受話器を押しつけたままで、何度もうなずいた。ミヒェルゼンの視線はテレビと事務次官の間を行ったり来たりした。

「それが事実なら」と隣の女性職員がささやいた。「クソッ！　あらごめんなさい、はしたない」

レスは受話器を置いた。

「アメリカの送電網の大部分が麻痺《まひ》したことを外務省が確認した」

「偶然じゃないな」と誰かが言った。「ヨーロッパから一週間もたっていない」

「これでアメリカからの援助も当てにできなくなった」ミヒェルゼンはきっぱりと言った。

「西側陣営は砲火にさらされている」とレスが断言した。

「NATO最高司令部は今緊急会議中だ」

「最高司令部はロシアか中国の仕業とは思っていない？」

「あらゆる可能性を検討せざるを得ない」

「天よ助けたまえ」とミヒェルゼンはつぶやいた。

司令センター

アメリカの送電網は実はヨーロッパより簡単だった。ヨーロッパに比べて安全対策が十分でないし、インターネットとより密につながっているからだ。しかしゼロデイアタック（ソフトの発表前にセキュリティホールを攻撃すること）のいくつかは、あれ以上早くできなかった。ヨーロッパとアメリカと同時に攻撃できればもっとよかったのだが。しかしあの形でもいい。もしかするとそのほうがよかったかもしれない。ヨーロッパへの攻撃の糸を引いているのが誰か、約一週間前から世界中が頭をひねっていた。アメリカの停電は新たな噂の材料を提供するだろう。必ずや軍隊が今まで以上に集中的に介入してくる。これだけ攻撃が広範だと、どこかの国が糸を引いているのではないかと思うだろう。イランから、北朝鮮、中国、ロシアまで。今挙げた国をはじめ、いくつもの国が、西側の重要インフラのコンピューターシステムに侵入しているという指摘が数年前からあった。誰かがこうして蒔《ま》いておいた種を収穫し、売り飛ばしているのだ。

しかし誰が？　もちろん誰もが自分ではないと言うだろう。実に簡単なことだ。手がかりを遡《さかのぼ》って真犯人にたどり着くことは誰にもできない。グローバルネットの中で、手がかりがあまりに簡単に消し去られてしまうからだ。理論には限界がある。警察や軍隊、諜報機関は、無数の新たな手がかりを追いかけ、指摘に従い、あらゆる方面をさがし、資金を分配し、弱体化した。戦争か？　テロか？　犯罪か？　そのすべてか？　もっと恐るべきは、心理的効果だ。

最後に残った世界の超大国は、すでに経済危機で打ちのめされていて、今回も防衛できなかった。この攻撃に比べれば、真珠湾攻撃やニューヨークとワシントンの九・一一同時多発テロは、虫に刺されたくらいのものでしかない。アメリカ国民も今回は、どこか遠い世界の片隅に軍隊を送ればすむというわけにはいかないことに、間もなく気がつくだろう。今回はどこに派兵したらいいのかわからないのだから。そしてアメリカ国民は自分たちがいかに無力かに気がつくだろう。もうとっくに自分たちを裕福だとも、ましてや特別な存在だとも思わなくなっているのに、これから来るものより過去にしがみつくことを優先させたのだ。彼らは自分たちが孤立してしまったことに気がつくだろう。実は、とっくの昔からそうなっていたのだ。新たな行動の時代は始まっていた。誰もが自分のテリトリーを自分で作らざるを得ない、作ってよい、作ることができる時代が。

ラーティンゲン

ハンドルを握るとすぐ、マンツァーノは受信できるラジオ局をさがしたが、スピーカーからはノイズが聞こえるばかりだった。それでその後は音なしで運転した。この数日の興奮の後ではそれも悪くない。

ナビゲーションシステムに従っていくと、アウトバーンを下りてから、町はずれの一軒家の並ぶ集落を経て、十五階建てのガラスとコンクリートでできた建物に着いた。建物正面の上の方に、「タレファー株式会社」の文字が鎮座している。マンツァーノは車を一般用駐車場に停めるとノートパソコンを持って車を降りた。残りの荷物はとりあえず車に残した。

受付でユルゲン・ハルトラントを呼んでもらった。二分後、スポーツマンタイプの同い年ぐらいの男が迎えにきた。とっくり襟の船員が着るような厚いセーターにジーンズ姿だった。水色の目が素早くマンツァーノを観察した。年下の連れが二人いた。二人とも短髪で、やはりよく鍛えられた体をしている。その二人もカジュアルな服装だった。

「ユルゲン・ハルトラントです」と、年上の男が名乗った。「ピエーロ・マンツァーノ？」

マンツァーノがうなずくと、先ほどの二人がマンツァーノの左右に立った。

「ご案内します」ハルトラントがほとんど訛《なま》りのない英語で言った。同僚の紹介はしなかった。ハルトラントはマンツァーノを小さな会議室に案内した。部屋に入ると、ハルトラントは自分でドアを閉め、同僚の一人がドアの前に立った。

「おかけください。デン・ハーグのユーロポールから知らせが来ています。保安の関係でまずあなたのパソコンを調べさせていただきます」

マンツァーノは額にしわを寄せた。「これはわたしの私物です」

「なにか隠すことがあるのですか、マンツァーノさん？」

マンツァーノは不快な感じを持ち始めた。この態度はいったい何だ？　ここに来てくれと頼んだのじゃないのか？　ハルトラントの口調が気に入らなかった。

「いいえ。でもこれはプライバシーの領域です」

「ではやり方を変えましょう」とハルトラントが提案した。「Mata@radna.ru が誰のことか説明してください」

「何者ですか？」

「それはこちらが聞いているんです。このアドレスにメールを送信していますね？」

「してません。もしそうだとしても、どうしてあなたがそれを知っているんですか？」

「ＩＴに詳しく、他人のパソコンを覗《のぞ》けるのはあなただけじゃありません。ユーロポールはもちろんあなたを監視していました。それで、Mata@radna.ru とは誰なんですか？」

「繰り返します。ぼくは知りません」

ハルトラントに同行したうちの一人が、マンツァーノのノートパソコンを取り上げた。抵抗する暇はなかった。マンツァーノはさっと立ちあがった。ハルトラントのもう一人の同僚がマンツァーノを椅子に押し戻した。

「いったい何事です？」マンツァーノは大声を出した。「ここであなたのお手伝いをするつもりで来たのに」

「最初はこちらもそのつもりでした」とハルトラントは答えながら、ノートパソコンをバッグから取り出し、電源を入れた。

「それなら帰りますよ」とマンツァーノが言った。

「そうはさせない」とハルトラントが画面を見つめたまま答えた。

マンツァーノは立ちあがろうとしたが、また押さえつけられた。

「そのまま座っていてください」とハルトラントが命令し、パソコンをマンツァーノに向けて言った。「Mata@radna.ru にはメールを送っていないわけですね?」

ディスプレイ上に、自分のアドレスからハルトラントの言ったアドレスへのメールが出ていた。

「タレファー社へ。バグをさがす。何も見つからないだろう。新しいことがわかったら連絡する」

マンツァーノはメールをもう一度読んだ。黙ってハルトラントを見た。それから思わずまた画面を見つめた。ついにこう言った。「このメールは書いてもいないし送信もしていません」

ハルトラントは頭をかいた。「でもこれはあなたのパソコンには違いないでしょう?」

マンツァーノはうなずいた。考えが駆け巡った。メールの送信時刻を見た。デン・ハーグを出発したのがだいたいその頃だ。腕を胸の前に組んだ。「ぼくは書いてません。誰の仕業か見当もつきません。パソコンを調べてください。もしかすると操作されているのかもしれない。自分で調べてみたいところですが。でも許可してくれないでしょうから」

「そのとおり。パソコンはこちらで調べます」ハルトラントがパソコンを同僚の一人に渡すと、その男はパソコンを持って部屋を出ていった。「その間にあなたのメールの宛《あて》先《さき》について少し話をしましょう」

「お話しすることはありません」とマンツァーノが答えた。「このメールもアドレスも知りません。だからこの件については何もお話しすることがありません」

その間マンツァーノは、このメッセージがどうやって自分のアカウントから送信されたのか懸命に考えた。二つの可能性しか思いつかない。「あなた自身が言っていましたよね、ぼくのパソコンをユーロポールで盗聴していたと。ユーロポールにこのメールを書いた人がいないか、調べてください」

「どうしてユーロポールが偽のメールをあなたのせいにしなきゃならないのかね？」

「ぼくを困らせるため、ぼくの目を他に向けさせるため、間違った手掛かりを与えるためかな？　わかりません」マンツァーノは気分を害していた。警察に事情聴取されたことはたびたびあった。しかしそれは昔の話だ。最近の逮捕では警察がなにか証拠を挙げることができて、保護観察処分になった。当時は犯罪といってもかなり罪のないものだった。「あるいは」とマンツァーノは続けた。「別の誰かがぼくのパソコンに不正侵入して、このメールを押しつけようとした。理由はともあれ。そしてあなたはすぐそれに引っかかった」

これまでの自分の人生に、味方しかいなかったわけではない。でも自分にこんなとんでもないことをしでかすような敵、ましてや、そんなことができる敵はいなかった。パソコンはもちろん十分にハッカー対策をしていたからだ。それでも侵入できるのは、トップレベルのハッカーだ。さらにこの誰かは間違いなく、自分の滞在先と計画について知っているはずだ。とするとユーロポールの人間しかいない。

「素晴らしい推論ですね」とハルトラントが答えた。「あの時点であなた以外誰がここに来ることになると知っていたと言うんです？」

「ユーロポールのフランソワ・ボラール。それと何人か同僚に知らせているかもしれない。それはわかりません」

「ユーロポールの長官と数人の同僚でしょう」とハルトラントが答えた。「ボラールに尋ねました」

「あなたに本当のことを話しているといいですが」

あのフランス人が自分をあまり好いていなかったことにマンツァーノは気がついていた。でもだからといってなぜこんなことを？　他の誰にこの話をしたか考えてみた。シャノンには話していない。

「それで全員ですか？」ハルトラントが聞いた。

「はい」

ハルトラントは自分のコンピューターでファイルを呼び出しているようだった。「あなたはピエーロ・マンツァーノ。少なくとも八〇年代と九〇年代には輝かしいハッカーで、しかも政治的活動家……」

「少し言い過ぎです。いくつかデモには参加しました。わたしの故郷には、対抗せざるを得ない悪い状況があったし、今もそれは変わっていないのでね。ごく普通の憂慮する市民としてです」

「二〇〇一年のジェノヴァのG8サミットでは、短期間ではあるが逮捕されている」と
ハルトラントはかまわず続けた。

「やれやれ！　あのときジェノヴァで警察が何をしたかご存じないんですか？　何十人もの警官が、その中には管理職もいましたが、その後この件に関する裁判で有罪になったほどですよ！　イタリアのグロテスクな時効法を阻止しただけなのに、参加者の多くがそのために監獄にまで入らなければならなかったんです！」

「さらにあなたはコンピューターネットワークへの不正侵入で判決を受けた……」

「ご親切にどうも。ぼくの生涯を語っていただくには及びません。自分のしたことはわかっていますから……」

「誰かがヨーロッパとアメリカに攻撃を仕掛けている！　そしてあなたのメールでは……」

「ちょっと、ちょっと待ってください。どうしてアメリカなんですか？」

「……あなたがこの誰かと接触したという疑いを抱いても不思議ではない」

このときマンツァーノは、顔から血の気が全部引き、手、腕、足先、脚からも引いて、それがすごい勢いで心臓に流れ込み、心臓が喉《のど》から飛び出そうにどきどきし始めたのを感じた。

自分、ピエーロ・マンツァーノは、この災害の首謀者の一人だと疑われている。このハルトラントはマンツァーノを政治的サイバー攻撃の活動家と呼んだ。マンツァーノを

テロリストだと思っている！

「そ……そんなのは……ばかげている」

どうして言葉につまってしまったのか？　ハルトラントにはこの状況ではそれが自白のように聞こえたに違いない。マンツァーノは自分が無実であるとわかっている。舌がもつれたのは、全身を這《は》いまわり、血液を体から、そして意識を脳から追い出してしまった不安のせいだった。

「それはこちらで調べてみましょう」とハルトラントは答え、眉間《みけん》に深い皺《しわ》を寄せた。

「そうすればきっと……ところでアメリカというのはいったい何なんですか？」

「ここに着くまでの間にラジオを聞かなかったんですか？」

「どこの局も放送できないようでした」

「アメリカ合衆国で今朝こちらと似たような事態が発生したんです。アメリカのかなりの地域が停電しています」

「そんな……冗談でしょう？」

「いいですか、わたしは冗談を言うような人間ではありません。ＣＩＡがあなたに関心を持つ前に自白を始めたほうがいいですよ」

シャノンはポルシェの狭い後部座席に置いたダウンジャケットをつかみ、着込んだ。車内が寒くなってきた。一時間前から、少し町を外れたところに建つ巨大なオフィスビルの前の駐車場で待っていた。屋上に「タレファー株式会社」という巨大な文字が書かれている。普段だったら携帯のネットでどんな会社なのか調べただろう。しかし今は普通の状況ではない。ラジオをつけずに待っているのは、静かで退屈だった。

車を降り、駐車場を横切った。何台か車が停まっていた。ここには非常用電源があるのかもしれない。

受付ホールにはぽつんと一人女性が座り、シャノンを見ると目をみはって挨拶《あいさつ》した。

「どんなご用件でしょうか？」

シャノンはこっそり周囲を見回した。女性の座っている受付には、小さなスタンドに社名が目立つように書かれたパンフレットが置いてあった。ドイツ語版、英語版、すばらしい。

「英語は話しますか？」とシャノンは尋ねた。

「はい」

「道に迷ったみたいなんです。ラーティンゲンに行きたいんですけど」

相手の顔が明るくなった。たどたどしい英語で、駐車場を出て通りを右に行けば、一キロでラーティンゲンだと説明した。

シャノンは礼を言い、ついでにパンフレットを一つ取ってポケットに入れた。

「バーイ」

車に戻り、ジャケットの前を重ねて暖かくすると、パンフレットを読み始めた。読みながらときどき、マンツァーノが入って行った入り口に目をやった。

ナントゥイユ

「なくなった」ベルトラン・ドレイユはこう言って、空になった薬の袋を振った。「すぐに新しいのが要る」

「でも家を出てはいけないのよ」と妻のアネット・ドレイユは反対した。

「家のすぐ前で車に乗るよ。それなら何も起こらないだろう？」

ベルトラン・ドレイユがキッチンに入っていくと、妻もついてきた。セレスト・ボラールがテーブルにつき、鶏の羽をむしっていた。羽は大きな籠《かご》に入れていたが、キッチンの床にも少し散らばっていた。

「ここ何年もこんなことしてないのに」とため息をついた。「この作業がこんなに大変だってすっかり忘れていたわ」

反対側にあるドアから夫のヴァンサン・ボラールが息を弾ませて入ってきた。薪をいっぱい詰めた籠を両手に一つずつ持っている。籠をどしんと床に置いた。

「一番近い、開いている薬局はどこかわかりますか？」と、ベルトラン・ドレイユが尋ねた。

「行ってみないとわからないな」とヴァンサン・ボラールが答えた。「急ぎかな？」

「ええ、わたしの心臓の薬でね」

ボラールはうなずいただけだった。

ボラールの妻がアネット・ドレイユに目くばせした。

「本当は外出してはいけないんだ」とボラールは荒い息をして喘《あえ》ぐように言った。「しかし用事があるなら、出かけなくては」妻の頰にキスをして言った。「すぐ戻るから」

ラーティンゲン

二時間にわたり、ハルトラントはマンツァーノに尋問を続けていた。

「何も見つからない、というのはどういう意味だ？　本当は何か見つかるはずなのに、きみが、それを見つからないようにするということか？　それとも何も見つかるものがないのか？　システムにアクセスし、そこからシステムを操作できるとでも思うのか？　誰に何について新しいことがわかったら知らせるんだ？　今までにどんな秘密を漏らしてきた？」

終わりのない質問攻め。マンツァーノも質問で答えた。

「どうしてぼくがそんな間抜けたことをしなきゃならないんです？　そういうメッセージを暗号化もしないで送信するなんて。どうしてぼくが送信直後にそのメッセージを完全に消去しなかったんです？」

尋問の合間にもハルトラントはたびたび部屋を出て、マンツァーノを一人にした。しかしその度にドアの鍵《かぎ》をかけた。三十分くらい前からハルトラントはまたマンツァーノの前に座り、目をそらさずマンツァーノに同じ質問を繰り返している。

ハルトラントに対して違った答えをすることはない。マンツァーノは自信を取り戻していた。ハルトラントに自分の無実を納得させるには、これが一番よい方法だ。尋問の間に、いったいどうやってハルトラントは自分のノートパソコンにアクセスし、調べることができたのだろうと考えた。

ドアが開き、ハルトラントの同僚の一人が入ってきた。手にはマンツァーノのパソコンを持っている。その男はハルトラントの前のテーブルにパソコンを置いた。ハルトラントはマンツァーノから目を離さなかった。

「特別変わったところは見つかりませんでした」とその男が言った。

マンツァーノはうめき声をあげ、白目をむきだした。「一度ぼくが調べます。もうこれであなた方はチェックしましたよね。ハードディスクのコピーはどっちにしろ作ったでしょうから」

「その代わり、別のメールを見つけました。そのメールであなたはデン・ハーグでの滞在についての情報をいろいろなアドレスに送信していました」

マンツァーノは鳩尾《みぞおち》を殴られたように感じた。「馬鹿げている！」と大声で言った。

「いったいぼくをどうしようって言うんです？」

ハルトラントはモニターを開け、マンツァーノのほうに向けた。

「たとえばこれは一昨日《おととい》のメール」

ハルトラントは立ちあがり、テーブルを回り込んで、ほとんど体が触れ合うほどマンツァーノに近づき、テーブルに両腕をついて読み上げた。

「リーダー、F・ボラールとうまく接触。向こうはぼくを信頼していると思う。SCADAのメーカーについてのデータを要求した」

ハルトラントがウィンドウを閉じると、別の画面が現れた。

「あるいは、これは昨日のメールだ。『タレファー説を慎重に検討した。向こうがこれに飛びつくかどうか』」

マンツァーノは唖然《あぜん》として画面を見つめた。

「ぼくは書いていません」と小さな声で言った。「どこからこれがまぎれ込んだのか見当もつきません」

このメールはマンツァーノのデン・ハーグ滞在中に送信されたものだった。ユーロポールが何らかの理由で何かをなすりつけようというのか？　身代わりが必要なのか？　誰かがぼくの昔の活動に対して復讐《ふくしゅう》しようとしているのか？

「わたしから見るとあなたは立派なハッカーですな」とハルトラントは言って、上体を起こした。「マンツァーノさん、われわれはあなたを逮捕します。あなたには弁護士を立てる権利があります……」

マンツァーノはもう聞いていなかった。頭の中ではいろいろな考えが渦巻いていた。誰かが数日前から自分の足取りを追っていて、ボラールや他の人と話した内容、ユーロポールが自分をドイツに派遣したことまで知っている。そのどれもコンピューターにメモしても、記録しても、書き込んでもいない。知っているとすればその場にいた人間だけのはずだ。マンツァーノには二つの可能性しか思い浮かばなかった。ユーロポールの誰かが結託して、マンツァーノを陥れようとしている。あるいはユーロポール以外の人間がずっと会話を、聴き、見ていた？　マンツァーノの中にとてつもない疑惑が芽生えた。ハルトラントに向かって口にしてもしかたがないくらい、突飛に思える疑惑だった。

しかしマンツァーノはその疑惑を結局それほど的外れとは思わなかった。ヨーロッパの送電網を麻痺《まひ》させることができる者にとっては、おそらくユーロポールのＩＴの安全対策もそれほど大きな障害でない。立つように言われ、マンツァーノはまるでロボットのように従った。上腕をつかまれるのを感じたが、その腕が自分のものでないような気がした。頭のほうはシナリオをどんどん展開させていった。マンツァーノもかつて面白半分に企業内ネットワークに不正侵入し、ユーザーにまったく気づかれずに、コンピューターの社内マイクとカメラを作動させたことがある。そうやって簡単にユーザーの会話を追跡することができたのだ。マンツァーノの想像力は次々と新手の策を思いついていった。攻撃者たちが本当に犠牲者のセキュリティ対策の構造に穴を開けたのだったら、ユーロポールのセキュリティを無傷のまま放っておくなんてことがあるだろうか？　攻撃者が覗《のぞ》き見していない、盗聴していないところなどあるのだろうか？　政府は？　EUは？　NATOは？　マンツァーノは、ハルトラントに腕をつかまれたまま駐車場へ行き、車に乗せられたのにほとんど気づいていなかった。

しかしそれなら攻撃者たちはなぜ自分の周りを狙って不正侵入したのか？　タレファー社という有力な手掛かりを自分がつかんだので邪魔になって排除しようとしたのか？

マンツァーノは激しく首を振った。感覚が戻ってきた。説明は単純にする必要がある。

セダンの後部座席に座り、隣にはハルトラントがいた。運転はハルトラントの同僚がしていると、今になって気がついた。

「どこへ向かっているのですか？」

「きみは拘留される。そちらでわれわれは尋問を続ける。連邦情報局もきみに興味があると言ってきている」

「尋問なんかできませんよ！　ぼくはこの件とは何の関係もないんだから」

連邦情報局が興味を示しているなら、CIAだってきっとすぐに触手を伸ばしてくるだろう。アメリカも同じような攻撃を受けたのだから。大統領さえも是認しているアメリカ諜報《ちようほう》機関の尋問方法を考えると、マンツァーノは不安のあまり気分が悪くなった。

ナントゥイユ

アネット・ドレイユは、車が家の前に停まった音を聞くと、急いで廊下に出た。二人の男は白い息を吐きながら入ってくるとすぐドアを閉めた。

夫が薬の包みを高く掲げたので、アネット・ドレイユはほっとした。

夫は包みを大きな手で握りつぶした。包みは前の、空になったものだったのだ。

「手に入らなかった」と夫が言った。「今はどこにも在庫がない」

デュッセルドルフ

ハルトラントの車が駐車場に乗り入れた。その脇には大きな建物がいくつか連なっている。駐車スペースのいくつかを轟音《ごうおん》を上げる発電機が占領し、その排気が空気を汚していた。太いケーブルの束が幅の狭い花壇を通り、建物に向かって蛇行している。

乗っていたのは三十分ほどだった。通りすぎた標識から、マンツァーノは車がデュッセルドルフに入ったのを知った。おそらく地方の警察本部に連れていかれるか、まっすぐ刑務所行きになるかどちらかだろう。

投獄されれば初めての体験だった。前のときは尋問はされたが、そのあと家に帰れた。しかし家は遠い。

連邦情報局もきみに興味があると言ってきている、だって？　興味をもったのが連邦情報局だけだとしても、その手中には落ちたくなかった。

車を降りると寒気がした。ハルトラントは、手錠をはめるには及ばないと考えた。

「どうしてもすぐトイレへ行きたいんですが」とマンツァーノが言った。「建物に入るまで待てない。ここで用を足していいですか？」

ハルトラントはマンツァーノをじろっと見た。

「ズボンにされるよりは……」

マンツァーノは発電機のそばへ行った。ハルトラントと同僚の刑事が一人ついてきた。マンツァーノは発電機の横に立ち、二人にちょっと視線を向け、目でプライバシーを守る最低限の距離を要求し、ズボンのボタンをはずした。二人はマンツァーノの要求を無視し、すぐ後ろから動かなかった。発電機とケーブルの束をこっそり観察する間も、二人の呼吸が聞こえた。これではどうにもならない。マンツァーノは振り向いて、刑事に向かって放尿した。

「こいつ！」

その男は飛びのいた。今度はハルトラントに向けた。ハルトラントも本能的に数歩下がり、同僚と同じように自分のズボンを見た。その瞬間をとらえて、マンツァーノは駆け出した。

大股《おおまた》に駐車場を横切って、狂ったように走りながらズボンの前を閉めた。後ろで二人の叫び声が聞こえた。

「止まれ！　止まりなさい」

そんな気はない。マンツァーノはよくジョギングをしていた。訓練を積んだ警官に対抗できるかどうかはそのうちわかるだろう。叫ぶ声がほとんど聞こえないほど、耳の中で血液がどくどくと大きな音を立てている。二人のどちらかは車で追ってくるだろう。足が地面にふれていないのではないかと思うほど飛ぶように走った。どこか曲がれる角はないか？　急いで、目を皿のようにして探した。

また誰かが何か叫んだが、何を言っているのかはわからなかった。すぐ先の脇道に走り込んだ。ここでもそう簡単には逃げ切れないことがすぐわかった。次の曲がり角まで行くしかない。背後に猛スピードで追ってくる足音が聞こえる。一人なのか二人なのかはわからない。呼吸音のほうが鼓動の音より大きくなりそうだ。額には汗をかいているのがわかった。今度は車のエンジンが轟音を立てた。前方に庭が見えた。人の背丈より高い生垣のある柵《さく》に囲まれている。なお数歩走り、柵をよじ登って向こう側に飛び下りた。背後には罵《ののし》る声、きしむブレーキの音。マンツァーノは家を目指して走った。大きな邸宅だった。窓は暗い。建物の脇を通りすぎると、その向こうに庭が広がっており、やはり生垣と柵がある。その向こうに何が待ち受けているのか、マンツァーノには見えなかった。飛びつくと柵の上の縁が握れた。体を引き上げ、柵を越えて反対側に転げ落ちた。落ちたところは歩道だった。先を急いだ。このスピードをそう長くは保てないだろうということがだんだんわかってきた。

　また誰かが叫ぶ声が聞こえた。ということは追跡を振り切ってはいない。それどころか、声はとても近いところから聞こえてくるようだった。何を叫んでいるのかわからない。バンと大きな音がした。マンツァーノは脇道をそのまま走り続けた。前方にまた交差点がある。再びバンという音。その瞬間マンツァーノは右の腿《もも》に鈍い痛みを感じた。つまずいたが走り続けた。しかし気づくと速度が落ちている。突然後ろから突き飛ばされ、地面に投げ出された。抵抗する間もなく、腕は痛いほど後ろにねじあげられ、丸みを帯びたものが背中に押しつけられた。金属のパチンという音が聞こえ、冷たい手錠が手首にかちりと掛けられた。

「馬鹿野郎」と、完全に息を切らした男が喘《あえ》ぎながら言う声が聞こえた。「もうちょっとまともなやつかと思っていた」

　マンツァーノは自分の脚に手が当てられるのを感じた。

「見せなさい」

　今になって痛みを感じた。右腿に、まるで熱く熱した鉄を押しつけられたような痛みがあった。

「骨まではいってない」もう一人が言って、腋《わき》の下に手を差し入れて上体を起こした。

「立てるか？」

　マンツァーノは朦朧《もうろう》としてうなずいた。右脚に力を入れようとすると、がくっとなった。もう一人が支えた。デュッセルドルフまで車を運転してきた男だった。マンツァーノは痛みのおおもとをさがした。ジーンズの右側が腰の下でぼろぼろになり、その周りに大きな黒っぽいしみができていた。支えていた男がマンツァーノを柵に寄りかからせた。

「もうこれ以上馬鹿なことはするな」と男が言った。

次の角で車は曲がり、マンツァーノは警察署の建物に連れて行かれた。車が停まると、ハルトラントが降りた。

「包帯が要ります」とマンツァーノを追ってきた男が言った。ハルトラントはマンツァーノに近づき、一瞬目を覗きこんで、無言で首を振った。それから傷を調べ、また首を振った。もう一人は、ハルトラントがトランクから救急箱をとってくる間、車内で厳重に見張っていた。

その間マンツァーノは傷口を仔細《しさい》に眺めた。「なにがあったんだ?」

まるで医者のようにハルトラントは止血用の圧迫包帯をして、その上から腿に包帯を巻いた。

「軽い弾傷を受けた。大したことはない」

自分でも驚いたことに、ショックを受けるよりもまず怒りが湧いてきた。

「あなた方がぼくを撃った?」と叫んだ。

「逃げる必要はなかったろうに」

「無実のぼくを投獄しようとしたからだ！」

「無実だという主張と、未遂とはいえ逃亡したこととはつじつまが合わないから、きみの言うことは信じられない。ついてきなさい」

ハルトラントは車の後部座席に毛布を広げた。「あちこちにしみをつけられても困るのでね。さあ乗って」

ベルリン

「その点についてはまったく手がかりすらありません」とＮＡＴＯの軍司令官が認めた。

危機対策本部会議室の十台のモニター画面がいずれも四分割され、分割画面には少なくとも一つずつ顔があった。会議にはＥＵの大部分の国の首脳あるいは外務大臣、ブリュッセルの本部から参加したＮＡＴＯの軍司令官六名、アメリカ合衆国大統領が参加していた。それぞれの画面の後ろにはきっと危機対策本部と諮問会議の半数が控えているのだろう、ベルリンと同じように、とミヒェルゼンは思った。

「しかし、広範囲な攻撃とそのために必要な資源の調達は国家にしかできません」と司令官が言った。

「いったい誰にできると言うんだ」とアメリカ合衆国大統領が尋ねた。

「われわれの推定では過去に三十数カ国がサイバー攻撃に対抗する力を培ってきました。

しかしその中には現在攻撃を受けているフランス、イギリス、その他ヨーロッパ諸国とアメリカも含まれています。さらにイスラエル、日本といった同盟国もです」

この会議は一日のうちで一番まずい時間帯に開かれている、とミヒェルゼンは感じた。疲れで瞼《まぶた》が重くなり、誘惑に負けそうだった。いざとなったら目を閉じても話は聞ける。全身が、まるで椅子に乗った濡《ぬ》れたセメント袋のように感じられた。ただ聞いていなければならないというのは最悪だ。動くことができれば、疲れに打ち勝つことができるのに。観察してみると、部屋の中にいる他の皆も同じだった。一人ならず瞼がぴくぴくし、時々頭ががくんと落ちた。連邦首相や他の多くの政治家はどうしてこんなに元気なのだろうと不思議だった。それほど寝ているはずはないのに。薬でも使っているのかしら？

アメリカ大統領の声にミヒェルゼンはまた目を開けた。

「問題になるのはどこだ」

「われわれの情報から、ロシア、中国、北朝鮮、イラン、パキスタン、インド、南アフリカにもそれが可能であることを確認しています」

「インドと南アフリカは、同盟国だとわたしは考えているが」とイギリス首相が反論した。

「多くの国から最初の外交的対応があり、アメリカへの援助も提供されています。先ほど挙げた国のほとんどからもありました。北朝鮮とイランだけが例外です」

「犯人がまったく分からない以上、国民の状況に集中せざるを得ない」と連邦首相が述べた。「アメリカへの攻撃によって、国際援助の再調整が必要になってきた。アメリカ合衆国内で現在ヨーロッパ向けに動員された援助要員は、そのままアメリカ国内に投入されることになる」

「おかげでわれわれは、多少なりともスタートを早められる」とアメリカ大統領が言った。「動員に要する三日間を節約できるからな」

「問題は、他の援助の申し出をどう扱うかだ」とイタリア首相が言葉を差しはさんだ。「中国あるいはロシアの援助を受け入れるか？　この二国がわれわれを攻撃していないという保証はまだない。すでにロシアあるいは中国とは戦闘状態に入っているのに、それを知らないだけかもしれないではないか？　救援軍とともに、破壊工作員も潜入してくるかもしれない」

あの首相は妄想癖でもあるのだろうか、とミヒェルゼンは考えた。それとも、現代の戦争の仕方をわたしがよくわかっていないということなのか。してもらえる援助なら何でも受け入れざるを得ないではないか。

連邦副首相を兼任する防衛大臣が、テレビ会議の他の参加者に聞かせるマイクを切るボタンを押したので、ミヒェルゼンには声が聞こえなくなった。

「イタリア首相の言うことは正しいと認めざるを得ません」防衛大臣は連邦首相に言った。「ある程度そのリスクはあります」それから切ボタンをまた解除した。連邦首相はただ片眉《かたまゆ》を上げただけだった。論拠を考えているのだとミヒェルゼンにはわかった。

「わたしが受け取った情報を見る限り」、とスウェーデンの女性首相が言った。「ロシアからの救援の飛行機の第一陣は明後日《あさって》の土曜日に出発が予定されています。トラック隊と鉄道を使った輸送の第一陣も同時に出発するでしょう。中国の救援機は日曜日以降の出発が予想されます。わたしからの提案ですが、とりあえず救援受け入れ準備を進めてはどうでしょうか。現時点でこうした疑念を公にすれば、外交関係をもつれさせかねません。それによって緊急に必要な救援が遅れたり、最悪の場合救援の申し出が撤回されることにもなりかねません。実際に輸送が始まるまでに新たな情報が得られたら、途中でとめることもできるではありませんか」

助かった、とミヒェルゼンは思い、防衛大臣を横目で見た。

「ところで」とスウェーデン首相は続けた。「外国からの救援チームは、ヨーロッパ全土に対して最大数千人規模になるでしょう。それを今アメリカと分けなければならないとなると、さらに規模は小さくなります。その人数では大した損害は与えられないでしょう」

危険な考え方だ、とミヒェルゼンは思った。それほど損害を与えることができないということは、逆に救援の利用も制限されるわけだから、安全面を考慮すれば救援チームの受け入れを断念することもあるだろう。

「きちんと訓練を受けた人員です」と司令官の一人が反論した。「少人数であっても大きな損害を引き起こすことはできるでしょう。ですから慎重にならざるを得ないのです。

しかしわたしは、スウェーデン首相の意見が賢明だと思います。それまでの間にNATO軍の一般市民向け救援サービスの配備を調整する必要があります。そうなれば攻撃の黒幕が誰かもわかるでしょう」

デュッセルドルフ

病院前には三台の救急車が停まっていた。寒さで完全防備した二人が、病院の建物からベッドを押し出した。マンツァーノは次の瞬間、その毛布の下に病人が寝ているのがわかった。病人の頭上では、まだ半分中身の入っている点滴の瓶が金属アームに揺れていて、そこから伸びた管が毛布の中に消えている。その後ろから全身白衣の若い男が追いかけてきて、興奮した身振りで何か言った。ベッドを押す二人は首を振っただけで、通りに向かってベッドを押してゆく。ついに白衣の男は諦《あきら》め、非難するように手を動かしてから急いで建物に戻っていった。

ハルトラントはこの奇妙な一団の脇をすり抜け、救急車の一台の後ろに車をつけた。

「少しは歩けるか」

マンツァーノは怒りのまなざしでハルトラントを見据えた。おそらく問題なく歩けるだろう。しかし自分をテロリストと決めつけ撃った相手に、誰が安心なんかさせるもんか。

「歩けません」

ハルトラントは何も言わずに病院の入り口に姿を消した。刑事がマンツァーノの一挙手一投足を見張っている。といってたいして動けはしない。両手は後ろで繋《つな》がれているし、脚はずきずきした。

ハルトラントが車椅子を押して戻ってきた。

「ここに座りなさい」

マンツァーノはいやいやながら従った。ハルトラントが車椅子を押して建物の中に入った。ハルトラントの同僚はマンツァーノの脇を離れない。

玄関に入るやいなや、マンツァーノは臭いに圧倒された。病院の中は外に比べて特別暖かいわけではなかったが、腐敗、腐乱、排泄《はいせつ》物のいやな臭いが充満し、そこにかすかに消毒薬の臭いが混じっている。すぐに気分が悪くなった。病院に来る必要が生じたのはわずか数日の間にこれで二度目だ。二度とも傷の手当てだった。突然自分が途方もなく惨めに思えてきた。家にいられたら、日の当たる海岸か、薪がぱちぱち音をたてて燃える暖炉のついた心地よい山荘にいられたら、どんなによかったか。オングストレムとベンチに座って日を浴びたあの朝のことが頭をよぎった。一瞬気持ちがなごんだが、すぐに自分がどこにいるかを思い出した。

玄関でも患者の寝ているベッドがあちこち動かされていた。動かしている人たちは看護師には見えない。大混乱が起きており、その混乱の中でマンツァーノは、みな出口に向かって動いているようだと思った。振り返るとまたベッドが一台、建物から出ていった。

ハルトラントは車椅子を押して廊下を進んだ。壁際に病人やけが人の寝ているベッドが並んでいた。黙っている患者もあれば、うめき声をあげたり、しくしく泣いたりしている患者もいた。誰かが脇に立っているベッドもいくつかあった。医者というより家族のようだった。ここはいくぶん暖かいが、通常より室温はかなり低い。外で見た白衣の男以外、マンツァーノは医者も看護要員もまだ見ていなかった。

とうとう「救急」という札のあるドアの前まで来た。ドアを開けると、待合室の椅子はすべて埋まっていた。ハルトラントは急いで身分証をとりだすと、受付の看護師に見せた。

「銃創」とハルトラントは説明した。マンツァーノはドイツ語が特別達者なわけではなかったが、話についてゆくには十分だった。ベルリンの大学で一年弱学んだこと、ドイツ人の彼女と一年過ごしたこと、そして合法的とは言えないが、何年にもわたってドイツ企業のシステムの内部を渡り歩いたことが役に立った。「すぐに医者が要る」

マンツァーノは胃が重くなったように感じた。どうしてすぐなんだろう？　大したことはないとハルトラントは言っていたじゃないか。

看護師は動じなかった。

「ここがどんな状況かわかるでしょう？　お待ちの患者さんには、診察できませんと言っています。この病院はとっくに引き揚げているべきだったのです。誰もわたしの言うことなんか聞いてくれません。わかりますか？」

「あなたこそ、わたしの言うことを聞きなさい」ハルトラントはゆずらなかった。「すぐに医者に会わせなさい。国益だとか棍棒《こんぼう》だとかをもちださないと、誰かを連れて来てはくれないのかね？」

看護師は絶望したように両手を挙げた。

「いったいわたしに何をしろと言うんですか？　誰もが……」

「医者を呼んできなさいと言っているんだ」とハルトラントが遮った。「呼んでこないなら、わたしが連れてくる」

看護師はため息をついて、中に入っていった。

待合室には少なくとも五十人以上が待っていた。泣く子をなだめようとしている女性がいる。別の椅子では老人がぐったりと妻に寄りかかっていた。老人の顔は真っ青で、瞼《まぶた》がぴくぴくしていた。妻は夫の頬をさすりながらひっきりなしに何かささやきかけている。別の女性は椅子に座っているというより寝ているような格好で、頭をのけぞらせていた。肌は蠟《ろう》のように白く、片腕を胸の高さに上げている。その手のあるべき先端部分には血まみれのガーゼの残片があった。マンツァーノは無理やり目をそらした。壁を見ているほうがましだ。しかし胃は落ちつかなかった。目を閉じ、何か素敵なことを考えようとした。

「何事です？　あなたですか？」

マンツァーノの後ろに看護師が現れた。医者の七つ道具を身につけ、もはや白いとは言い難い白衣を着た四十代半ばの男が一緒だ。目の下に隈《くま》ができているし、髭《ひげ》は何日も剃《そ》っていないようだ。その男がハルトラントと話した。

「緊急事態です」とハルトラントが説明した。「最優先です」

「で、なぜなんです、ええ？」

ハルトラントはその男に身分証を差し出した。「もしかするとこの男は、われわれみなが陥っているこの状況をひきおこした犯人の一人かもしれないからです……」

マンツァーノは耳を疑った。この頭のおかしい男はここのみんなの前で自分に罪を着せようというのか？

「それならなおのこと、この男を治療する理由はないわけだ！」鼻息も荒く医者が言い捨てた。

「医学の父ヒポクラテスがここにいたら、大喜びしたでしょうよ」とハルトラントが言った。「もしかすると、ここにいるこの患者がわれわれを助けて問題を解決できるかもしれない。しかしそのためには、この男の血液循環を安定させ、敗血症や感染を抑える必要があるのです」

医者は何かぶつぶつ言ってから、ハルトラントに言った。「ついてきてください」

医者は部屋を横切り、ハルトラントはマンツァーノの車椅子を押して後に続いた。待っている人の中には好奇心から目で後を追う者もいた。抗議する者もいた。女性の一人は医者を引きとめようとし、愚痴を言い、懇願した。「お帰りください。人手も薬も足りないのです。この病院は今日で閉鎖します。別の病院に行ってください」

女性の答えには耳をかさず、医者は歩き続けた。一行を小さな診察室に案内するとベッドを指さした。

「使い捨てシーツはもうありませんから、そこに横になってください」

ハルトラントはマンツァーノの腋《わき》の下に腕を入れて、車椅子から立たせた。

「いったいこれは何ですか?」手錠を見た医者が尋ねた。「はずして。このままでは治療できません」

ハルトラントは手錠を外し、しまい込んだ。

医者はハルトラントの巻いた包帯を、それからマンツァーノのジーンズを切り開いた。傷を診察し、そっと触診したが、それでもマンツァーノは痛みに大声を上げた。

「そうひどくはありません」と医者が結論を言った。「ただ問題がひとつあります。麻酔薬がもうないのです。それでもあなたは……」

「この男はイタリア人です」と、ハルトラントが医者の言葉をさえぎった。「英語はできるかね?」

マンツァーノは答えなかった。医者はかなりうまい英語で最後に言ったことを繰り返し、続けた。「とりあえず傷口に包帯をして、銃弾はそのままにしておくことは可能です。ただもちろんそれによって感染の危険性は高くなります。あるいは麻酔なしで銃弾を取り出し、傷口を手当てするか」

　マンツァーノはめまいがした。むき出しになった太腿《ふともも》をこっそり見た。脇に沿って十センチほど、縁がずたずたになった血まみれのくぼみができており、その端が穴になっていた。心臓が喉《のど》から飛び出しそうになり、汗が噴き出した。ハルトラントのやつ、かすり傷みたいなこと言っていなかったか？

「とりあえず一度消毒してみます」と医者が言った。「そうすれば大体の痛さがわかるでしょう。それから決めればいい」

　ガーゼに液体をたらし、それで傷口をぬぐった。マンツァーノはうめき声をあげた。

「身の毛がよだつ」と医者は罵《ののし》った。「三十年戦争の頃に戻ったような気がしますよ。当時は、けが人にシュナップスを一本飲ませてから、脚を鋸《のこぎり》で切り落としたそうです。薬ではどうしようもないので。自分が肉屋になったような気分でしょう」

　脚を鋸で切る。肉屋。マンツァーノは目を閉じ、意識を失ってしまえたらいいのにと思った。しかし、都合よく貧血を起こすことはなかった。

　感染は避けたかったし、感染によって脚を失うようなことにはなりたくなかった。しかし、麻酔なしで手術を受けるのも同じくらい御免だ。誰かに揺すぶられた。

「で？」と医者が尋ねた。

　マンツァーノは深呼吸し、英語で答えた。「そいつを取り出してくれ」

「オーケー。歯を食いしばっていてください。ああそれより……」と言って医者はマンツァーノにぼろきれを渡した。「これを噛《か》んで」

医者はもう一度消毒液をガーゼに垂らすと、それで長いピンセットを拭《ふ》いた。「もう消毒済みの器具はないんです」と言って肩をすくめた。

そのあとは、まるで誰かが自分の太腿に真っ赤に熱した串《くし》を突き刺して、肉をかきまわしているようだった。マンツァーノの耳に、人間のものとは思えないような叫び声が聞こえた。暗い深みから立ち上る切実だがくぐもった、長い叫び声だった。息が苦しくなって初めてそれが自分の発した声だとわかった。肺が言うことをきかない。飛び起きようとしたが、ハルトラントが肩を押さえ、同僚の刑事は膝《ひざ》をベッドに押さえつけた。

涙の溜《た》まった目の隅で、マンツァーノは、医者がピンセットを顔の前にもち上げるのを見た。血まみれの何かがピンセットの先に挟まれていた。

「もう取り出しましたよ」

医者は銃弾をベッド脇のゴミ箱に投げ込んだ。

「さて縫合しないと。さっきよりは痛くないですよ」

まだ痛い目にあわなくてはいけないのか？　そう思うとまた汗が噴き出した。さあ息をするぞと思ったところまでは憶《おぼ》えているが、すぐに目の前が暗くなった。

パリ

ラプラントは、ある建物の前に立っているジェームズ・ターナーにカメラを向けながら、シャノンが自分をこの男と二人きりにしたことを呪った。ターナーの後ろでは人がぽつんぽつんと現れたり、小さな集団となって現れたりして、大きな荷を巨大な門の奥の暗闇から運び出していた。

「わたしが今いるのは、パリ南部の大きな食料品チェーンの中央倉庫前です。今夜門が破られ、住民が中で見つけたものを持ち帰っています」

ラプラントは、略奪者のグループに接近し、行く手を遮るターナーを追った。略奪者たちは腕にポリ袋をいくつもさげていた。中身が何かはわからなかった。

「そこに持っているのは何ですか?」とターナーが尋ねた。

「おまえには関係ない」と男たちの一人が答え、ターナーを脇に押しのけた。

ターナーはバランスも平静さも保った。

「ご覧のとおり、住民はすでに非常に憂慮すべき状態にあります。停電はすでに六日目になりました。停電二日目には一時的に電気の供給が一部再開されましたが、それを除けばパリの住民には何の朗報もないのです。サン＝ローラン原発の放射性物質を含んだ雲が首都に達するかもしれないというニュースは、パリの雰囲気を悪化させました。今ちょうどその話が伝わったところで……」

また同じ文句か、とラプラントは思った。ターナーがストップの合図をしてきた。

「入り口の前に立った方がよくないか？　そうすればすぐ反応が撮れる」

「よくまあそんなことを思いつくな？」ラプラントが言った。

「取材しているのはきみなのか、それともぼく？」

「わたしはプロデューサーだ」とラプラントは答えた。疲れきっていて、言い争う気にもならない。「それに、ここでそんなことをしても、もう意味がないと思う」

「くそっ、いまいましい！」とターナーがわめいた。「世界が崩壊したっていうなら、われわれはそれを生中継でリポートするまでだ！」

「誰も見ないけどね」とラプラントはつぶやいた。

「世界の半分が見る。どこかの馬の骨がヨーロッパとアメリカの電気のスイッチをひねって消しちまった。でもまだ何十億という視聴者が残っている。ただあんたの蛙みたいに小さい脳みそには……」

ラプラントはターナーのおしゃべりのボリュームをフェードアウトさせていった。アメリカからあのニュースが入ってきて以来、ターナーの役割は終わっていた。それまでターナーは、優位を保っているように見える故国アメリカのテクノロジーを、あからさまに吹聴していた。そのアメリカも停電にやられたという屈辱感と、本人は一度も口にしたことはないが、親類、特に両親への心配からターナーはぎりぎりのところまで追いやられたようだった。

「できるか？」とターナーは尋ねた。また落ち着きを取り戻していた。

「よし、GOだ」

ターナーは、コートのベルトに挟んであった機材を引っ張り出した。サン＝ローラン原発で短期間取材して以来持ち歩いているものだ。

「それではここで、恒例となった測定値の報告です」と真剣な顔をして言った。「この線量計で現在の放射線量を測定できます」

ターナーは線量計を掲げた。

「これはデジタルの小型機です。ですから、映画でよく見るような、ガーガーと音を立てる機械とは違います。ところでこの線量計は、限界線量あるいは危険線量に達すると警告音を発するよう調整されています……」

ピーという大きな音が説明を遮った。ターナーは啞然《あぜん》として線量計を見上げたが、やがて線量を読むには目の高さまで下ろさないといけないことに思い至った。

ラプラントはターナーの顔をズームアップした。最初の困惑した表情が、信じられないという表情に変わり、やがて驚愕《きょうがく》に変わった。

「これは……」

もう一度線量計を掲げ、数歩右へ、ついで数歩左へ移動した。ラプラントはその動きを追った。背景では略奪が続いている。

ターナーは線量計をカメラに向かってかざした。

「一時間当たり〇・二マイクロシーベルト！」と断言した。「問題ないとされる線量の二倍の放射性物質を含んだ雲がパリに達しました！」

画像が揺れ、ラプラントは自分がめまいであやうくカメラを落としそうになったのだとわかった。できれば撮影をやめたかったが、ターナーの情熱に引き込まれた。

ターナーは観客を探し求め、大急ぎで若い女性をつかまえてきた。ウールの帽子から金髪の束が垂れ下がり、風に揺れていた。両手には、はち切れそうなポリ袋を持っている。

「これがなんだかわかりますか？」とターナーは女性に尋ね、線量計を目の前に突きつけた。答えを待たずに続けた。「この線量計は放射線量を測定します。今の測定値をご存じですか？」

デュッセルドルフ

「目を覚まして！　終わりましたよ」

マンツァーノは自分がどこにいるのかわかるのにしばし時間がかかった。仰向けに寝ていた。太腿《ふともも》がずきんずきんと痛んだ。三つの顔が覗《のぞ》きこんでいる。それで思い出した。「うまいことやりましたね」と無精ひげの医者が言った。「おかげでわたしが傷口を縫ったのも感じなかったでしょう？」

「ど……どのくらいの時間ぼくは？」

「二分間です。ここであと二、三時間様子を見ましょう。その後はどっちにしろ病院を出ていただきます」

「なぜ？」とハルトラントが尋ねた。

医者はマンツァーノの片腕をとって座らせながら説明した。「非常電源が昨日から予備燃料を使う段階に入ったのです」ハルトラントの助けを借りて、マンツァーノを車椅子に戻した。「もはや燃料は手に入りません」診察室を出ながら医者は説明を続けた。「デュッセルドルフ中の病院に行き渡るほどは燃料がないからです。うちの患者たちにどうやってお引き取り願うかの心配をしなくてはなりません。今晩この病院は文字通り明かりが消えます」

「緊急時の計画はないのかね？」とハルトラントが尋ねた。

「これほどの非常事態用にはありません」と医者が答えた。「お連れの方用に病院のどこかにベッドを探してください。あとでまた来ますから」

「すぐにどこかに移動させたほうがいいのかね？」

「二、三時間は安静が必要です。それに多少なりとも機能している数少ない病院にはもうベッドの空きはありませんよ。そういう病院はもっと重症の患者用にベッドと職員を必要としていますから」

「どっちにしろぼくは繋《つな》がれたままだから」とマンツァーノは弱々しい声で言った。

「あんなのはどうってことない。この数時間、麻酔なしでどんな手術をしなければならなかったか、聞きたいですか?」

医者の言うとおりなのだろうが、そんなことは本当に聞きたくなかった。拷問シーンを描いた中世の木版画が思い浮かんだ。

「残念ながら鎮静剤は処方できません」と医者が言った。「もうとっくに品切れなんです。数日間は傷が疼《うず》くでしょう」と、マンツァーノの手に箱を二つ握らせた。「でも抗生物質はあります。感染症を起こした場合のために。効くかもしれない。これから少し眠るのが一番です」

医者は挨拶《あいさつ》もしないで踵《きびす》を返すと、ハルトラントと同僚を立たせたまま戻っていった。

「それじゃ」とハルトラントが同僚に言った。「こいつにベッドをさがしてきてくれ。おれも一つほしいぐらいだが、そうもしちゃいられないだろうな。おれはこれからタレファー社に戻る。あっちにはやることがたくさんあるからな。こいつを気をつけて見張っていてくれ。もうあんなに逃げ足が速くはないがね。あとでこっちに寄るか、車をよこす」

そう言うとハルトラントは廊下の雑踏を抜けて出ていった。

マンツァーノはハルトラントの姿が見えなくなるまで目で見送った。

「あなたの名前は?」とマンツァーノは自分を監視する男に尋ねた。「これから数時間一緒に過ごさざるを得ない以上……」

「ヘルムート・ポーレン」と男が答えた。

「それじゃ、ヘルムート・ポーレン、ぼくのベッドをさがそう」

廊下にベッドはたくさんあったが、みな埋まっていた。病室はどこにもなかった。マンツァーノは寒気がした。傷の手当ての間に体中から噴き出した汗が乾き始めていた。右の太腿はむき出しだ。とうとう廊下に空きベッドを見つけた。毛布も枕も乱れていて、今ちょうど患者がベッドを離れたばかりのようだった。マンツァーノはシーツに手を当てた。冷たかった。もともとここに寝ていた患者は、かなり前にベッドを離れたに違いない。ポーレンの助けを借り、マンツァーノは車椅子のアームに両手をついてゆっくりと立ち上がった。毛布だけで十分暖かければいいがと思った。ベッドに横になるとすぐ、どれだけ自分が疲れきっているかがわかった。ポーレンはベッドを、さっき通りすぎた小部屋に移動させた。おそらく診察室なのだろうが、中に人はいなかった。ベッドは部屋をほぼ完全に占領した。ポーレンはドアを閉め、ひとつだけあった椅子をベッドとドアの間の、ベッドもドアも同時に見えるような位置に置いて座った。この男の監視戦略はマンツァーノにはどうでもよいことだった。目を閉じ、そのまま眠った。

シャノンは数分待ってみた。マンツァーノと監視役が出てこないので、ドアに近づいた。そっとノックして、入れという指示を待たずに開けてみた。部屋はとても小さく、マンツァーノのベッドでいっぱいだった。

マンツァーノは眠っているようだった。監視役は、シャノンが覗きこむと、さっと立ち上がった。しかしシャノンは見るべきものをもう見ていた。ここには窓も、別のドアもないことを。

「失礼」とシャノンはつぶやき、ドアを元通り閉めた。

廊下を数歩歩いてから、マンツァーノの寝ている部屋のドアがよく見えて、自分の姿はすぐには見られない場所をさがした。

「あのイタリア人はいったい何をしたのかしら、撃たれるなんて？」

それにしてもここはひどい悪臭だわ！

ラーティンゲン

ディーンホフは、いくつかグラフが描かれたフリップチャートを前にして立った。建物のピクトグラムが線で繋がっている。ディーンホフとハルトラントの他には、ウィックリー、ハルトラントの同僚、セキュリティ担当のタレファー社のもう一人の役員、セキュリティ部門の部長、人事部長の女性が同席していた。

「考えられる最悪の事態を前提としています」とディーンホフは切り出した。「つまり、当社製品が実際に発電所の問題の原因になっているという可能性です。そこで、これだけ多くの発電所で、しかも同時にエラーが発生し得た第一の可能性を考えてみました。

そのためには、当社製品の構成原理と、顧客先での実装《インプリメント》のされ方を考える必要があります。まず、発電所ではさまざまな世代のシステムが作動しています。ユーロポールのデータからは、第二、第三世代のシステムのみで、第一世代は被害にあっていないことがわかります。これらの製品は基本モジュールに基づいています。基本モジュールの一部は自社開発ですが、標準モジュールに基づくものもあります。たとえばプロトコルは、現在よくインターネットに使われているものです」説明をしながらディーンホフはフリップチャートの図面を指し示した。「これをベースにはしますが、われわれは顧客別に特注のソリューションを開発します。つまり、これだけ多くの発電所に関わるエラーあるいは意図的な操作は、まずこの基本モジュールから探すのが賢明であることは間違いありません」

「でも他かもしれない」とハルトラントの同僚の一人が遮った。

「理論的にはそうですが、実際にはその可能性は非常に低いと言えるでしょう。というのは、その場合、使われるマルウェアのほうもそれぞれに合ったものを作らないといけないからです。それでは圧倒的に手間がかかりすぎます。あのマルウェアのＳｔｕｘｎｅｔ《スタックスネット》（施設制御システムを標的とした特殊なコンピューターウィルス）のようなものです。そうでなければ、何十人ものプログラマーがかなり長い時間をかけ、しかも発電所設備について非常に正確に知っているということが前提になります。もっと簡単にできる方法があるのなら、それだけの手間を同時に何十もの発電所にかけることなど誰もしないでしょう」

ハルトラントの同僚が納得してうなずくと、ディーンホフは続けた。「そこで問題になるのは、このマルウェアを開発したのは誰か、あるいは基本モジュールに書き込みアクセス権を持つのは誰かということです。そこでまず、われわれの焦点に入ってきたのがこのグループです」

チャートの空いたところにディーンホフは円を描き、そこに「基本モジュール書き込みアクセス権」と表題をつけた。

「書き込みアクセス権というのは」とハルトラントの同僚が遮った。「それを持っている者だけが基本モジュールを変えることができるということですか？」

「そういうことです」とディーンホフが認めた。「ところで、われわれがシステムを提供した発電所で、それ以後われわれのほうから連絡をしていないところというのはありません。この製品は非常に複雑で、もちろん更新され続けています。ということは、企業側は次々とソフトウェアやソフトウェアの個々の構成要素のアップデートを受けるということです。もちろんこの点に関して非常に興味深い職員のグループがあります。つまりメーカーの現行システムに直接アクセスできる職員です。もちろんこうした職員も、アップデート方法も、厳重なセキュリティ規則に従います。当社内の一般的セキュリティ規則では、開発、テスト、顧客サービスなど、異なる部門の人員は厳密に分けられています」

ディーンホフは最初の円の隣にさらに二つ円を描いた。二つ目の中に「試験」、三つ目の中に「実装《インプリメント》／顧客サービス」と書いた。

「ソフトウェア開発に携わった者はテスト要員には加われませんし、最終的に客先で実装する要員にもなれません。同じように、テストに携わった者は開発や実装には関われないのです。もちろん、実装担当者はプログラムの一部を読んだり分析したりはできるけれど、書き込みアクセス権を持ちません。つまり、実装担当者は開発やテストに関して書き込みアクセス権を持ち変更はできないのです。したがって、バグを客先で発生させるには、テスト担当官やテスト用機器にバグが見つからないように非常にうまく書く必要があるのです。あるいは、われわれのソースコード・アーカイブの認証システムに問題があるか」

「どういうことですか？」とハルトラントが尋ねた。

「ソースコードは特定の人間にしか変更できないことになっています。こうした変更はすべて別の人のチェックを受け、許可を得る必要があるのです」

「そのシステムに問題があったら……」

「……開発者があるプログラムコードを、テスト担当官を素通りして通過させることは可能かもしれません。しかし実際にはそれはあり得ないと思います。ソースコード・アーカイブのログをチェックしましたが、プログラムコードがテスト担当官を素通りしたことをうかがわせるものはみつかりませんでした」

仮定が多いな、とハルトラントは思った。危機感の足りないディーンホフは、自分の会社にこの大混乱の責任の一端があるかもしれないという考えになじめないのだろう。

「いいとっかかりです」と、ハルトラントはそれでもディーンホフを褒めた。「でももし一人だけでなかったら?」

「もちろんそれも考えました。しかしいずれにしても確率は非常に低いと考えます。その理由を今から説明します。個々の部門では、ほとんど誰もがかなり個別化されたプロジェクトに取り組んでおり、他人のデータに少なくとも完全な形では書き込みアクセス権を持たないからです。ということは、当社のこれだけ多数の顧客に攻撃をかけるには、一人や二人の共犯者だけでは足りないだろうということです。もし共犯が一人や二人なら、テストのごく一部しかすり抜けられないでしょうし、やはり担当者である共犯者がいる少数の発電所にしか実装できないでしょう。むしろ、わたしたちが探しているのは、たった一人の人間、それも、すべてのプログラムに使われているルーチンを変更できる人間だとわたしは思います。ソースコード・アーカイブのアクセス管理を調査した結果、該当する者は三名しか確認できませんでした。一人はヘルマン・ドラゲナウ、当社のチーフアーキテクトです。ドラゲナウはプログラムデザイン活動と並んで、標準ライブラリへの干渉もできます」

ハルトラントはその名前をすぐに思い出せた。社員をさがしている間にその男のことも尋ねたのだった。

「休暇でバリ島に行っています」とハルトラントが断言した。

「当社の情報でもそうなっています。当社のキーパーソンは全員、休暇中、緊急の場合に連絡できる連絡先を申告しなければなりません。残念ながら、連絡はまだとれていません。メッセージは残しました。二人目はベルント・ヴァリスです。スキーでスイスに行っています。こちらともまだ連絡がとれていません。三人目はアルフレート・トルナウです。こちらは出勤できなくなった社員のリストに入っています。しかしわたしの理解が正しければ、家を訪ねても会えなかったし、どこにも見つからなかった、と言っていましたね？」

「この男とその他の何人かについては捜査を継続しています」とハルトラントは答え、ウィックリーを見た。「役員の方はいかがですか？」

「われわれも全社員と同様セキュリティシステムに組み込まれています」とウィックリーは落ち着いて答えた。「必要がないので、アクセスする可能性は、当社の技師たちより少ないですし、ソースコード管理へのアクセス権はありません」

「そのとおりです」とディーンホフが認めた。

ハルトラントはこの説明をとりあえずそのまま受け取ることにした。しかし経験から、平均的ドイツ企業の役員は、ほしいものがあればなんでも社員から非公式に手に入れることができるとは知っていた。それは頭の隅にしまっておこう。

「つまりわたしの理解が正しければ、すぐにも問題になる人物は三名で、そのうち一名はバリ島に、もう一名はスイスにいて、三人目は行方不明ということですね。これは大したニュースだ」

「うまくまとめたな、ディーンホフ」ウィックリーはそう思っていなかったが、二人きりになったとき、そう言った。本当は、ディーンホフが説明する間、この男を首にしてやりたいと思っていたのだが。タレファー社にはセキュリティホールはない！　あってはならないのだ！

「状況次第では実際に個人がプログラムの操作を実施できるということを、きみ自身も喜んでいないことはわかった。ただわたしは、たとえそうでも誰も実際に重大な損害を引き起こすことはできないと確信しているよ」

もちろんウィックリーはこう主張するだけの技術的知識はおろか、組織上の知識のかけらも持ち合わせていなかった。

「刑事局には無条件で協力してほしい。向こうが求めるデータや資料、無制限のアクセス権を与えてやってくれ」

連邦刑事局の四人のIT科学捜査官は、何かを見つけるにはあまりに知識が乏しすぎる。ウィックリー・チームを支援することと、限られた監視くらいしかできないだろう。

「停電に関しては何もみつからないと確信している。プログラムコードに、プログラマーの罪のないいたずらがいくつか見つかるかもしれないが。もし見つかったら、その罪のなさは捜査官に説明できるだろう。ただもしきみが、会社の意向にそって、そうしたケースをまずわたしに伝えてくれたらありがたい。会社の経営陣が刑事局に適切に情報を伝えたり説明したりできるようにね」

「捜査官自身が何かを見つけたら？」

「もちろんその場合もすぐ、わたしに知らせてくれたまえ。きみ自身がその内容のイメージをつかんでわたしに報告するまで、きみが向こうの捜査に少しブレーキをかけてくれるのが一番だ。こちらが原因さえおさえられるなら、後は発見の喜びを与えてやったっていいだろう」

デン・ハーグ

ボラールは気遣わしげに、情報をまとめた作戦本部の大きな一覧パネルを検討していた。

両親に電話をかけるのはもうやめていた。アメリカが攻撃されてからというもの、サン＝ローラン原発関係の報告はデン・ハーグにほとんど届かなくなっていた。アメリカのネットワークによる国際ニュースも減った。アルジャジーラやアジアの各放送局は、現地にジャーナリストを置いていないようだ。国内と外国当局との通信回線がごくわずかでも保たれていればよしとしなければならなかった。ブリュッセルとストラスブールのEUの同僚とはまだときどき話ができたが、フランス国内の同僚と話せる頻度はそれより少なかった。ウィーンのＩＡＥＡからの情報も散発的に入ってくるだけだ。サン＝

ローラン原発についてボラールが知っている最新の状況は、国際原子力事象評価尺度のレベル5であるということだった。原発を運営するフランス電力公社やフランス原子力安全局の責任者とは異なり、IAEAは原子炉ブロック一の部分的炉心溶融もあり得るとの意見だった。

ボラールは、両親と舅姑《きゅうこ》が手遅れにならないうちに警報を聞き、避難していることを祈るばかりだった。

非常時作動システムが故障したのはサン＝ローラン原発だけではなくなっていた。フランスのトリカスタン原発、ベルギーのドエル原発、チェコのテメリン原発、ブルガリアのコズロドゥイ原発からも似たような状況が報告されていた。ドエル原発はデン・ハーグからはわずか八〇キロメートル、ブリュッセルからはほんの六〇キロメートル程度しか離れていない。まだ大量の放射能放出はない。しかし異常な状況が悪化し、悪天候がこれに拍車をかければ放射性物質を含んだ雲が、ベルギーの首都であり、欧州議会や欧州委員会の本拠地であるブリュッセルにまで到達する恐れがあった。

ボラールはヨーロッパ地図にもう一つピンを刺した。今朝ドイツ連邦刑事局から電話があった後、同席した連絡担当責任者全員にこれを伝え、各派遣元の国に問い合わせるよう要請した。実際に、昼までには、スペイン、フランス、オランダ、イタリア、ポーランドから報告が入った。それによると、スペインでは変電所が一か所放火され、高圧線の鉄塔が二基爆破された。フランスでは鉄塔が四基、オランダ、イタリア、ポーランドではそれぞれ二基が倒された。ただし各国ともこの報告は暫定的なもので、これですべてではない可能性があるとした。点検要員が決定的に不足しているからだ。ボラールは、破壊工作のあった各施設のある場所を、パネルにピンを刺して示していた。

「ドイツからも新しいデータが来ている」と言った。「連邦刑事局は、破壊工作のルートが存在するという説を唱えているが、このデータはそれを裏付けるものではない。リューベックの変電所放火の報告は取り消された。逆にバイエルン州南部で変電所の放火が報告された。また、北ドイツの高圧線鉄塔はどうも落雷が原因らしい。その代わりザクセン・アンハルト州東部では鉄塔が倒されたとのことだ」

「ということは、何者かがヨーロッパ中を駆けずりまわって変電所を破壊したと考える必要はないということだろうか？」

「それには相当な人員が必要だ」とボラールは断言した。

無線電話が鳴って、会議が中断された。

「あなたに電話です」と電話をとった職員がボラールに言って、受話器を渡した。

電話の主はハルトラントだった。「一時間も電話をかけ続けてやっとつながりました」

最初ボラールはハルトラントの言うことを信じようとしなかった。あのイタリア人が逃亡を試み、撃たれたというのだ。今はデュッセルドルフの病院に入っているという。

ハルトラントは、誰か別人が偽のメールを自分のパソコンから送ったのに違いないと、マンツァーノがいかに頑強に主張しているか説明した。

「ユーロポールの誰か」とハルトラントは言った。「あるいは、ユーロポールの通信システムに侵入してこの計画を知った何者かがやったのだと言っています」

「うちの職員に関してはまったくその恐れはない」とボラールは断言した。

電話が終わるやいなやボラールは気ぜわしげに立ちあがった。

「すぐ戻る」と同僚に言って席を離れた。IT部門は二階下にあった。この階も、誰もいない部屋が多いな、とボラールは思った。

IT部長は部屋にいた。その後ろに職員が一人立ち、二人で四台のディスプレイを見つめている。

「二分だけ時間をもらえますか?」とボラールが尋ねた。

IT部長は普段は愛想のいいベルギー人で、もう何年も前からユーロポールに勤務している。

「ああ、まあ」という答えだった。

「大事なことなんです」

IT部長はため息をつき、職員はボラールをむっとした顔で眺めた。

「できれば廊下で話がしたいのですが」とボラールは言って、親指で肩越しに廊下をさした。

そう言うとIT部長も態度を硬化させたが、返事を待たずにドアの前に立ち、ついてくるまで動かないと意思表示した。

きた。

　ＩＴ部長は大げさな身振りで立ちあがり、足を引きずりながらボラールの方に歩いてきた。

「何がそんなに大事なんだね？」

　ボラールはＩＴ部長を何歩か押し出しながら、マンツァーノの一件、メールの話とマンツァーノの疑念についてざっと話して聞かせた。

「話にならん」ＩＴ部長ははき捨てるように言った。

「なんといっても世界の二大経済圏の電力網を麻痺《まひ》させたやつらです。うちにも忍び込んでいないと、どうして言えるんです？」

「何重にも安全対策が施されているからだ！」

「よそだって同じことを言いますよ。ここだけの話ですが、わたしもあなたも、絶対安全なネットワークがないことはわかっている。それにわたしはうちのネットワークに侵入して成功したケースがあるのを知っています」

「でも末端だけだろうが」

「もしそうではなかったとわかったら、あなたはその責任をとれますか？」とボラールはＩＴ部長を見据えた。考えるだけの間は与えたが、答えは待たなかった。「一度こう考えてみてください」と続けた。「何者かがユーロポールのシステムを通してユーロポールを監視し、操作していると。そうしたらその何者かは、あなたが捜査を始めたら、その段階でそれに気がつきますよね？」

「こちらのやり方次第だ」とIT部長はつぶやいた。「しかしうちにはあなたが考えるようなことができる職員はいないよ。うちのチームの半分は出勤してきていない。もう半分はぶっ倒れる寸前だ」

「みんなそうです。しかも背水の陣です」

デュッセルドルフ

マンツァーノは太腿《ふともも》の燃えるような痛みに目を覚ました。どのくらい眠ったのかわからない。それに数秒の間は自分がどこにいるのかもわからなかった。しかしその痛みにすぐ、一連の出来事を思い出した。

ベッドの足元にはまだ連邦刑事局のポーレンが腰かけていた。

「具合は？」

「どのくらい寝たのかな？」

「二時間ちょっと。今は夜の七時だ」

「医者はあの後来た？」

「来てない」

マンツァーノは、どうして自分がここに連れてこられたのか、あらためて思い出した。何とかこの警官から逃げないと！

「トイレに行きたい」

「歩けるか？」

マンツァーノはベッドから脚をもち上げてみた。右の腿はひどく痛む。手をついて起き上がってみると、立てることがわかった。ポーレンが支えようとしたが、断った。

薄暗い廊下はごった返していた。先ほどと同じく、いくつものベッドが出口に向かって押されていく。人々が声高に言葉を交わすなかに、しくしく泣く声や、嘆く声、苦痛の叫び声が混じった。白衣を着た人はほとんどいなかった。

「何を騒いでいるんだろう？」

「まったくわからない」とポーレンが答えた。

やっとのことでトイレに行き着くと、脚の痛みが少し治まったのに気がついた。それでも大げさに右足を引きずるのをやめないことにした。ポーレンは自分がほとんど歩行不能と思いこんでいる。それがどう幸いしないとも限らない。

マンツァーノは用を足すと言った。「救急部門に行って、医者をさがしてみよう」

マンツァーノは片足を引きずって歩き始めた。空のベッドの下に無造作に投げ捨てられた松葉杖《まつばづえ》を見つけた。

「これは使えるかもしれない」とポーレンに言った。

ポーレンは屈《かが》んで松葉杖をとり、マンツァーノに渡した。

病院閉鎖の噂は院内に広まったようだ。待合室に人影はまばらだった。先ほど処置してもらった部屋には誰もいなかった。

「あの医者はもういない」とポーレンは言った。「でも具合はよくなったようじゃないか？」

「これからどうする？」

「ハルトラントが車をまわしてくれると言っていた。それを待って、車で拘留場所まで連れていく」

そこにはなんとしても行きたくなかった。逃げ道はないか、ハルトラントに自分の無実を確信させるような説明はないか、懸命に考えた。何も思い浮かばなかった。しかしその間視線を処置室の中にさまよわせ、何か見つけた。

「あそこの下に鎮痛剤があると思う」とマンツァーノは言って金属製の棚の一番下の段を指した。「代わりに取ってもらえませんか？　手が届かないので」

ポーレンがかがんだ「どこだ？」

マンツァーノは松葉杖の脇当てを棚の支柱二本に引っ掛けると、ぐいと引っ張った。棚は大きな音を立てて、中身もろとも倒れてきてポーレンを下敷きにした。引っ掛けた松葉杖は棚が倒れる寸前にはずした。ポーレンの叫び声と罵《のの》る声が聞こえた。マンツァーノは急いで部屋を出てドアを閉め、できるだけ目立たないように待合室を通り抜けた。松葉杖は左手に持った。一歩踏み出すたびに、腿から頭まで痛みが走った。それでもどっちへ行ったものか考えなければならなかった。まだ人々が出口に向かって進んでいる廊下に辿《たど》り着いたときには、ひとつ考えが浮かんだ。

隠れていたドアの後ろから出てきたシャノンは、マンツァーノが救急処置室を出て、神経質に周りを見回してから、廊下を出口に向かう人の流れに逆らって、片足を引きずりながら歩いていき、廊下の角を曲がって姿を消すのを見送った。後を追おうと思った瞬間、救急処置室からマンツァーノの監視役が現れた。シャノンは息を殺した。警官は一瞬迷ってから、人の流れの中を、出口に向かって急いだ。

シャノンは隠れていた場所を出ると、マンツァーノを追った。人を押しのけ、押されたり突かれたりしながら、ようやくマンツァーノが姿を消した曲がり角まで来た。

マンツァーノの姿はなかった。

病院の前はごった返していた。いくつかの窓から漏れる弱い光と、救急車の青いランプに照らされ、その光景は不気味だった。病院を出なければいけないが、どこへ行ったらよいのかわからないのだろう、途方に暮れてうろうろする人たち。立ち往生している救急車。その真《ま》っ只中《ただなか》をのっぽのポーレンがせわしなく視線を動かしてマンツァーノをさがしていた。ハルトラントはすぐに状況を察知した。

「どこにいるんだ？」とポーレンに向かって怒声をあげ、人混みをかき分けた。

「まだ遠くには行っていないはずだ」ポーレンが息を切らしながら言った。顔中ひっ搔《か》き傷だらけで、右目の下は内出血していた。

三日前からほとんど寝ていないとはいえ、かつてのエリート兵士、現在は最高の訓練を受けた連邦刑事局刑事であるポーレンともあろう者が、負傷した一市民を逃がすわけにはいかない。

ハルトラントは病院前の広場に視線をはしらせた。人混みの中、それもほとんど明かりのない暗がりでは、顔を見分けられない。姿をくらますにはもってこいの状況だった。

「見失ったのはいつだ?」

「十分ほど前だ。でもあの脚ではそう遠くまで行けないはずだ」

ならば、自分がちょうど今到着して、ポーレンに一人で探させずにすんだのは幸運だった。それでも応援がほしいところだった。しかし機能する携帯電話網がなくては応援も頼めない。

「オーケー。おまえは左、おれは右だ」

二人は走ってその場を後にした。

ここは処置室だろうか、部屋の中は暗かった。これなら誰かに、また外からも見られる心配はない。マンツァーノは窓に近づいた。病院前の広場を見下ろすと、救急車の点滅する青い明かりに照らされ、小さな人形のような人々が右往左往していた。そのせいわしなさは、階上の窓をしめた部屋にいるマンツァーノを取り巻く静寂とは極端なまでに対照的だ。

エレベーターを使わず六階まで上がるのは辛《つら》かったが、松葉杖を使った階段の上り方がわかると、数分で六階に着いた。その間誰にも会わなかった。建物が何階建てか正確には知らないが、七、八階建てのはずだ。三階にはとどまらないと、はっきり決めていた。けがをしているから誰もこんな上の階は探さないだろう。ハルトラントが、マンツァーノはもう病院にはいない、デュッセルドルフ市内を逃亡中だと考えるだろうと踏んだのだ。

目論見《もくろみ》は当たったようだ。高いところにいるし、下はろくに明かりもないのに、人混みの中マンツァーノをさがしているのっぽのポーレンを見つけた。それからもう一人、人混みの中をうろうろしている人影が目に留まった。動きのパターンが他の人たちとはまったく違う。ハルトラントだ。

マンツァーノは立ったまま、二人の追手の一方から常に目を離さなかった。こうしてしばらく追跡を眺めていた。しかしやがてハルトラントとポーレンが非常灯の点《つ》いた入り口で合流したのに気がついた。混乱の中の安らぎの中心といったところだ。二人はしばし話し合ったようだが、やがてもう一度建物のほうを向き、とうとう一緒に引き上げていった。マンツァーノは二人の姿が見えなくなるまでその後ろ姿を目で追った。

もしかすると、やはり建物全部を捜索するため、あるいは出入りを監視するため、応援を連れて戻ってくるのだろうか？

脚がまたずきんずきんと痛んだ。椅子を窓辺に引き寄せ、腰かけた。こうして通りを見渡していれば、何か危険が迫ってきたら暗くても気がつくだろう。そう願うばかりだった。

医者の言ったことが正しいなら、間もなく病院内の灯りが消えるはずだ。そうなれば自分ひとりきりになる。

シャノンは一部屋一部屋探していたが、まだ一階全部を見終わらないうちに諦《あきら》めた。建物は大きすぎた。ここではマンツァーノは見つからないだろう。もしかするとマンツァーノは人混みにまぎれてとっくに病院を出てしまっているのかもしれない。がっかりして自分の周りを逃げてゆく人々を見るともなく見た。そしてやがてその流れに従って外に出た。今夜の宿を見つけなければならない。建物から押し出されながら、もう一度振り返り、ちょっと考え、それから駐車禁止の横道に停めておいたポルシェに向かった。

「助けて！」

窓辺にどのくらいの時間座っていただろうか。病院前の広場はほとんど空っぽになっていた。明かりを放っているのは空に浮かぶ半月だけだった。あれは空耳だったのだろうか？

「助けて！」その声は遠くの方からかすかに聞こえてきた。マンツァーノは松葉杖で、

暗い廊下を探りながら歩いた。聞き耳を立てた。やはり空耳だったのかもしれない。と
そのとき、またもや声が聞こえ、建物のずっと奥の方のドアが少し開いていて弱い光の
筋が漏れているのが見えた。そこを目指して足を引きずっていき、いくつか開け放しの
ドアの前を通りすぎた。その一つからは腐敗臭と排泄物《はいせつ》のひどい悪臭が漂ってきた。た
めらいながらもマンツァーノは中に入った。数歩歩くとベッドに倒れ込みそうになった。
身を屈めて、枕に乗った顔を見た。老人の顔だったが、男なのか女なのかわからなかっ
た。骨と皮ばかりに痩《や》せ、目を閉じ、口を開けていた。ぴくりとも動かない。
ここに置き忘れられたのだろうか？　もう死んでいるので、とりあえず運び出さなか
ったのだろうか？　生きている兆候をさがしてみたが何も見つからなかった。
さらに手探りで進んでいくと、またベッドに当たった。氷山のように盛り上がった毛
布の下の体が、マットレスからはみ出さんばかりだった。マンツァーノは弱い息遣いを
聞き取った。
看護師はどこへ行ったのだろう？　もしかするとさっき明かりが漏れていた部屋にい
るのだろうか？
用心しながら足を引きずってその部屋を出ると、できるだけ音をたてずにさっきの光
の筋に近づいた。
声が聞こえた。ドアはきちんと閉まっていなかった。ドイツ語の知識があったので、
話の断片が聞き取れた。

「それはできません」懇願するような男の声。

「でもしなければ」と女が答えた。

誰かがしくしく泣いていた。

「そんなことをするために看護師になったわけではありません」と男が言った。

「わたしだってそのために医者になったのではないわ」と女が答えた。「でも、この人たちは数時間か数日で死ぬのよ。たとえ最高の看護を受けたとしても。この人たちの誰も、移送には耐えられません。かといって、この寒さだし、食べるものもないから、ここにいても生き延びることもできないわ。このまま放置するということは、彼らを必要のない苦しみにさらすことになるのよ。飢え、渇き、自分の排泄物にまみれて徐々に凍えていく。そうさせたいの？」

男は泣きだした。

「そうだとしても、エレベーターが停まっているのでネーアラーとクビムは運び出すことはできないわ。五百ポンドもある患者を担架に乗せて階段を引きずり降ろせる救急隊員なんていないの」

マンツァーノにも、話の内容が徐々にわかってきた。抑えようとしても体中の震えが止まらなかった。

「わたしが喜んでこんなことをやっているとでも？」と女医が続けた。マンツァーノにはその声が震えているのがわかった。

看護師は答えず、また泣き出しただけだった。

「意識のある患者はいません」と女医が言った。「誰も何も気づかないわ」

だったら誰が助けを呼んだのだろう、とマンツァーノは考えた。二人にはあの声は聞こえなかったのだろうか？　汗が噴き出してきた。

「もう行きましょう」と女医が押し殺した声で言った。

マンツァーノは急いで壁から離れ、一番近い部屋へ急いだ。その部屋は、患者が二人いた先ほどの部屋の向かいにあたるはずだ。疑いを招かないようにドアは敢えて閉めなかった。ドア枠の横の壁に体を押し付けるのとほぼ同時に、廊下に足音が聞こえた。

もう一人が走ってきた。

「待ってください」看護師が小さな声で言った。

「えっ？」女医がささやいた。「止めたって……」

「あなた一人で耐え抜くことはありません」と看護師が女医の言葉を遮った。男の声がまたしっかりしてきた。「かわいそうな患者たちもです」

それから靴のゴム底の軋《きし》るかすかな音が聞こえた。二人は向かいの部屋に入って行った。

マンツァーノは注意深くドア越しにのぞいた。二人とも懐中電灯を持っていたので、二人が老女のベッド脇に近づいたのが見えた。女医はすらりとした長身で、肩まで髪を伸ばしていた。ベッドに懐中電灯を置いたので、光が壁に当たった。看護師は女医より背が低く、非常に華奢《きゃしゃ》な体つきだった。ベッドの端に腰掛け、患者の細い手をとって撫《な》で始めた。その間に女医は注射器をとりだした。点滴のバッグからチューブを外し、チューブに注射器の先端を入れ、中身を押し出した。それからチューブをまた点滴バッグにつないだ。看護師は手をさすり続けた。女医は患者をのぞき込み、顔を撫でた。何度も、何度も。何か囁《ささや》いていたが、マンツァーノには聞き取れなかった。目をそらすことができなかった。血管の中で血が凍りついたかのように、身動きもできず、立ちつくしていた。

「人手が要るんです」とハルトラントは頑として言い張った。ハルトラントとポーレンは病院周辺をさがしまわったが、無駄骨に終わった。いま二人はデュッセルドルフ警察署長のオフィスで、三人の男と向き合っていた。こちらも数日間寝ていないようだ。

「こっちだって人手が要る」警察署長が自ら答えた。「外で何が起きているかはわかっているだろう」

「いま探している男は、それに関係している可能性があるんです」とハルトラントが力を込めて説明した。

署長は唸《うな》った。デスクの無線電話をつかんだ。ボタンを押し、挨拶《あいさつ》ぬきでマイクに向かって言った。「デッケルトはもう戻ったか？」

電話機の向こうからかすれた声が、戻っていることを知らせた。

「一緒に来なさい」と署長が言った。

ハルトラントとポーレンは、非常灯にうっすらと照らされた廊下を署長について行った。通りすぎたいくつかの部屋には職員がいた。他の部屋からは声が聞こえた。寒い中庭を通りぬけ、大きな部屋に入ると、八人の制服警官の一団が待ち受けていた。ハルトラントにはシェパードが四頭いるのが見えた。

警察署長はハルトラントに、鍛え抜かれた肉体の四十代半ばの男を紹介した。

「カルステン・デッケルト、警察犬チームのリーダーだ」

ハルトラントはデッケルトに何を必要としているか説明した。

「ちょうど休憩しようとしていたところだ」とデッケルトが答えた。「うちのチームはここ四十八時間働きづめだ。犬もだ」

「休むのは後回しにしてもらえないだろうか」とハルトラントが応じた。「どうしても病院に行かなければならないんだ」

女医は立ちあがり、看護師に礼を言った。

看護師はうなずいたが、手は死んだ老女から離さなかった。

女医は懐中電灯を取り上げた。一瞬まっすぐマンツァーノの顔に光があたった。

マンツァーノはぴくっと後ずさり、姿を見られていないよう祈った。その後ささやき声が聞こえ、足音が自分のほうに近づいてきた。

ぎらぎらする光がまぶしく、思わず目をつぶった。

「そこにいるのは誰ですか？」看護師の声はほとんど上ずっていた。「ここで何をしているんです？」

マンツァーノは薄目を開けて、手を顔にかざし、たどたどしい英語で言った。「ザ・ライト・プリーズ」

「英語を話せるんですか？」と女医が英語で尋ねた。

「ここで何をしているんです？　どこから来たんですか？」

「イタリア」とマンツァーノは答えた。そこそこドイツ語がわかって、会話を盗み聞きしたことなど、二人に知らせる必要はない。

女医はマンツァーノを見据えた。

「わたしたちを見ましたね？」

マンツァーノは視線に応《こた》え、うなずいた。

「あなたたちは正しいことをしたと思う」と英語でささやいた。

女医は目を離さない。マンツァーノはその視線に耐えた。

数秒後、女医が沈黙を破った。「それなら姿を消して。それともこの人たちのお手伝いをしますか？」

マンツァーノは決めかねた。お手伝いというのはどういう意味だろう？　患者の容体を自分には判断できないことはわかっている。それなら女医の診断に任せるしかない。

しかし道徳的責任はどうなる？　マンツァーノは安楽死に関して、はっきりした考えを持っていた。自分自身だって、人工的な延命治療によって、意識がないまま肉体の機能だけを維持することは望まない。もちろん、そのような状態を正確に判断し、最終的に確定するのがいかに難しいかはわかっている。その死んだような肉体に、自我のようなものはまだ残っているのだろうか？　もし残っているなら、その自我は何を望むだろう？　生きること？　この世に別れを告げること？　それとも、他人に決定を下してくれと求める力だけでも残っているのか？　自我が残っているなら十分な意識があったということではないのか？　だとすれば——マンツァーノはその言葉を敢えて考えないようにしたが——薬殺するのは間違っているのではないか？　この一瞬にマンツァーノの頭の中をさまざまな考えが飛び交った。しかしこの状態では通常の安楽死についての理屈は通用しない。女医ははっきりと言った。姿を消して。それともこの人たちのお手伝いをしますか、と。うまいことを言うものだ。「わたしたちを助けて」とは求めなかった。いや、女医は言葉をすりかえることで、自分の行動が、本人に言わせれば「無私」のものだということを強調しただけだ。こう考えればマンツァーノは自分は共犯者になるのではなく、恩恵を施していると感じてよいのだ。でも、そうは感じられなかった。思わず壁に身をもたせた。今になってマンツァーノは、看護師が感じたに違いない気持ちも、女医の気持ちもわかった。松葉杖の握りをつかみ、起き直った。

「なにをすればいいんですか？」

「そのままそこにいて」と答えた女医の声は穏やかになっていた。「できますか？」

マンツァーノはうなずいた。

女医は後ろのベッドにひっそりと横たわる患者のほうに向き直った。懐中電灯の明かりでマンツァーノは初めてそこに患者がいるのがわかった。マンツァーノと看護師は女医の動きに従った。その患者の顔は女のそれだったが、頬はこけ、目は閉じられていた。生気は全く感じられない。

「この人の手をとって」と女医がマンツァーノに指示した。

「何の病気ですか？」マンツァーノは、ベッドのふちに腰掛けながら尋ねた。

「多臓器不全」と女医が答えた。

マンツァーノはこわごわ手を握った。華奢な手で指は細く、手入れが行き届いていた。冷たく凍りついたような感触だった。握っても、何の反応も感じられず、自分の手の中で動くこともなかった。とても小さな死んだ魚のようだ、と思った。いやな比喩《ひゆ》だとは思うけれど。

女医は注射器をもう一本用意した。

「名前はエッダで、九十四歳」と女医が手を動かしながら言った。「三週間前に重い卒中の発作に襲われた。二年間で三度目の発作よ。脳はかなりの損傷を受けている。もう覚醒《かくせい》することはない。一週間前に肺水腫《はいすいしゅ》を併発、一昨日《おととい》からは腎臓《じんぞう》やその他の臓器も機能停止。通常ならあと二十四時間はもたせるところだけど。でも機械も止まってしまった」

液体をアンプルから注射器に吸いとり、点滴のバッグのチューブに入れる。マンツァーノが隣の部屋で目にした手順の繰り返しだった。

「この人のご主人は何年も前に亡くなって、お子さんたちはベルリンとフランクフルトの近郊に住んでいる。停電前に一度見舞いに来られたわ」

女医の話を聞きながら、マンツァーノは自分が思わず老女の手をさすっているのに気がついた。

「ドイツ語と歴史の教師だった」と女医が続けた。「これはお子さんたちから聞いたんです」

若い頃のエッダの姿が思い浮かんだ。自分の祖父母の写真のように色あせたイメージだ。孫はいたのだろうか？　その時になって初めて、ベッド脇にあるキャスター付きの引き出しの上に、小さなフレームに入った写真があるのに気づいた。マンツァーノは、もっとよく見えるようにかがみこんだ。老夫婦が盛装をして、さまざまな年齢のやはり撮影用におめかしした九人の大人と五人の子どもに取り巻かれている。おそらく写真館のスタジオで撮ったのだろう。当時はご主人も存命だったのだ。

女医は仕事を終えるとチューブを点滴のバッグにまたつないだ。「五分ぐらいかかります」とささやいた。「わたしたちは次の患者のところへ行きます。懐中電灯が一つ要りますか？」

マンツァーノは要らないと答え、部屋を出ていく二人を見送った。暗い中でエッダの手を持ち、涙が頬をつたうのを感じた。

静寂に耐えられず、マンツァーノは老女に話しかけ始めた。そのほうが話しやすかったのでイタリア語で。ミラノ近郊の小さな町で過ごした自分の子ども時代、青春時代のこと、両親のこと、両親が交通事故で亡くなったこと、話したいことも聞いておきたいこともたくさんあったのに、両親と最後の別れをできなかったこと、女性関係のこと、クレールというフランス人の名前を持つオスナブリュック出身のドイツ人の彼女のことも話した。彼女とは連絡をとらなくなってもうずいぶん経つ。エッダの子どもたちも孫たちも、きっとお別れを言いたかっただろうに、できなかった。自分が子どもや孫たちに、エッダがとても静かに穏やかにあの世へ旅立ったと話すからと約束した。マンツァーノは自分のことを話し続けた。かなり長いあいだそうして腰かけていた。女医の言った五分はとうに超えていた。そしてついに、手に取った老女の手から生命が失《う》せているのに気がついた。そっとその手を毛布の上に戻し、もう一方の手を重ねた。エッダの表情はずっと変わらなかった。自分のしゃべったことが一言でも聞こえたのかどうか、最期の数分間を看取ってくれる人がいると感じたかどうかもわからない。暗闇の中、見えるのは老女の口のくぼみと、閉じた瞼《まぶた》の影だけだった。

頬の涙が乾いて、そのあとが突っ張った。マンツァーノは立ちあがると、松葉杖を手に取った。ドアのところでもう一度振り返ってみずにはいられなかった。それから部屋をあとにした。

すぐ目の前に看護師が立っていた。女医も看護師も自己紹介しなかったことに、マンツァーノはいまになって気がついた。ここでしていることを考えれば、名前は知らないままのほうがいいのかもしれない。

その後の三十分の間に、さらに三人の患者を看取った。三十三歳の交通事故の犠牲者、七十七歳の何度も心筋梗塞《しんきんこうそく》を起こした患者、四十五歳で、三十年間麻薬を常用し続けた末に、最後の注射を打ってかつぎ込まれた女性。三人とも、マンツァーノなり看護師なり女医なりがそばにいることがわかっているとは、まったく感じられなかった。ただ薬物中毒の患者だけは、ことされる前にため息のようなものを漏らした。マンツァーノはその手を毛布の上に戻すと、自分の中がすっかり空っぽになったような気がした。

女医はマンツァーノに礼を言った。

マンツァーノはゆっくりうなずいた。

女医は腿《もも》をさして尋ねた。「その傷は大丈夫なの？」

マンツァーノの意識の中に、なぜ自分がここにいるのか、記憶がゆっくり戻ってきた。脚は痛んだが、この瞬間には何らかの感覚があることが嬉《うれ》しいくらいだった。自分は生きているのだ。立ちあがると松葉杖をつかずに立ってみた。

「このあと全員を一部屋に集めて、布をかけます」と女医が説明した。「その状態では手伝いはできないでしょう。これからどうしますか？　どなたかお迎えが来るんですか？」

「はい」と答えた。あながち嘘ではなかった。

女医はマンツァーノに手を差し伸べ、「改めて、ありがとう」と言った。

看護師も握手を求めてきた。暗黙の了解で、お互い名は名乗らずじまいだった。

「これが要るでしょう」と、女医が懐中電灯を差し出した。マンツァーノは礼を言って受け取ると、足を引きずりながら廊下を階段室のほうに向かった。

次に何をするべきなのか、どこへ行ったらいいのか見当がつかなかった。ハルトラントがいまになってもまだ戻ってきていないということは、もう来ないということかもしれない。今夜はここにいたほうがいいのかもしれない。外よりは暖かいし、ベッドも毛布もある。そう考えたとき不快感に襲われた。しかし他にどうする当てもなかった。今朝から何も食べていないのに空腹は感じない。どのベッドに寝ようか？　どのベッドも患者が寝て、汗をかき、排泄物を撒《ま》き散らしているかもしれない。エレベーターの脇に案内板があって、どの階にどの科があるのかがわかった。リストに一通り目を通すと、候補は一つしかなかった。マンツァーノは三階の産科病棟に向かった。


ホテルのロビーも絶望した人々の避難所に様変わりしていた。小さな子どもですら入れないくらいいっぱいで、ましてシャノンの入る余地などありはしなかった。営業している別の二軒も似たようなものだった。他のホテルは営業を停止していることは、この数時間で通りすがりに確認してきた。どのホテルも、誰もいない建物の入り口を警備員が凍えながら見張っていた。

せめてベッドだけでもほしいとシャノンは思った。車の座席は寝心地がよくない。それに一晩明かすにはポルシェの中は寒すぎる。車の外気温度計は摂氏二度を指していた。

よく考えてみて、シャノン！　いまあなたが寝られる場所はどこ？

ひとつ思いあたった。

シャノンはマンツァーノを追って行った病院まで車で戻った。この町にはアメリカ領事館があった。明日にでもいってみよう。そこならシャワーか食べ物にありつけるかもしれない。ニュースも聞きたい。デン・ハーグを発《た》ってから、シャノンは世界から切り離されていた。カーラジオではニュースが受信できなかったのだ。

車をまた地下駐車場に置いた。駐車場出口のバーは何日間も開け放しになっていたようだ。いまは建物の中は真っ暗だった。ツールボックスの中に懐中電灯があった。ミリタリーバッグを肩にかけると、一階の受付ホールに上がっていった。病院の廊下には人影はなかった。あちこちにシーツや、ぼろきれ、医療用品が散らばっていた。いやな臭いがする。懐中電灯の明かりで、エレベーター脇の案内板を読んだ。

「静かに」とハルトラントが言った。「やつがもしまだここにいるなら、気づかれないようにしないと」

全員が地下駐車場の出口から病院の中に入った。この出口は脇のほうにあって、建物からは見えない。四頭の犬を連れた八人の警官がハルトラントとポーレンに続いた。途中通りすぎる角という角を懐中電灯の明かりでチェックした。

ハルトラントは、マンツァーノが手術を受けた救急処置室へと続く通路を見つけた。中身のあふれかえったゴミ箱の中から、医者が切り取ったマンツァーノのジーンズの切れ端を漁り出し、警察犬チームのリーダーに渡した。リーダーは足取りをたどれるように、その切れ端を犬にかがせた。四頭は神経質に切れ端の臭いをかぎ、首を伸ばし、頭をいろいろな方向に向け、鼻を床に近づけた。やがてそのうちの一頭がドアから出ていった。三頭が後を追い、警官が綱をぐいぐい引っ張られて後を追った。

四枚の毛布にくるまって、マンツァーノは窓越しに暗闇を見つめた。眠ることなど夢にも考えられなかった。それほど六階での出来事のショックは大きかった。それに、他の階に充満していた排泄《はいせつ》物の臭いと腐敗臭、死臭は、産科病棟にも漂ってきていた。

マンツァーノは何日ぶりかで一人きりになった。これまでに起こったことを、いままではほとんど振り返ってこなかった。ひっきりなしにいろいろな出来事が襲ってきて、仕事と責任に押しつぶされてきた。いまこの静かな部屋に横になって初めて、災害の規模が意識に上った。そして、それまで自分が住んでいたところは天国だったと思った。ボンドーニとその娘のことを思い出した。きっとボンドーニ老人はいまもあの小屋にいるのだろう。ちゃんと屋根のあるところで、薪で暖をとり、数日分の食料の備えもある。雪を溶かせば水はいくらでも手に入る。二百年前のような生活。しかし生きている。自分はといえば死と腐敗に取り巻かれている。ブリュッセルのオングストレムのほうはボンドーニほどうまくはいっていないだろう。マンツァーノは考えた。職員たちが日々食料品、水、暖房の確保を最優先させ、出勤してこなくなったら、EUや各国、州、地方自治体の機関や組織は、いったいどうやって機能するというのだろう？　それともこうした機関や組織の人たちは、優先的な扱いを受け、宿泊所や食料も優先的に提供されるのだろうか？

一瞬、足音が聞こえ、光が見えたような気がした。今は妄想にふけっている場合ではない。

不安になって寝返りを打った。またもや物音が聞こえたような気がし、廊下でうっすらとした明かりが動いたのも見えたような気がした。しかしそれはすぐに消えた。マンツァーノは起き上がり、足を引きずってドアまで行った。今度ははっきりと足音が聞こえた。それに小さな話し声も。それに、何かわからない音も混じっている。プラスチックのスプーンで石の床を叩《たた》くような音だ。火事場泥棒だろうか？

それからクンクンという鳴き声が聞こえた。犬だ。命令を発する耳障りな囁《ささや》き声も。汗が噴き出してくるのがわかった。大急ぎでベッドに戻ると松葉杖をつかみ、用心しながら部屋を出て、あたりをうかがった。

物音は階段室から聞こえてくる。マンツァーノは大急ぎで周囲を見回した。やはりハルトラントが自分をさがしに来たのだろうか？　泥棒や押し込み強盗、ホームレスならあんなに物音をたてないようにする必要はない。

マンツァーノはエレベーターの前に立った。足音と声が近づいてくる。いまとなっては階段を使っては逃げられない。廊下の先に何があるかわからなかった。行き止まりになっているかもしれないし、どこかに通じるドアがあっても閉まっているかもしれない。不安の中、逃げ場は一つしか見つからなかった。ゴミ箱の後ろにうずくまった。脚を曲げようとして、悲鳴をあげそうになった。歯をくいしばった瞬間、階段室のドアが開き、光の筋が天井、床、反対の壁に当たって楕円《だえん》形の模様を浮かびあがらせた。マンツァーノは息を詰めた。ハルトラントだ。懐中電灯であちこち照らしている。その後を四人の男と二頭の犬がついてくる。

マンツァーノはしばし目を閉じた。さらに身をかがめ、また目を開けた。避けられない運命を受け入れた。ところがハルトラントが合図をすると、二人と一頭は廊下を左へ、あとの二人と一頭は右へ行った。ハルトラント自身は、三分前までマンツァーノが横になっていた部屋の中を照らしてから、右へ行った二人を追っていった。

マンツァーノは必死で逃げ道を考えた。廊下の捜索が続いている間は階段室を使って逃げられる。痛みをこらえて立ちあがると、忍び足で階段室に向かった。そーっとドアを開け、階段室に入った途端、下から足音と別の犬の喘《あえ》ぎ声が聞こえてきた。一瞬たりとも躊躇《ちゅうちょ》する暇はない。それなら上へ行かなければ。一段目に足をかけたちょうどそのとき、ドアクローザーのアームがまだドアを完全に閉めきらないうちに、廊下から犬の吠《ほ》える声と人声が聞こえてきた。

「警察だ！　何者だ！　出てきなさい！」

驚いたシャノンは懐中電灯の光を当てられた目を両手で覆った。

「I am a journalist!（わたしはジャーナリストです！）」と叫んだ。「I am a journalist!」

「なんだって？」

「手をあげてベッドから出なさい！」

「I am a journalist!　I am a journalist!」

「出てきなさい、さあ！」

犬が吠える。

シャノンは何も見えず、ただ叫び続け、脚を毛布から引き出そうとした。

「女だ！」

「なんて言ってる？」

「自分はジャーナリストだと言っている」

シャノンはやっと脚を出して、立ちあがった。片手は目に当てたままだったが、もう一方の手を挨拶《あいさつ》するように挙げた。犬がうなった。

「何者だ？」鍛え抜かれた大柄な体の、短髪の男が、少しドイツ語訛《なま》りはあるが流暢《りゅうちょう》な英語で尋ねた。「ここで何をしている？」

「泊まれるホテルが見つからないので」とシャノンは事実を述べた。

尋ねた男は懐中電灯の光でシャノンを頭から足まで照らした。その男が誰か、やっとわかった。マンツァーノを拘引し、追跡し、病院に連れて来た男だ。

「ここで誰か見かけましたか？」

「いいえ」

男たちは他のベッドを捜索したが何も見つからなかった。部屋を出るときにリーダーが言った。「もっとましな宿を探しなさい」

男たちが隣の部屋になだれ込む間、シャノンはベッドの脇に立ちつくしていた。震えているのがわかった。驚いたからか、寒いからかはわからないがまた毛布にもぐりこみ、警官の声に耳をすませた。犬を連れて一部屋、一部屋捜索している。人声と足音が徐々に遠のき、それからまた戻ってきて、改めて部屋の前を通りすぎ、またまただんだん小さくなっていった。

四階でも五階でも、ハルトラントとそのチームは何も見つけられなかった。とっくに真夜中を過ぎている。警官も犬も連日の出動で死ぬほど疲れていた。病院というのはただでさえ人を憂鬱《ゆううつ》な気分にさせるものだ。暗い建物と、人気のない、うち捨てられた部屋部屋は、その気分に拍車をかけた。瞼《まぶた》が下りそうになりながら六階の廊下に沿って捜索を続けていると、犬のクンクン鳴く声が大きくなっていった。

「見つけたのか？」とハルトラントが警察犬の綱を持った一人に尋ねた。

「かもしれない。ただ、この鳴き方は違うような気がするが」

「何だ？」

「この鳴き方がふだん意味するところと違うといいが」

犬の引く力が強くなった。男たちは犬に引かれて、まだ捜索していない部屋の一つに辿《たど》り着いた。懐中電灯の明かりがベッドの膨らんだ輪郭をなぞった。とても狭い部屋の中に合計八台のベッドが置かれ、すべてシーツで覆われている。ベッドの足もとから頭のところまで。

ハルトラントが一番手前のベッドに近づいた。シーツを剝《は》がすと、蒼白《そうはく》な、やつれ果てた老女の顔があった。仕事柄これまで死体はいくつも見てきたので、目の前にあるのが死体だとすぐわかった。次のベッドに急いだ。こちらにはやせ細った女性の死体が待ち受けていた。荒れた肌と虫歯を見たとき、麻薬常習者かもしれない、とハルトラントは思った。

その間に他の二人が反対側のベッドを調べていた。

「見たところ、ここに死んだ患者を集めたようです」とそのうちの一人が断言した。

犬はクンクン鳴きながら、恐怖のためしっぽを両足の間に入れてドアの横でうずくまっていた。

「職員が霊安室に運びきれなかったのでしょう」と別の一人が言った。

ハルトラントは懐中電灯で残りのベッドを次々に調べていった。そのうちの二つには、重量級の体が横たわっているに違いない。「見ろよ、これじゃ誰も階段を下ろせないな」ハルトラントは振り返った。「下ろしてもしょうがないか？　霊安室もきっと役立たずだろうからな」

警官たちに合図すると部屋を出た。「次へ行こう」

足音が遠のいてゆく間、重みがマンツァーノの体にのしかかってきた。死者の頭が自分の頭の横にあった。胴体は自分の上に乗っている。マンツァーノはまだ息をこらしていた。重さ、不安、恐怖で息がつけなかった。

破れかぶれでマンツァーノは階段を上へ逃げたのだった。そのときにはもう、最後の最後の逃げ場は死体を集めた部屋だと思っていたのだ。部屋の一番奥に置かれた死体の下にもぐりこんだ。悪臭は耐え難かった。死体は血と排泄《はいせつ》物が乾いた中に横たわり、液体をもらしていた。もっともマンツァーノがそれに気がついたのは、体を半分もぐりこませた後だった。一度ならず吐きそうになった。あいつらに発見されたら、それはそれで安心するかもしれない。とにかくこのおぞましい隠れ家を早く出たかった。

四苦八苦しながらやっとのことで死体の下から這い出し、弛緩《しかん》した死体を脱ぎ捨てるようにベッドから出て、持ってきた松葉杖を引っ張り出した。すぐによろめき、壁にぶち当たった。ぎょっとして目を見開き、黒い輪郭に視線を向けた。部屋の中はその輪郭よりさらに暗かった。息はまだ浅かった。頰に涙がつたうのがわかった。いつの間にかドアまであと数歩のところまで来ていた。

もう一度あたりの気配をうかがった。そのまましばらくの間じっとしていた。廊下からは物音は聞こえてこない。ドアを少し開けた。何も見えない。暗闇の中、廊下を壁伝いに一歩一歩探りながら歩いていった。女医と看護師はいなくなっていた。ハルトラントと犬が現れる前に病院を出ていったのだろう。体中が震えるのを感じた。死体の下にいる間にズボンが濡《ぬ》れ、耐えがたい臭いがした。ズボンを脱いだ。穿いているのはパンツだけになった。シャワーを浴びたい！　泡立つ石鹼《せっけん》をつけて、ずっと、熱いシャワーを浴びていたかった。

長いようで短い時間が過ぎ、マンツァーノは用心深く三階まで下りてきていた。犬を連れた男たちはいなくなっていた。マンツァーノは数時間前、逃避行を始める前に横になっていた部屋のベッドに戻り、毛布の下にもぐりこんだ。全身が激しく震えていた。今夜のうちに瞼を閉じることはないだろうと思った。

七日目　金曜日

デン・ハーグ

　ボラールは、スーツの上にコートを羽織ってキッチンに立ち、半分になった大きい丸パンから一枚切り分けた。残りはまた紙にくるんで、ニンジンとエンドウ豆が入った保存用の缶が並ぶ棚に戻した。窓の外はまだ暗い。貯《たくわ》えはわずかしかない。マリーと子供たちを農家へやっていたので、何も買い足していなかった。妻たちが帰ってきたときには、スーパーマーケットはどこも荒らされたあとだった。

　いつもどおり朝は早めに起き、マリーを起こさないよう音もなく寝室を離れた。妻と子供たちが起きるのはもう一時間かそこら後だろう。

「熱があるみたいなの」妻がドアの陰から呻《うめ》くように言った。

　タートルネックの襟を顎《あご》まで引き上げて肩をすぼめ、両腕を体に巻きつけて、ドア枠に寄りかかっている。家のなかが冷えきっているにもかかわらず、青ざめた顔にうっすらと汗が浮いているし、眼は充血している。「わたし、今日は食料品の配給に行けそうにないわ」

ボラールは妻の額に手を置いた。熱い。頭のなかでは、ユーロポールで待ち受けている任務のことを考えていた。「ベッドに戻って。風邪薬はある？」

「ええ。もう飲んだわ。あそこは早く行かないと何もなくなってしまうの」

「どこへ行けばいいんだ？」

デュッセルドルフ

マンツァーノは静けさゆえに目が覚めた。こんな経験はいつ以来か、思い出せなかった。二つの枕に頭が埋もれ、体には上掛けが何枚も掛かっている。それとも、自分を深い、それでいて不安な眠りから引き離したのは、この太腿《ふともも》だったのだろうか。傷のところが灼《や》けるようだ。横になったまま窓に眼をやった。うっすらと夜が明けかかっている。これからどうしよう、と考えた。いちばんいいのはこのまま横になっていることだ。だが、それでは何も始まらない。

昨夜のことや、数階上の死者たちのことがいやでも頭によみがえってきた。するともう、ベッドは取りたてて居心地のいい場所ではなくなってしまった。と同時に、胃が収縮し、昨日の朝から何も食べていないことを思い出した。

上掛けの山からもぞもぞと這《は》い出すと、ぐるぐる巻きにされた包帯に目が行った。自分の血と他人の血とでまだらになっている。ひどい臭いだ。ちゃんとしたズボンを探さなくては。少なくとも上着はまだ厚手の暖かいものを持っていた。

何よりもまず何か食べる必要がある。この病院には昨日まで患者が収容されていた。そこにかすかな望みをつないだ。松葉杖がなくてもどうにか歩けそうだが、あったほうが楽だろうと思い、持っていくことにした。

一階の暗い廊下は竜巻が吹き抜けたあとのようだった。受付ロビーのわきにカフェテリアがあったが、どっしりとしたシャッターが下りている。厨房《ちゅうぼう》はいったいどこだろう？　探しながら、昨日の夜のように不意に嬉《うれ》しくもない発見をすることになるのではないかという恐怖がつきまとって離れない。十五分後、ようやく「調理室」と表示のあるドアに行き当たった。

中は普通の家と同じように見えた。戸棚も引き出しも開けっぱなしで、皿や食器、保存容器などが床に散乱している。小袋入りの砂糖の袋が封を切られ、中身が配膳《はいぜん》台や床の上に散らばっている。

棚のなかに硬くなった白パンを見つけた。別の棚には解凍した冷凍エンドウ豆の入ったポリ袋があった。水道の蛇口を片っ端からひねってみたが、水は一滴も出なかった。

ここ数日どんなにいい思いをしていたか改めて思い知らされた。ゆっくりとパンを噛《か》み、一握りのエンドウ豆を口に押しこむ。飲み物が欲しくてたまらない。

デン・ハーグ

ボラールは自転車を鎖で道路標識につないだ。この先は自転車では行けそうにない。古い家並みに囲まれた小さな広場に何百人もの人が押し寄せていた。そのなかに馬車が数台停まっていて、その周りを棍棒《こんぼう》と堆肥《たいひ》用フォークを手にした逞《たくま》しい若者が囲んでいる。どこか遠くのほうから重々しいトラックのエンジン音が聞こえ、それが少しずつ大きくなっていった。群衆に動きが生じた。見ると、広場の反対側の通りから弱々しい光が迫ってくる。その光がだんだんと明るさを増し、やがて一台のトラックが人の海のなかに分け入ってきた。すぐに、待っていた人の中から何人かがステップやバンパーに足をかけてトラックによじ登った。ボラールは広場の中央へ突進した。だが、考えることはみな同じだ。押し合いへし合いになって、すぐに前にも後ろにも動けなくなり、人の流れに身をまかすしかなくなった。罵声《ばせい》、悪態、怒号が飛び交う。海流にのまれ、流れに逆らって泳ぐことができない状態とは、こういう感じに違いない、とボラールは思った。抵抗しても、トラックに近づくどころか、どんどんわきへ押し出されていく。トラックにはもう養蜂家に群がる蜂のように人々がしがみついていた。

トラックが広場の真ん中に停まって一分間は何も起こらなかった。それからようやく、人波に阻まれて開けられなかったドアを開けて職員が降りてきた。彼は二人の警官に伴われ、さらに数分かかって、わずか数メートル先の荷室にたどりついた。大きな観音開きの扉を開け、職員が足場に上がった。その間も、警官が左右両側に立ち、殺到してきた人たちが荷室に入らないよう警棒で押し返していた。

人々は互いを押しのけあい、大声で叫びながら、手を突き出す。ボラールは、人波の上に幼い子供が二人揺れ動いているのに目が留まった。たぶん、ここに特別配慮してほしい者がいるぞと、両親が助けを求めているのだろう。もっと後ろのほうでは、とうとうつかみあいの喧嘩《けんか》が始まった。

職員は一向に動じず、荷物の積み降ろし口まで押し寄せた人たちに箱入りの包みを渡していった。荷室の奥には似たような包みが天井まで積み上がっている。ボラール自身は遠すぎて、包みに手を触れることすらできなかった。

人だかりの中で小競り合いが起きた。ほかの人たちはこれ幸いとばかりに、もみあっている人たちを尻目《しりめ》に前に進んでいく。ボラールは唖然《あぜん》としながら、マリーは昨日いったいどうやって食料品を手に入れることができたのだろうと思った。

警官たちは警棒をふるって殴りかかったりしているものの、だんだんと積み荷を護《まも》るのがむずかしくなってきた。警官の一人が群衆に向かって何ごとか大声で言ってから武器を取り出した。それでも何の効き目もなかったので、空に向けて発砲した。

一瞬、群衆が凍りつき、配っていた人はこの機を利用して素早く観音扉を閉めると、警官それぞれに一つずつ包みを抱えさせ、車から飛び降りた。武器を手にした警官に護られながら運転席まで戻り、飛び乗った。

数秒もしないうちにトラックは群衆に取り巻かれた。

エンジンの低い唸《うな》りが聞こえ、ボラールはトラックがゆっくりと動きだし、気落ちした群衆を掻《か》き分けて去っていくのをなすすべもなく見送るしかなかった。トラックの行く手を阻もうとすれば轢《ひ》かれるのを覚悟しなくてはならない。

荒れ狂う群衆の声の中に、投げつけられた石がフロントガラスに当たる不快な音が響いた。トラックは前方に群がる人々にかまうことなくスピードを上げていく。耳障りな鈍い音が聞こえた。通りに達すると、速度を上げた。しがみついていた者は次々と振り落とされていった。顔をしかめながら立ち上がり、けがをしていないか確かめる者もいたが、倒れたままの人もいた。

デュッセルドルフ

マンツァーノは、この街の食料品の公的な配給場所がどこにあるのか知らなかったが、どのみちそこまで出向いて行くつもりもなかった。そちらに人相書きが出回っていないとも限らない。調理場をもう一度漁《あさ》ってから、玄関ロビーに戻った。途中、部屋を一つひとつ覗《のぞ》きこみ、着るものがないか探した。絆創膏《ばんそうこう》や包帯、接着テープ、消毒剤を見つけ、上着のポケットに詰めこんだ。鋏《はさみ》一挺《ちょう》と外科用のメス二本も失敬した。ようやく洗濯室を見つけた。白のズボンとシャツがいっぱいあるが、どれも使用済みのものだった。

洗濯機は見あたらない。おそらくこの病院は洗濯物を院内で処理することはせず、レンタルサービスを利用していたのだろう。三階へ戻り、分娩室《ぶんべん》の隣に婦人科と内科があるのを見つけた。戸棚を掻きまわしてやっとズボンを二本探し出した。誰かが置き忘れたか置いていったものだろう。一本は小さすぎたが、もう一本はまあまあきれいだし、サイズも合いそうだった。

ベッドに腰をおろし、包帯を取り替え、ズボンを穿《は》いた。実際ズボンは体にほぼ合っていた。少なくとも、往来に出てもそう目立つことはないだろう。しかし、どこへ行けばいいのか。

「ピエーロ?」

マンツァーノはぎょっとした。あわてて振り向く。

「ハロー、ピエーロ」

戸口のところにローレン・シャノンが立っていた。

「ど、どうしてここに?」思わず舌がもつれてしまった。

「この病院で夜を明かしたの」

「でも、いったいどうやってここへ?」

「デン・ハーグからあなたを追ってきたの。知ってるでしょ、わたしの車が速いのは」

「しかし……」

「わたし、あなたを追ってタレファーまで行ったのよ。何もかも知ってるわ。あなたが連れ去られて、逃亡しようとして、けがをしたことまで、全部。昨夜、この病院であなたが監視役をやっつけたあと、見失ってしまったんだけど。これって、いったいどういうことなの？」

「こっちが教えてほしいぐらいだ」

マンツァーノはまたベッドに腰をおろした。

「独り？」用心して訊いた。

「心配しないで。あなたの昨日のお供は一緒じゃないわ」

この娘を信用していいものかどうか、マンツァーノは迷っていた。ぼくを追ってきたということは、行き先をあらかじめ知っていたということだろう。この娘がぼくのコンピューターからEメールを送って送信日を操作したのだろうか。だとしたら、いつのまにそんなことを？　いや、そもそも何でそんなことを？

ここ数日の記憶をざっと追ってみた。たしか、この娘《こ》はボラールを探していて、最終的にぼくのところに行き着いたと言っていた。だからといって、初めからぼくに狙いをつけていたわけではないと言いきれるか？　でも、何のために？　ぼくからいろいろと情報を引き出そうとはしていた。一夜にして有名リポーターにしてくれそうな情報を。この娘の持っていた情報はぼくがインターネットやテレビですでに見たことがあるものばかりだった。この娘がほんとうはジャーナリストじゃないのではと疑うだけの根拠はぼくにはない。だが、やはりただのジャーナリストではないという可能性も捨てきれないのでは？　どこかの諜報《ちょうほう》機関の仕事をしている一流の通信員とか。だとするとまた同じ疑問が浮上してくる。ぼくのラップトップにＥメールを埋めこんだとしたら、それは何のためなのか？　そういうことをやりそうなのは、電気を止めたやつらだけのはずだ。彼女もその一味か？　だが、そうであれば真っ先に不正操作のことを報告するんじゃないか？　なぜそうしなかった？

「どうしたの？」シャノンが訊いた。「わたしを変な目で見て」

「ぼくがデン・ハーグからどこへ向かったか、どうして知ってるんだ？」

「別に誰に訊いたわけでもないわ。あなたが荷物をまとめているときわたしも同じことをしていて、たまたま聞こえたの。で、後をつけてきたってわけ」

座ったままシャノンを見つめた。太腿《ふともも》の傷がドクンドクンと疼く。自分の勘を信じるしかなかった。

話すことに決めた。

デン・ハーグ

広場の混雑はしだいに収まってきた。農家の人たちが乗った馬車のまわりにだけはまだ人が群がっていて、ジャガイモやカブ、ニンジン、キャベツ、しわしわのリンゴなどを何とか手に入れようとしている。身を乗り出す客は、堆肥《たいひ》用フォークや猟銃を持った監視役に何度も追い返されていた。ボラールは財布を取り出して中身を改めた。三〇ユーロ。これでどのくらいのものが買えるのだろう。

試さないわけにはいかない。自分も人垣のなかに割りこんでいき、札をかざして叫んだ。「こっちだ！　こっち！」

荷車の上の男は一度もボラールに目を向けようとしなかった。もっとたくさんの札を握りしめた手がほかにいくらでも上がっていたのだ。こういう行為を警察はなぜ禁止しないのだろうと思った。だが、外国人の身としては行政権もなく、何ができるわけでもない。ここでは武器がなければ何もできず、警察証などまわりから笑い飛ばされるだけだ。疲れ果て、わきに退いた。

マリーと子供たちには昼は残っているもので済ませてもらうしかない、そう思いながら自転車のところまで戻った。しかし、今夜は何を食べればいいのだろう？

デュッセルドルフ

「で、これからどうするの？」シャノンが訊いた。

「さあ」とマンツァーノは答えた。

「あなた、コンピューターの天才なんでしょう。誰かがあなたのコンピューターからEメールを送ったっていうけど、ほんとうにそうなら、どんなふうにやったかぐらいは分かるんじゃないの？　もちろん、誰がやったかが分かればもっといいけど」

「まあ、そうなんだろうけど。その誰かの腕しだいだな。プロの仕業なら、手がかりになるような痕跡《こんせき》はまず残さない。それに、自分のコンピューターがないことにはどうにもならない」

負傷した太腿が疼《うず》いた。

「二つ目の質問、その人たちはどうやってあなたの計画を知ったの？」

「それはぼくも疑問に思ってる」とマンツァーノは言った。「ユーロポールの者しか考えられないんだ。あるいは計画をユーロポールから知った誰か」

「あるいは、あなたが来ることを知らされていた、ここドイツの警察官ね」

「ぼくをこんな目にあわせたのは、何かしら理由があってのことなのかな？」

「容疑者が欲しいのよ、真犯人を見つけられないから」

「そんなことで問題は解決しない」

「人間、破れかぶれになったら何をしでかすかわからないでしょう」

「ぼくのことか」小声で言ってから、昨夜のことを思い浮かべた。

「もう一回整理してみましょう、わたしたちの愛すべき当局の職員が公正なお役人で、自分の仕事をやってるだけだとすると、敵はあなたが旅行に出るのをどうやって知ったのかしら？」

「ぼくが考えつく可能性は一つだけだな。何らかの方法でユーロポールから聞き出す」

「どんなふうにして？」

「簡単だよ。連中が超堅固なシステムにでも侵入できるってことは、エネルギー会社の件で証明されてる。ユーロポールのシステムに忍び込んだって不思議はないさ。いや、ほかにいくらでもやり方はありそうだな。一度入り込んだら、何だってできる。ぼくはこの眼で、ボラールがコンピューターを使ってユーロポール長官と電話しているのを見てる。そういう会話はリアルタイムで見ることも聴くこともできるんだ」

「でも、あなたのコンピューターからEメールを送るのには、いったいどうやるの？」

「ボラールはぼくのラップトップを監視させてた。そうやって敵に関門を開けてやったのかもしれない」

「そのことをボラールに言っちゃいけない？　わたしならできるわ」

「そうすれば、ぼくと接触したことがあっというまに連中に知れる。きみもぼくと同じ目に遭うことになるよ。それに、デン・ハーグとはもう電話では連絡がとれない」

「ユーロポールがそこまで考えてると思う？」

「ハルトラントには、こういう推測はもう伝えてある。彼がそれをちゃんと聴いて、真剣に受け止めたかどうかはわからない」

「昨日あなたを逮捕しようとした人でしょう？」

「ああ。本来は、タレファー社でマルウェアの調査に当たっていたドイツ警察特殊班のチーフだ」

「ほんとうに誰かがユーロポールのシステムに侵入したのなら、その侵入そのものを発見することはできないの？」

「時間をかけて綿密に調べれば、できないこともない。でも、残念ながらそういうソフトウェアのスペシャリストはもっと重要な任務に当たらなくてはいけないから」

「わかった。ここにいて。わたし、もうちょっとやってみたいことがある」

「何でここにいたほうがいいんだ？」

「安静にしていないと。ここよりいい場所を見つけるのは今は無理でしょ。二、三時間したら迎えに来る」

デン・ハーグ

ボラールは自転車を下りるまでもなく、銀行の支店が閉まっているのがわかった。そのまま自転車を漕《こ》いで行った。次の通りの角にも別の支店がある。そっちはドアの内側に、しばらくのあいだ閉店いたします、と手書きの表示が出されていた。しだいにやりきれない思いになりながら、ユーロポールへとペダルを漕いだ。やることが遅すぎた。途中さらに三つの銀行の前を通りすぎたが、どこも明かりもついていなければ職員の姿もなかった。もしかしたらあそこなら、と思い当たるところがあった。通り道にホテル・グロリアがある。あのイタリア人を宿泊させたところだ。ユーロポール関係者には特に便宜を図ってくれるし、この街のほかの宿泊施設よりも面倒見がよかった。

玄関ロビーにはわずかな明かりしかついていなかった。ボラールは守衛に身分証を呈示した。守衛はうなずいただけで、何も訊かなかった。客のまばらなレストランを抜けて厨房《ちゅうぼう》へと行った。

コックに呼び止められ、「関係者以外は立ち入り禁止です」と言われた。

ボラールはそのコックにも身分証を見せ、「食事をしたいんですが、何ができますか？」と訊いた。

「宿泊客の方ですか？」

「今の仕事を続けたいでしょう？」

「茹《ゆ》でたジャガイモか、ジャガイモの茹でたのか、お好きなほうをどうぞ」コックは素っ気なく答えた。

「じゃ、その両方を。持ち帰りたいんだが」

「テイクアウト用の容器は置いてません」

「だったら、後で何か用意して立ち寄る。この仕事が気に入っているのなら、いつでも都合してくれよ」

デュッセルドルフ

ゴムホース、外科用のメス、漏斗《じょうご》、それに大きめのバケツを、シャノンは病院内で集めてきた。ガレージには車が何台か置き去りになっている。懐中電灯を口にくわえ、ポルシェの給油口を確かめてから、隣の車へ行った。給油口の蓋《ふた》は鍵《かぎ》がかかっていた。また自分の車に戻って、修理工具のなかからレンチと、梃子《てこ》代わりにできそうな工具を取り出すと、それを使って他人の車の給油口の蓋をこじ開けた。その下のキャップには鍵はついていなかった。すぐに開けることができた。ガソリン車だ。ゴムホースを差しこみ、車のわきにしゃがむと、吸いはじめた。ホースの先に液体が上がってくる感触を感じた。何度か中断してはホースの端を指で押さえた。吸いこむたびに、舌先にいやな味がするのではないかと、気が気でなかった。五回も吸えば充分だった。しきりに唾《つば》を吐き出しながら、ホースの先をバケツに向けた。液体がちょろちょろとバケツに注がれていき、そのにおいがあたりに広がっていく。

これが現代文明を動かしている力よね。いつまで続くのかしら。

ついに液体の流れが止まった。ホースを取り出す。バケツはほぼいっぱいになった。それをポルシェのところまで持っていき、漏斗を使って中身を慎重にタンクにあけていった。

それが終わると、次の車の給油口に移った。口径がポルシェのものより大きい。ディーゼル車だ。これを混ぜたらポルシェのエンジンがだめになってしまう。それに、この手の給油口は車のキーでしか開かない。隣の車はガソリン車だった。

さらに二回移し替えの作業をやったところで、ポルシェの燃料タンクは縁までいっぱいになった。道具類は、いずれまた使うこともあるかもしれないので、トランクルームに放りこんだ。こじ開けるのに使った工具もトランクルームに入れ、メスはダッシュボードにしまった。車のエンジンを始動させると、排気音が地下の駐車場内に路上の倍の大きさで轟《とどろ》いた。

ラーティンゲン

「いえ、例のイタリア人の足どりはまだつかめていません」ハルトラントは正直に言った。デン・ハーグのフランス人と衛星回線を使ってやりとりしているが、通信はぶつぶつと途切れる。通信がこの回線に集中しすぎるからだ。「何とおっしゃいました?」

ボラールの答えをひとしきり待たなくてはならなかった。

「……変電所内への妨害行作についての報告をベルリンが訂正したのは意外でした」

「ええ、その知らせはわたしも受け取っています。残念ながら、そのことについてまだ同僚と話していません。すぐにもそうしたいのですが。マンツァーノについては何か分かりしだいお伝えいたします。そちらのＩＴはもうチェックされましたか?」

「そちらと同じ状況です。そこまで手がまわらないんですよ。十の頭と二十の腕が必要ですね」

「インドの神さまみたいだ」

「それと、一日百時間もね」

「睡眠時間は別で」

「では、今日のところはこのへんで」

ハルトラントは昨日一日のうちに届いた報告をコンピューターの画面上に呼び出した。誰もがすぐわかるよう「訂正版」という表題が付けられていた。そのニュースが重要でないとは言えない。それは認める。だが、これで攻撃者につながる見込みのある唯一の手がかりは砕け散ってしまった。

そのベルリンからの報告の中で、変電所内の放火とその前日の高圧送電線鉄塔の爆破についての記述は突然訂正され、その大半は妨害行作ではなく、ほかに原因があることになったのだ。リューベックの火事はショートによるもの、北部の二つの鉄塔については送電線に氷と雪が付着して負荷がかかりそのせいで機能しなくなったのだという。その代わりザクセン・アンハルト州では故意に倒したと見られる鉄塔が見つかった。また南部のバイエルン州の変電所内でも火事があり、そちらもやはり不自然なところがあるという。最終的な調査はまだ終わっていないが、あのフランス人が言うとおり、この二つのデータをつなぎ合わせると、計画立ったルート説はくつがえされることになる。そもそもこれが何者かによる妨害行作であるとすれば、実行犯があちらこちらに分散していることになり、むしろそのほうが問題だ。

ＢＯＳ通信（国内の保安業務に関わる官庁・団体の無線システム）を使ってベルリンの本部の責任者に連絡した。

「この件で問い合わせてきたのは、きみで三人目だ」ハルトラントの質問に責任者の男は答えた。「わたしはそんなデータは送っていない。誰がそんなことをしたのかも知らん。それに、この手の情報は電力事業者からこちらにはいっさいきておらんのだ」

「でも、わたしはその報告を受け取っているんですよ」ハルトラントは抗弁した。

「わかってる」と相手が言った。「確かにわたしのパソコンから送られているようだ。だが、繰り返すようだが……」

ハルトラントの頭にひらめくものがあった。「つまり誰かがあなたのパソコンからデータを送った、でも送ったのはあなたでも同僚でもないとおっしゃりたいのですね？」

「そうだ……」

「ということは、もともとの情報はいまなお有効であるということですか？」

「まあ、そういうことだ」相手はためらいがちに答えた。「この最後のやつ以外も、みんなそうなんだ、それこそ何者かがわたしのパソコンを……」

「今すぐそれを確かめてください！」ハルトラントは思わず声を荒らげてしまったが、すぐに自制し、おだやかに訊《たず》ねた。「この件に関してほかに新しい情報を受け取ったり転送したりしてはいませんか？」

「ついさっき来たものがある。今、転送しようと思っていたところだ」素っ気ない答えが返ってきた。

「では、そうしてください」強い口調で言ってハルトラントは通話を終えた。みな神経衰弱一歩手前のところで仕事をしている。

もう一度ボラールに電話を入れた。

「信じがたいでしょうが、たった今こんな話を聞きました」そう言って、先ほどの会話を伝えた。「またしても誰も送った覚えのないデータですよ。あのイタリア人のケースと同じです」

タレファー社の駐車場に駐《と》まっている車は前日よりも少なかった。シャノンはポルシェを、玄関から見てもすぐには気づかれないように、何台かの後ろに駐めた。マンツァーノの車は以前駐めたところにそのままになっている。カメラとラップトップが入ったバッグを斜めがけにした。

受付には昨日と同じ女性が座っていた。シャノンが道に迷ったふりをして訊ねた相手だ。

「また道に迷われたんですか？」下手な英語で訊いてきた。

「ハルトラントさんに取り次いでいただきたいのですが」とシャノンは言った。

「誰のことですか？」

「昨日からこちらにいらしている警察官の一人です」このおばかさんに、こちらの言ってることが通じるといいのだが。

「何のことだかわかりません」

目下捜査が行われていることは黙っているよう指示を受けているか、ほんとうに何も知らないのだろう。

「わたしにはわかっていますので。それでは、ここで待たせていただきます。取り次いでいただけるか、その方が出てくるまで。いずれはここから出て行かれるでしょうから」

相手の眼に困惑の色が浮かんでいる。英語でぺらぺらしゃべりすぎたらしいと気づいて、シャノンはもう一度ゆっくりと繰り返した。返ってきた答えは、「出て行かなければ、ガードマンを呼びますよ」だった。

「どうぞ。わたしはジャーナリストですので、そのことを記事にします」

受付の女性は溜息《ためいき》をついて、電話に手を伸ばした。送話口に向かって何ごとかもごもご言ったが、そのドイツ語はシャノンには理解できなかった。女性の苦りきった表情が真剣なものになり、ついで冷淡になった。受話器を置くと、小馬鹿にしたような笑みをシャノンに向けた。

警備員に摘《つま》み出される前に、姿を消したほうがいいだろうか。考える間もなく、大男が二人、カウンターの向こうに現れた。振りかえると、廊下のほうからさらに三人やってくる。そのうちの一人はすぐにわかった。

「あなたを探していたんです」ハルトラントに向かって英語で呼びかけた。

ハルトラントと男女二人の部下が立ち止まった。見おろされるとなんとなく落ち着かなくなった。昨夜、病院にいた女だと気づいただろうか。

「何かご用ですか」ハルトラントが挨拶《あいさつ》もせずに、英語で訊いた。

シャノンの背後からは警備員が近づいてきた。

「私はCNNの記者です。ドイツ警察の捜査員が発電所制御システムの世界的な有力メーカーの一つで何を調査しているのか、興味がありまして」

こちらをじっと見すえてハルトラントが言った。「すみません、お名前を聞き取れなかったのですが」

シャノンはとっさに天に向かって短い祈りを三つ唱えた。この人が最近あまりテレビを見ていなくて、わたしの「あなたも有名人」も見逃してますように。わたしがマンツァーノとつながりがあること、デン・ハーグから姿を消したことをボラールが何も話していませんように。入り込んだところから、なんとかしてまた出られますように。

「サンドラ・ブラウンです」

「カメラも持たずにリポートされるんですか、サンドラ・ブラウンさん」

バッグをぽんぽんと叩《たた》いてみせた。

「バッテリーが切れてるんです。おわかりでしょうけれど、充電もままならないものですから」

警備員が両側に立ち、シャノンをそっと出口のほうに押しやった。

「これが役目なものですから」一人が言った。

ハルトラントの顔がほんの一瞬にやりとしたように見えた。

「きみたち、そう急ぎなさんな。サンドラ・ブラウンさん、わたしに何かできることはありますか？」

シャノンは、両脇で彼女の上腕をつかんでいる二人の男に勝ち誇ったようなまなざしを向けた。ためらいがちに二人はその手を緩めたが、放しはしなかった。

「ここで何が問題になっているのか話していただけませんか。この大停電は意図的に引き起こされたものだということはもう知られています。タレファーもこの件に絡んでいるのですか？」

「一緒に来てください」

お気の毒さまというように肩をすくめ、シャノンは筋肉自慢の警備員たちをその場に置き去りにした。

ハルトラントに連れられて一階の小さなオフィスに入った。室内には段ボール箱やコンピューターが所狭しと置かれていた。

「何か召し上がりますか？　コーヒーとか、何かつまむものとか」

「はい、はい、はい」と、シャノンは大声をあげたいところだったが、こらえて言った。

「はい、お願いします」

ハルトラントが部屋から出て行くと、シャノンはあたりを見まわした。即席の仕事場のようだ。壁際の小さなキャビネットの上にハードディスクとラップトップが積み上げてある。いちばん上にあるラップトップは、マンツァーノがデン・ハーグでいつも使っていたものと同じモデルに見えた。さっと立ち上がって、急いでそちらへ行った。マンツァーノのパソコンと同じ緑のラベルがついている。

僥倖《ぎょうこう》と言っていい。

席に戻ったちょうどそのとき、ハルトラントが入ってきた。コーヒーと瓶入りのミネラルウォーターとサンドウィッチを目の前に置かれ、飛びついてがつがつ平らげてしまわないよう、必死にこらえた。

「では」とハルトラントが笑みをたたえながら言った。「どうぞご質問を。録音機をお持ちでないようですから、オフレコってことになるわけですね」

「カメラをこちらで充電させていただくわけにはいきませんか？」

「お気の毒ですが。いまはエネルギーは大変貴重ですので。電気はもっと重要なことのために必要なのです」

「どういうことでしょう？」

シャノンはサンドウィッチにかぶりついた。こんな美味《おい》しいものを食べるのはいつ以来かしら！　ゆっくり、じっくりと嚙《か》みしめた。

「何のことか、もう察しはついておいででしょう」ハルトラントが答えた。

「ということは、タレファーで停電の原因を調査しているとお認めになるのですね？」

もう一口。そして温かいミルクコーヒーを一口。砂糖たっぷりだが、そんなことは何でもない。

「目下、ここクラスのメーカーはすべて調査しています」ハルトラントが言った。「タレファーが異例なわけではありません」

「では、どこに対しても警察が介入していると？」

ハルトラントは肩をすくめた。「それはわたしには分かりません」

「何か見つかりましたか？」

「今のところは何も」

シャノンはそれ以上は質問せず、サンドウィッチを食べた。ハルトラントに喋《しゃべ》らせようというつもりだ。そうしながら、どうすれば気づかれずにマンツァーノのラップトップに行き着けるか考えた。

「おいしいですか？」

シャノンはただうなずいた。

「もう少し召し上がりますか？」

「コーヒーをもう一杯いただけるととても嬉《うれ》しいんですけど」

ハルトラントが部屋から出るや、シャノンは山積みのてっぺんからマンツァーノのラップトップをさっとつかみ、バッグのなかに押しこんだ。そのまま席には戻らず、二、三分後にハルトラントが戻ってくると、コーヒーを受け取り、一気に流しこんでから言った。「もうあまりわたしに話すことはないようですね。時間を割いていただき、ありがとうございました」

「それはそうと、そちらの局とは連絡が取れるんですか？」立ち去ろうとするとハルトラントが訊いた。

「そう簡単ではありませんが、でも、どうにか」

「でも、何かしら放送はするんでしょう？」

「してはいけない理由でも？」

報道自粛について何か見逃したかしら。

「ここ二十四時間のあいだ、どこにいらっしゃいました？」

どうか顔が赤くなっていませんように！

「出先で、いろいろと調べものを」

「局の方とは連絡を取らなかったのですか？」

「あまり簡単にはできませんから」

玄関ロビーまでやって来た。

「ご存じないですか、昨日、アメリカも攻撃を受けたのですが？」

シャノンはびっくりした。「何ですって？」叫ばんばかりの声になっていた。

「そちらにも関心がおありではないかと思ってたものですから。もっとも、この話はもう広まっています。今さら知りたがる人はたいしていないでしょうが……」

答えることもできずにいるうちに、外へと押し出されてしまった。

「デュッセルドルフにCNNのオフィスがあるとはまったく知りませんでした」別れぎわにそう言った。

「わたしたちもです」上の空で答えたあと、ようやく落ち着きを取り戻した。「わたしは特別に派遣されてきたんです。燃料タンクに多少ガソリンもありましたので」

「では、気をつけてお帰りください」


ハルトラントは入り口に立ったまま、その女性を見送った。彼女が赤いポルシェに乗りこんで車を発進させると、もう一度軽く会釈した。ポルシェが駐車場を出て行くとすぐ、グレーのアウディA6のエンジンが始動した。ポーレンがハンドルを握り、一定の距離を保って追っていく。ハルトラントはポケットからプリントアウトしたものを取り出した。そこには電力網への攻撃を暴露したときテレビ画面に映し出されたローレン・シャノンと、監視カメラがとらえた、デン・ハーグのホテル・グロリアにマンツァーノと一緒にいる彼女の映像が印刷されていた。

「人をなめやがって、あの小娘め」

シャノンは何度もバックミラーに眼をやった。またグレーのアウディがいる。道はがらがらで、対向車だろうがバックミラーに映る車だろうが、ほとんどの車に注意がいく。しばらくどこかのラジオ局に合わせようとしていたが、スピーカーから聞こえるのは雑音ばかりだった。合衆国に暮らす両親や、両親と離れて暮らしているまだ健在な祖父母の姿が次々と脳裏に浮かび、運転に集中できない。友人たちや、もう何年も会っていない学生時代の同級生の顔も浮かんできた。ボストンとニューヨークには、旅に出る前、しばらく暮らしていた。こちらの人たちが一週間前から呑《の》みこまれているのと同じ運命が、いま向こうの人たちにも迫っているのだろうか？　例のグレーのアウディはまだいる。偶然だろうか？

　数分間、対向車線に何キロも連なる軍用車両の列に気を取られていた。デュッセルドルフとの境界に差しかかったところで、またあのアウディが現れた。バッグに入っているマンツァーノのラップトップのことがいやでも頭に浮かぶ。あのイタリア人の語ったことがほんとうだとすれば、危険を冒してはならない。このコンピューターを盗み出したことで自分はマンツァーノの共犯者ということになったのだ。

　病院の位置は向こうを出るときにナビゲーションシステムに記憶させてある。多少回り道をしても、ちゃんと戻れるだろう。とっさの判断で予定のルートから逸《そ》れた。その間も視線は道路とバックミラーに交互に走らせていた。

　アウディがついて来る。

もう一度試す。

思ったとおりだ。

あの車に乗っているのは誰だろう？　ハルトラントの部下以外考えられない。向こうのやり口は先刻承知だ。マンツァーノが逃げようとしたとき、平然と発砲した。映画の中なら、運転者がアクセルを踏みこみ、なりふりかまわず追ってくる追跡者を振り切るところだ。だが、二百馬力を超す車で警察のプロと追いつ追われつカーレースをすれば、すぐにデュッセルドルフの民家の壁に激突して果てるのが落ちだろう。さて、どうしよう？

シャノンはスピードを上げた。座席に体が押しつけられる。アクセルを踏み、ちらりとミラーを見る。アウディは後方に去った。エンジンがうなりを上げ、メーターは時速一三〇キロにまで振れた。前方に誰も現れませんように、横道から誰も出てきませんように。十字路に差しかかると、急ブレーキをかけ、右に折れてまた速度を上げた。後方には眼を向けず、次の交差点でも同じようにした。もう自分がどこにいるのか分からなくなっていた。どうやら工場街に迷いこんだらしい。分岐した道を七つか八つ後にしたところでようやくバックミラーに眼をやった。アウディの姿はなかった。スピードを緩め、大きく息をついた。

カーナビの女性の声が新しいルートを告げた。シャノンはそれに従った。

ミラーのなかにまたもやアウディが現れたのを見て、胃が縮みあがった。あきらめて、ナビに市街地に入る道に案内してもらうことにした。振り切れなかった以上、いくらなんでも向こうもシャノンが追跡に気づいたと確信しているはずだ。これからはもっと注意するだろうし、気づかれまいとすることもなくなるだろう。案の定、追っ手は距離を縮め、堂々とぴったり後ろについた。

シャノンはもどかしげに手探りでバッグからラップトップを取り出して助手席に置いた。カメラやその他もろもろ。それから、グローブボックスから電話帳ほどの厚みのある取扱説明書を引っ張り出してバッグに突っ込むと、ボタンを押して窓を開け、外へ放ったバッグが何度かバウンドするのをサイドミラーで追った。アウディのスピードが落ちた。一人が車から飛び出して、そのバッグを拾った。シャノンはアクセルをいっぱいに踏みこんだ。ミラーのなかの車がたちまち小さくなっていく。次の交差点で脇道に入り、住宅街の狭い通りの雑踏に紛れこんだ。

今度こそ、もはやミラーにアウディの姿は現れなくなった。

シャノンは口元に笑みが浮かんできたが、喜んではいなかった。それから十分間ほど、カーナビの指示どおりに車を走らせた。猛スピードを出したので、燃料計の針が一気に四分の一も下がってしまった。病院に戻ったらまた「給油」をしなくては。

ラーティンゲン

このくそいまいましい薄のろどもが！　とハルトラントは無線に向かって怒鳴りたかった。小娘に振りきられるとは！　さいわい、士気を高めたり、リーダーシップを発揮したりするための訓練は充分に受けているし、もっと厄介な経験もしているので、屈辱的な言葉をはいて自尊心を傷つければ、かえって部下のやる気をそぐことはわかっていた。なんといっても沈着冷静な性質《たち》だったからこそ、この地位にまで昇ってこれたのだ。

「昨夜、あの女は病院にいた。懐中電灯の明かりだったし、おびえた様子だったのですぐには気づかなかっただけだ。われわれが例のイタリア人を見失った場所にあの女がいたのは断じて偶然ではない。もう一度あそこへ行って、あの女がそこに現れるかどうか確かめろ」

二人の部下が異議を申し立てても、問いを返すことしかできなかった。「どこに応援を頼めというんだ？　おまえたちはエリートなんだぞ。きっとやれる」

そうは言っても、しだいに自信はなくなってきた。あまりにも人手が足りなさすぎ、あまりにも疲れている。他のみんなと同様に。

ナントゥイユ

アネット・ドレイユは防護服姿の人が二人、ドアの前に立っているのを見て怖くなった。ボラール夫妻とドレイユ夫妻を助けに来た人たちなのに。

「手荷物は一人一つです」マスクの向こうから乾いた声が言った。二人の背後に駐《と》まっているトラックの荷室には、不安げなまなざしの人たちがぎゅうぎゅう詰めになっている。「手荷物は一人一つです」二時間前、ナントゥイユの通りを何度も行き来していた車も、スピーカーを通してそう呼びかけていた。

「後で戻ってきてもいいんでしょう?」セレスト・ボラールが訊《たず》ねた。

「それについては何も知らされていません」防護服の男が答えた。「私たちの任務は避難させることです」

アネットはチェルノブイリやフクシマのニュースを思い出さずにはいられなかった。ニュースを見るたびに考えたものだ、もう二度と戻ることはあるまいと重苦しい思いを胸にあわただしく故郷を離れるのはどのような気持ちだろうと。愛着のあるものをすべて置いて出ていくのだ。もしかするともうすでに致死量に達するほど大量の放射線を浴びているのではないかと怯《おび》えながら。晩年をなじみの土地でなじみの隣人に囲まれながら暮らすことは叶《かな》わず、なじみのない土地で一からやり直さなくてはならないと覚悟して。場合によっては重い病気にならないとも限らない、そんな不安がセレスト・ボラールの声から滲《にじ》み出ていた。この一族は十一世代、三百年以上にわたってこの農場に暮らし、フランス革命の荒波も二つの世界大戦も生き延びてきたのだ。

避難していく人の流れを、テレビで見覚えのある光景を、アネットは目のあたりにしていた。そういう流れのなかに自分が身を置くことになるとは思ってもみなかった。

アネットは自分が何を感じているのか分からなくなっていた。ベルトランとともにパリを離れたときはまだ、短い休暇旅行に行くのだと信じ込むことができた。だが、ボラール家の鶏や保存食品が尽き、家から出してもらえなくなった頃にはもう、自分は難民なのだと自覚していた。

手荷物は一人一つだけ。アネットは大きなキャリーバッグの持ち手をつかみ、ベルトランは重いトランクがのっているキャリーの把《と》っ手をつかんだ。

何を詰めこむか、二人はいちいち考える必要はなかった。だが、ボラール夫妻は違った。自分たちを受け入れてくれた夫婦がトランクに何を詰めこんだのか、アネットは知らない。持ち出したいものをこのときもう決めなくてはならなかったのだろうか？　アネットは自分の体に耳を傾けた。どこか妙なところはあるだろうか？　いつもと違うところは？　放射線がすでに細胞をむしばんでいることを示すような感覚は？

防護服を着た二人がドレイユ夫妻の荷物を荷室の下の収納庫に積みこんでいるあいだに、アネットはベルトランの手を借りて荷室に上がった。木製のベンチに座っていた先客たちが、席を詰めてくれた。隣にはセレスト・ボラールが座った。彼女はベンチが濡《ぬ》れてでもいるかのように用心深く腰を下ろしながらも、自分の農場から決して眼を逸らさなかった。

車ががくんと揺れて走りだした。アネットにはボラール夫妻の後頭部しか見えなかった。二人はだんだん小さくなっていく家から眼を離さずにいたが、やがて家は見えなくなった。夫妻はいつかまた戻ることができるかどうかもわからないまま、家を後にせざるを得なかった。

デュッセルドルフ

シャノンはポルシェをガレージ内の階段へ通じるドアのすぐ前に駐めると、しばしハンドルにもたれ、大きく息をついた。頭のなかでは思考が8の字形のジェットコースターを描いていた。ハルトラントは怪しいとにらんでいたのだ。たぶんわたしのことにも気づいていたのだろう。もしかするとわざとマンツァーノのコンピューターに近づかせ、それを持ち主のもとに持っていかせようとしたのかもしれない。そしてわたしは、幼い子供のようにその罠《わな》にはまってしまった。

それとも、これはすべてわたしの単なる思いこみ？

ハルトラントがわたしのことに気づいていたのであれば、昨夜も気づいたのでは？　あるいは、目の前にいたのが誰か、後になって分かったのだろうか？　わたしがデン・ハーグでマンツァーノと接触していたことは、ボラールから聞かされていたかもしれない。もう一度ここまで部下を差し向けるおそれはあるだろうか？

ラップトップと懐中電灯をつかむと、素早く車から飛び出し、三階のマンツァーノのもとに走った。息せききって、彼を置き去りにした部屋に転がりこんだ。マンツァーノはベッドに深々と身をもたせかけ、上掛けを何枚も重ね、頭を横に向けていた。

「ピエーロ？」あえぎながら言った。

彼が動かないので、大声を上げて、ベッドに突進した。

「ピエーロ！」

瞼《まぶた》がかすかにふるえ、彼は重たげに頭を起こした。

「ここを出ないと！」

言いながら、コンピューターを振ってみせる。

「さあ、早く！」

「ど、どこから、それを？」

両脚を覆っている上掛けをシャノンは引きはがした。右の太腿《ふともも》に手のひら大の黒い染みがてらてらと光っている。身をこわばらせたが、マンツァーノは「大丈夫だ。杖《つえ》を取ってくれ」と言っただけだった。

「その話は後で！」

けがのせいで速くは歩けないものの、マンツァーノは足を引きずりながら後をついてきた。階段ではシャノンは足元を照らしてやった。ガレージに出るドアの手前まで来ると、唇に人差し指をあて、ここで待つようにと合図した。懐中電灯のスイッチを切り、ドアを細めに開けて外の様子をうかがう。薄暗がりのなか、これといって目につくものはない。アウディの姿もない。

「ポルシェはこのドアのすぐ向こうにあるわ」ささやくように言う。「いまリモコンで車を開けるから、すぐに出て、乗ってね」

シャノンがドアを開け、ポルシェを開錠すると同時にハザードが点滅した。

足を引きずりながら出たところで、マンツァーノはシャノンに突然襲いかかる影を見た。影がもう一つドアの横にいて、行く手をふさいだ。体つきからすぐにポーレンだとわかった。渾身《こんしん》の力をこめて杖をその腹に打ちこんだ。ポーレンの体が前のめりになると、すかさず杖で頭に打ちかかる。一回、二回、三回。ポーレンが倒れ、腕をかざして頭をかばった。今度はけがをしていないほうの足で腹に蹴《け》りを入れた。けがをしているほうの脚はいまにも折れそうだ。空気の洩《も》れるような音が聞こえた。もう一度蹴る。ポーレンが向きを変えたが、もう頭をかばってはいなかった。ポルシェの向こうでは別の男がシャノンに馬乗りになっていて、こちらからはシャノンの後頭部しか見えない。身を守る間も与えず、マンツァーノは猛烈な勢いで杖を頭めがけて二度振り下ろした。男は抵抗することもなく横向きに倒れた。

シャノンが起きあがり、あわててあたりを見まわした。「鍵《かぎ》は?! ラップトップは?!」

暗がりのなか四つん這《ば》いになって、車の下でぽつんと光を投げている懐中電灯に寄っていく。

マンツァーノはポーレンが立ち上がったのに気づき、足を引きずりながら近づいて、もう一度杖で殴った。

「あった！」シャノンが叫んだ。

マンツァーノが車のほうを向くと、助手席のドアは開いている。シャノンがエンジンをかけた。マンツァーノが助手席に飛びこむ。エンジンがうなりをあげ、車はタイヤをきしませて猛然と走り出した。ドアはすぐにひとりでにロックされた。

「だいじょうぶ？」シャノンがうわずった声で訊いた。

「さあね。きみは？」

「だいじょうぶよ」

急ハンドルを切ってカーブを曲がりブレーキをぐいと踏み込んだ。マンツァーノはダッシュボードにぶつかりそうになった。わきにグレーの車が駐まっている。シャノンがドアを勢いよく開け、サイドポケットに手を突っこんだ。

「痛っ！　くそっ」その車のそばにしゃがみ込み、前輪に何かを突き立てた。ついで小走りに後輪のほうへ移ったとき、手に小型の刃物を握っているのがわかった。シャノンは後輪にも穴を開けると、その刃物を放り、すぐにまた車に戻ってきた。アスファルトの上を転げる刃物の音だけが後に残った。

明るい出口の方に向かって車はスピードを上げていく。マンツァーノの体がシートに押しつけられた。シャノンは慎重に車を通りに出した。その右手から血が出ているのにマンツァーノは気づいた。

「どこへ行くんだ？」と尋ねた。

「ここを離れるの」とシャノンは答えた。

ベルリン

「ちょっと会議室へ」連邦首相秘書官がミヒェルゼンに耳打ちして、足早にそちらに向かった。ミヒェルゼンも後を追った。ほかの危機対策センターとの多元通話を行う際に使うモニターの前には、すでに閣僚と危機対策本部のメンバーが来ていた。連邦首相の姿だけはない。モニターの画面にはヨーロッパの他国の政府の首相、大臣、高官らの顔が並んでいる。

「緊急招集の危機対策会議です」国防大臣が説明した。

ささやき声が起こり、ひそひそ話が交わされる。

「何が問題なんだ?」連邦首相が会議室に飛びこんでくるなり、大声で言った。

国防大臣は肩をすくめた。

連邦首相が席についた。そこにはカメラがあり、首相の姿をとらえているはずだ。首相がボタンを押すと、マイクがオンになり、首相の問いが、画面を埋め尽くしているバーチャルな出席者にも届くようになった。どの国も会議にいつも同じ顔ぶれを送りこんでくるわけではないが、それでも代表者は多くとも三人に絞られていた。

ミヒェルゼンがここ数日見慣れた顔ばかりだ。ただスペインの画面にだけは初めて見る顔があった。二度目に眼をやったとき、その人物が制服を着ているのに気づき、不快感に襲われた。

口ひげを生やし、涙嚢《るいのう》の大きい巨漢のスペイン人が答えた。「このような状況下ですので、我々は一刻も早く同盟国のみなさんに、わが国の首相が引きつづき職務を遂行できる状態にはないことをお伝えしたいと考えました。副首相ならびに政府全体についても同様です。ですが、今後も治安を確保し、住民の安全を保障し、我々の統制によりこの事態を再び正常化するために、軍の首脳部は当面私の指揮の下で国務を遂行する用意があることを表明しました」

ミヒェルゼンの頭に、雄牛が群れをなして疾走する、パンプローナの毎年恒例の牛追い祭りの光景が浮かんだ。しかも、その牛たちはこちら目がけて走ってくる。スペインでは以前から軍が政府に楯突《たて》いていたが、画面上の男はそれ以上詳しいことは何も明らかにしなかった。

「今回の動きによってスペインの国際協力に変化が生じることはありません。ヨーロッパおよびアメリカの同盟国は一〇〇パーセント我々をその一員とみなしていただいていいのです」

ミヒェルゼンは自分が震えはじめているのに気づいた。自分の反応が周りの人たちに気づかれていないか、こっそりと様子を窺《うかが》った。だが、そこには呆然《ぼうぜん》として青ざめた顔ばかりがあった。

「私たちにとって前提となるのは」連邦首相が真っ先に発言した。「その場合、現状への対応を最優先し、権限を有する方々ができるだけ速やかに活動を再開できるよう取りはからっていただくことです」

「もちろん」スペインの将軍が答えた。「状況が許せば、もしくは、しかるべき人たちが望めばすぐにも、我々はそれぞれの職務をただちに所管する者の手に戻します。それまでは国民の安全のために戒厳令を宣言いたします」

またしても雄牛の蹄《ひづめ》に踏まれることになるのか、とミヒェルゼンは思った。加盟国でこのような事態が起こった場合、EUが何らかの対応をとるのかどうかはわからない。

「首相はいまどこにおいでですか?」イタリアの首相が訊《たず》ねた。顔が青ざめている。

「首相と話はできますか?」

「残念ながら今はできません」スペイン人が答えた。「彼はみずから身を引き、その旨をみなさんに伝えるよう私に頼んだのです」

「私たちがよろしく言っていたとお伝えください」イギリスの首相がことさらに恭しく言った。「また、私たちはできるだけ早く首相と話せることを願っていますとも」

「そういたします」スペインNATO軍の将軍が応《こた》えた。

司令センター

満足だ。いよいよ始まった。一部の国で軍の反乱が起こることは予期していた。そのほかの国にはこの種の伝統はない。そのようなところでは国民が遅かれ早かれ、ひびの入った体制を一掃するだろう。状況はいっそう悪化し、人々はもはや従来のシステムを介することなく生活を組み立てることを余儀なくされている。もしくは、まったく新しいシステムを構築するしかない。国家が地方自治体を組織するという体制はその存在理由をとっくの昔にみずから破壊してしまった。これからは自己決定能力のある生き生きとしたものが新たに形成され、数を増し、分化し、消え去り、またよみがえる。軍もまた、すぐにそれを思い知ることになるだろう。軍による権力掌握は移行段階でしかない。言葉を失ったこの社会は、共通性を失い、もはや社会ではなくなった。もっともっと絶え間なく成長を求め続けた結果、知覚麻痺《まひ》中毒に陥って、行き着くところまで行ってしまったのだ。

デン・ハーグ

「大事な用事があったんです」ボラールは不機嫌に言った。家族のために食べ物を見つけてこなくてはならなかったことを弁明するつもりはなかった。食糧危機に陥った第三世界にいるみたいだ、と思った。それとも石器時代か。「責任ある立場の人たちが充分な食料品を供給できないなら、自分たちでするしかありません」

厚手の上着を着こんで、ボラールはユーロポールの長官やほかの幹部と一緒に座っていた。夕方からビルの管理者がエネルギー供給量を必要最低限にまで落としていた。暖房は一八度に抑えられ、ほとんどのエレベーターは一時的に停止している。みな職場に着いても上着を着こんだまま動きまわっていた。

「ユーロポールの職員とその家族のために特別な配給を手配すべきでしょう」ボラールは提案した。「そうしないと、任務に専念できなくなります。それでなくとも、全職員の半分はもう出勤しなくなっているんです」

「何ができるか考えておこう」ルイス長官が控えめに言った。


スウェーデンとイタリアの捜査員からは、新しい情報は何も入ってこなかった。電気事業者の職員を騙《かた》った者の捜査に関しては、依然として手がかりがつかめていない。ただ、送配電事業者に出動したITチームだけは部分的ながら成果を上げていた。職員の一部は、思ったよりも早く職場に復帰してきたし、この先三日間は社内に缶詰になる覚悟を決めている者も少なくない。

ボラールはIT部門の同僚のもとに昨日から三回立ち寄っていたが、まだ何も見つかってはいなかった。調査にかけられる時間が絶対的に少ないことで、ベルギー人と口論になったが、仕事量に比して人手が少なすぎると反論されると、返す言葉がなかった。

「いまインターポールから何か届きました」部屋に同僚の声が響き渡った。ボラールが目を向けると、同僚はモニターの画面をじっと見つめたまま何ごとかつぶやいてから言った。「これはいい知らせなのか、悪い知らせなのか」

ボラールはそちらに行った。

「なぞなぞはやめてくれ」

画面には顔が映っていた。死者の顔だとボラールはすぐに分かった。

同僚がもう二つ三つ画像を呼び出した。遺体の別の部分が映っている。死体の男は胸に数発の銃弾を受けていた。

「誰なんだ、これは？」

二人は報告をざっと読んだ。現地時間の今朝、バリ島ゲゲラン村のはずれにある森で地元の農民が身元不明のヨーロッパ人を発見。ドイツ人のヘルマン・ドラゲナウと見られる。

ボラールはその名前を繰りかえしながら、記憶を整理した。

「これは、タレファー社のドイツ人が探していた開発主任だ！」

ドラゲナウの写真と死体の顔を見くらべてみた。

「確かに似てますね」同僚が認めた。

「犯人か容疑者について何か書いてないか？」

「ありません。現金や貴重品、身分証のたぐいは見つかっていません。単なる物盗りの可能性もありますね」

「男の宿泊先はわかってるのか？」

「まだのようです。調査中です」

「これが偶然と思えるか？」ボラールが訊いた。「あのSCADAというシステムは、社内でも極秘扱いにされているくらいあの会社ではいちばん重要なシステムだ。その開発者の一人で、数少ない責任者でもあり、この未曾有《みぞう》の大停電の片棒を担いでいた可能性のある人間が、停電の数日前にヨーロッパを発《た》って、数日もしないうちに死体で発見されたんだ。何か知っていた可能性があるのに、もはや死人に口なしだな」

ボラールは身を起こした。

「偶然とは思えない。ハルトラントにはこのドラゲナウという男の人生を調べ上げて、隅から隅までとことん解明してもらわなくてはならん！」

手近の電話を取ると、タレファー社にいるハルトラントの番号を押した。つながってくれるといいのだが。

ラーティンゲン

ヘルマン・ドラゲナウの家はラーティンゲンの南数キロの村はずれにあった。建物は七〇年代初期に建てられたもののようだった。直線的な外観の平屋で、下半分は黒い木材の構造物になっており、大きなガラスドアがついている。玄関の前にはオークの高木ルトラントは推測した。

はきちんとした清潔好きな人物だったようだ。通いの家政婦も来ていたのだろう、とハ

はモダンな実用向きのもので、デザイナーズ家具もいくつか混じっていた。ドラゲナウ

前に離婚し、別れた妻は娘と一緒にシュトゥットガルトで暮らしているという。調度品

が鬱蒼《うっそう》と生い繁っていた。ドラゲナウはここに一人で住んでいた。同僚の話では、六年

　近所の住人に聞き込みをしたが、親しくしていた人はいなかった。もっと詳しく調べ

るには、周辺を一軒一軒しらみつぶしに当たるほかなさそうだ。商店や飲み屋などにも

知っている者がいないかどうか。だが、それには人手が足りない。しかも住人の多くは

避難所にいて、家にはいないようだ。警察の仕事は困難を極める。

「これをやるには一ダースくらいの人員が必要ですね」ポーレンがうめくように言った。

顔には擦り傷と青あざができている。

「そんなにはまわしてもらえないな」ハルトラントが答えた。

　家のなかをひととおり見てまわってから、仕事部屋に取りかかった。戸棚、タンス、

机を一つひとつ手際よく改めていく。前年までの納税申告書や保険の書類、タレファー

社との労働契約書、昔の成績証明書、大学の在籍証明書が見つかった。さらにハードデ

ィスクが何台かと古い型のコンピューターが二台。

「これだけでも徹底的に調べるとなると何週間もかかりますね」ポーレンがぼやいた。

デュッセルドルフの西

「喉《のど》が渇いたな」マンツァーノが言った。

「わたしも」とシャノンが答えた。

二人はデュッセルドルフを出て南西へ向かっていた。行くあてはない。アウトバーンは避け、ずっと州道を走っている。燃料を節約するためにスピードは抑えぎみにした。タンクには燃料がまだ半分以上ある。灰色の空からぽつぽつと雨粒が落ちてきた。車外温度計は氷点下一度を指している。

マンツァーノはここまで自分のラップトップを開けずにいた。

「ちょっと見てみるか……」

ハルトランドに見せられたメッセージを開く。全部で七通ある。その日付を点検していった。すべてユーロポールにいた間のもので、自分のコンピューターから送られている。

「でもぼくが送ったのではない」低くつぶやいた。

「それで?」とシャノンが尋ねた。

「困ったことに現にここにメールがある」

「だとすると、誰が送ったのか」

「ユーロポールの誰か。あるいは、外部の誰か。ユーロポールの人間だったら、何もわからないだろうな。外部の人間だったら調べられないこともない」

「どうやって？」

「第一に、このラップトップにはファイアーウォールを別に追加で組み込んである。ウィンドウズのファイアーウォールだけだと心許《こころもと》ないんでね。ファイアーウォールがどんなものかは知ってるよね？」

「いまどき、子供だって知ってるわ。お呼びでない侵入者からコンピューターを安全に守るんでしょ」

「そのとおり。そのソフトを通るデータのやりとりはすべてログデータとして記録に残る」

もちろん、データの記録はそのファイアーウォールだけで行っていたわけではない。独自のソフトウェアを使い、USBポートなどを経由したアクセスや、その他コンピューターに起こりうるもろもろのことを監視している。

「つまりデータはアップロードしたものもダウンロードしたものも、記録が残っているということだ」

「で、その記録をこれから見ようってわけね。でも、ものすごい量なんじゃないの？」

「テキストにして何千行にはなるけど、何百万てわけじゃない。それに、全部をぼくが自分で見るわけでもない。ちょっとした小道具があってね」

マンツァーノはキーボードを打ちだした。

「このラップトップにはいくつかプログラムが入っている。データバンク・ソフトもその一つだ。インターネットで無料で手に入るようなやつだ。でも、これを使えばどんな厖大《ぼうだい》なデータでも管理できる」

指先がキーボードの上を飛ぶように動きまわる。

「ちょっとしたプログラムを書いているんだ。これを使えばファイアーウォールのデータをデータバンクで処理できるようになる」

車が人の一団を追い越すのを目の端にとらえた。ぶくぶくに着こみ、大小さまざまな枝を集めた大きな束を頭にのせたり脇に抱えたりして道路わきを歩いている人がいた。薪を満載した干し草車を引いている者もいた。マンツァーノは休暇旅行でインドに行ったときのことや第二次世界大戦直後のヨーロッパを写した写真のことを思い出した。みな色鮮やかなポルシェをUFOを見るような目つきで見つめている。

マンツァーノはプログラミングを続けた。三十分もしないうちに、自分がつくったものを満足げにながめ、ファイアーウォールのデータをデータバンクに入れるコマンドを打ちこんだ。

「で、何か出てきた?」シャノンが訊いた。

「まだそこまではいってない。いまはデータを流しこんでいる段階で、しばらく時間がかかる。それがすんだら、このささやかなプログラムで、データのなかを具体的に探していくことになる」

「たとえば、どういうの？」

「通常とは違うコマンドとか、通信パターンが変わっているとか……」

行く手に家並みが見えてきた。マンツァーノはコンピューターを後部座席に置いた。

またお腹がすいてきた。すでにいくつかの集落を通過してきたが、どこも人の姿はまばらだ。ここでも薪を集めている人にときたま行き合うだけだった。レストランの前に車を停めた。シャノンが降り、ドアをノックした。待つ。もう一度ノックする。ドアを開ける者はなかった。シャノンは車に戻った。

「どこも同じね」と言った。

「ここの人たちだって何かしら食べているんだろうに」マンツァーノが不満気に言った。

「いったい飲み食いはどうしてるんだ？」

シャノンは肩をすくめた。「もう何にもないんじゃない？」

シャノンがエンジンをかけ、車をのろのろと走らせた。道の両側に並ぶ家々の窓を一つひとつうかがいながら。

「ヒーターをちょっと弱くしてくれないか」マンツァーノが頼んだ。汗をかいている。

シャノンはマンツァーノをじっと見つめてから、額に手をあてた。

「熱がある」

車内の温度を下げた。エンジンの音をブルブルいわせながら、通りがかった人のわきに車を停めた。その無精髭《ぶしょうひげ》の男はシャノンと高級スポーツカーを胡散《うさん》くさそうに見つめた。

マンツァーノがパワーウィンドウを下ろした。「すみません」と語彙《ごい》の乏しいドイツ語で話しかけた。「この辺で何か食べられるところはありませんか?」

「星つきのレストランはもうやってないな」訊かれた男はしわがれ声で答えた。

「わたしが言ってるのは、その……」言葉を探す。「食事をさせてくれるところなんですが」

「ポルシェに乗ってるくせに」男はつぶやいた。

一瞬の間を置いて、相手の言っていることがわかった。

「借りられる車がこれしかなかったんです」

「それにしたって、おれにはとても手が出ない」

「食べるところ、飲むところなんですけど」マンツァーノはもう一度辛抱強く訊いた。いいかげん疲れてきた。

男は通りの先を指さした。

「役所のある中央広場に食料品の配給所が出来てる。でも、今日はもう何もないだろうな。配給は毎日朝だけで、それもすぐに配り終わっちまう」

マンツァーノには相手の言っていることがところどころしかわからなかった。

「どうも」と言って、ウィンドウを上げた。

道なりに車を走らせて行くと、中央にロータリーのある広場に出た。シャノンはほっとして車を停め、あたりを見まわした。そんなことをしても往来を邪魔することはない。

「ほら、あそこ」と言った。ロータリーを半周して、「市役所」という大きな文字がひときわ目を引く赤煉瓦《あかれんが》の古い大きな建物の前に駐車した。

　ドアに手書きの貼り紙がしてあった。

「待ってて」と言ってエンジンを止めた。

「ここからでも読めるよ」とマンツァーノが言った。「食料品の配給は毎日七時から九時まで」それを英語に直してシャノンに伝えた。

「なにそれ。その後でお腹が空いた人はどうなるの？」

「旅行者のことなんか頭にないんだよ」そういったとたんマンツァーノは咳《せ》きこんでしまい、ポケットを探って、抗生物質を取り出した。効くかどうかわからないが、とにかくその錠剤を飲んだ。大きなジャガイモが喉《のど》につっかえたみたいで、何度も呑《の》み下そうとしてようやく喉を通った。

　車が一台も見えない通りを走り、街の外に出た。灰色の空の下には早くも夕闇が迫っている。景色は平坦《へいたん》になった。

　マンツァーノはコンピューターを手許に引き寄せた。

「今度は何をするの？」

「データが収まったから、これからデータバンクにいくつか質問をする」

　キーボードに打ちこみを終えると訊いた。「どこに向かってるんだい？」

「頭の上に屋根があって、何よりも食べるものと飲むものがあるところ。農家なんかどうかなと」

マンツァーノは窓の外を見やった。答えは殺風景な冬景色のなかにあるとでもいうように。

「あそこを右に行こう」とシャノンに促した。

シャノンは車を州道から細い道に入れ、森のほうへと入っていった。道の左右には柵《さく》がめぐらされている。

「橋よ」そう言って車を停めた。

下を小川が流れていた。

ラーティンゲン

ドラゲナウの家とタレファー社のほうは部下にまかせ、ハルトラント自身はすぐ近くの住宅地へと向かった。途中、道沿いに建っている四軒の家に立ち寄った。そのうちの三軒は、ノックをしたり声をかけたりしても誰も出てこなかった。四軒目で、同年輩の男がドアを開けた。

「警察?」

ハルトラントはドラゲナウの写真を出した。

「この先に住んでいる人だな」と男が言った。

「付き合いはありますか？」

「いや。言葉を交わしたことはいままでに五回もあったかどうか」

「近所に友人がいたかどうか分かりますか？」

「どうだろうな。このへんの人はたいがい知ってるが、ドラゲナウのことを口にする人は一人もいなかったな。いいことにしても悪いことにしてもね。あの人はここに住んではいても、まわりと付き合おうともしなかったし」

「誰かほかの人と一緒にいるところを見たことはありませんか、訪ねてきた人とか？」

「覚えてないな。そんないちいち気をつけて見ているわけでもないし。それはそうと、警察の人なら、このいまいましい状態はいつになったら終わるか、何か知ってるんじゃないかい？」

「もうまもなくだと思います」

　ここが宅地となって家が建てられるようになったのは六〇年代のことだ。この区域の詰め所には制服警官が一人いるだけだった。ハルトラントは彼にもドラゲナウの写真を見せた。

「知りませんね」とその警官は言った。「でも、ついて来てください。何人かに訊いてみることはできます」

　ハルトラントは警官の後について通りを渡り、大きな建物に入って行った。

「娯楽とスポーツの施設です」警官が説明した。「今は避難所になっています。ここなら誰かしら知っている人がいるでしょう」

ホールには簡易ベッドがびっしりと並んでいた。むっとする空気のなか、ベッドに横になって天井を見つめている者もいれば本を読んでいる者もいる。子供たちははしゃぎまわっている。

警官が白い口ひげをたくわえた、ずんぐりした男を紹介してくれた。「こちらの方はレストランを経営しているんですが、焼け出されましてね」

そう言いながら白髪頭の男の肩を叩《たた》いた。「どうだい、元気かい？」それからハルトラントに向き直った。「彼なら、このへんの人のことはたいがい知ってますよ」

ハルトラントはその男にドラゲナウの写真を見せた。

男は頭を振った。

警官は即席の間仕切りのところにハルトラントを連れて行った。二本の支柱のあいだに毛布を張り、隣のベッドとの仕切りにしていた。

紹介された女性は、この地区の文化協会の会長だという。

「いいえ」ハルトラントに写真を見せられると、言った。「この地区に住んでいる人なんですか？」

「近くです」

「申し訳ありませんが」

「この地区の人が訪ねていく人といえば、あとは医者が二人と、薬剤師が一人ですね。司祭と牧師も一人ずついますので、引き合わせましょう。みんながみんなここに寝泊まりしているわけではありませんから」

外はすでに薄暗くなっていた。

デュッセルドルフとケルンのあいだ

ポルシェのヘッドライトが夕闇を切り裂く。

「くそっ」マンツァーノが悪態をついた。

「どうしたの?」

マンツァーノがせわしなくキーを打つ音が聞こえている。彼はもうかれこれ三十分も自分のラップトップの上に屈《かが》みこんでじっと集中している。何やらぶつぶつとつぶやいていたが、シャノンの驚いた声でそれが途切れた。

「今度はいったい何?」

「IPアドレスだ」マンツァーノが興奮気味に言った。「電気が要る。それとインターネットへの接続。大至急だ」

「問題なし」シャノンが応じた。「そこらじゅうにたっぷりあるわ」

「まじめに言ってるんだ」マンツァーノはなおも言った。「毎晩一時五十五分にぼくのコンピューターが決まったIPアドレスにデータを送っている。IPアドレスが何かはわかるよね?」

「インターネット・プロトコル。コンピューターのネットワーク内のアドレスみたいなものでしょ、インターネットでも同じ」

「そう。原則としてそれがあればどのコンピューターも特定できる。で、ぼくのラップトップは、知らないアドレスにデータを送っていた。ぼくの知らないうちに、ぼくが命じたわけでもないのに」

「つまり、ほかの誰かがそれをやったということね。ユーロポール?」

「おそらく」

「でも、どうやってあなたのコンピューターに近づくことができたの?」

「さあね。とにかく、その誰かはユーロポールでのぼくの仕事と関連があることについてメールを送っていた。ということは、ユーロポールのネットを経由して入りこんできたんだろう」

「じゃ、やっぱりヨーロッパの警察関係者?」

「それはわからない。これ以上のことがわかるには、インターネットにアクセスしないと」

マンツァーノは手のひらで額を打った。

「馬鹿か、ぼくは! どこへ行けばいいかわかったぞ!」

身を乗り出し、ナビゲーションシステムをじっと見た。

「これの使い方わかるかな？」

「どこへ行こうっていうの？」

「ブリュッセルだ」

シャノンがボタンをいくつか押すと、ディスプレイにルートと距離が表示された。

「二〇〇キロほどね」と言ってから、計器類に目をやった。「燃料は足りるわ。でも、何でブリュッセルなの？」

「知り合いがいる」

「電気があってインターネットにアクセスできる人？」

「欧州委員会の情報監視センターが、こういう状況で電気もなければインターネットのアクセスもできないようじゃ、クソみたいな事態だ。失礼、ひどい言い方で」

「別に。カーナビによると二時間はかかるみたいね」

「でもその前に何か食べないと」

「どこに食べ物があるの？」

ブリュッセル

オングストレムがあわただしくパンを口に詰めこんでいるあいだに、ほかの人たちもぞくぞくと会議室に入ってきた。最後にEUの情報監視センター長ゾルターン・ナジがやって来て、前置きもそこそこに本題を切り出した。

「アメリカからの援助は期待しない方がいい」ナジが断言した。「それだけじゃない、ロシア、中国、トルコ、ブラジル、その他の国々の援助も、ヨーロッパとアメリカとで分けあわなくてはならなくなった」

途方に暮れたような沈黙が数秒間続いた。それから、議事日程に入り、最新の報告を皆で見ていった。

「NATOの最高司令部は条約該当事由であることを宣言した」ナジが陰鬱《いんうつ》な声で言った。「声明には、NATOは攻撃者に対し断固たる行動に出るとある。しかし、攻撃したのが誰かは依然としてまったく不明のままだ」

オングストレムはマンツァーノのことを考えずにはいられなかった。彼からの連絡は途絶えていた。デン・ハーグでユーロポールの役に立っているのだろうか。

IAEAはサン＝ローランの事故をレベル6まで引き上げた。チェルノブイリとフクシマより一段階低いだけだ。「避難区域は三〇キロ圏内にまで拡大されました」その件の担当者が報告する。「これにより、オルレアンの四分の一およびブロワの街も避難区域に入りました。発電所の周辺地域は、場合によっては今後数十年あるいは数世紀にわたって人が住めなくなります。ユネスコ世界遺産であるロワール渓谷の大部分も三〇キロ圏内にあります。フランスは公式に援助を申請してきました。日本が専門家の派遣を申し出ています」

「そりゃもう、よくご存じだろうからな」皮肉たっぷりに誰かが言った。

オングストレムは、デン・ハーグで空港に迎えにきたフランス人にはそのあたりに友人や親戚《しんせき》はいるのだろうかと考えた。

「同じような事態がチェコのテメリン周辺にも迫っています。すでにレベル4まで上がりました」担当者が続ける。「原子炉の状態については不明なままです。専門家の話では、すでに一部がメルトダウンになる可能性があるとのことです」

IAEAから報告のあったヨーロッパ域内のほかの七つの原子力発電所については、事故のレベルは1ないし2だという。

「こちらには直接の影響はありませんが」と担当者が言った。「アメリカ国内の原子力発電所アーカンソー・ワンからも重大事故の報告が来ています。こちらと同様に非常用電源が停止した模様です」

ヨーロッパ域内の民間人の状況に関する情報はほとんどなかった。ただ、自分たちや家族が直面しているブリュッセルの状況から確実に考えられることはある。人々の連帯にすでに亀裂が生じているということだ。人々はほんの数日前には見ず知らずの人を助けていたのに、いまではもう善意が向けられるのはごく親しい友人か家族にほぼ限られていた。

「暴動と略奪の報告があちこちの都市から入るようになりました」別の担当者が言った。

いいニュースは何もない。そう思うと、オングストレムは気が滅入った。事態は窓の外の夜のように暗かった。

デュッセルドルフとケルンのあいだ

前方の闇のなかから一軒の家が浮かび上がった。

「向こうに明かりが見える」とマンツァーノが言った。

シャノンがそちらに車を向ける。州道からアスファルト舗装の細い道が分かれていて、その道を辿《たど》っていくと、大きな農家の前に出た。一階の三つの窓から明かりが洩《も》れている。二人とも車から降りた。エンジンの音を聞きつけたのだろう、家の住人がドアを開けた。背後から光を受けて、二人にはシルエットしか見えない。

「何か用か？」男の声だ。胸の前に銃を斜めに抱えている。

「食べるものを分けていただけないかと思いまして」マンツァーノが片言のドイツ語で言った。

不審の目を向けてきた。

「どこから来た？」

「私はイタリア人です。この人はアメリカ人のジャーナリスト」

「洒落《しゃれ》た車に乗ってるな」男は銃でポルシェを指し示した。「しかもちゃんと走る。ちょっと見せてくれないか」男は一歩前に踏み出して、銃口を下げた。

シャノンは躊躇《ちゅうちょ》したものの、男について車のところへ行った。

「こういうのには乗ったことがないんだ」と男が言う。「ちょっと、いいか？」

シャノンがドアを開けてやると、男は運転席に乗りこんだ。マンツァーノもシャノンのそばまで来ていた。

「キー」と言って男が手を突き出した。シャノンがぐずぐずしていると、銃身を向けてきた。

「キーだ」男が繰りかえした。

シャノンは求めに応じた。

男はキーを受け取ると、エンジンをかけた。ドアは開けたままで、銃を膝《ひざ》の上に載せ、シャノンのほうに銃口を向けている。

「いい音だ。しかもガソリンもタンクにたっぷりある」

男はドアを閉めるや走りだした。シャノンもマンツァーノも反応するいとまもなかった。車は開いたままになっている納屋の門へと向かって行く。

二人は走って後を追った。門に着いたときには、男はすでに車から降りていて銃を向けてきた。

「失《う》せろ！」

「そんなことをしていいとは……」シャノンが英語で叫んだがマンツァーノが押しとど

めた。

「見てのとおり、できるさ」

「警察を呼ぶわよ」

男が高笑いした。「警察が見つかるならな……」

男はもう一度、さっさと行けというように、シャノンのほうに銃を向けた。

「見つけられたとしても、この人たちがくれたんですと言うだけのことさ。食い物のお返しにってな。それに……」

もう一度銃をさっと動かした。

マンツァーノの耳にシャノンの荒い息づかいが聞こえてきた。

「ぼくたちの持ち物を」マンツァーノが言った。「せめてぼくたちの持ち物を車から降ろさせてくれ」

男は一瞬考えたが、すぐに後部座席からシャノンのミリタリーバッグを引っ張り出し、足元に放ってよこした。

「あのコンピューターも」とマンツァーノは言ってから、「頼むから、放り投げないでくれ」と急いで付け加えた。

マンツァーノが車に近づこうと一、二歩前に出ると、男が止まれというように銃を上げた。

「コンピューターなんて何に使うんだ？」

「あんたの手に負えるものじゃない」と応じてからマンツァーノはもう一度言った。

「頼む」

「自分で持って行け」男はつっけんどんに言った。「ただし、変な真似はするなよ」

マンツァーノは言われたとおりにした。足を引きずりながら車に近づく。

「その足、どうした？」

「けがをした」

「頭もか」

マンツァーノは何も言わなかった。

助手席の下に滑り落ちていたコンピューターを取り出した。

「さあ、消えろ！」

男は内側から門に鍵《かぎ》をかけた。

マンツァーノとシャノンは顔を見あわせてから、家の玄関のほうへ一、二歩そうっと足を踏み出した。玄関はまだ開いたままで、弱々しい明かりを表に投げていた。

「あんちくしょう」シャノンが鋭い口調で言った。戸口にはまだシルエットが見える。

「失せろと言ったはずだ」男が大声で言った。直後に銃声が静寂を切り裂いた。マンツァーノの前の地面から土くれと小石が飛び散った。

「くそっ」シャノンが毒づき、後ろに飛びのいた。次の銃弾がシャノンの体をかすめた。シャノンはマンツァーノの腕を取り、その場から立ち去った。

「絶対に戻ってくるなよ」背後で怒鳴り声がした。男の怒声が後ろから聞こえてきた。

「次は手加減しないからな」

デン・ハーグ

「おいしくない！」

そう言ってベルナデットは、ボラールがホテル・グロリアから持ち帰ったサラダボウルにガチャンとスプーンを打ちつけた。

「ほかに何にもないんだ」ボラールが答えた。

「スパゲッティがいい！」

マリーが横目を使った。風邪薬が効いたようで、熱は下がっていた。

「コンロが使えないの、わかるでしょ。パスタを茹《ゆ》でるお湯をどうやって沸かすの？居間の暖炉で沸かす？」

実のところ子供たちはそんなに機嫌が悪いわけではない、とボラールは感じていた。学校に行かなくていいし、一日中遊んでいられるのだ。それにこういう異常事態なので、妻も自分もふだんよりいろいろなことを大目に見るようになっていた。

「そんなの知らない！テレビだって見たい！」

「ベルナデット、いいかげんにしなさい」

「やだ、やだ、やーだ！」

そう言うとベルナデットは椅子から立ち上がり、床を踏みならしてキッチンを出て行った。

妻がやりきれないといった眼つきでボラールを見た。ボラールは立ち上がり、娘の後を追った。娘は居間で、炎がゆらめく暖炉の前の床に座りこんで、一心に人形の髪をくしけずっていた。突き出された下唇にまだ反抗心が収まっていないのがうかがえた。

ボラールは娘と向き合って床に腰をおろした。

「なあ、ちょっと聞いてくれるかな……」

ベルナデットはうつむいたまま、顔をしかめ、口をとがらせ、前にもましてせっせと人形の髪をくしけずった。

「今はみんな大変な思いをしているんだ、だから……」

娘のすすり泣きが聞こえた。見ると、小さな肩が震えている。こんなふうに泣く娘は見たことがなかった。怒りと反抗心ばかりではなかったのだ。子供たちはもしかすると何が起こっているのか頭では理解できていないかもしれないが、感じ取ってはいるのだ、とボラールは思った。親が途方に暮れ、気を張りつめ、不安に陥っているのを。ボラールは娘の髪を撫《な》でた。その腕を娘がつかんだ。きゃしゃな体が震え、涙がボラールのシャツに落ちた。ボラールは娘を抱いて、やさしく揺すった。

みんな思いは同じなんだよ、おまえだって、父さんだって、みんな同じ思いなんだ。

ケルンとデューレンのあいだ

シャノンはミリタリーバッグからセーターを一枚取り出してマンツァーノに渡した。それでも彼は震えている。支えてあげないと、けがをした脚は体の重みに耐えられそうにない。二人は、車でやってきた州道にまた戻っていた。最後に通った集落までは、二、三キロある。マンツァーノのけがをした脚では、今夜はそこまで行き着けないだろう。

「あのクソ野郎！」シャノンが毒づいた。

「もうだめだ」マンツァーノが呻《うめ》いた。

「どうするつもり？」シャノンが尋ねた。「道路の真ん中に突っ立ってるわけにいかないのよ。自分から死を招くようなものだわ」

マンツァーノは苦しげに息をついてから、またよろよろと歩きだした。

「ほら、あそこ！」

月明かりのなか、畑に小屋らしきものが建っているのが見えた。

二人は、畝を起こした畑のなかを、土に足を取られながらどうにかこうにか歩いて行った。木造の小屋はほぼ五メートル四方で、窓はなく、ドアには錆《さ》びついた錠がぶら下がっている。シャノンが何度も蹴《け》ってみたが、錠はびくともしない。そこで、ドアの板を蹴ってみると、こちらはべきっと音を立て破れた。板切れを引きはがして、人がくぐり抜けられる程度の穴を作った。

ミリタリーバッグを探り、パリを出るときに詰めこんでおいたマッチを取り出した。腹這《はらば》いになり、灯り代わりに一本擦った。ぼうっとした明かりで見てとれたかぎりでは、小屋のなかには支柱用の棒杭《ぼうぐい》が数本と干し草があるくらいで、ほかには何もなかった。火が消えると、シャノンはミリタリーバッグを前方に放り投げ、腹這いのままなかに入っていった。そして中から思いっきりドアを蹴りつけた。今度は数回でドアが開いた。

「なかに入っても暖かくはないな」マンツァーノが決めつけた。

「暖かくすればいいのよ」

屋根に空いた大きな穴を通して月明かりが入ってくる。

シャノンはあたりの干し草を掻《か》き集めて、小屋の真ん中に山と積み上げ、その上に破ったドアの板きれを置いた。マッチを擦って干し草に火をつけようとした。藁《わら》の山は煙を上げるもののなかなか火はつかない。

もういちどやってみた。今度は小さな炎がいくつか上がった。消さないよう慎重に息を吹きかける。火はすぐにほかの藁に燃えうつり、その上の板きれもなめていく。濃い煙が小屋のなかに広がり、屋根の穴から立ち昇ると、マンツァーノは咳《せ》きこみ、逃げ出したくなった。

数分もしないうちに、小さな焚《た》き火がゆらめく影を壁に投げるようになった。その間にもシャノンが隅に立てかけてあった朽ちかけた杭を持ってきて炎に投じると、こちらた。

も赤々と燃え上がった。マンツァーノは焚き火の前にうずくまり、両手をかざして暖めた。

「すごいね」感心した口ぶりで言った。「どこで覚えたんだい」

「ガールスカウト」とシャノンは答えた。「母親に二、三年行かされたの。特に好きだったわけじゃないけど。それが役に立つときが来るなんて思ってもみなかったわ」

この火のそばで寝込んでしまったら危険なことはわかっていた。火の粉が飛んで小屋が燃え上がることもありうるし、眠っているあいだに煙で窒息することだってないとはいえない。

二人ともしばらく無言で炎を見つめていた。

「ばかなことやってるよな」ようやくマンツァーノが言った。

シャノンは何も答えなかった。

「どうしても頭から離れないことがあるんだ」マンツァーノが続ける。「攻撃を仕掛けた連中は、この文明社会の生命線を断った先にどんな目標をもっているんだろう。ぼくたちに略奪し合ったり互いの頭をかち割ったりさせるためか？　もう一度石器時代の暮らしをさせるためか？」

「それならもう達成済みよ」シャノンは苦々しげに言って立ち上がり、ミリタリーバッグを手にとって、中身を空けた。そのなかから着られそうなものをマンツァーノに差し出した。多くはなかった。

「下に敷くのと上掛けに使って」

「まだ全員がそうなったわけじゃない」

「何が？」

「石器時代の暮らしをすること。ありがとう」

マンツァーノはTシャツ二枚とセーター一枚を丸めて枕代わりにした。シャノンもズボンを同じようにした。向かい合わせに横になり、眼を炎に向けた。背中が寒かったが、外のような身を切られるほどの寒さではない。マンツァーノはすでに眼をつむっていた。シャノンはもう一度、赤々と燃える杭からはじける小さな火花に眼を向けてから、同じように眼をつむった。明日の朝、無事にまた目覚められますようにと願いつつ。

八日目　土曜日

ラーティンゲン

「例のイタリア人とアメリカ人の女が行方をくらましました」ハルトラントは横目でポーレンを見ながら言った。「ドラゲナウについては目新しい情報はありません」

一同を見まわす。ディーンホフがいる。タレファー社の他の役員がいる。さらにはウィックリーも。

「バリの当局が犯行現場と検屍《けんし》についての報告書を送ってきました。それによると、ドラゲナウは発見現場で胸と腹に二発の銃弾を受けて死亡しています。ホテルの部屋は、警察が突き止めたときにはもうきれいに片づけられていました。指紋は残っていません。おそらくDNAもだめでしょう。掃除係が念入りに掃除したでしょうし、何か出てきたとしても、以前の宿泊客のものかもしれない。客はいくらでもいますから。ドラゲナウの身分証は見つかっていません。現金とクレジットカードもなくなっています」

ことさらに詳細を口にしたのは腹づもりがあってのことだった。報告すべきことがほかにまだあるのだ。「ところが、一つ非常に興味深い点があります。それは、ドラゲナウはドラゲナウではなかった、ということです。少なくともホテルでは。彼はチャールズ・コールドウェルという名前でチェックインしているのです。この名前に何か心当たりのある方は？」

一同は一斉にかぶりを振った。

「彼はなぜそんなことをしたのでしょう？」ハルトラントは続けた。「わたしの推論の出発点になっているのは、ドラゲナウは敵の一味であるということです。彼がバリに行ったのは休暇旅行のためではありません。身を隠すためです。ところが不幸にも、それはわたしたちにとっての不幸でもありますが、彼の共犯者ないしは依頼人は彼を信用しきれなかった。だから口を封じられた。実際、われわれにははなはだ不都合だ。彼はもう何も話せないわけですから」

「しかし、それはあくまで推測にすぎない」ウィックリーがむきになって言った。「それに、死んだのがほんとうにチャールズ・コールドウェルだとしたら？　そもそもドラゲナウが何でそんなことをしなくてはいけないんだ？」

「金？」ハルトラントが言った。

「誇りを傷つけられたから」ディーンホフが口をはさんだ。「遅ればせながらの復讐《ふくしゅう》」

ウィックリーが険悪な眼つきで見やった。

「なぜ？」ハルトラントが問い返した。「彼はこの企業にはなくてはならない人間の一人です。何だって復讐なんかするのですか？」

「もう何年も前のことだ」ウィックリーが溜息《ためいき》まじりに口を開いた。「まだ工科大学の学生だったとき、ドラゲナウは自動制御ソフトウェアの会社をつくったんだ。彼は素晴らしい頭脳の持ち主なんだが、商才には恵まれていなかった。抜群の製品を作っても、それをうまく売り込むことができなかったんだ。一時はライバルだったが、結局タレファーには太刀打《たちう》ちできなかった。そこで、九〇年代の終わりにうちに身売りしてきたので、開発主任になってもらった。そういうわけで、新しい事業分野の技術担当として開発の推進役になっていたんだが」

「わたしにはわかりませんね。何でまた復讐をするのか」ハルトラントが疑念を口にした。「大儲《おおもう》けしたうえに、好きな仕事を存分にやれるようになったとしか聞こえないのですが」

「大儲けはしていない。ドラゲナウの会社は多額の借金をかかえてたんだ、特にタレファーと裁判で争っていたせいでね。あの会社を買ったのはまず第一に、戦略上の理由からだ。彼の頭脳を手に入れるためのね。それからの数年間は会社を買った分を引いてもおつりがきたよ。うちが次々と素晴らしい業績をあげられたのは彼のおかげだ」

「失望し、破産に追いこまれた人間を仕事仲間と見ていたわけですか、危険きわまりない同業のライバルとは見ないで」ハルトラントが信じられないといった顔で訊いた。

「はじめはそう考えていた」ウィックリーが答えた。「だが、前向きな姿勢を何年も見ているうちに、そういう疑念はいつしか消えてしまった。次の開発責任者という話も出ていたんだ」

「ほう、それはどうやら見込み違いだったようですね。ここはひとまず、ドラゲナウが首を突っこんでいたところを集中的に調査することにしましょう」

ケルンとデューレンのあいだ

シャノンは目を開けると、すぐに灰に目をやった。オレンジ色のかたまりがまだ残っている。その向こうにマンツァーノが荒い息をしながら眠っていた。

青ざめた顔に汗が光っている。屋根の穴から青空が覗《のぞ》いていた。

シャノンは横になったまま、自分の置かれた状況について考えた。言葉もよくわからない田舎にぽつんと建つみすぼらしい木の小屋に横になっている。外は真冬、一緒にいるのはけが人。唯一の移動手段は奪われてしまった。食べるものも水もない。テレビもほかのメディアも機能していないから、世の中の状況を知ることもできない。電話も同じだ。肉親や友人や仕事仲間にもかけられないし、助けを呼ぶこともできない。

自分がパニックを起こしそうになっている、とシャノンは思った。こんなことは以前にもあった。子ども時代、学校の試験がうまくいかなかったと思い込んだとき。旅に出て、目的地にたどり着けなかったとき。お金がなくなってしまったとき。だが、対処の仕方はもう心得ていた。するべきことは分かっている。蛇に射すくめられたウサギのようになるのではなく、最初の一歩を踏み出すのだ。何かをする、行動する、目標に向かって。

目標って、どんな?

音を立てないように身を起こし、火床にもう一本杭《くい》をくべて、そうっと息を吹きかけた。炎が上がった。マンツァーノの息づかいがさらに荒くなったが、目は覚まさない。シャノンは外に這《は》い出て、小屋の裏で朝の用を足した。周囲の畑と森には夜の寒さでうっすらと霜が降り、それが陽の光を浴びてきらきらと光っている。ゆっくりと深呼吸すると、気持ちが軽くなった。

ここは、昨夜車を奪われたあの農家からどのくらい離れているのだろう。シャノンには見当もつかなかった。あたりを見まわしても建物は一つもない。

口のなかがからからだ。朝陽で温まった板壁に寄りかかり、眼を閉じて、顔に当たる陽射しの感触を楽しむ。しばらくそうしながら、頭のなかを整理し、計画を立ててみようとした。何らかの方針をたてようと。一昨日《おととい》までは目標ははっきりしていた。とにかくこの信じがたい出来事から最高のルポルタージュを引き出すこと。その頃は、なかなか順調にいっていた。ヨーロッパの何億もの人々が、停電になった当初からこんな状況下にあり、しかも状況は日増しに悪化している。自分が暖房のきいたホテルの部屋に戻ることができた間は、それらの人々が取材の対象だった。シャノンは自分の内なる声に耳を澄ましてみた。今なお知りたいニュースは何か? 答えは分かりきっている。一つしかありえない。終わること、すべてが元どおりになること。

いいニュースを伝えたい。そのためにはまず事実の積み重ねをしなくては。もしかすると、ほかの人がしていることを伝えるだけでなく、自分で何か行動するときなのかもしれない。マンツァーノは、イタリアの電気メーターにコード番号を発見したとき、行動を起こした。

だが、口のなかがざらつき、お腹が鳴って思い出した。第一歩は最も基本的な欲求を満たすことだと。昨日の午前中にハルトラントのところで食事してから何も口にしていない。水もあの小川で飲んだきりだ。マンツァーノの場合はもっとひどそうだ。ハルトラントのサンドウィッチすら食べていないのだから。

シャノンは小屋に戻った。

マンツァーノが目を開けた。眼がぎらついている。

「おはよう」小さな声で言った。「どう、具合は？」

マンツァーノはまた目をつむって咳《せき》をした。

額に手を当ててみる。熱い。あまり近くで火にあたったせいかもしれない。

マンツァーノが何ごとかつぶやいた。

「お医者さんを見つけなくちゃ」シャノンはきっぱりと言った。最初の一歩として。

デン・ハーグ

マリー・ボラールは、広場のまわりに陣取っている売り手の一人のもとへ駆け寄った。売り物はコールラビ、カブ、染みだらけのリンゴ。マリーは、バカロレアの合格祝いに両親からプレゼントされた時計を取り出した。ほかにも金の指輪二個とネックレスを手にしていた。金目のものはもうそれだけだ。指輪を一つ差し出した。

「金よ!」と叫んだ。「四〇〇ユーロもしたの。何と換えてもらえる?」

相手の男の注意は、現金を差し出している人のほうを向いたままだった。マリーは、鋭い目で商品を見張っている監視役の一人にその指輪を見せた。

「金よ!」と繰り返した。「十八金なの!」

その男は何の反応も見せず、無表情な視線を返してきた。マリーは仕方なくまた売り手のほうを向いた。

何度も大声をあげて呼びかけると、ようやくちらりとこちらに眼を向けた。

「そう言われても、金《かね》かどうかおれには確かめようがないからな」

マリーが応《こた》えようとする間もなく、男は別の人から金を受け取って、品物が詰まった袋を二つ差し出した。

徒労感を覚えながら、マリーは押し合いへし合いする人混みのなかから抜け出た。今はこんなふうにあきらめてはいけない。広場で商いをしている人は少なくとも三十人はいるのだ。一見、小春日和のがらくた市のような光景だが、ここに押し寄せているのは空腹をかかえている人たちだ。その分せっぱ詰まっており、攻撃的になっている。そのなかに、ヒンドゥー教のグルとイエス・キリストを足し合わせたような、長い髭《ひげ》を生やし、白い布を体に巻きつけただけの男が立っていた。男は両腕を高々と挙げ、「終末は近い。悔い改めよ！」と連呼している。

こういう人がほんとうにいるとは。この気温だっていうのに。かぶりを振りながらマリーは先へ進んだ。あちこちからいがみ合う声や怒声が聞こえてくる。広場のはずれにいちだんと大きな人だかりができて、怒りを込めてがなり立てる演説者にみな耳を傾けている。

所狭しと並んだ露台の間を進んで行き、ようやく探し当てた。男が一人、小振りのテーブルの向こうに座っているが、何か売っている様子はない。ただ、まわりにいかつい顔をした猪首の大男六人の警護役がついている。マリーはやっとのことでその男の前まで行った。男は右眼にルーペをはさんで宝飾品を鑑定していた。

「二〇〇」目の前の女性に向かってそう言った。

「そんな、八〇〇ぐらいにはなるはずよ！」女が叫んだ。

「だったら、八〇〇出してくれるやつのところへ行くんだな」そう答えて、男は女性にブローチを返した。

女性は一瞬ためらったが、結局受け取って、その手をぐっと握りしめた。男はすでに別の品を手にしていた。女性はなおもその場にぐずぐずしていたが、やがてほかの人に押しのけられてしまった。

マリーはオーバーコートのポケットに手を入れてアクセサリーをまさぐっていた。唇を噛《か》み、それから踵《きびす》を返した。

人の群れと喧噪《けんそう》のなかに、なすすべなく立ちつくした。こんなむちゃくちゃな商売がまかりとおるとは思ってもみなかった。演説する人を囲む人だかりはますます大きくなり、広場の半分を埋め尽くすまでになっている。口々にがなりたてているだけと思っていた人々の声は、やがてまとまった意味をなした声となって聞こえてきた。

「わたしたちに食べ物を！　わたしたちに水を！　わたしたちに元の生活を！」

ケルンとデューレンのあいだ

シャノンは道路わきに立った。かたわらにはマンツァーノがミリタリーバッグに寄りかかるようにして座っている。彼がこんな具合では先へは進めない。車が通りかかるのを待っていた。ここから先へ進もうとするには、ある程度のリスクを取らざるをえない。さいわい、陽が射して、身を切るような寒さはいくぶん和らいでいた。

エンジン音が聞こえ、車が見えた。左手のほうからトラックがやって来る。

「軍や警察の車両でないといいが」マンツァーノがつぶやいた。「ぼくたちの手配写真がまわっていたら……」

「色からするとそうじゃないみたいよ」とシャノンは言った。「やってみましょう」身を隠そうにも、もう手遅れだ。

腕を挙げ、親指を突き出した。

トラックの運転台には二人の人影があった。トラックが近づいてきて、停まった。ウィンドウを下げ、短髪に無精髭《ぶしょうひげ》を生やした若い男が顔を突き出した。何か訊かれたが、シャノンにはわからなかった。英語がわかるかどうか確かめるほうが先だ。若い男はいぶかしげな目つきになったが「わかる」と答えた。

シャノンは、マンツァーノが病気であること、自分たちを最寄りの街まで連れて行ってほしいことを伝えた。男の頭が引っ込み、運転手と何ごとか話しているのが聞こえてきた。それから男がドアを開け、手を差し出してきた。シャノンはマンツァーノを抱えて先に乗せ、自分も乗った。

ハンドルを握っていたのは年配の男だった。やはりもう何日も剃《そ》っていないような髭《ひげ》面《づら》で、りっぱなお腹をしている。若いほうが、この人はカルステン、おれはエーベルハルトだと名乗った。

「いったいどこをうろついてたんだい？」鼻をくんくんいわせながら訊いた。「燻製《くんせい》室？」

「まあ、そんなとこ」

トラックのキャビンのなかはすばらしく暖かかった。カルステンとエーベルハルトが座る席の後ろにベンチがあり、シャノンとマンツァーノが座っても二人の持ち物を置けるだけのスペースがあった。

二人がシートベルトを締めるとカルステンがギアをローに入れ、トラックはゆっくりと走りだした。マンツァーノはキャビンの壁に寄りかかり、目をつむった。シャノンは額に手を当ててみた。夜の焚《た》き火の熱がそのまま額に移動してしまったみたいだった。

「わたしたち、リポーターなんです」シャノンが言った。「取材しているうちに車がガソリン切れになっちゃって……」

「相方の様子からすると、相当にタフなルポみたいだね」エーベルハルトはそう言って、マンツァーノの額の傷を指し示した。

「交通事故でね、信号が消えたもので」マンツァーノは、事実をありのままに伝えた。

「……そのうちに泊まっていたホテルまで閉鎖になっちゃって」シャノンが先を続けた。

「わたしたち、ブリュッセルに行こうと思っているんです」

言った瞬間に、ばかなことを口にしたなと気づいた。

「EUが助けてくれるとでも思ってるの？」エーベルハルトが笑った。

「……領事館か大使館があるような都市が近くにあれば、そこでもいいんだけど」急いで付け加えた。「でなかったら、電気が通っているところ。どこかそういうところ知りませんか？」

「さあ。おれたちの通る道にはないね。今そんなところは虹《にじ》の彼方《かなた》にしかないと思うよ」

ベルリン

「ロシアに何と言うか、そろそろ決めなくてはならない」連邦首相が促すように言った。

「二時間以内に第一便が飛び立つ」

「いまだに事件を起こした者について確たる情報が得られていません」国防大臣が応じた。

「どんなものであれ援助は必要です」ミヒェルゼンが口をはさんだ。「今になってロシアに援助を断るなんて、どう言い訳するんですか？　それに、なぜロシアだけなんですか、トルコやエジプトの援助はどうするんですか？」

「陰で操っているのがロシアだとしたら？」

「たら、たらって……」ミヒェルゼンはむきになって言った。これは戦争だと思いこんで反対ばかりする人たちにはもううんざりだった。国防大臣は初めから戦争論に傾いている。かたや、首相は戦争論から距離を置いて静観のかまえを取り、アメリカへの攻撃があった後もテロ行為である可能性を排除しようとしない。内務大臣が自分の側にいることも分かっていた。その内務大臣が加勢した。

「ロシアが第一陣で送ってくるのはもっぱら民間のスタッフです」内務大臣が言う。「軍から派遣されるのは調整役の司令官だけのようです」

この議論で争われているのは、論拠ではなく主導権の行方であることは、参加者すべての目に明らかだった。テロ事件の捜査を担当するのは警察であり、その警察機構のトップは内務大臣である。だが、アメリカへの攻撃があってからは国防大臣が自分に出番がまわってきたと思っている。小政党の党首ながら連立政権を組んで入閣を果たしたこの男は、戦争関連の議論のさいには連邦国防軍の責任者として連邦首相と対等に渡り合うようになっていた。もしかして国防大臣は戦争に持ち込もうとしているのではないだろうか、そんな思いがミヒェルゼンの頭をかすめた。

会議室のドアをノックする者があった。首相の秘書がドアを開けて顔を突き出し、すぐに首相のもとに急いで、何ごとか耳打ちした。

首相はおもむろに立ち上がると、出席者に向かって「みなさんもご覧になってください」と言って会議室を後にした。

ほかの人たちは怪訝《けげん》な顔で後に続いた。首相は安全な場所から、通りを見渡せる通路へと出て行った。

その光景に、ミヒェルゼンは背筋から首筋にかけて戦慄《せんりつ》が走り、さらには脳天をがつんとやられたような感覚をおぼえた。「無理もないわ」と隣にいた女性に向かって言った。全員が金縛りにあったように、内務省庁舎前の危機対策本部のすぐ下に集まった群衆を見つめていた。数千人はいるだろう。一斉にシュプレヒコールをあげているが、分厚い窓ガラスに遮られて声は聞こえない。口の動きと、振り上げる拳《こぶし》と、横断幕が見えるだけだ。

みんな腹を空かせてる！

みんな寒さに震えてる！

みんな水が必要だ！

みんな暖房が必要だ！

みんな電気を望んでる！

ささやかな望みだ、とミヒェルゼンは思った。しかし今はそれすらも叶《かな》えるのが困難になっている。上にいる自分たちが下の人たちからどう見えているかはわかっていた。煌々《こうこう》と明かりが灯《とも》り、暖房の効いていそうな建物に、オーバーコートも分厚いセーターもショールや手袋も身につけていないやつらがいる。そして、堅固な要塞《ようさい》から見おろすかのように、寒さに震える包囲軍を眺めているのだ。

群衆があちらこちらに揺れる。人の海が波のように庁舎に押し寄せては引き、引いては押し寄せる。下の門や通用口は閉められ、警官に護《まも》られていることはミヒェルゼンも知っていた。

「仕事に戻らないと」そう言って、踵《きびす》を返したときだった。鈍い音がして、思わず振りかえった。同僚たちが後じさりし、おびえた目で窓を見つめた。また何かが窓ガラスに当たり、そこから蜘蛛《くも》の巣《す》状に細かいひびが広がった。石が次から次へと庁舎の正面に飛んでくる。さらに二つの窓にひびが入った。充分強度のある防弾ガラスだが、職員たちは皆廊下へ避難し、次々と危機対策本部の、セキュリティコードつきの特殊なドアで護られた部屋へと戻って行った。一握りの人たちだけが残った。

わたしがここにいるのは、まさにこういう事態を阻止するためだったのに、とミヒェルゼンは思った。無力感が四肢に広がり、悪寒に襲われたかのように、歯ががちがちと鳴った。壁にもたれ、窓ガラスに当たって雷鳴のような音をたてる石を見ていた。

やがてつぶての嵐がやんだ。廊下の十六枚ある窓のうち五枚にひびが入っていた。

「ロシアに来てもらいましょう」首相が外務大臣にそう告げる声が聞こえてきた。

ミヒェルゼンはおそるおそる窓に近づいて行った。庁舎の前に煙が広がっている。火事なのか、催涙ガスなのかと考えた。

デューレン近郊

「で、あなたたちは？」シャノンが助手席の男に訊いた。「何のためにこの道を走ってるの？」

「カルステンは大手の食料品会社で働いてるんだ」とエーベルハルトが答えた。「ふだんは流通センターから各支店に食料品を配送してる」

食べ物のことが頭に浮かび、シャノンの胃がきゅっとなった。

「英語お上手ですね」

「習ってるからね」とエーベルハルトが応じた。「今はそれが緊急支援の役に立ってる」

「何を運んでるの？」

「何にでも使えるもの。保存食品に小麦粉にパスタ。配送ルートの村にあるうちの支店が食料品配給所みたいになっているんだ。役所はどこも機能していないからね。このトラックから直接、決められた割り当て量を配ってる。でも、もうそろそろ、それも終わりだ」そう言って物思わしげに窓の外を見やった。

「どうして？」

「うちの倉庫が空っぽなんだ。これが最後の配送になる。だから、絶対に不公平にならないように配らないといけない」

ややためらってから、シャノンは次の質問を発した。「食料品を運んでるんですよね。実はわたしたち、昨日の朝から何も食べていないんです」二人とも知らん顔をしているので、こう付け加えた。「お金は多少残ってるんですけど」

エーベルハルトが目を細めてシャノンを見た。

「お金をまだ持ってるの？」

シャノンのなかに不快な感情がこみあげてきた。が、背に腹はかえられない。

「少しだけど」控えめに言っておいた。「何か売ってもらえないかと思ったものだから」

　エーベルハルトが髭《ひげ》を掻《か》いた。「それはできないことになってる。非常事態法でね。おれたちは物資を無料で配らなくちゃいけないんだ。それも公平にね」そう言って、何か申し出を期待するかのようにじっとシャノンを見つめた。

「すこしでいいんだけど」とシャノンは言ってみた。「この人とわたしの分。この人がどんな状態かは見て分かるでしょう」

　エーベルハルトがちらりとマンツァーノに眼を向けたが、マンツァーノは何の反応もできなかった。

　シャノンはポケットのなかを探った。

「ここに五〇ユーロあるわ。これで小さな包み一つ分にならない？　いい値段でしょう」

「一〇〇だな」エーベルハルトはそう言ってその紙幣に手を伸ばした。シャノンが引っこめる。

　エーベルハルトは何ごともなかったかのように、道路に眼を向けた。そのまま一分が過ぎた。シャノンは胃酸がお腹全体に広がったような気がした。

　たまらず譲歩した。「六〇」

「もう一二〇になってるよ」

　シャノンは胸の内で悪態をついた。声に出そうものなら、次の瞬間、車から放り出されてしまう。

「八〇」

「おれは朝飯はちゃんと摂《と》ったんだ」エーベルハルトの眼は道路に向けられたままだ。

「で、もうすぐきちんと昼食を摂ることになってる。あんたたちもそうしたいってんなら、一五〇だな」

「そんなに持ってないわよ！」

「金がないんなら、初めから取引しないことだ」

くそっ。きたないやつ。

「わかったわよ。一〇〇。それ以上は出せないわ」

シャノンは腹立たしさのあまり涙が出そうだった。

エーベルハルトがカルステンに合図を送った。車の速度が落ち、やがて停まった。

エーベルハルトがシャノンのほうを向き、手のひらをぐいと突き出した。

「食べものが先」シャノンは言い張った。

エーベルハルトが車から降り、包みを持って戻ってきた。

シャノンは歯ぎしりしながら、それと交換に一〇〇ユーロを差し出した。

アルミホイルの包みを破ると、ポリ袋に入ったパン、ソラマメとトウモロコシの缶詰が二個、ミネラルウォーター一本、チューブ入りのコンデンスミルク一本、小麦粉一パック、パスタ一パックが入っていた。すごい！　でも、一〇〇ユーロも出して、レンジがなくては、少なくとも火がなくてはどうにもならない小麦粉やパスタまで買ったことになる。もどかしげにポリ袋を破ってパンを取り出すと、半分に割って片方をマンツァーノに差し出した。それから自分の分をちぎってはがつがつと嚥《の》み下した。隣でマンツァーノも同じようにがつがつ食べた。

エーベルハルトとカルステンはその様子を見て笑ったようだった。

シャノンは気にしなかった。

ラーティンゲン

「問題があると見られる全コードの三〇パーセントはチェックを終えました」ディーンホフが報告した。「今までのところすべて問題はないようです」

「まだ七〇パーセント残っているわけだ。何でそんなに時間がかかるんですか？」ハルトラントが訊いた。

ディーンホフは肩をすくめた。「何を期待してるんです？　わたしたちはプログラムを一行ずつ点検し、プログラマーが忍ばせたロジックを把握しなくてはならないんです。通常でもきわめて労力のかかる作業なんです、ましてやこういう状況下では」

ハルトラントは打ち合わせを終え、自分の班が作戦本部にしている隣の部屋へ移った。部下の女性が無線電話で話していた。ハルトラントを見ると、話を終え、受話器を置いた。「ベルリンと話していました。向こうにモノを送って、それをユーロポールはじめほかのところへも転送してくれるよう頼んだんです。見てください」

コンピューター上に画像データを開いてみせた。

「これは、ドラゲナウのところで見つかった古いハードディスクとコンピューターのデータを復元したものです。このお人好しは取りたててきちょうめんというわけではなかったようですね。それとも、人に見られてもかまわないということでしょうか」

あらゆる国籍の人が少なくとも六十人は写っている集合写真で、バックはハルトラントには見慣れない街の風景だった。それぞれの顔を見分けるのは困難だった。

「上海2005」というタイトルが枠に書かれている。

「二〇〇五年というのは、ドラゲナウが上海で開かれたITセキュリティ会議に出席した年です。タレファーの人事部にはそのときの資料を全部持ってきてくれるよう頼んでありますｂ。何か出てくるかもしれません。ドラゲナウがプライベートで行ったのでなければ。この写真はその会議の合間に撮ったものでしょう。ここにドラゲナウがいます。さらに、この人物は、もしかするとわたしたちの知っている人かもしれません」

そう言いながら、顔が判別できるまで、画像を拡大していった。ブロンズ色の肌と黒い髪をしたハンサムな若い男がカメラに向かって微笑んでいる。

「おそろしく似ているんですよね……」部下の女性はもう一枚の画像を画面に呼び出した。

それは、イタリアでスマートメーター妨害行為をしたと思われる人物のモンタージュ写真の一つだった。

それをドラゲナウの上海の写真にあった顔と並べてみる。

「五年間のギャップがあります。今は髪が短くなっています。でも、それ以外は……」

「ベルリン、ユーロポール、インターポールほか全機関に今すぐ連絡だ。こいつが何者か、何か情報を持っているところがあるかもしれん」

「全機関」。現在の状況から見て該当すると思われる国々の秘密情報機関ないし諜報《ちょうほう》機関すべてだ。

デューレンの先

「腹いっぱいになった？」エーベルハルトが訊いた。

シャノンは、臆面《おくめん》もなくこちらの窮状につけ込んでくる男に腹立たしさを覚えた。だが、先へ進みたければ、この二人には運転手を務めてもらう必要がある。

「今どのへんなの？」と訊くと、エーベルハルトがグローブボックスから使い古された地図帳を取り出し、ぱらぱらとめくってからそのページを開いて見せた。たくさんの村落が網目状の道路で結ばれている。その地図の端っこのほうに大きな都市が見つかった。デュッセルドルフ、ケルン、アーヘン。

「どういうルートを行くの？」

「村や町をまわって行く」そう言いながらエーベルハルトは指先で地図の上をなぞった。大きな都市には触れなかった。

「最終の目的地はどこ？」

「アーヘン」

「そこまで連れて行ってもらえる？」

「運賃を払えるかどうかによるね」

まただ、とシャノンは思った。歯噛《はが》みして、大きなため息をついた。

「もう一文もないって言ったでしょ」

「残念。となると、次の村で降りてもらうことになるな。もうすぐ着くけど」

なるほど、道路沿いにぽつぽつと家が建ち並ぶようになってきた。

「すぐに大騒ぎになる」エーベルハルトが簡潔に予告した。

街なかを走る道路はしだいに道幅が広くなり、やがて広場に出た。広場に面して建つスーパーマーケットの前には数百人が集まっていた。

「わかったわ」シャノンが早口で言う。「アーヘンまでいくらなの？　七〇ならあるけど」

「もっと持ってるんじゃないの？」

「ないわ」シャノンはきっぱりと答えた。「七〇。これがわたしの全財産。それを渡す

と言ってるのよ。アーヘンまで連れて行ってくれたらね。だめなら、これがほかの人の

ものになるだけの話よ」

トラックが群衆に近づいていく。

エーベルハルトはカルステンと二言三言交わしてからシャノンたちの方を向いた。

「いいだろう。ここは一時間くらいかかる」

マンツァーノは顔に汗を浮かべ、目を閉じてシャノンの肩にもたれている。病院から

薬を持ってきたものの、たいして効いてはいないようだ。

「そのあいだに、この人を診てくれそうなお医者さんを探してみようかと思うんだけど、

どうかしら？」とシャノンは尋ねた。

「それはかまわない。だけど、一時間後には出発するよ。この広場では乗りこめないだ

ろう。理由はすぐに分かる。この広場から二つ先の交差点で拾ってやろう」

カルステンが群衆を掻《か》き分けるようにしてゆっくりと車を進めていき、広場の真ん中

で停めた。そのとき初めて、シャノンは人混みのなかに馬車が三台駐《と》まっているのに気

づいた。荷台に人が上がって何かを売っている。ジャガイモだ。

カルステンとエーベルハルトは車を降りようとしない。待ち受けていた人の中から数

人がトラックのステップやバンパーに足をかけよじ登ってきた。車内を覗《のぞ》きこむ顔が増

え、大きく口を開けて何か叫んでいる。その様子を見ているうちにシャノンは心配にな

ってきた。

「このところ、ずっとこうなんだ」エーベルハルトが言った。「待つしかない」

しばらくすると、群衆の顔はすべて消え、別の顔が現れた。警察の帽子をかぶっている。シャノンは頭に血が上るのを感じた。

カルステンとエーベルハルトがドアを開けた。

「医者のところへ行きたいんなら、あんたたちもここで降りてくれ」とエーベルハルトが言った。

シャノンは手を貸してマンツァーノを降ろしてやった。警官は二人にはまったく注意を払わなかった。二人が降りると、エーベルハルトがドアを閉めた。

「一時間だ」エーベルハルトが後ろから声をかけ、自分の腕時計を指し示した。

シャノンはうなずき、マンツァーノに手を貸しながら人混みの中を抜けていった。行きあう人に英語で医者がいないかどうか訊いてみたが、誰も答えてくれなかった。広場のはずれまで来てやっと、教えてもらえた。

その診療所までは五分ほどだった。出発までまだ四十五分ある。

司令センター

パリでドイツ人の死体を見つけたか。となると、タレファー社への捜査はその分綿密になるだろう。せいぜい探すがいい。ここ数十年のプログラムは何百万行にもなる。そ

れを一日二日で全部チェックするなどできるはずがない。連邦刑事局が総力をあげてかかろうともな。ハッカー一人捕まえたことのない連中なのだから。

数日前、マンツァーノの母国でスマートメーターに細工をした後、プーリア州のバーリに向けて車を走らせ、そこで最終便のフェリーに乗った。ほかの二組も同じようにやった。スウェーデンのチームは車でフィンランドを経てロシアへ逃れた。そこからは飛行機に乗り、三日後に三組が合流した。

サン＝ローランをはじめ、大西洋をはさんだ両大陸の原子力発電所や化学工場の状況に関する仲間うちの議論はいつのまにか沙汰《さた》やみになった。こういう施設のITシステムには意図的に侵入を控えた。だから故障や事故の責任はひとえに事業者にある。緊急システムがお粗末すぎるのだ。この点については、事態を憂慮している仲間も反論できまい。すべてが終わっても、今回被害に遭った国民はもう企業や政治家が言い逃れするのも、嘘をついて切りぬけるのも許さないだろう。もっと言えば、新たな生活水準に慣れてしまったら、すぐにもその責任を問い始めるに違いない。そうなってこそ、ほんとうに何かを変えることになるのだ。

ランガーヴェーエ

シャノンは、食料品配給所から通りをいくつか隔てたところに建つ木造家屋の中にい

た。廊下では何人もが壁に寄りかかったり、床に座りこんだりしている。「すみません、すみません」と繰りかえしながら、マンツァーノを連れて奥へ入っていったものの、待合室にはもっとたくさんの人がいて、空気は湿っぽく、むっとして息が詰まりそうだった。

オーバーコートに帽子という出で立ちの紳士然とした男性が、見かねて言葉をかけてきた。「みんなここでずっと待っているんです。なかには何時間も待ってる人もいます。廊下の列の後ろに並びなさい。わたしなんか昨日からここにいるんだ、それでもまだ順番がまわってこない。今日はどこまでの患者を診てくれるのかも分かりません。お連れの方を助けてあげられるとも思えませんよ。ほかを当たってみたほうがいいでしょう」

シャノンはその男性に、電気が供給されているところを知らないか訊いてみた。

「あのね、知っていたらこんなところにいるわけないでしょう」

子どもがわめきだした。ほかの人たちがいっせいに振り向く。迷惑そうな眼と同情の眼。母親は子どもを腕に抱きかかえて、静かにするよう小声で諭した。だが、女の子の叫び声はますます大きくなった。こんな泣き声もみんなの神経に障るようになっているようだ。

「どなたか力になってくれそうな人をご存じありませんか？」

「警察か役所でしょうね。通りを二つ先に行ったところにあります」

市役所は黄色と赤の二色のガラス張りの建物だった。なかに入るといきなり順番待ちの行列にぶつかった。皆分厚い冬用のコートに帽子、ショール、手袋、暖かい靴やブーツを身につけている。何のために並んでいるのか訊《たず》ねてみると、二番目に訊ねた女性がたどたどしい英語で答えてくれた。「いろいろ。おもに食料品のカード」

「食料品のカードって？」

「それがないと、配給のときに何ももらえないんです」

「それはどこかでもらえるんですか？　誰が印刷してるんですか？」

女性がいぶかしげなまなざしを向けてきた。「係の女の人が要求されたものを紙に書いて、それにスタンプを押すんです」

「順番が来るまで長くかかりそうですね」

女性は肩をすくめた。電気が通っている地域について訊ねたが、それも知らなかった。いやでもエーベルハルトとカルステンと一緒に先へ行くしかなさそうだ。

なすところなく庁舎を後にし、数分後には待ち合わせの場所に着いた。

遠くでトラックがゆっくりと動きだすのをシャノンは眺めていた。数人がトラックにしがみついていたが、トラックのスピードが上がると路上に投げ出されてしまった。

エーベルハルトはここまでの距離をちゃんと測っていたのだろう。トラックがシャノンとマンツァーノの前に停まっても、もう広場の人たちは追いつけなくなっていた。

「乗って！」エーベルハルトがせかした。

シャノンとマンツァーノがまだちゃんと座りもしないうちに、カルステンがアクセルを踏みこんだ。

オルレアン

アネット・ドレイユは染《し》みだらけの鏡の前で髪をととのえていた。またもやトイレのにおいが鼻先をかすめ、息を止めた。大急ぎで髪に手櫛《てぐし》を入れたとき、指のあいだに髪の毛がごっそりと残ったのに気づいた。ぎくっとして、トイレのにおいのことも忘れ、口をぱくぱくさせた。どぎまぎしながら、その細いものを洗面台に払い落とすと、もう一度指先を髪に入れ、慎重にすいてみた。今度は白髪が手にからまってきた。髪の毛なんていつも多少は抜けるものだ、と思った。今までだってずっとそうだった。それでも後からちゃんと生えてくる。同時に、八〇年代の核戦争反対を訴える映画のシーンが頭のなかによみがえってきた。その映画では、主人公たちは、爆弾の放射線を浴びて、数日もたたないうちに髪が抜けはじめた。そして数週間後には人々が苦しみながら次々と死んでいった。アネットは顔が熱くなるのを感じた。

左側では同年輩の女性がタオルで腕を拭《ふ》き、右側では若い女性が洗面台で赤ん坊の体を洗っていた。

アネットは震える手をもう一度髪に通してみた。今度は何もついてこなかった。だが、あえて力を込めなかったのだ。急いで共用のバスルームを出た。タイル貼りの床は汚くて、靴を履かないととうてい歩く気にはなれなかった。

ホールをぐるりと取りかこむ幅広の通路には、ねっとりとした冷たい空気が垂れこめている。天井からはところどころ抜き取られて少なくなった蛍光灯がかすかな光を投げていた。ふだんはスポーツや講演に使われているホールに、今は一日中、ひそひそ声、話し声、いびき、泣き声、ののしり声が入り交じって響いている。こうして廊下を歩いていてもそのざわめきがホールの大きなドアの向こうから聞こえてくる。

アネットは玄関ロビーのほうへ行ってみた。救助スタッフが新たに到着した人たちに場所を割り振ったり、食料品や毛布を配給したり、質問に答えたりしている。娘と同い年ぐらいの制服姿の男が缶詰を仕分けしていた。

「すみません」とアネットは話しかけた。

男は作業の手を止め、人の好《よ》さそうな顔を向けた。

「わたしたち、昨日サン＝ローランの近くから来たんですけど」と言いながら、かすれ声になっているのに気づき、咳払《せきばら》いを一つした。「放射線被ばくの検査はいつしていただけるんですか？」

男は両手を拳《こぶし》に握って腰に当てた。「奥さん、心配いりませんよ」

「でも、検査はしなきゃいけないんでしょう？」

「いいえ、奥さん。この避難はあくまで予防措置なんです」

「二〇一一年に日本で事故があったとき、テレビのニュースで見たわ。避難所の人たちが器具を使って……」

「ここは日本ではありません」

「わたしは検査してほしいんです！」アネットは言い寄った。自分のその声が耳に、他人の声のようにけたたましく聞こえた。

「ここには今のところそのための器具もないし、係員もいません。でも、さっきも言ったように、不安になる必要はまったくありません。サン＝ローランには何も……」

「わたしは不安なんです！」声が大きくなった。「だったら、どうして避難させられたんですか？」

「先ほど言った通りです」男の口調が明らかにけわしくなった。「予防のためです」そう言って缶詰の仕分け作業に戻った。

アネット・ドレイユは体が震え、顔が熱くなるのを感じた。眼に涙があふれ、それをこらえようと束の間、瞼《まぶた》を閉じた。

アーヘンの手前

エーベルハルトとカルステンはその後も二つの村で食料品の配給を行った。その間、マンツァーノとシャノンは車の中にじっと座っていた。シャノンは、マンツァーノの額がそんなに熱くなくなってきたような気がしていた。病院の薬がじわじわ効いてきたのかもしれない。

空が暮色に染まってきた。アーヘンの手前まで来ていた。建物はまだぽつぽつとしかなく、畑や林が広がっている。突然、カルステンがブレーキをかけた。シャノンの体が前のめりになりシートベルトが体に食い込んだ。身を起こすと、目の前の道路に木が横倒しになっていた。

エーベルハルトとカルステンのいる両側のドアが荒っぽく引き開けられた。男の声がして、銃身が、続いて頭が見えた。顔にマフラーを巻きつけ、帽子を目深にかぶっている。

「降りろ！」覆面男が叫び、運転席によじ登ってきた。カルステンがギアをバックに入れようとするのを見るや、持っていた銃でしたたかにその手を打った。もう一人の男が頭に銃口を向けた。激痛にカルステンは叫び声をあげ、即座にレバーから手を放して両手を挙げた。男たちに摑《つか》みかかられて運転席から転げ落ちそうになったが、かろうじてもちこたえ、急いで自分から降りた。エーベルハルトも反対側のドアから降りた。殴打の鈍い音と叫び声が、車内にいるシャノンの耳に届いた。背もたれに背中を押しつけ、本能的に両手を挙げていた。男たちがやって来て二人の目の前で銃を振りまわし、叫んだ。シャノンはマンツァーノのシートベルトを外し、一人で車から降りられるよう、できるだけ体を持ち上げてやろうとした。自分のミリタリーバッグとマンツァーノのラップトップを一緒に片方の肩にかついだ。覆面男がマンツァーノを引っぱり出し、路上に突き落とそうとした。シャノンがとっさにマンツァーノの体を引き戻し、そのわきを擦りぬけて先に降りた。「気をつけてよ！」と声を張り上げた。マンツァーノはシャノンの肩を借りて、どうにか転落することなく路上に降りることができた。道ばたにエーベルハルトとカルステンがうずくまっている。一方は頭をかかえ、もう一方は股間《こかん》を押さえていた。

運転席にはすでに覆面男の一人が乗りこんでいた。別の二人が助手席に飛び乗った。キャビンにさらに三人いる。乗りこむや、勢いよくドアを閉めた。

トラックはバックして畦道《あぜみち》に入ると方向を変え、もと来た道を走り去った。

はじめはエーベルハルトのぼったくりに遭った。今度は賊に襲撃された。どうやらこの国は無政府状態になりつつあるらしい。アメリカにいるかつてのクラスメートの何人かのことが頭に浮かんだ。彼らは今ではティーパーティという急進的な反体制運動に熱中している。故郷のアメリカも今同じような状況なのだろうか。この現実を受け入れるしかないのか。これじゃ本当に原始時代に逆戻りだと思った。

「くそったれ！」エーベルハルトがトラックに向かって怒鳴った。トラックはすでに砂《すな》埃《ぼこり》のなかに小さくなり、やがて見えなくなった。

怒鳴ることぐらいしかできないのだろう、とシャノンは思った。

エーベルハルトは身を起こしてはいたものの、まだ痛みに呻《うめ》き声を洩《も》らしていた。同情心は起きなかった。あんなことするからぶん殴られるのよ、とシャノンは思った。

それでも、「大丈夫?」と声をかけた。

「どうせ荷台は空っぽさ」エーベルハルトが呻くように言った。

カルステンもどうにか起きあがった。

「アーヘンまではあとどのくらいなの?」とシャノンが訊いた。

エーベルハルトが道を指し示す。

「四キロぐらいのもんだな」

「歩いて行けると思う?」シャノンがマンツァーノに訊いた。

「行くしかないだろう」

シャノンはミリタリーバッグを肩にかつぎ、マンツァーノを支えた。

「おい!」エーベルハルトが後ろから声をかけてきた。「約束の七〇ユーロは?」

「アーヘンまで連れて行ってくれる約束だったでしょ」シャノンは足を止めずに肩越しに答えた。エーベルハルトが何とか立ち上がり、追いかけてこようとするのが見えた。だが、よろよろと数歩歩いただけであきらめた。シャノンは目の前に延びる道路に注意を集中した。

「『オン・ザ・ロード・アゲイン』か」マンツァーノが溜息《ためいき》まじりに言った。

デン・ハーグ

「残念ながら」とルイス長官が言った。「ユーロポール職員に対する特別支給の予定はないそうだ」

ボラールは憮然《ぶぜん》として、伸びはじめた髭《ひげ》を撫《な》でた。水を節約するために、ここしばらく髭を剃《そ》るのをやめている。同僚たちも皆そうだ。

「最新の情報を聞いていて思うのだが」とルイス長官が続けた。「そもそもこんな状況でまだ物資が手に入るのかね」

にっちもさっちもいかなくなっていた。外部とのコミュニケーションはますます取りにくくなっている。各国の当局や機関に何時間も連絡がつかないことも多くなった。そのためユーロポールは捜査の連絡調整役を果たすのが容易ではなくなっていた。サン＝ローランの状況については、昨日から何の情報も入ってこない。三〇キロ圏内の住民が避難することになったと聞いたのが最後だ。パリの放射線量の値が上昇したという話は聞いていないが、こういう件に関してはフランス当局をどこまで信用していいのかボラールには分からなかった。故国フランスは、これまで原子力発電事業に関するいかなる批判にも超然とした態度を示していた。産業界が政治と巧みに関係を築き、大きな影響力を有しているからだ。昨日届いたウィーンの国際原子力機関の報告が正しいなら、いまのところ危機に見舞われたほかの施設の状況は悪化していない。そうはいっても、このの間に何カ所かでディーゼル燃料が逼迫《ひっぱく》しているとの報告もある。いつまでもつだろう、とボラールは思った。事業者も政府も、危機が明らかになった時点で補給するための手を打つことはしなかったのだろうか。向こうもきっとわれわれと同じ問題に直面しているのだろう。コミュニケーションシステムが停止し、全体の状況は把握しきれず、補給資源はもちろん、タンクローリーや運転手も足りない——。

インターポールからでさえも散発的にしか報告は届かず、それも遅れぎみだ。殺害されたドラゲナウについてバリの警察当局から新しい情報は何も来ていない。凶器も犯人も目撃者すらも浮かび上がっていない。イタリアとスウェーデンからもスマートメーターの件で新しい情報はない。ヨーロッパの地図を見ながら考えこんでいると、後ろで誰かが咳払《せきばら》いした。

振り向くと、ITチームのベルギー人が立っていた。彼は無言のまま手招きすると、廊下に出て壁にもたれ、ズボンのポケットに両手を突っこんで、息をついた。

「厄介なことがわかりました」小声で言った。

アーヘン

明かりのない通りに人の姿はまばらだった。歩道のあちこちにゴミが山積みになり、悪臭を放っている。シャノンとマンツァーノは道路標識に従って歩いて行き、城塞《じょうさい》のような石造建築の前に出た。

「駅のようね」シャノンが言った。

出入り口はどこも閉まっている。シャノンが取っ手をがちゃがちゃやってみた。

「ここは何も走ってないみたいね」

「ボラールが、補給物資の輸送は鉄道でやっていると話していた」マンツァーノが言った。「鉄道は独自の電力網を持っていて、あまり影響を受けないからだそうだ」

「だったらどうして駅が閉まってるの？」

「列車以外のものは一般の電力に依存しているから」

「ここに時刻表がある」そう言って、シャノンは暗がりのなかで何が書いてあるか見ようと屈《かが》みこんだ。マッチを擦った。「ブリュッセルへは、ふつうなら一時間半もかからないのね」

時計を見た。「朝ここを通る列車があるみたい。それを待つしかなさそうね。八時半の列車。夜を明かす場所が必要だわ。どこかそのへんの避難所まで行ける？」

「そうするしかないだろう」

通りを進んでいくと、すぐにホテルが見つかった。窓は暗い。ドアをノックして、待った。もう一度ノックした。誰も出てこないので、通りに面した窓を調べることにした。黄ばんだカーテンが左右に引かれて留められている。シャノンは示し合わせるかのようにマンツァーノの顔を見た。「誰もいないようなら、ここに入ったらどうかな……」

そう言ってシャノンは、中の様子を見ようと、窓ガラスに顔を押しあてた。

「何をしてる？」後ろで野太い声があがった。

三人連れの男がいた。その男たちが近づいてきたのにシャノンはまったく気づいていなかった。一人は野球のバットを持ち、もう一人は鉄の棒を、三人目はベルトで肩から銃を吊《つる》し、その銃口をこちらに向けている。一人はマンツァーノと同じくらいの背丈で、ほかの二人はやや低い。真ん中の男は太って見えたが、冬物の上着で着ぶくれしているだけのようだ。男たちの右の袖《そで》にはオレンジのリボンが結んである。手書きの文字で何か書いてあるが、シャノンには単語の末尾しか見えなかった。

……団

……ボン

「英語は話せますか？」シャノンが英語で訊いた。

「少しなら」銃を持っていた男が戸惑いぎみに答えた。

「わたしたちジャーナリストなんです」相手の男が聞き取れるよう、ここでも同じことをゆっくりと伝えた。「一晩泊まれるところを探しているんです」

三人はなおも疑いぶかい眼を向けている。

「ジャーナリスト」銃を持った男がドイツ語で繰りかえした。「ええと……」首をかしげ、両手を組んで顎《あご》のわきに持っていった。「夜……眠る……」

仲間に説明しているのだが、そのぐらいのことはほかの二人もわかっている様子だ。銃を持った男がマンツァーノの頭を指さした。

「どうした？」

「事故」シャノンは答えてから、男のリボンに指を触れた。

「これは何？」

「おれたち、セキュリティ」大まじめに威張りくさって誇らしげに言った。それから「ガード」と付け加え、「な、そうだよな」と同意を促すような目つきで仲間を見た。

「へえ、すごい！」シャノンは感心してみせた。自警団を自任しているのだと思った。危険な連中だ、アメリカにもこういうのはいた。この町内を守れるのはおれしかいないと勝手に思いこみ、飛び道具をちらつかせて出歩いて、人を怖がらせておもしろがっているのだ。用心しなければ。

「わたしたちが泊まれそうなところ知らない？」

相手の表情からすると、こちらの言っていることがわからないらしい。恥をかかせないように、言い回しを変えてもう一度ゆっくり尋ねた。

「わたしたちが寝られるところを知りませんか？」

男はほかの二人に通訳し、シャノンをちらりと見てから、にたにた笑いながら何ごとか付け加えた。何と言ったのかシャノンにはわからなかった。「当然二人でひとつのベッドだよな」ほかの二人が下卑た笑いをした。

「行こう」マンツァーノがシャノンを促した。

「この辺にエマージェンシー・シェルターはある？」シャノンが訊いた。「でなければ警察署は？」手をひらひらさせながら、単語を探してようやくドイツ語で付け加えた。

「ポリツァイ?」

その単語が男たちの悪のりにブレーキをかけた。

「警察……」一人がゆっくりと噛《か》みしめるように言った。

「そうよ。でなかったらどこか……自分の家で寝れない人たちが……寝られるところを……知ってたら」

男はシャノンの言葉を頭のなかで反芻《はんすう》しているようだったが、やがてその表情がぱっと明るくなった。

「ああ、避難所のことか……」

エマージェンシー・シェルターの意味をずっと考えていたらしい。

「もういっぱいだよ。ほかを探すんだな」流暢《りゅうちょう》な英語が返ってきた。

ベルリン

ミヒェルゼンがドイツ全体の食料品の備蓄の数字をチェックしていると、誰かが耳打ちした。「全員、会議室へ。今すぐ」

停電になって以来、何か新しい伝達事項があれば誰かしらが大きな声で庁舎内を触れまわったり、何かしらのメディアを使って連絡したりしていた。

ところが今回は違った。一人の職員が室内の一人ひとりに同じ言葉を耳打ちしてまわっている。あたかもそれがここだけの、万全のセキュリティが施されたこの部屋だけの秘密ででもあるかのように。

ミヒェルゼンは無表情に立ち上がると、指示に従った。短い廊下を行くあいだ、誰も一言も口をきかなかった。

会議室内にはもう空いている席はなかった。長テーブルの上席に連邦首相と閣僚のほぼ半分が座っている。スーツにネクタイを締めている人はもう一人もいない。ここでも誰も口をきこうとしない。最後に、声をかけてまわっていた人が入ってきて、ドアを閉めた。

「お集まりのみなさん」内務大臣が切り出した。「攻撃が新たな段階にエスカレートしました。IT専門家が先ほど伝えてきたところによると、わたしたちのコミュニケーションシステムに攻撃者が潜りこんでいるそうです。どこからどうやって侵入したのかはまだわかっていません。現時点ではっきりしているのは、みなさんのコンピューターが敵の手中にあるということだけです。これはユーロポールでも、フランス、イギリス、ポーランドのほかヨーロッパの三つの危機対策本部でも確認されたことです。そのほかの対策本部についてはまだシステムの点検ができていませんが、そちらも部分的には侵入されていると考えていいでしょう」そこまで言って、聴き手を制するように両手をあげた。「誤解のないように言っておきますが、ここにいるみなさんの中にそれに関与している者がいるとは考えておりません。このシステムへの侵入は、エネルギーのインフラへの攻撃同様、用意周到に準備されたものと考えられます」

両手をおろし、咳払《せきばら》いを一つしてから続けた。「しかも攻撃者はわたしたちのコミュニケーションを監視しているだけではありません。わたしたちの活動を妨害したり、間違った方向に誘導したり、阻止したりすることを目的に、不正な操作を行っています。遺憾ながら、そうした事象がいくつか見つかったことで、ようやくわたしたちは侵入の痕跡《こんせき》に気づいたわけです。今はみなさんの報告の一つひとつが敵に読まれている、すべての通話、すべての打ち合わせが敵に聞かれていると考えざるを得ません」

それまで茫然自失《ぼうぜんじしつ》状態で聴き入っていたミヒェルゼンの耳に、誰かのささやき声が室内の別の隅から聞こえてきた。

「そうです、打ち合わせもです」と内務大臣が繰りかえした。どうやら彼らには内務大臣が言わんとしていることが分かっているようだ。「みなさんのコンピューターにはカメラとマイクが付いていますが、それは専用のソフトウェアさえあれば外部からでもアクティブにできるものです。そうすれば、カメラやマイクがとらえたものをすべて見聞きできるわけです。攻撃者はここに、このわたしたちのセンターに眼と耳を持っていることになるのです。そして、フランスにも、ポーランドにも、ユーロポールにも、EUの情報監視センターにも。NATOについてはまだ何も聞いていません。でも、そうだとしても不思議はありません……」

内務大臣は気持ちを静めようと息を継いだ。「しかも、敵は指と口までもここに持っています。わたしたちの名前でデータを送ったり、場合によっては会話をすることさえできるのです。であれば、わたしたちはコミュニケーション行動を根本から変えるほかありません。どのように行うかは今、戦略専門のチームが検討しています。当分はこちらが侵入されていることに気づいたと敵に悟られてはなりません。ですから、この部屋の外ではそのことを決して口外しないでください。これは非常に重要なことです。今みなさんが耳にしたことはこの部屋から出してはならないのです。当分のあいだは、今までどおり仕事をしてください。ただし、一つだけ違う点があります。今よりも作業が煩雑になって恨みがましく思われるのを承知で言います。只今《ただいま》より国内、国外を問わず、外部との情報交換はすべて、別の通信プロセスで確認をとるようにしてください。つまり、みなさんが誰かにデータを送ったり、指示を出したりしたときには、受け取った側は発信者に必ず無線で折り返し連絡し、そのデータやら指示やらを受け取り了解した旨を伝え、そのうえで内容を大ざっぱにでいいですから突き合わせることを徹底してください。わたしたちにはまだBOS通信という手段が残っています。これは敵の侵入を防ぎ、安全であると考えていいでしょう」

内務大臣は、自分の言ったことが全員に理解されたか確認しようと、一同を見まわした。

「数時間のうちにはさらなる行動規則をお渡しできるかと思います。それまでは、各自戻って仕事を続けてください」

「データがどこのサーバーに転送されたのか辿《たど》っていくことはできないんですか？　犯人に行きつく手がかりになるかもしれません」

「一つはトンガのサーバーに行きつきました。支払いは盗まれたクレジットカードでなされています。袋小路です。ほかにも二つ分かっていますが、そちらも似たようなものです」

ドアが開いた。

「それからもう一つ」内務大臣が言葉を継いだので、ドアはまた静かに閉められた。「何があってもこの部屋の外では決してコミュニケーションを取らないことがいかに重要か、みなさんに肝に銘じておいていただくためにあと一つだけ言っておきます。わたしたちのコミュニケーションを監視しているということは、それを遮断することもできるということです」

アーヘン

「寒い……ものすごく寒い！」シャノンがかたわらで愚痴をこぼした。マンツァーノは、もう一枚セーターを出そうとミリタリーバッグの中を探っているシャノンを眺めていた。「もうぜいたくなんて言わないから」くたびれ果てて呻《うめ》くように言った。「せめて自分の部屋の温かいベッドに行きたい、熱いシャワーを浴びたい。どうせなら熱いお風呂《ふろ》のほうがいい」

ぼくに何を言えっていうんだ？　とマンツァーノは思った。熱のせいか、風邪のせいか、疲れのせいか、その全部のせいか、全身が震えているというのに。

「温かい料理が食べたい、文明人の中にいたい」シャノンの繰り言は続く。「わたしは……」

素《す》っ頓狂《とんきょう》な声がしてシャノンのわめき声が途切れた。その声の主の男は、二人に負けず劣らずひどいありさまだった。興奮して両手を振りまわしている。長く伸びた手の爪がマンツァーノの目にとまった。その足もとには手荷物と袋が二つ三つ置かれていた。

「すみません、よくわからないんですが」とシャノンが言った。

「ほう、よくわからないんです、だと」男が口まねをして言った。「そこ、おれの場所！」

「あなたの場所？　ここが？」シャノンが訊《たず》ねた。

男の顔はしわだらけで、鼻はあぐらをかいている。上唇は妙に落ちくぼんでいるのに、下唇はもじゃもじゃの髭《ひげ》の上に突き出ている。

「こんちくしょう！」男の声がさらに大きくなった。「おれはここで寝てるんだ！」

「素敵な場所ですものね」シャノンが答えた。「お返しします」

「油断も隙もあったもんじゃねえ！」男はわめいた。

マンツァーノには、男が何を言っているのかよくわからなかったが、それが親切心から出た言葉でないことは確かだと思った。男がよろけた。こいつ、酔っぱらってるのか？

「外国人め、通路のねぐらまでわしらから奪おうとしやがる」呂律《ろれつ》のまわらない口で男が言った。

いったい何を言ってるんだ？

マンツァーノは知っているかぎりのドイツ語を掻《か》き集め、避難所か収容施設がないか訊いてみた。

そのホームレスは何ごとかぶつぶつとつぶやいてから、どうにか読めそうなドイツ語と英語とでメモを書き、ホームレスの収容施設と避難所への道を教えてくれた。それが終わると、汚らしい寝袋を広げ、さっさとそれにくるまった。

「頭の上に屋根があるところを探そう」マンツァーノが提案した。

ラーティンゲン

「すると、あのイタリア野郎が言っていたことは正しかったわけか」ハルトラントは無線電話の受話器に向かって大声を上げた。「おい、おまえらも一緒に聞いてくれ」と呼びかけてから、ベルリンの通話相手に真剣な口調で訊いた。「この通話も盗聴されてるんですか？」

「それはないと思います」相手が答えた。「そのためには専用の機器が必要になります。その機器について紛失届や盗難届は出ていません。さもなければ、連邦情報技術保安局に直接侵入するか。でも、あそこは機械のデジタルキーが随時更新されていますから」

「彼らがそこらじゅうに入りこんだようだと言われても、驚きませんね」ハルトラントが反論した。「だが、そろそろ本題に入りましょう」

「本日の伝達事項は、火災や高圧線鉄塔の爆破に関する情報は当初のもののほうが正しかったということです」

「シュレスヴィヒ＝ホルシュタインからギュストローを経てクロッペンブルクへ行くルートのことですか？」

「その後もう一件、新たに加わっています。ブラウンシュヴァイクの鉄塔です」

「警戒解除つきの訂正版というのは、実際は手を加えられていたってことですか？」

「そのようです」

「とすると、また東のほうへ延びるってわけですか。しかし、それが分かってもあまりこちらの役には立ちませんね。ドイツ全土の鉄塔を監視するのは不可能だ。それでも、敵がもう一度そういうことをした場合、狙われる可能性のある区間の高圧線網の変電施設ぐらいなら監視できなくはないでしょう――」

ベルリン

「でも、それには何百人もの人員が必要です」ミヒェルゼンの声が大きくなった。「そうなると、国民に食料品を配給する人員も、治安維持にあたる人員も足りなくなります。さらには……」

「それはこちらにもよくわかっています」NATOの軍司令官が答えた。連邦国防軍は公式には依然として一般市民の災害救助の枠内でのみ活動しているが、アメリカに対する攻撃があってからというもの、その口調と態度は著しく変化していた。そこにもってきて盗聴されていたことが明らかになり、ますます強硬な姿勢を取るようになった。アナリストの多くは、この手の攻撃をやりそうな国は一つしかないと見ていた。中国である。そして戦争行為が絡んでくるとなれば、権限を持つのはもはや警察ではなく、軍だ。だが、そう断定する証拠はまだ不十分だ。

「この常軌を逸した連中を捕まえる手だてがほかにありますか？」国防大臣が訊ねた。このところの展開は彼にとっても新たな追い風となっていた。「彼らはどうもあちこち移動している節がありますが、それがこれまでのところ最も有力な手がかりとなっています」

「こちらの観測による意見を申します」連邦刑事局の連絡担当幹部が発言した。「テロ専門家によりますと、こういうチームというのは、攻撃グループのメンバーではなく、依頼主のことをまったく知らない傭兵《ようへい》である可能性がかなり高く、そういう例は実際にあるそうです」

「テロという観点から見れば、それも納得がいく」国防大臣が異議をさしはさんだ。

「しかし、相手が敵国の軍隊であったらどうです？」

「あなたは軍事戦略の専門家でいらっしゃいますよね」連邦刑事局の男が言った。「敵の軍隊でも、もしも実行犯が捕まった場合、首謀者の身元が明らかにならないよう傭兵を使うことはあるのではありませんか？」

国防大臣が助けを求めるように軍司令官を見たが、軍司令官も返答に窮していた。

「今現に言えることは」連邦首相が議論に割って入った。「これが、徹底的な、プロフェッショナルによる襲撃だとすると、攻撃を仕掛けてきた者はまだやめてはいないということです。攻撃は続いているのです。被害は拡大する一方です。わたしたちは、攻撃を止めるため、または攻撃者を見つけるために、あらゆる可能性を追求しなくてはなりません。短期的にはほかのところで人員が不足することもあるかもしれません。しかし、それが中長期的にはこの大惨事を終結させる助けとなるのであれば、そのほうが得るところが大きい。とにかくこの破壊行為を何としても止めなくてはなりません。誰がそれをやっているかなどどうでもいいことです」

「ご自分でご覧になってください」宿泊所の所長がシャノンに英語で言った。「もうこれ以上は一人として収容できないんです」

非常灯の薄明かりではよく見えなかったが、シャノンにはそれで充分だった。緊急の宿泊所に充てられていたのは使われていない映画館だった。シャノンとマンツァーノは戸口までも行きつくことができなかった。廊下にさえ人がびっしりと横になっているのだ。横になる場所もなく、壁ぎわにしゃがんでいる人も少なくない。空気は冷え冷えとしているのに饐《す》えた粥《かゆ》のような臭いがした。二人は改めてホームレスの収容施設への行き方を書いてもらった。

「まだ歩ける？」シャノンがマンツァーノに訊いた。

「行くしかないだろう。その施設はそんなに遠くなさそうだし」マンツァーノが答えた。あちこちの建物の入り口に寝袋にくるまって寝ている人たちがいた。ゴミ袋の山に埋もれている者もいる。そのほうが柔らかいし、少しは暖かいのかもしれない。

ホームレスの施設でドアを開けてくれた男はランタンを手にしていた。ランタンの中では蠟燭《ろうそく》が燃えている。男の背後の廊下は真っ暗だった。男は英語がそこそこ話せるようだった。

シャノンが空きがないか訊いた。

「ここは男性用の施設です」男が言って「通常は、ですが」と付け加えた。

「でも今は、女の人も受け入れているということですね？」

「何人かは」

「で、わたしたち二人分の空きはありますか？　この人は」と言ってマンツァーノを指さす。「男性ですけど」

「床の上でよければ、いくつかの部屋にまだ空きはあります」相手はつぶやくように言った。「寝袋はお持ちですか？」

「いいえ」

「それだとつらいですよ」

「外よりはましです」

「そうおっしゃるなら」

男は二人をなかへ入れ、ランタンをかざして先へ行った。

シャノンはマンツァーノを支えた。その廊下から左右にいくつも通路が分かれていて、薄いカーテンだけで仕切られている。カーテン越しに小声で交わされる会話や、ののしりや泣き声、いびきが聞こえてきた。

「ここには明かりはないんですか？」とシャノンが訊いた。

男は振りかえりもせず、ランタンを高くかざした。「ここではこれだけです」

「トイレと洗面所はどこにあるんですか？」

「この廊下の突き当たりです。でも、今は使えません。用を足すときは、そのへんに置いてあるバケツを使ってください。ただし、ペーパーはありません。使うときは注意してください。的をはずさない人間ばかりじゃありませんから」

それを思い浮かべると、臭いのせいもあって、シャノンはまた息がつまりそうになった。

男がドアを開けた。なかに入ってから初めて見るドアだった。彼が棚から毛布を二枚取り出して差し出した。その染みにシャノンは吐き気を催し、不快さに顔をしかめた。

「こういうものは洗えないので」男がそっけなく言った。

男は二人をその部屋から押し出し、またドアを閉めると、廊下を突き当たりまで行った。悪臭が耐えがたいまでになっていく。ようやく男がある部屋の入り口のカーテンを引き開け、なかを照らした。剝《む》き出しの壁に沿って金属製のベッドが四台置かれている。どれもふさがっていて、一つのベッドに二人寝ていることもある。その下に荷物が置いてあった。ほとんど消えかかった蠟燭が弱々しい光を投げている。住人たちが頭をあげた。日に焼け、荒れた肌の顔がいくつもシャノンの眼に飛びこんできた。

「出てけ」一人がわめいた。

「この人たちは床で寝るんだ」ランタンを持っている男がきっぱりと言った。

「おれたちだけでいっぱいなんだぞ」別の一人が不平を鳴らした。

「行っちまえ、別の部屋を探せ」最初の男がまた言った。

「まあ、でも、レディはここに泊まってもいいかな」三人目が言った。

「くそったれ！　静かに眠らせろよ」

「さあ、静かに」ランタンを持っている男が命じた。「それとも、みんな出て行くかね」それから床を指し示し、英語に切り替えて言った。「ここなら寝られます。持ち物には注意してください。ここでは簡単になくなりますから」言い終えると、男は姿を消した。

「わたし、ここにはいられない」シャノンはマンツァーノにささやいた。喉《のど》が締めつけられるようだった。吐き気ではない。涙をこらえているせいだった。毛布を持ち上げた。

「これ、何の染みだと思う？」

「ぼくだって似たようなものだ」マンツァーノが小声で返した。「でも、路上で寝るつもりはないだろう？　凍死するぞ」

デン・ハーグ

ボラールは眼をこすった。何も考えられないほど疲れきっていた。数時間でも睡眠が必要だった。出ていこうとして立ちあがると、電話が鳴った。

「こんばんは」受話器から英語の声が聞こえてきた。「ユルゲン・ハルトラントです」

ボラールはすぐに思いあたった。部下がマンツァーノに発砲して負傷させ、あげく取り逃がしたドイツ人だ。「マンツァーノを見つけたんですか?」と訊いた。

「いいえ。あの男が攻撃犯と何らかの関係があると、今でも思ってらっしゃいますか?」

「その可能性は排除できません」

あのイタリア人はわれわれのコミュニケーションネットワークが侵入されているとの疑いを抱き、またしても正しかった。ボラールには、それが腹立たしかった。おかげで監視されていることが明らかになったのは収穫だったが、マンツァーノに不当な嫌疑をかけていたのだと思うと恥ずかしさが込みあげてきた。この恥ずかしさは、マンツァーノ個人に対する腹立たしさによっていっそう強くなった。

「わたしはそうは思いません」ハルトラントが言った。

ボラールは何も答えなかった。

「目下ますます重要になっているのは、ドラゲナウです」とハルトラントが言った。

「彼と写真の男について何か新しい情報はありますか?」

「全機関がデータベースをしらみ潰《つぶ》しに当たっているところです。ユーロポール、インターポール、ヨーロッパ各国の警察機構、CIA、FBI、NSA(国家安全保障局)。取っかかりはあるはずです。もっといろいろなことが分かってデータがまとまりしだい、情報をお伝えします」

ドイツ人がまた尋ねた。声の調子が変わっていて、さきほどよりも温かみがある。

「デン・ハーグの人々はどんな具合ですか。皆どうやってうまくやっているのか、ということですが。もうあまり情報が入らなくなっているものですから」

「妻は食べるものを確保するために闇市に足を運ぶようになりました」とボラールは答えた。「国の配給は麻痺《まひ》状態です」

一呼吸間があって、ハルトラントが言った。「こちらもまったく同じです」

「何としてでもやつらを見つけて、おしまいにしなくてはなりません」ボラールが力を込めて言った。

「そうしましょう」ハルトラントの口調は冷静なプロフェッショナルのそれに戻っていた。「コンタクトを取りつづけましょう」

そうしたいものだ、とボラールは思った。非常用電源の備蓄燃料にも限りがある。現場間のコミュニケーションとて、いつまでも維持できるわけではない。

アウトバーンA6号線

マヌエル・アミラは夜の闇に向かって目をしばたたいた。ヨーロッパ中をトラックで走りまわるようになって三十年になる。長時間の運転には慣れている。四十時間、五十時間はざらだった。休憩時間に関する規定はあるが、計測器を操作してあっさりくぐりぬけてきた。キュウリを南スペインからスウェーデンへ、ポーランドの豚をイタリアへ、ウクライナのパプリカをイギリスへ、ドイツのミルクをポルトガルへと、およそこの大陸で運べるものは何でも運んできた。仕事は決して楽ではなかった。しかも年々厳しくなっている。鉄のカーテンが落ちてからは、旧東方ブロックの運送業者や運転手が参入して値くずれが起きるわ、安全基準は厳しくなる一方で検問が増えたり罰則が重くなったりするわで、この仕事はもうとうに割の合わないものになっていた。運転席に何十年も座っているせいで背骨にもガタがきた。運動不足と、女房に言わせれば不摂生のせいで、血圧にも問題をかかえている。さっさと年金生活に入ってもよかったのだが、レオンの南に建てたささやかな家のローンを返さなくてはならないし、娘はまだ大学生だし、ほかに何をできるわけでもない。二五パーセントにも達するスペインの失業率では、仕事にありつけているだけでも幸せだと思うしかない。

バックミラーにタンクローリーのヘッドライトがあたり、その丸みを帯びた車体が鈍く光って浮き上がった。トラックの隊列の中ではいつものことだが、そのタンクローリーもアミラの車両を風よけにしようとぴったりとついてくる。車間距離が極端に縮まろうとおかまいなしだ。

今回の停電が始まったとき、アミラは牛の半身の冷凍肉をノルウェーで積み、ギリシャへ運んでいた。何ゆえギリシャ人がノルウェーの牛を食べなくてはいけないかは悪魔のみぞ知る。だがそのとき、ドイツのど真ん中で燃料が切れてしまった。ガソリンスタンドはもはや給油ができなくなっていた。牛肉は一日でだめになった。しかも、運転席に座ったまま身動きがとれない。そうして、ハノーファーとニュルンベルクのあいだのどこかのガソリンスタンドに三日いた。家族とはそれ以来連絡が取れない。

　三日目に軍が現れ、仮設のトイレを掘り、水と食料品を配って、引き揚げて行った。二日後、またやって来た。トラックの運転手を募集しはじめた。宿泊所と食事を提供する、後払いだが報酬も出すという。住民への食料品や水の配給のために、急遽《きゅうきょ》、運転手と車を探していたのだった。アミラはそれに応募した。自分のトラックにディーゼル燃料をいくらか詰めてもらい、最寄りの流通センターまでの道順を教えられた。二日間、倉庫と配給所のあいだを往復した。二日目にトラックのエンジンが故障し立ち往生してしまった。軍の機械工が来て修理にかかったが、部品の調達が困難で修理に手間がかかるということで、その間はタンクローリーを運転するように言われた。救援機関や病院、化学工場、役所、企業などをまわって非常用電源システムの給油をしろというのだ。今はドイツ西部、カールスルーエとマンハイムのあいだあたりにある原子力発電所へ輸送中だ。

　アミラはこのディーゼル燃料が何のために必要なのか考えもつかなかった。非常用電源システムのためだと誰かが言ってはいたが。とにかくその方面の仕事はしたことがないので、発電所にどうして非常用電源システムが必要なのか不思議でならなかった。発電所が自分のところの電気を自分で作れないのか？　この輸送はさぞかし重要なのだろう、三台のローリー車の前方と後方に武装した兵士が乗った軍用車両が護衛についている。

アミラはもう一度、目をしばたたき眠気を払いのけた。と、そのとき前を走る車のブレーキランプが光った。とっさにブレーキを踏みこんだ。あやうく追突しそうになって、急ハンドルを切った。この巨大な車で兵士たちを押し潰《つぶ》してはならない。左車線に出た。ガードレールにぶつかった。ハンドルを戻す。と、今度は軍用車両の左側面に激突してしまった。弾みで軍用車両が右側のガードレールを破って畑に押し出され、兵士たちを乗せたまま運転台の下半分が見えなくなった。同時に後続のタンクローリーが横転するのがバックミラー越しに見えたような気がした。アミラはハンドルを戻そうとしながら、それ以上のことが起きたのを感じとった。後ろの車のブレーキが間に合わず、斜めに止まっている燃料満載のタンクローリーに突っこみ、タンクローリーはたちまち大きな黄色い爆炎に変わった。後続車が次々にぶつかって二つ目、三つ目、四つ目の火焔《かえん》が上がり、巨大な火の玉となって、そのまわりは時が止まったようになった。次の瞬間、アミラの運転席も火の玉に包みこまれ、窓ガラスが粉々に砕けた。一瞬にして周辺二〇〇メートル内のすべてが灰燼《かいじん》に帰した。

アーヘン

マンツァーノは、何に起こされたのか分からなかった。ホームレスの収容施設の中、硬い床の上、強烈な臭いと何をするか分からない連中のただ中にいるにもかかわらず、いつしか寝入っていたらしい。背後ではシャノンが壁に体を押しつけて横になっている。深い息づかいからすると、ぐっすり眠っているようだ。

何やらガサゴソと音がする。マンツァーノは薄目を開けた。蠟燭《ろうそく》は燃えつきて消えていた。それなのに弱い光がそばの床をさっと照らした。

別の呼吸音が聞こえた。それもすぐそばで。シャノン以外の人間がそこにいるようだ。すぐそばで、おおいかぶさるように影がひとつ、顔のすぐ前には二本の足。誰かがマンツァーノの上に屈《かが》みこみ、シャノンに手を伸ばそうとしていた。

マンツァーノはさっと起きあがり、頭突きを食らわせ、腹には肘鉄《ひじてつ》をたたき込んだ。相手がよろけてベッドのあいだの床に倒れ、小型の懐中電灯が転げ落ちた。

その男はまだ何か重いものを手にしているようだ。シャノンのミリタリーバッグだ。そういえば、この施設の管理人が盗難に気をつけるよう言っていた。

物音でほかの人たちも目を覚ました。

「泥棒だ！」マンツァーノが大声を出した。「誰か！」

誰かがその男に飛びかかっていった。だが、同時にマンツァーノの腕をつかむ者もいた。懐中電灯の明かりがさっと室内を走り、一瞬目が眩《くら》んだ。マンツァーノは羽交いじめにされ、そのすきに、別の者がミリタリーバッグを持ってカーテンを抜けて飛び出して行った。

「止まれ！　誰か！」マンツァーノは大声をあげた。鈍い音がして、体を締めつけていた力がゆるんだ。背後で誰かが床に倒れた。シャノンがわきを駆け抜けていった。手には懐中電灯があった。

室内がまた真っ暗になった。

マンツァーノは急いでシャノンを追った。同部屋の人たちのわめき声と、ののしりと、あざけりを背に浴びた。

怒りに気分が悪くなりながらも、手探りで廊下を出口へ向かった。ここの連中ときたら、とにかくひどいものだ。わずかばかりの他人の持ち物まで盗んだら、どういうことになるか思い知らせてやる。もちろん、彼らは知る由もないのだが、シャノンのミリタリーバッグに入っているラップトップには今回の大惨事を引き起こした犯人にたどりつく唯一の手がかりが入っているかもしれないのだ。

シャノンが向こうからやって来た。

「どこへ行った？」息を切らしながら言った。

「わからない」マンツァーノが答える。「きみが追って行ったものと思っていた」

「くそっ」シャノンが毒づいた。「ちくしょう。あの中には全財産が入っているってのに。あなたのラップトップもよ！　でも、外へは行ってないわ、わたしの見たかぎりではね。どこかほかの部屋に隠れてるにちがいない」

シャノンは入り口まで駆けて行くと一つ目のカーテンを引き開け、室内を照らした。

通路の反対側でも同じことをした。さらに次の部屋でも。隣の部屋ではマンツァーノも一緒になって探した。シャノンが懐中電灯でベッドの下を一つずつ照らしていく。突然男がシャノンに飛びかかって床に倒し、マンツァーノを押しのけた。そのとき目の端に、そいつが別のベッドの下から荷物を引っ張り出しているのが見えた。シャノンのミリタリーバッグにちがいない。

シャノンはすでに起きあがり、男を追いかけていた。マンツァーノは懐中電灯を拾うのに少し手間取った。

廊下に出ると、見えるのは戸口に立つシャノンのシルエットだけだった。戸口でシャノンが身を投げた。まさに文字通り頭から飛んで行った。叫び声が聞こえてきた。マンツァーノは足を引きずって懸命にそちらへ急いだ。路上に出ると、歩道で人が取っ組み合っているのが見えた。大急ぎで歩み寄り、泥棒の髪をつかんで、ぐいと引っぱり上げた。悲鳴をあげて泥棒はシャノンから離れた。マンツァーノは男を殴りつけ、踏みつけた。もう何も感じなかった。体だけが猛烈な勢いで動いていた。誰かが後ろから抱きつき、あえぎながら言った。「もういい！　充分よ！」

シャノンはしばらく彼をしっかり押さえつけていなくてはならなかった。ようやくマンツァーノは我に返った。目の前の地面に男が倒れている。立ち上がろうとして、がくっと膝《ひざ》をつき、のろのろと這《は》いずりまわった。悪態をつき、唾《つば》を吐き、あえいで、咳《せ》きこんだ。シャノンはマンツァーノを放し、ミリタリーバッグをつかんだ。

施設の入り口からランタンを持った男がこちらに向かってきた。ほかに二人引き連れている。三人は這って逃げようとしていた男の上に屈みこんだ。

「こいつはぼくたちのものを盗もうとしたんだ!」マンツァーノが叫んだ。

「出てってくれ」施設の管理人は強い口調で言った。そして建物の壁に寄り掛かって座り込んでいる、傷を負った男に向かっても言った。

「あんたもだ。あんたたちの顔は二度と見たくない」

それだけ言うと、施設のなかに消え、ドアを後ろ手に閉めた。

九日目　日曜日

アーヘン

時折雪片が二人の顔に当たって溶けた。二人は途方に暮れて凍《い》てつく道をのろのろと歩いていた。

「何時だろう?」とマンツァーノが尋ねた。少なくとも気分は少しよくなっていた。

シャノンの腕時計は三時四十五分を指していた。

「駅に戻りましょう」とシャノンが提案した。「駅に着いたら、これからどうやって先に進むか考えましょう」

「警察に行かないと」とマンツァーノが言った。「警察ならネットがつながるかもしれない」

「あなたのラップトップにあったあのIPアドレスを調べるために?」

「たぶんIPアドレスからは何もわからないと思う。でもせめて調べるだけでも調べてみたいんだ」

「あなたが逃亡中の身だとわかったら、あいつらがそんなチャンスをくれると思う?」

「いや」

「そうでしょ。あなたのブリュッセルの知り合いのところか、電気が供給されている地域に行かなくては」

「その地域がどこにあるのか分からない。そんなものは作り話で本当はないのかもしれない。アトランティス大陸とか、エデンの園のように。誰かそこに行ったことがあるやつがいるのか？　くそっ、なんて寒いんだ」

雪が激しくなった。

二人は駅に着いた。駅の周りを一周した。ホームの屋根のある部分に、数十人が寝袋や毛布にくるまって隣り合わせに横になっていた。ホームと玄関ホールへ出る地下道は格子シャッターで遮断され、その格子の前にもひしめき合って人が寝ていた。

シャノンとマンツァーノは場所を探した。とにもかくにもここなら風と雪は少し防げる。場所が見つかるまで少し時間がかかった。空いている場所はどこも小便くさかったからだ。しかしとうとう隅のほうに空いた場所が見つかった。マンツァーノは座って角に背をもたれかけた。

「ぼくに寄りかかれよ」とシャノンに言った。「そうすれば温め合える」

シャノンはマンツァーノの脚の間に座ると背中をマンツァーノの上体に押しつけ、両手を腋《わき》の下に入れて、両脚を引き寄せた。マンツァーノがシャノンに腕をまわした。シャノンは耳にマンツァーノの温かい息を感じ、それから徐々に何枚も重ねた服を通して体温が伝わってくるのを感じた。

「少しはましだろう?」とマンツァーノがささやいた。

シャノンは振り返ってマンツァーノの様子を見ようとした。マンツァーノは頭を反らせて後ろの壁につけ、目を閉じていた。胸が規則的に波打ち、腕はだらりとしている。シャノンはその腕にそっと自分の腕を重ね、頭の後ろをマンツァーノの胸に押し付けて、玄関ホールの暗い屋根をじっと見つめた。時々まぎれ込む雪片が玄関ホールの中で舞っていた。やがてシャノンは深い眠りに落ちた。夢も見なかった。

デン・ハーグ

ボラールは残ったパンの塊を八枚にスライスした。四枚は厚く、四枚はごく薄く。これを食べてしまったら、また大急ぎで追加を確保しないといけない。家には食べるものがほとんどなくなっていた。

ボラールはパンを切りながら、自分がぼんやりキッチンの窓から外を見ているのに気がついた。普段ならそんなことはまずないのだが。小さな庭の草は冬なのに青々としている。その上に伸びた灌木《かんぼく》は葉が落ち、隣家との境の生垣も枯れ枝だった。生垣の向こう、隣家のテラスに男がしゃがみこんでいた。おそらくリュックだろう。じっとして、片腕を草の生えている方に伸ばしている。すると数メートル先に猫がいるのが目に入った。ゆっくりとリュックに近づいてくる。彼は猫を何かでおびき寄せているようだった。猫は尻尾《しっぽ》を立て、足を速めて近づいてきて、リュックのところまで来ると、その指のにおいを嗅《か》いだ。目にもとまらぬ速さでリュックは猫の首筋をつかみ、もう一方の手で猫の頭を打った。その手には何か角ばった物が握られていたが、このときそれが金槌《かなづち》であるとわかった。リュックは立ちあがった。片手には血のついた金槌、もう一方の手からは殺された猫の脚が力なくぶらぶら揺れていた。

ボラールはいまパンを切ったナイフをそっとしまった。

子どもたちがキッチンに駆け込んできた。マリーがそのあとを追ってくる。疲れてはいるようだが、一昨日に比べると体調が良くなっていた。ボラールは気持ちを切り替えることができてほっとした。厚く切った四枚のパンを四枚の皿に並べ、食卓に置いた。それから薄く切ったパンを手にとって、子どもたちの鼻先に差し出した。

「思い浮かべてごらん。おいしいソーセージのスライスだよ。これをパンの上に載せてと」

ボラールが薄く切ったパンを厚く切ったパンの上にうまい具合に載せると、嬉《うれ》しそうな顔で子どもたちをじっと見つめた。その間も先ほどの出来事が頭を離れなかった。

「これ、パンじゃない。ソーセージなんかじゃないわ」と、ベルナデットが文句を言い、不満そうに自分の皿を見た。

「パパにはソーセージに見えるな」とボラールは言い張った。子どもは遊びの中で何でも可能にしてしまうじゃないか。ボラールは自分の分をこれ見よがしに嚙《か》み切った。

「もぐもぐもぐ。わぁ、おいしいなあ！」

ベルナデットは父親の演技を疑わしそうに見ていた。マリーは自分の分を食べて、同じように大声でおいしいと言った。ボラールはパンをおいしそうに嚙み、手に残っているパンに、おいしいよというふうにうなずいてみせ、それから娘と息子にもうなずいた。

「実にうまいなぁ。お前たち、ぐずぐずしているとなくなっちゃうよ」

ジョルジュは妹と同じように疑わしそうに見ていたが、その芝居に飛び込んでゆき、自分の「ソーセージ」をパンに載せ、同じようにかぶりつき、「もぐもぐもぐ、あぁぁぁ」と声をあげた。

ベルナデットが自分のパンを不信の目つきで眺めていると、両親と兄は、さらにおいしいを連発した。首を振りながらベルナデットはついにパンを手にとって「嘘ばっかり」と言いながらかぶりついた。

ボラールはもう次の食事について考えを巡らせていた。家族のために何とかして調達しなければ。隣人のようなことはしたくなかった。

アーヘン

「おはよう」とマンツァーノはシャノンの耳にささやいた。凍るような寒さだったし、不自然な姿勢だったが、確実に数時間は眠ったようだ。前日より少し気分がよく、熱は下がったようだった。

シャノンはぴくっとして不安そうに辺りを見回したかと思うと、顔をマンツァーノの首にうずめて、また眠ってしまった。寒さと不自然な姿勢のために、手も足も尻《しり》も背中も感覚がほとんどなくなっていた。少し前方にある寝袋がもぞもぞと動いた。駅は徐々に目覚めつつあった。疲れた顔、もじゃもじゃの頭髪。しわのよった顔といい、もつれた髪といい、マンツァーノの目には、ほとんどの人が長く路上生活をしているように映った。

列車が時刻表どおりに動けば、ブリュッセルまでは一時間半もかからないのだが。歩けば二日かかる。そっとシャノンを揺すって、改めて耳にささやいた。やがてシャノンは目を開けた。

シャノンは目を細めてマンツァーノを見つめた。

「怖い夢」とうめいた。

「怖い夢を見たのか？」

「ううん、目が覚めたら悪夢に逆戻り、ってこと」

シャノンはしばらく座ったままだった。それから面倒くさそうに立ち上がり、大きく伸びをした。マンツァーノも体を伸ばそうとしたが、撃たれた方の脚が痛んだ。

「それでこれからどうする？」

「トイレ」

「ぼくもだ」

別々の角で用を足すと、ホームを歩き、地図か、何かブリュッセルへ行く手がかりになるものはないかと探した。

起き出した人の何人かに尋ねてもみた。

「列車はここを通るのですか？」

「ごくたまに。貨物列車がね」と尋ねられた一人が答えた。

「その貨物列車はどこ行きですか？」

「知らない」

「近くで食べ物が手に入るところがありますか？」

「駅前の通りで食料が支給される。でもいつもあるわけじゃないよ」

昨日は食料の支給はなかったという。その場所への行き方を教えてもらい、急いだ。

待つ人の列は角から半ブロックほど伸びていた。

一時間後、シャノンは石炭ストーブで暖房した部屋の中でマンツァーノの隣に座っていた。食事をもらうときには誰にも不審がられることなく、それぞれブリキの容器に大きなお玉二杯分の野菜スープを受け取った。長いテーブルで他の人たちに混じり、ぎゅうぎゅう詰めになって一口一口飲んだ。スプーンは配られなかった。話をする人はあまりいなかった。多くの人は何枚も重ね着していた。流行や見栄えにこだわっていられなかった。スープを飲み終えた者は、次の人に席を譲るように世話人に言われている。そのため、たいていの人は時間をかけて食べ、その間席のない人がベンチの列の間を右往左往していた。シャノンとマンツァーノも急がなかった。昨夜あれだけ寒かったので、そうすぐには体が温まらなかった。

しかし何度も席を譲るように言われて、とうとう二人はまた寒い外に出た。その建物の向かいでは覆面をした人が家具や電気機器を運んでいた。その家の持ち主には見えなかったが、誰もそれを見咎める人はいない。

「何をしているのかしら？」とシャノンが尋ねた。

「関わらないほうがよさそうだ」とマンツァーノが答えた。「ぼくたちにはもっと大事なことがある。さあ、駅へ戻ろう」

駅でマンツァーノは線路上を行ったり来たりし、とうとう行く方向を定めると、シャノンを連れて出発した。二〇〇メートルほど行ったところで橋をくぐると、線路がいくつにも枝分かれしていた。そのうちの二つはたどって行くと建物の中に消えていった。他の線路は数百メートル先で合流し、本数が減った。そこまでの間にいろいろな車両が数十台止まっていた。普通の機関車もあれば、中距離電車の車両もある。貨車もあれば、珍しい構造の車両もあって、そちらは線路工事や修理に使われるようだった。一台などは線路も走れる小さな黄色いトラックのように見えた。

マンツァーノはその運転室の扉の横によじ登り、開けてみた。ドアが開くとすぐハンドルを前に座り、計器類をチェックした。

シャノンは、ドア横の梯子《はしご》からマンツァーノを不審そうに見ていた。

「それは電気が要らないの？」

「要らない。ディーゼル燃料で動くんだ」

「燃料タンクが空でなかったらね」

マンツァーノは計器類の下の蓋《ふた》を一つ外した。中から絡み合ったケーブルが顔を出した。マンツァーノは配線をチェックし、線をしきりに引っ張っては、何本か新たに結線した。突然モーターが変な音を立てて動き出した。

「何をぐずぐずしてるんだ」とマンツァーノが言った。「中にルートマップのようなものがないか探してみてくれ」

「ナビはないの？」とシャノンは尋ねると、運転室に飛び込んで助手席に座った。グローブボックスを大きくしたようなところを探すと、分厚い本が見つかった。そこには列車のダイヤや地図がびっしりと記載されている。

「これだわ！」

マンツァーノはどうすればその乗り物が動くのか、あれこれやってみた。突然車が動き出した。

シャノンはその分厚い本を調べ、両面に、たくさんの線や数字に混じってアーヘンとブリュッセルと表記されたページを見つけた。

「さあ、あとはこれがどういう意味なのかわかればいいんだわ」

「きみがナビをしてくれ、ぼくが運転手だ」とマンツァーノが大声で言って、速度を歩く速さに上げた。

「いったいいつから男が車を運転するとき、助手席の女に地図読みを任せるようになったのかしら？」

「自動車を運転しなくたって……まあいい、とにかくナビを頼む！」

ベルリン

「レーズン《ロジーネン》を落とす爆撃機《ボンバー》」。第二次世界大戦後、ソ連に封鎖された西ベルリンに食料品を供給したアメリカの飛行機を、母親も他のベルリン市民もこう呼んでいた。ミヒェルゼンは今どきの若者はこんな言葉を知っているだろうかと考えてみた。まあ、いずれにしても六十数年前と同じように、今テーゲル空港に飛行機が着陸した。しかも当時と同じように軍用機で。ただし、今回援助物資を運んできたのはロシアの飛行機だった。

　停電が始まったばかりの頃に、到着した旅客機は端の方に移動させられていた。代わって今は濃緑色の、胴体の膨らんだ巨体が一目では見渡せないほどたくさん並んでいる。その尾翼装置にはロシア連邦のマークがきらきらと光っていた。飛行機の間にはさまざまな制服の人々がうようよしている。

空を見上げたミヒェルゼンには、こちらに向かって飛んでくる飛行機のランプの連なりと、帰路に就く飛行機の編隊が見えた。

飛行機の行き先はベルリンだけではなかった。ときを同じくしてストックホルム、コペンハーゲン、フランクフルト、パリ、ロンドン、その他北欧・中欧の大きな空港では、似たような光景が展開されていた。南欧では、何百という飛行機が主にトルコ、エジプトからの物資を輸送していた。これと並行してトラックの隊列と何キロにも及ぶ列車が、ロシア、コーカサス三国、トルコ、北アフリカ諸国からも援助物資を運び込んだ。

「まるで侵略だな」と外務大臣がつぶやいた。

中国からの援助の申し出に関しては、NATOはまだ決定を下していなかった。急速に国力を強めているこの国に今回の災害を引き起こした張本人がいるのではないかという主張が、強硬派の間でますます強くなってきていた。その疑いが晴れないうちは、中国からは軍だけでなく民間の救援隊も域内に入れたくないというわけだ。

「司令官に挨拶《あいさつ》してきましょう」とミヒェルゼンは言った。

リエージュとブリュッセルのあいだ

ポイントや障害物を見過ごさないよう、これまでは時速七〇キロ以上は出さずに走ってきた。それでも前進している。もっとも今のように何度か中断はあったが。

「またか」と言ってシャノンがうなった。

目の前で線路が二股《ふたまた》に分かれている。

「右へ行けばいいんだと思う」とシャノンは考えていることをそのまま口にした。

「だといいけど。今どこにいるのか見当もつかないよ」

「ベルギーのどこかよ。リエージュとブリュッセルのあいだのどこか。わたしが間違ってなければ」

「ブリュッセルまであとどのくらい？」

「一時間ぐらいかな。それとも二時間？　途中で何も起こらなければ」

手動でポイントを切り替えるのは時間がかかった。マンツァーノはシャノンに、きっと線路と道路の両方を走るこの軌陸車にはポイントを遠隔操作で切り替える装置が付いているはずだと説明した。しかしその装置は見つからなかった。しかも、ポイントの電子部品に電気が供給されていないので、遠隔操作を今は使えないのかもしれない。

最初二人はほとんどお手上げだった。シャノンが地図で確認した限りでは、線路が最初に枝分かれしたところで、右に行かなければならないはずなのに、ポイントは車両を左へ誘導してしまった。マンツァーノは車をバックさせた。二人は降りて、ポイントを調べてみた。ポイントが構造的に切り替え可能であることがすぐわかった。切り替え用の器具があれば、である。軌陸車の後部に、巨大なレンチのようなものを見つけた。

シャノンはその鉄の棒をつかむと、車から飛び降り、ポイントを切り替え、また車によじ登った。

さらに走り続けた。シャノンは地図を見ている。分岐点で正しい方を選んだのかどうか、確信がなかったのだ。今のポイントは本に書いてあるのと違う番号だった。

「停めて」

マンツァーノは車にブレーキをかけた。

「やっぱり間違ったみたい」

「それじゃ戻る？」

「そうね」

マンツァーノはバックギアを入れた。「ポイントの向こうに光が見える。何だろう？」

引き返している方向に、シャノンとマンツァーノは小さな光がちらちらするのを見た。

「わからない。だんだん明るく、大きくなってくるわ」とシャノンが言った。

二人はポイントに近づいた。

「明るく大きくなるスピードが速くなった」とシャノンが断言した。「レールの上よ。列車だわ。しかもスピードを出してる」

マンツァーノはポイントの近くまで車を戻していた。

「列車だって？」

「こっちの進行方向にね」

「ぼくたちの線路に？」

「わからない」

マンツァーノはポイントを通りすぎると車にブレーキをかけた。

「列車よ」と繰り返すシャノンの声がいらだってきた。もうはっきりと機関車だと見分けられた。「わたしたちの線路に入ってきたら、衝突するわ！　行って、ねえ、行ってよ！」

マンツァーノにも危険が迫っていることがわかった。ポイントを切り替えずに、改めてアクセルを踏んだ。二人の軌陸車はのろのろと動きだした。列車は後方一〇〇メートルあるかないかの位置まで迫っている。

「もっと速く！」とシャノンが叫んだ。

再びポイントを越えた。シャノンは車が加速したのを感じた。後ろから来た列車はポイントの少し手前で止まった。シャノンはほっとして息をついた。

「あの列車はどこへ行くんだろう？」

「ブリュッセルかも」とシャノンが答えた。

「尋ねてみよう」

もう一度同じ線路を戻った。近づくと、機関車の後ろに何十両もの貨車が見えた。貨車の屋根は奇妙に不規則な形をしていた。まるで無数のとげのある植物が一面にはびこっているようだった。機関車に辿《たど》り着くと、男がちょうどポイントを切り替えていた。

「どこへ行くんですか？」サイドウィンドウ越しにシャノンがフランス語で尋ねた。

「ブリュッセル」とその男が答えた。

「それじゃ、くっついて行きましょう」とシャノンはマンツァーノに言った。

列車が通りすぎていく間に、シャノンには屋根の隆起の正体がわかった。

「人間だわ！」と大声で言った。

不法乗車している人が何百人も列車に群がっていたのだ。

「まるでインドみたいだ」とマンツァーノが言った。「ただ、こっちはひどく凍えるけど」

長い貨物列車が通りすぎるまでに数分かかった。マンツァーノは車をポイントの後ろに戻し、最後尾の貨車についていった。

「もう少しすると、ぼくたちもあの貨車の上で凍えていることになるかもしれないな」数分後にマンツァーノは言った。

「どうして？」

燃料残量計を指さした。残量警告灯が点《つ》いていた。

「ちくしょう！　乗り換えないといけないわ」

「次のポイントまで燃料がもてばいいんだけど。また列車が停まるはずだから」

ベルリン

「ああ、神様」とミヒェルゼンは声を押し出すように言った。

「どうしてこんなことが起こったんだ？」と連邦首相が尋ねた。その顔は真っ青だった。

「どうも事故があったようです」と環境・自然保護・原子力安全省事務次官が説明した。

「GMLZ（連邦・州共同状況分析センター）からちょうど今写真が届きました。事の起こりは発電所内ではありませんでした。発電所からはディーゼルの補給はどこで止まっているのか、といういらだちの電話があっただけです。そこで派遣された偵察隊が見つけたのは、残された地獄だけでした」

ディスプレイに、炭化したトラックの残骸《ざんがい》がアウトバーンとその脇の草原に散乱している写真が何枚か現れた。驚愕《きょうがく》のあまり、居合わせた何人かは顔をしかめ、また何人かは首を横に振った。

「どうしてこうなったのかはわかりません」と事務次官が言った。「現在調査中です。タンクローリー三台をトレーラーが牽引《けんいん》し、前後にはそれぞれ十名が乗った護衛の軍用車両がついていました」

事務次官は草原に散った二つの黒い残骸を指した。

「生存者はいません。調査にはまだ時間がかかります。そのための人員も資材もほとんどないのです」

「事故なのか、それとも襲撃なのかね?」と連邦首相が尋ねた。

「現時点ではまだ何とも言えません。フィリップスブルク原発からの問い合わせから、事故現場の発見まで十時間が経過していたというのが実情です」

「何てことだ、どうしてそんなに時間がかかったんだ?」

「現場で動ける人間がほとんどいないからです」と事務次官が呻《うめ》くように言った。「出動可能な人員が減っているのです。多くの地域でBOS通信も機能していません。そして……」言葉に詰まった。唇が震え始め、涙が出そうになるのを必死でこらえていた。

お願いだから今ここでくじけてしまわないで、とミヒェルゼンは胸の内で願った。そのせいですでに二人が使い物にならなくなっているのだ。

「次にディーゼル燃料の輸送車を送りだせるのは今日の午前中です。フィリップスブルク原発到着は早くて六時間後になります」

ディスプレイ上には、室内プールのような大きな水槽が現れた。

「これがフィリップスブルク第一原発の使用済み核燃料冷却プールです。ここにはもう使われなくなった燃料棒が納められています。原発の中には、原子炉そのもので使用されている燃料棒より、冷却プールに納められた燃料棒のほうが多いところもあります。使用済みとは言ってもまだ非常に高温なので、何年もかけて冷却する必要があるのです。フィリップスブルク第一原発の冷却プールはもともと安全性が疑問視されていました。冷却プールが原子炉格納容器の外にあるからです。建物の上階には屋根がありますが、開放された状態で設置されています。非常電源システムがどれだけもつか、という以前に、そもそも冷却プール専用の非常電源システムはその時まだありませんでした。予定より早く運転を停止した後、非常電源システムが必要になり、後から設置されたのです。重大な飛行機墜落事故に対しては、現在にいたるまで安全性が確保されていません。でもご覧のように、飛行機が墜落するまでもありません。原発運営者の申告によれば、冷却プール用のディーゼル燃料は、夜の間に底をつきました。原子炉緊急冷却用ディーゼル燃料の流用は、原発の首脳部があえて許しませんでした。ディーゼル燃料が底をついてからは冷却プールを冷やすことができなくなりました。燃料棒の熱でプールの水がかなり蒸発してしまっています。ディーゼルの補給が到着するまでには冷却水が完全になくなってしまうでしょう。燃料棒は溶融を始めていると思われます。それが何を意味するかは、ここで説明する必要はないでしょう。いや、やはりその必要はあります。冷却プールが原子炉格納容器の外にあるので、このメルトダウンは建物のど真ん中で起こります。それによって建物内の放射線量は非常に高くなり、建物に入ることができなくなります。そんな事態を望む気はさらさらありませんが、爆発が起これぱマンハイムやカールスルーエまでも危険にさらされます」

「何ということだ」と首相が大声をあげ、拳《こぶし》でテーブルを、重い板が震えるほど激しくたたいた。「脱原発に踏み切ったというのに、まだ何か起こるのか!」

「よく引用される、どんなに安全対策を講じても残されるリスクってやつだわ」とミヒエルゼンは呟《つぶや》いた。

「周辺住民を避難させる必要はあるのかね？」と首相が尋ねた。

「たとえあっても、早急にはできません」と事務次官が答えた。「地方のあらゆる救援チームとの連絡がつきにくくなっています。たとえ避難区域が周囲数キロ圏内に限られたとしても、何百台もの車と運転手と燃料が必要です。現状では……」事務次官は困ったように目の前のテーブルの板を見つめ、首を横に振って言った。「祈るしかありません」

ブリュッセル

次のポイントまで燃料は充分に足りた。ポイントでシャノンとマンツァーノは軌陸車を手早く列車に連結させた。ずっと前方にいる運転手はまったく気がついていなかった。

四十五分後、列車は建物の密集している地域に停車した。線路施設の様子からマンツァーノは大きな駅に着いたのだと考えた。

列車に沿って両側に、それぞれ二〇メートルぐらいの間隔で兵士が胸に銃を構えて立っていた。

「ぼくたちを探しに来たのでないといいが」とマンツァーノが言った。

「自分をそんなに大物だと思わないことね」とシャノンが答えた。「きっと略奪があるからよ」

銃は持たず、代わりにメガホンを持った兵士が一人、列車の周りを巡回し、屋根に乗っている人々にフランス語で、列車から降りて落ち着いてこの場を離れるように言った。人々はコンテナや貨車から降りてきて、おとなしく自分たちの持ち物を引きずって兵士たちの間を通り抜けていった。兵士たちは身動きもしなかった。マンツァーノとシャノンは人々の中に紛れ込んだ。誰も気がつく者はいない。

「言ったとおりでしょ？」人々に混じって線路を越え、ホームに向かって走りながら、シャノンが言った。「積み荷を降ろすときのために立っているだけよ」

駅の表示からブリュッセルに着いたことを確認した。

「暗くなる前に、EUMICに辿り着きたい」

「まずその場所を探さないと」

ここでも駅舎のホールに、何百人もが仮の宿泊場所を作っていた。窓口は閉まっていたが、マンツァーノは、脇の方で人の動きを観察している黄色いセーフティジャケットを着た男を見つけた。

シャノンとマンツァーノが英語で尋ねてみると、その男は「どこへ行きたいんだ？」と聞き返した。

「EUMICです」とマンツァーノが繰り返した。

男は肩をすくめた。

「知らないな。欧州委員会の場所ならわかるが」

「そこへはどうやっていけばいいんですか？」

「タクシーで」

「タクシーが走ってんですか？」

「もちろん走っていない」とその男が答えた。「ここでは走っている車なんてない。歩いていくしかないな」

男は出口を指さした。「出たら右へ行きなさい。次の大きな通りをまた右へ。それがレオポルト三世通り《アヴニュー・レーオポルト・トロワ》。その通りをジェネラル・ワイ通り《ブールヴァール・ジェネラル・ワイ》につきあたるまで行って、ロータリーを右へ……」

「絶対憶《おぼ》えられないよ」とマンツァーノが呻いた。

「そこまではわかったわ」とシャノンが言った。「その先を憶えて」

「オーケー」とマンツァーノが答えた。「ロータリー、それから？」

「ルヴァン通り《ショセー・ド・ルヴァン》に入ってから、左側のミルカン通り《アヴニュー・ミルカン》に折れて、つきあたりまで行くと、パトリヨット通り《リュ・デ・パトリヨット》に出る。そこからすぐまたフランクラン通り《リュ・フランクラン》に入る。その通りに面して欧州委員会の本館がある」

「憶えた？」とシャノンが尋ねた。

「だといいけど。どのくらい歩くんですか？」とマンツァーノが男に尋ねた。

「一時間、かな」

足を怪我しているのに早く歩き出したいぐらい、体が冷え切っていた。

司令センター

最初は不安になった。危機対策本部や、ユーロポールをはじめとする重要組織の通信をコンピューターで傍受してきたが、昨日から相手のスイッチが切られることが多くなったのだ。メールのやりとりもぐっと減った。傍受作戦が見破られたのだろうか？　様子を見て、積極的な介入は見合わせた。侵入を行うのは、実は簡単すぎるくらい簡単だった。Facebook《フェイスブック》、Xing《エクシング》、LinkedIn《リンクトイン》などのソーシャルネットワークを通じて、さまざまな電力企業や官庁職員の何千ものメールアドレスを手に入れた。そのアドレスに個人的なメールを送り、「選ばれた職員」に、特別価格の休暇旅行を提供するウェブページへのアクセスを促した。

このウェブページでは実際に低価格の旅行企画が提供されているし、実際に予約もできる。別におかしなところはない。自動車連盟の会員や特定クレジットカード会員なら、そういうオファーを受けたことがあるはずだ。仕掛けは、アクセスしてきた人に情報を与えるビデオとPDFファイルにある。このビデオなりPDFファイルなりを開くだけで、その中に隠されたマルウェアが、アクセス元のコンピューターに侵入を試みるのだ。マルウェアが侵入するためにはコンピューターが別のウェブページからEXEプログラムをダウンロードする必要がある。それが完了すると、プログラムが影でスタートし、ローカルディスクに書き込まれ、次にパソコンが起動されるときに実行されるのだ。

わずか数カ月で、事実上すべての目標対象、つまり数多くの企業とヨーロッパの大国及びアメリカ合衆国のシステムに侵入することができた。侵入されたパソコンが次に立ちあがるとき、マルウェアが慎重にネットワーク環境を調べる。そのマルウェアは、利用者のネットワーク利用時の習慣を観察し、ユーザーとして持っているアクセスの権利を調べる。こうして少しずつサーバーに侵入する準備を整えるのだ。特に面白かったのはファイル共有、つまり多くの職員たちがアクセスするサーバー上のディスクエリアである。そこへのインストールがマルウェアの次の仕事だ。そこまでいくと、このプログラムが、ユーザーアカウント、電話帳や人事部の事務所のシステム内の職員情報、建物やコンピューターネットワークのあらゆる技術上の設計図、投入されたハードウェアの詳細等々といった重要な情報を集めるのだ。徹底的に手のこんだ仕事だ。この情報をマルウェアは一晩で外部のウェブサーバーに送る。そこにはすでにインターネットの匿名フォーラムを通じて雇っておいたプログラマーが待ち受けていて、情報を評価し、例えばアカウントへのパスワードを見破る。同じ方法で、スカイプ、あるいはこれに類するインターネット電話プログラムをインストールしたラップトップを識別する。そうなると、利用者に通知せずに、そこに組み込まれたカメラやマイクを作動できるのだ。

しかしこうして侵入したコンピューターのスイッチが頻繁に切られるようになった。

敵の重要拠点に配しておいた目と耳が奪われたわけだ。

自動キーワード検索が、フランスの危機対策本部が受信したあるメールを検索して、通知してきた。大統領府から直接送信されたものだった。その送信メールの中で大統領は諸官庁の全職員に、非常用電源節約のためコンピューターおよびその他技術的機器は、どうしても必要な場合にだけスイッチを入れるよう要請していた。数時間のうちに似たようなメールが他の数多くの政府のシステムからも見つかった。

これはいい意味での驚きだった。たった一週間で、最も重要な官庁ですら、すでに非常電源を節約せざるを得ないということは、最終的な破局までそう長くはないということだ。早ければ早いほどいい。終わりというものは必ず始まりでもあるからだ。ジャングルの木々が廃墟《はいきょ》を覆い尽くすように、人間が再び生活を取り戻すのだ。

ブリュッセル

二人はその後二度も道を尋ね直し、結局、目的地に到着するまで一時間以上を要した。巨大な建物の前に辿《たど》り着いたとき、あたりは暗くなり始めていた。建物の入り口横に大きな文字で「欧州委員会」と書かれている。

中は照明が明るかった。一人で、あるいは少人数のグループで、ガラス張りのエントランスホールに人が出入りしていた。ガラスの向こうには濃紺の制服を着た男たちが立ち、通りを見ていた。

シャノンはマンツァーノを、額の縫った傷跡から汚れた靴まで見まわした。まるでホームレスだ。自分を見てみると、自分だって大して変わらないことに気がついた。

「そうだった」とマンツァーノが言った。「ぼくたちの見た目は歓迎されるべき訪問者ってところだろうね。きっと臭いもね」

二人がドアを押し開ける前に、警備員の一人が目の前に立った。

「職員以外は入れません」とその男がフランス語で説明した。

「職員だ」とマンツァーノは自信ありげに英語で答え、脇を通りすぎようとした。しかし腕が伸びてきてつかまった。

「身分証を提示してください」と男が今度は英語で言った。

「受付まで連れていってくれ」とマンツァーノが言った。この状況に、停電が始まった翌朝のエネル社での出来事を思い出し、不快になった。あの日はなんとか中に入ったが、まじめにとりあってもらえず、すぐにまた通りに放りだされたのだった。

「EUMICのフリーランスの職員だ」と嘘を言った。「ここの職員のソニャ・オングストレムを呼んでくれ。ぼくを通さないと後できみが面倒なことになるよ。それは誓って言える」

警備員は躊躇《ちゅうちょ》したが承諾した。

「ついてきてください」

マンツァーノは息をついた。シャノンと一緒に警備員について長く伸びた受付のカウンターまで行った。

「EUMICのソニャ・オングストレムを呼んでください」とマンツァーノがカウンターの職員の一人に言った。「ピエーロ・マンツァーノが来ていると伝えてください」

カウンターの男は二人を疑わしそうに眺めた。

「お願いします」とマンツァーノはつけ加えた。首の後ろに警備員の息遣いが感じられた。

受付の男は目の前のボタンを押し、ヘッドセットで話をした。間があって、それからまた話しだした。そのあいだも二人から目を離さない。耳に入れた受信機の声を注意深く聞き、小声で礼を言った。

今度はマンツァーノに向かって「あちらでお待ちください」と言うと、訪問者用ベンチの列を指した。

警備員はついてこなかったが、自分の持ち場に戻ると、何度も二人の方を横目で見た。

オングストレムはエレベーターを降り、ホールを見まわした。もう一度見まわして初めてピエーロ・マンツァーノに気付いた。その隣には髪がもじゃもじゃの若い女性が座っている。きっと普段だったらとてもかわいいに違いない。近づいていくと、オングストレムにはその女の顔にも見憶えがあった。

「ピエーロ。なんとまあ、なんて格好をしているの?」と言いながら一歩後ずさった。

「それにその……臭い」

「わかっている。話せば長くなる。ところでこちらはローレン・シャノン、アメリカ人でジャーナリストだ」

「ああ、わたし彼女のこと知ってるわ」とオングストレムが言った。「彼女が送電網襲撃の第一報を報じたのよね。これであなたの情報源がどこだかわかったわ」とシャノンに向かって言った。「ここにいるピエーロだったのね……」

「デン・ハーグで知り合ったんだ」とマンツァーノが説明した。「フランソワ・ボラールを通じてね。やつのことは憶えているだろう？　それもまた話せば長い」

オングストレムは思わず、マンツァーノとこの若いアメリカ人の関係も「話せば長い」のだろうか、と考えてしまった。

「ブリュッセルにはどんなご用？　新しいネタでも？　それともユーロポールの仕事で？」

「攻撃犯の手がかりをつかんだかもしれないんだ」とマンツァーノが答えた。

「いったい誰がこの災害を引き起こしたのか、世界中が頭をひねっているわ。それを知っているというのね？」

「そうは言っていない。でも手掛かりはつかんだかもしれない。ぼくの勘が鋭いことは知っているだろう」

オングストレムはうなずいた。

「ただ詳しく調べるためには電気とネット接続が必要なんだ。きみのところで手に入るかもしれないと思って」

オングストレムは力なく笑った。「冗談でしょう。ここには誰かれかまわず入れるわけではないのよ。それに……」

「ぼくはその誰かれ、じゃないよ、ソニャ」とマンツァーノは言葉を遮った。

ソニャと名前で呼ばれたことに、オングストレムはまごついた。

「どうしてユーロポールじゃだめなの?」

「ユーロポールからドイツに派遣された。ドイツからはこっちのほうが近いからね。手短に言えば」

オングストレムはため息をついた。「同僚の中には仕事に来ていない人もいる。住まいが遠すぎたり、他の理由で……。席は空いていないわけじゃないわ」とそう言って唇をかみしめた。「それにまあ、どうでもいいことだわ。そうでなくてもここはごった返しているから」頭を動かして二人についてくるように合図した。「これでわたしの首が飛ぶかもしれない。でもまず届けを出して、それからシャワーね」

「何よりだ」

「シャワールームがあるからそこへ直行しましょう。着替えは持ってる?」

「わたしは持ってるわ」とシャノンが言った。

「ぼくは持っていないんだ」とマンツァーノは正直に言った。

「何か見つかるかも」とオングストレムが言った。

三人は受付カウンターの前まで来た。

「訪問者用入館証を二枚お願いします」鼻にしわを寄せている受付の男に、オングストレムが言った。

オングストレムは、クレジットカード大のプラスチックのカードを二枚受け取った。訪問者はこれを服のどこかにつけることになっているのだ。

「ユーロポールとは連絡をとっている?」エレベーターに向かいながらマンツァーノが尋ねた。

「ほとんどとれていないわ」

「ユーロポールに連絡する前に、まずこっちの調査を終わらせてしまいたいんだ」とマンツァーノはオングストレムに説明した。

オングストレムはマンツァーノを疑わしそうに見た。しかしこう答えただけだった。

「オーケー。そしてあなたのことだけど」エレベーターに乗り込みながらシャノンに向かって言った。「あなたがここで見たり聞いたりすることはもちろん絶対秘密厳守ですよ」

「もちろん」とシャノンが答えた。

ラーティンゲン

「見つかったぞ」とベルリンからの無線電話の相手が言った。

「高圧線・変電所監視チームが放火後の容疑者を発見した」

「どこで?」

「シュヴァインフルト近郊だ」

シュヴァインフルト。ハルトラントはそこまで距離はどれくらいかなどと考えようともしなかった。コンピューターでドイツ地図を呼び出した。ラーティンゲンの南東、約三〇〇キロだ。

「監視チームはそいつらを捕まえたのか?」

「ヘリコプターの出動を要請してきた。ヘリは現地へ向かっていて、安全な高さから監視を続ける。GSG9(ドイツ警察特殊部隊)には報告済みだ」

「現地へ向かおう」

「ヘリコプターが二十分後にタレファー社の駐車場に着陸する」

ブリュッセル

二分間、それ以上は駄目、とオングストレムは言った。マンツァーノは今まで、こんなにシャワーを満喫したことはなかった。タオルを腰に巻いてシャワールームから出ると、オングストレムが服をかかえて待っていた。

「ズボンとシャツ。同僚が予備として戸棚に入れておいたものだけど、ここ数日出勤してないの。少し短いかもしれないけど、ないよりましでしょう。あなたの脱いだものは洗濯機に突っ込んだわ。洗濯機まであるのよ、ここには。職員用にわざわざ何台か置いてあるの」

マンツァーノは、オングストレムに傷を見られないようにズボンを穿《は》いた。

「いったいどうしたの、それ？」とオングストレムは脚の傷を縫ったところを指さして尋ねた。

「変な転び方をしたんだ」と嘘をつく。

「痛そうだわ」

「確かに痛い。で、きみのほうは順調？」と服を着ながら話題を変えた。

「何とかここで生活しているわ」オングストレムは肩をすくめながら答えた。「家へは寝に帰るだけ。それも毎日じゃないわ。職員の非常時送迎用バス路線の往復もなくなった。自転車じゃ一時間半かかるわ。大した距離よ。まあ、自転車を漕《こ》いでいれば暖かいし、スキー休暇でできなかった分、体を動かせるけど」

「あそこに残してきた友達やボンドーニさんのことは何か聞いてるかい？」

「あっちを発《た》ってからは何も」そう正直に答える声には元気がなかった。

洗濯室の前で二人はシャノンに合流した。

「もうここを離れないわ」とシャノンは満足のため息をついた。ジーンズとセーターに着替えている。

「駄目よ」とオングストレムが言った。「わたしたちとEUMICに行くのよ」

世界最大級の政治機関であるEUが民間人保護と災害対策を目的として設置している情報収集および管理拠点であるEUMICを、マンツァーノはもっと華々しいものだと思っていた。

オングストレムは二人を七階の小さなオフィスに案内した。

「ここが小会議室」とオングストレムは言った。「部外者用のネットワークがあって、無線LAN接続で入れるわ」

「駄目だ」とマンツァーノはラップトップを見せた。「バッテリーが空なんだ。電源コードが要る。あるかな？」

オングストレムは接続口を調べ、サイドボードを開けて言った。「ここにラップトップが二台あるわ。このコードで繋《つな》がる？」

マンツァーノは試してみた。一方のコードが合った。

「誰かに尋ねられたら」とオングストレムが言った。「その人にわたしのところに来るように言って」

「ねえ、ぼくたちはIT部門の人間だと言っておいてくれ。ここでは何千人も働いているんだから、誰もが全員を知っているわけじゃないだろう」

「確かに。わたしは二つ先の左側の部屋にいるわ。ときどき覗《のぞ》くから」

オングストレムは部屋を出てドアを閉めた。

マンツァーノは椅子にどさっと座り、目の前でパソコンを起動させた。

シャノンはテーブルの反対側に座った。「何百万人もの人が、わたしたちの昨日の夜のような生活を一週間も続けてると考えると」と言って、感慨深げに窓の外を見た。

「とっくに大混乱になっていないのが不思議だわ」

「一部はそうなっているさ」とマンツァーノが答えた。「でも大部分の人は、生き延びるのに精いっぱいなんだ。馬鹿騒ぎをする時間もエネルギーもないんだよ」

ドアが開いたとき、マンツァーノは身をすくめた。

オングストレムが入ってきて、盆をテーブルに置いた。

「熱いコーヒーと食べるものを少し。ふたりともこれが要りそうな様子だったから」

マンツァーノは飛びつきたくなるのを必死でこらえた。

「ありがとう」

「さっきも言ったけど、何かあったら二つ先の部屋ね。わたしの直通番号は二七よ。それじゃ」そう言ってオングストレムはドアを閉めていった。

「あの人があなたにブラのサイズを教えてくれるのは、もう時間の問題ね」と、シャノンは頰張りながらにやにやした。「あの人、あなたのこと気に入ってるわよ」

マンツァーノは顔が赤くなるのがわかった。

シャノンは笑わずにはいられなかった。「あなたも好きなんでしょ!」

「やめろよ。仕事があるんだから」

「あなたはね」とシャノンは満足そうにクックックッと笑って、口の中のものを飲み込んだ。「でもわたしにできることといったら、食べて、コーヒーを飲んで……」と言いながら椅子をテーブルに沿って押し、マンツァーノの隣に移動した。「あとはあなたを見てるくらいしかない」

ラーティンゲン

EC155ヘリコプターのローターが轟音《ごうおん》をたてる中、ハルトラントは背を丸めて走り、ヘリコプターに飛び乗った。中ではGSG9の隊員八名が待っていた。EC155は小型だが速度の出るヘリコプターで、対テロ特殊部隊が使っている。最高時速三〇〇キロ以上で飛べば、作戦の目的地まで一時間で行ける。ハルトラントが席につくかつかないかのうちに、ヘリは離陸した。隊員の一人がヘルメットを渡してくれた。ヘルメットに付いている装置で他の隊員と意思の疎通がとれるようになっている。防弾チョッキは出動の直前に着るつもりだ。隊長はハルトラントに現状を伝えた。

「覆面パトカーが二台、容疑者を交代で追跡中だ。交信にはトランシーバーを使っている。ここまでは気づかれていないようだ。少なくとも逃げる気配はない。第二チームのヘリは先に現場へ向かっているが、われわれが到着するまでは、特別な動きはせず、十分な高さを保って追跡のみ行う」

「地上班がそれまで見失わないといいが」

「もし見失ったとしても、車の情報は伝わっている。ミリタリーグリーンのメルセデス・ベンツ・トランスポーターだ」

「大変結構。他に走行中の車があれば、その色を探せばいいんだな。先遣隊は送れないのか？」

「十分近いところには適当な部隊が配置されていない。それに連邦軍と同じ車種のトランスポーターがそんなに沢山その辺を走ってはいないだろう」

「容疑者を足止めするだけでなく、事情聴取できなければいけない」

「それを最優先させよう」

「暗くなってからはどうする？」

「問題ない。パイロットは暗視装置を使って操縦している。アプローチは簡単ではないが、暗ければその分奇襲効果が高くなるだろう」

ブリュッセル

　シャノンは、何でもないパウンドケーキを食べて、こんなにおいしいと思ったのはいつ以来だったか思い出せなかった。

「何をしているの？」と尋ねた。

「ぼくが見つけた怪しいIPアドレスのことを憶《おぼ》えているかい？　バッテリーがお陀仏《だぶつ》になって、ポルシェが盗まれる前に」

「あなたのパソコンが夜毎に無許可でデータを送っていた相手ね？」

「今それを呼びだしている」

　マンツァーノはIPアドレスをウェブブラウザのアドレスフィールドに入力した。ブラウザのウィンドウ内左上に「RESET」という言葉が現れた。ウィンドウ中央には二つのフィールドが現れた。上には「ユーザー名」、下には「パスワード」と書かれている。

「ちょっと見てごらん」とマンツァーノがささやいた。

「これだったのね」とシャノンが言った。

「まだまだ。これは本気で逃げ隠れなんかする必要のない人のものだ」

「どうして？」

「このユーザーは匿名プロキシサーバー経由でもないし、他の隠蔽《いんぺい》方法も使っていない。

ールをぼくのパソコンに挿入していたのが誰にせよ、そいつはユーザー名やパスワードで保護されたところから操作している。その背後にもっと重要なことが隠されているかもしれない」

「それともトリック？」

「そう、トリックかもしれない。調べてみよう」

「何を調べようっていうの？　ユーザー名もパスワードも知らないんでしょ？」

「今のところは」

シャノンはコーヒーカップを両手で持ち、少し飲んだ。

「RESETというのはこの場合コマンドなの？」と尋ねた。「それとも名前？　それとも別の何かなの？」

「再起動のことだ」とマンツァーノが呟《つぶや》いた。カーソルをその言葉の上に移動させても何も起こらない。それでも念のためクリックしなかった。何かが隠れていないとも限らない。

「まずはユーザー名とパスワードを見つけてみるよ」とマンツァーノが呟いた。

「どんなページかも知らないのに、ユーザー名とパスワードなんてどうやって見破るの？　とっかかりがないじゃない」

誰かがドアをノックした。返事をする間もなく、ドアが開いた。

流行のデザイナーズ眼鏡をかけた男が首を突っ込み、驚いたように二人を見た。

「あれ、失礼……。どなたですか？」

「ＩＴ部門です」とマンツァーノが答えた。「ここでちょっと修理しないといけないものがあって」

「ああ、それなら。お邪魔して失礼しました」

男はドアを閉めた。邪魔者はいなくなった。

「でも」とシャノンが食い下がった。「とっかかりが何もないのに、どうやって知らないページのユーザー名やパスワードがわかるの？」

「とっかかりは要らないかもしれない」とマンツァーノが答えた。別のアドレスを入力する。「他人のコンピューターに侵入しようとする人専用のプログラムがあるんだ」

「で、それがネット上で簡単に見つかるわけ？」

「簡単に見つかるさ」とマンツァーノが肯定した。目はディスプレイからじっと離さない。画面には、大きな眼鏡をかけた少年がにやにや笑っていた。「例えばこれ。Metasploit だ」

「そのプログラムで何ができるの？」

「これを使ってセキュリティチェックができる」

「……というか、セキュリティホールを探し出すんでしょ？」

「わかってるじゃないか。このプログラムをここでダウンロードしても大丈夫だといいけど」

マンツァーノはダウンロードボタンをクリックした。数秒のうちにプログラムがダウンロードされた。マンツァーノはインストールし、プログラムを起動させた。

「今は何をしているの？」とシャノンが尋ねた。

「ここでソフトに怪しいＩＰアドレスを入力する。それからこのページをチェックする技術を選択する。とりあえずＳＱＬインジェクションでやってみよう。説明は省くよ。理解するには情報科学か、ＩＴ科学の小講座くらい受講しないと」マンツァーノは背もたれにもたれた。「少し時間がかかるかもしれない」

デン・ハーグ

特別な会議室が選ばれ、そこにはボラールのコンピューター以外置かれなかった。そのコンピューターもインターネットには接続されていない。プレゼンの後、ボラールは自分のコンピューターをインターネットにつなぐ前に、プレゼンの内容を全部消去することにしていた。

「男の名はホルヘ・プカオ」とボラールは説明した。「一九八一年ブエノスアイレス生まれ。育ちもブエノスアイレス。高校に通う頃から政治活動を始め、経済危機の勃発《ぼっぱつ》に抗議するデモで、頭角を現す」

スクリーンには叫んでいる若い男の怒った顔が映った。同志に囲まれ、見えない敵に対してこぶしを振り上げている。

「二〇〇〇年頃の、経済・金融危機が一番ひどかった時期、ブエノスアイレスの大学で政治経済学と情報科学を学ぶ。この間も政治活動は続けている。デモや、地域通貨《トルエケ》運動の組織で。この頃アルゼンチンでは、経済・金融危機、ないしは国家財政破綻《はたん》で、国の通貨ペソが大幅に価値を下げ、中流階級の大部分が貧窮していたため、地域通貨運動が盛んだったのだ。二〇〇一年にホルヘ・プカオはジェノヴァのG8サミットに反対する抗議行動で逮捕された」

　警察で撮られたプカオの写真。人相のよいものではなく、カールした髪は汗に濡《ぬ》れているが、それでも十分に魅力的だ。

「その間にプカオの父親は、経済・金融危機のあおりを受けて自殺。プカオは故郷に戻り、活動にいっそう熱を入れる。当時の活動は方向性がはっきりしない。自分が興味をもった活動だけしていたのかもしれないし、楽しみを求めていただけなのかもしれない」

　灰色のコンクリートの壁に生えた苔《こけ》が、奇妙にもまるでスローガンのように見える。

「Cultivar la equidad（平等を育てよう）」

　テロ対策専門家であるボラールは、当然のことながら人畜無害な抗議運動にも詳しい。ゲリラ・ガーデニングがその例だ。その活動家たちはたとえば脱脂乳と苔を混ぜてコンクリートの壁に塗りつける。苔は脱脂乳を培地として、塗ったままの形に育つので、先ほどの写真にあったようなスローガンに文字通り命を吹き込むことができるのだ。

「ゲリラ・ガーデニングから、カルチャー・ジャミングを経て、自治組織による企業の支援まで、この段階ではいろいろな形態で活動していた」

　あるグループ写真には、あらゆる肌の色の若者が写っている。その中には髪をドレッドヘアーにしている者もいれば、ブルーのオックスフォードシャツを着ている学生もいる。そのまん中にホルヘ・プカオがいる。巻き毛を後ろに撫《な》でつけ、知的な眼差しで、白っぽいシャツをジーンズの上に出して着ている。

「アルゼンチンでは二〇〇三年に最悪の時期が終わり、プカオはワシントンのジョージタウン大学外交学院《スクール・オブ・フォーリン・サーヴィス》の修士課程で学び始める。ここは、政治、国際組織及び慈善団体で将来キャリアを積んでゆくための、幹部養成学校と目される学校の一つだ。フリーランスの売れっ子IT専門家、それも皮肉なことにオンラインセキュリティ分野の専門家として学資を稼いだ。それと並行して、反グローバリゼーションの運動に参加する。この運動を通じてプカオはどんどん過激になっていったようだ。自分のウェブページで発表した論説やいわゆるマニフェストを読んでも、それは明らかだ。資料はすべて、後の時期のものも含めてうちのデータベースに収められていて、『Pucao_lit』で検索できる」とボラールは最後につけ加えたが、これは出席者全員に目を通してほしかったからだ。ボラール自身その資料のいくつかにざっと目を通したが、じっくり読み込んではいない。一目で目を引くのはその整然とした論証で、これはさまざまな過激派活動家のほとんどのパンフレットには見られないものだ。普通は、まだるっこしい文章で、支離滅裂なスローガンの表明と告発に終始しているものばかりだ。

「アメリカでは無政府原始主義《アナルコプリミティヴィズム》のグループともコンタクトがあった。無政府原始主義と言われてもピンとこない人もいるかもしれないので説明すると、無政府原始主義者は、基本的に工業化以前の生活形態への回帰を主張し、多くはわれわれのこの文明を否定する。ただしこの無政府原始主義者との繋《つな》がりはそれほど密ではなかったようだ。プカオは最新のテクノロジーで金を稼いでいたわけだから、当然だろう。しかしこの男がかなり野心家であることはこのことから見て取れる。

二〇〇五年にプカオはワシントンでの学業を好成績で修了した。スコットランドのグレンイーグルスG8サミットではまた抗議活動をした。アメリカに戻ると、その後もITの専門家としての仕事を続けた。確証はなく推測の域を出ないが、プカオはこの間ずっとハッカーとして活動していたとみられる」

ここでボラールは、ドイツ連邦刑事局から送られてきた、上海で行われた会議のグループ写真に移った。

「二〇〇五年にプカオは上海のITセキュリティ会議に出席した。この写真でわかるように、この会議にはヘルマン・ドラゲナウも出席している。ドラゲナウは、テクノロジー大企業であるタレファー社の製品開発責任者だが、そのタレファー社で、ドラゲナウの発電所用制御ソフトが不正に操作された疑いがある」

「わたしの理解が正しければ」とボラールの部下、クリストポロスが尋ねた。「モンタージュ写真の人物が、数年前にヘルマン・ドラゲナウと同じ会議に出席した人間の写真と明らかによく似ていることから、テロリストの可能性があると考えるわけですね？」

「すでにもっと摑《つか》んでいる」とボラールが答えた。

ボラールは、見たところどうということもない文字と数字の列を呼び出した。

「知っての通り、アメリカは九・一一テロ攻撃の後、旅客データの記録をとり始めた。二〇〇七年以降、ＥＵはアメリカに出入国した旅客、立ち寄った旅客の情報を提供することに協力すると表明している。それにより、プカオが二〇〇七年から二〇一〇年の間に、アメリカとヨーロッパを頻繁に行き来していることが確認できた。ヨーロッパの目的地の空港がデュッセルドルフであることも稀《まれ》ではない。デュッセルドルフといえば、ドラゲナウの住まいからは僅《わず》かの距離だ。もっといいネタもある。二〇一一年にドラゲナウは休暇でブラジルに出かけた。その時の写真や旅行の資料もある。同じ時期にプカオもブラジルへ行き、二日滞在している。休暇にしては短すぎる」

「しかし二人が会ったという証拠はありませんよね？」とクリストポロスが尋ねた。

「あったとしても、だからどうということでもないでしょう」

「もちろんそうだ、しかし……」

「話の腰を折ってすみません。でもどうしてもまだわからないんです。二人がいま言われたようなコンピューターの天才で、この黙示録のような災害を計画したのなら、自分たちの活動がすべてデジタル上に痕跡《こんせき》を残すことぐらいわかっていたはずです。なぜもっと慎重に行動しなかったのか、あるいは消してしまわなかったのか？」

「安全だと思っていたから？」とボラールは逆に質問を向けた。「どうでもよかったから？　それは今のところ想像するしかない」

「それからプカオのここ数年の政治活動についても話がありませんでした」

「それは今から話す。というのも、プカオは二〇〇五年以降、政治活動に関してははっきり態度を変えているからだ。今まで参加していたような政治活動の場には姿を現さなくなった。例えばG8サミットに対する抗議行動など。ただつけ加えておかなければならないのは、反グローバリゼーション活動家の抗議がその間にどんどん力を失っていったということだ。しかしプカオは意思表明も一切やめてしまった。プカオが自分のブログに政治に関する書き込みを行ったのは、二〇〇五年十一月十八日が最後だ。ソーシャルネットワークでは活動していない。少なくとも実名では」

「それには二つの理由が考えられる、というんですね？」とクリストポロスがまとめた。「活動を断念したか、あるいは活動は続けていたが、目立ちたくなかったか……」

「……ひそかに何かを準備していたから。その通りだ。九・一一テロの襲撃犯を考えてみてくれ。表に出てきたのは多かれ少なかれ有能な学生等々だった。目立たず、社会に融《と》け込んでいた。その間に彼らはこっそり、第二次世界大戦後最悪のテロ攻撃を計画した。あるいは二〇一一年のノルウェー連続テロ事件の犯人を思い出してみてくれ」

「しかしプカオは、それでもわれわれが自分のことを把握していると見込んでいたはずです」

「もちろん。われわれのデータベースにはプカオの情報が入っている。残念ながら写真については、顔認識ソフトではこれらの写真とモンタージュ写真との十分な類似性を構築できなかったがね」

「いったいそのソフトに何百万の金をかけているんです？　この顔のどれも認識しなかったなんて」

「それは調べておこう」

「しかしこのプカオが実際に犯人の一人だとしても、共犯者がわからない」とクリストポロスは批判の手を緩めなかった。ボラールはこれに気を悪くするどころか、逆に喜んだ。「たった一人でこの広範な攻撃を計画したわけではない。現在ヨーロッパとアメリカおよびその友好国のあらゆる秘密情報機関が、ドラゲナウとプカオと接触のあった人間を一人残らず調査中だと考えてくれ」

「できる範囲内でね」とクリストポロスがため息交じりに言った。「アメリカもこちらと同じ状況になったわけだから、秘密情報機関も、関係者を見つけるだけでも大変でしょう。相手がテロリストだからではありませんよ。どこかの体育館か公民館で何百人もの人たちに混じって簡易ベッドに寝て、食料品支給の列に並んでいるからですよ」

ブリュッセル

「ここだ」とマンツァーノが小さな声で言った。

「ええ？」シャノンも小さな声で返した。

「ユーザーの入力フィールド」とマンツァーノが続けた。「ここが急所なんだ。実際にユーザー名を入力しなくても、ウェブページのデータ上でこのフィールドにもぐりこむことができる」

「どうやって？」

「責任者のセキュリティ対策が雑なんだ」

「で、どういうデータなの？」

「それをこれからすぐ見てみよう」

ディスプレイ上に長いリストが現れた。

blond
tancr
sanskrit
zap
erzwo
cuhao

proud
baku
tzsche
b.tuck
sarowi
simon
……

「これは何？」

「このウェブページのユーザーリストだ。うまいこと手に入った」とマンツァーノが言った。「次にパスワードを見てみよう」

コンピューター上にファイルをダウンロードすると、数秒後にはそのファイルが開けた。

ウィンドウには無数の数字と記号が現れた。

Downloaded table: USERS
sanskrit:36df662327a5eb9772c968749ce9be7b
sarowi:11b006e6341053 39d5a53a93ca85b11b
tzsche:823a765a12dd063b6741224 0d5015acc
tancr:6dedaebd8353138 23a031730973 86801

b.tuck:9e57554d65f36327cadac052a323f4af
blond:e0329eab084173a9188c6a1e9111a7f89f
……

「やった」とだけマンツァーノは言った。

誰かがドアをノックした。ドアが開いた。マンツァーノは、場合によってはすぐに閉じられるようラップトップに手を伸ばした。

入ってきたのはオングストレムだった。

「びっくりした」とマンツァーノが言った。

「何かやってはいけないことでもやっていたの？」

「いや。とても面白いものを見つけたんだ」

「こっちへ来て」とシャノンが言った。「彼がやってることって、すごいのよ。ほとんど理解できないけど……」

オングストレムはディスプレイを見た。

「変だわ」

「ああ」とマンツァーノが同意した。「どうしてこんなに不用心なことができるのかわからないよ。でも、見てごらん」と行頭を指さした。「これはこのウェブページのユーザー名だ。明明白白。暗号化もされていない。つまり、上のエリアならぼくたちにだって入力できる。その後ろの数字の組み合わせはパスワード……もしくは、そこが問題なんだが、正確に言えばパスワードのいわゆるハッシュ、パスワードを暗号化したものだ」

「それじゃそれ以上先に進めないじゃない」とシャノンが言った。

「そうとも言えない」とマンツァーノが答えた。指がさらにキーをたたく。

「責任者がきちんと仕事をしていれば、こっちはもうここまでだ。でもいつも驚かされるんだ、まさにこの分野のプロがどれだけずさんかって」

再びドアがノックされた。オングストレムは神経質に振り返り、そちらへ行ってドアを開けたが、自分の体を盾にして中に入れようとはしなかった。その向こうの廊下にさっきのデザイナーズ眼鏡の男がいた。

「ああ、まだいたんですか？」とその男が言った。

「わたしがあの二人を呼んだんです。IT部門から」とオングストレムが説明した。

マンツァーノには、男がオングストレムの肩越しに自分とシャノンをちらっと見たのが見えた。

「IT部門」と男がオウム返しに言った。「ぼくが呼んでも来てもらえるまでに二週間はかかる。きみみたいにきれいじゃないとだめなんだ……」

「どうも」とオングストレムが答えた。

「それじゃぼくはこれで……」男はもう一度室内を見てから立ち去った。

オングストレムはドアを閉じ、テーブルに戻ってきた。

「あの男のお目当ては？」

「好奇心旺盛《おうせい》なんだと思う」

「わたしもそう」とシャノンが言った。「でそのハッシュって何？」

「ハッシュは、特定のアルゴリズムを通じて、データを変換して作る。それも暗号化される前に戻すのが不可能なようにね。やってみるしかない。でも時間がかかるだろう。十桁《けた》のパスワードを考えてごらん。それも大文字、小文字、数字が混じっているものだ。このパスワードの組み合わせの可能性は八四京ある。つまり、八四京個ものバリエーションを試す必要があるわけだ。いいかい、京だよ。そのためには世界最速のコンピューターでも延々と時間がかかる」

「それじゃ、ウェブページは一体どうやって誰かが正しいパスワードを入力したかわかるの？」

「簡単に言えば、誰かがパスワードを入力すると、背後でアルゴリズムがまたハッシュを、つまりこのデータのごちゃ混ぜを算出する。その計算がもともとの処理した値と一致すれば、正しいパスワードということになるんだ」

「コンピューターはパスワードじゃなくて、ハッシュを比較するわけ？」

「そういうこと」

「それで、どうやってこのパスワードに行きつこうっていうの？」

「ここでまた人間の弱点を考える。まず、プログラマーが追加のセキュリティメカニズムを組み込んでいないことを願おう。それから、ユーザーの中には、長いパスワードとか複雑なパスワードを入力するのを面倒くさがる人がいることを期待する。だって、パスワードが短くて簡単なほど、パスワード解読のためにコンピューターが試さなければならない組み合わせは少ないからね」

「それでもたくさんあるんでしょう？」

「そのために、いわゆるレインボーテーブルというものがある」

「あなたの言うことを聞いていると、まるで脳外科の話を聞いているみたいだわ」とオングストレムが言った。

「ちょうどこの社会の神経系を今まさに手術しているわけだしね」

「どういうこと？」

「いまぼくはあるウェブページ上に来ている。もしかするとこのウェブページがレインボーテーブルの助けを借りてハッシュを解読してくれるかもしれない」

「で、そのレインボーテーブルはどういう働きをするの？」

「原則として、誰かがすでにすべての単純なパスワードのハッシュをあらかじめ計算して、この表に載せてある。コンピューターはこのハッシュに見覚えがあるかどうか調べるんだ」

マンツァーノは勢いよくリターンキーを押し、待った。

「またしばらく時間がかかるよ」

ブリュッセル

「こいつだ、絶対あの部屋にいた女だ」とダーン・ヴィラールトは同僚に言って、ディスプレイに表示されている YouTube の動画を指さした。映像にはブルネットの、かわいくて若い女性が映っている。背景は暗すぎて何も見えない。

　字幕スーパーにはローレン・シャノン、デン・ハーグとあった。

　ビデオ・ウィンドウ下の隅の赤い帯には「……テロ攻撃の可能性。イタリアとスウェーデンは不正操作があったことを認める……」となっていた。

「そう、そしてもし……」

「ソニャはふたりがIT部門の人間だと言うんだ。しかもソニャはぼくを部屋に入れないようかなり注意していた」

「ソニャは仕事をしようとしていて、きみと無駄口を叩《たた》こうとは思わなかったってだけじゃないのか。やることはいくらでもあるからね」

「ここの勤務になって何年になる？」

「八年」

「前回きみが誰かをよこすように要請して、IT部門が若くてかわいい女性を送ってきたのはいつ頃？」

「うーん」

「ほらね。IT部門には女はいないと受け合うよ」

「男性優位主義者め」

「現実主義者だよ」

ヴィラールトは受話器をとり、技術サポート部門に電話した。

「こちらEUMIC。すでに要請したサポートはもうこちらに向かっているか聞きたいんだが」

……。

「誰も派遣していない？　結構、これでわかった」

……。

「いや、それほど急がない、どうも」

受話器を置き、同僚を見た。

「まだ誰も派遣していないそうだ」

もう一度受話器をとると、受付の番号にかけた。

「EUMICのソニャ・オングストレムに今日来客がありましたか？」

……。

「ああ、ありがとう」受話器を置いた。「来客はあった。でもIT部門からじゃない。思った通りだ！」

「それじゃ何者なんだ？　それできみはどうしようっていうんだ？」

「またまた数字のまぜこぜね」とシャノンが言った。

マンツァーノがパスワード解読用にレインボーテーブルを使うと、長いリストが作られた。

36df662327a5eb9772c968749ce9be7b:NunO2000
1cfdbe52d6e51a01f939cc7afd79c7ac:kiemens154
11b006e634105339d5a53a93ca85b11b:
99a5aa34432d59a38459ee6e71d46bbe:
9e57554d65f36327cadac052a323f4af:gatinhas_3
59efbbecd85ee7cb1e52788e54d70058:fusaomg
823a765a12dd063b67412240d5015acc:43942ac9
6dedaebd835313823a031730973868O1:
8dcaab52526fa7d7b3a90ec3096fe655:0804e19c
32f1236aa37a891850003ad972264985e:plus1779
794c2fe4661290b34a5a246582c1e1f6:xinavane
e0329eab084173a9188c6a1e9111a7f89f:ribrucos

……

「もっと細かく見てごらん」とマンツァーノが言った。

「文字・数字列の後に、もっと短い文字・数字列がついているものがある」とオングストレムが言った。「いくつかはまるで……」

「……パスワードみたいだ。そう見えるだけじゃない。それこそパスワードなんだ。Nun02000、kiemens154、gatinhas_3、fusaomg……そして、見ての通り、大抵は比較的短いか、使っているのが小文字だけだったり、大文字だけだったり、あるいは他になにかの理由があるのか、比較的単純だったり。そしてもちろん、幸運なことにこれ以外のセキュリティ・メカニズムは使われていなかった」

「後ろに何も書かれていない列もある」とシャノンが言った。

「これは、あなたのレインボーテーブルがこのパスワードを解読しなかったということ？」

「その通り。でもそれは構わない。いくつかのユーザー名とパスワードがわかったから、これで入れる」

「ということは、これであなたは、毎夜あなたのパソコンからデータが送られていた、当のウェブページにログインできるということ？」

「まさにそれをしようとしているんだ」

マンツァーノはそのウェブページを呼び出した。ユーザー名とパスワードのフィールドに適切な組み合わせのものを入力した。

ユーザー名：blond
パスワード：ribrucos

「入力」

「あら、また出てきた、リストや表が……」とシャノンが言った。

「これはどういう意味なの？　例えばこれ」

シャノンは一つの行を指した。

tancr　topic 93rm4n h4rd $4b07493

「最初の語はあるディスカッションを計画したユーザー、このユーザー名はさっきのユーザーの表にもあったね」

「で、残りは？」とオングストレムが尋ねた。

「これはディスカッションのテーマ。ぼくにはＬｅｅｔ（ハッカー語）のように見える。これはハッカーの使う言葉だ。データに含まれるキーワードを検出する監視システムにかぎつけられないように、場合によってはハッカー語を使うんだ。かなり単純なもので、実際には問題なく理解できるけど、慣れていないとちょっと書いたり読んだりが面倒だ。ぼくも驚いたけど、ハッカー語はいつの間にかここでも使われるくらい普及してたんだね。ハッカー語の場合、文字をキーボードの他の記号で補うんだ。例えば補う文字に似た数字とか」

マンツァーノは別のウィンドウを開き、そこに「Leet」と入力した。

「ハッカー語で Leet と書くと例えばこうなる」そう言って何か入力すると、ディスプレイには「L33T」と現れた。
「ここで 93rm4n を例にとると、これはどういう意味だと思う？」
「こういうゲームをカルチャースクールでやったことがあるわ」とシャノンが呻《うめ》くように言った。
「ハッカーは結構子供っぽいところがあるんだ……。自分でやってみたい？」
「あなたが何時間も待ってくれるならば……」
　マンツァーノはすぐに topic 93rm4n h4rd $4b07493 と入力した。
「これは german hard sabotage と読める。その後になんて書いてあるか見てみよう」
　date: sun, 10, 11:05 GMT
　tancr: 734m 1 0bj 9 (0nph1rm; 3xp3(7 0bj 10 70m0rr0w
　tzsche: 734m 2
　tancr: 0bj 12 (0nph1rm
　tzsche: 734m 3
　tancr: 0bj 7 (0nph1rm, 0bj 5, 6 p3nd1n9
　tzsche: 734m 4
　tancr: 0bj 7 (0nph1rm, 0bj 3, 6 p3nd1n9; 3v3r¥0n3 w3|| 0n7r4(|{
「これを翻訳してみるよ」とマンツァーノが言った。

date: sun, 10, 11:05 GMT《グリニッジ標準時》
tancr: team 1 obj 9 confirm; expect obj 10 tomorrow
tzsche: team 2
tancr: obj 12 confirm
tzsche: team 3
tancr: obj 7 confirm, obj 5, 6 pending
tzsche: team 4
tancr: obj 7 confirm, obj 3, 6 pending; everyone well on track.

「tancr《タンクル》というユーザーが、詳しくは説明されていない何らかの目標を、チーム一、二、三および四に確認している。いくつかの目標はまだ達成されていない。それが何かはわからないけど。最後にこのユーザーは、すべて計画どおりに進んでいて満足だと言っている」

「今度は、何が計画どおりなのか、私たちにもわかるように翻訳することはできる?」

「そのためにはスレッドをもっと先まで読まないと。もしかするともっと何か出てくるかもしれない」

　マンツァーノは下にスクロールしていった。何百行も現れた。

「うーん、もうだいぶ長いことおしゃべりしているな。ここが最初らしいぞ」

date: mon, 03, 12:34 GMT

tancr: 734m 2 0bj 1 (0nph1rm; w4171n9 ph0r 734m 1,3,4

date: mon, 03, 12:34 GMT

tancr: team 2 obj 1 confirm; waiting for team 1,3,4

「ああ、ここでこのユーザーは初めてある目標を確認している。しかもチーム二の目標だ」

マンツァーノは上にスクロールして戻った。

「これは面白い。新しいおしゃべりの最初に必ず日付が入っている。一日目が月曜日、三日目が……」

「でも今月の三日は月曜日じゃないわ」

「そのとおり。最後の会話は日曜日になっている。十日だ」

「今日は日曜日よ」とシャノンが言った。

「でも十日じゃない」とオングストレムがつけ加えた。

「待った、待った」とマンツァーノが大声を出した。「もう一度計算してみるから！」

落ち着いて計算した。

「一週間前の金曜日に停電が始まった。ということは今日までで……」

「十日」とシャノンが終わりまで言わせなかった。

「このチャットの日付は停電の日から始まっている」

「それならこの会話は今日の午前中のもの」

「でもどういうことなのか、まだわからない」

マンツァーノはダイアログを閉じ、もともとのリストに戻った。

「ここには実にいろいろなおしゃべり《チャット》が記載されている」

「おしゃべりと言えば」とドアから低い声が聞こえた。「警察がきみたちと喜んでおしゃべりしてくれるだろう」オングストレムがドアの方へ行った。ドアにはEUMICの責任者ナジが、その後ろには警備員の黒っぽい制服を着た猪首の男が三人立っていた。

オングストレムが一言も発しないうちに、四人は部屋に入ってきた。オングストレムは、マンツァーノが急いでキーを打って、パソコンを閉じたのを目の端でとらえた。次の瞬間、制服の男の一人がマンツァーノを捕まえ、別の一人がシャノンを捕まえた。二人とも強引に腕を背中にまわされたので、シャノンは大声をあげた。

「この二人は何をしている？」とナジが冷たい口調で尋ねた。「うちのIT部門の職員ではないね」

「ああ！」とマンツァーノが大声を出した。「でもぼくはちょうど……」

後ろの警備員に腕をねじあげられ、マンツァーノは痛みに顔をゆがめて黙った。

「わたしはアメリカ国籍よ」とシャノンが大声をあげた。「すぐにもアメリカ合衆国大使館の誰かに連絡して……」

オングストレムは顔から血の気が引くのを感じた。すがるような目でマンツァーノを見た。マンツァーノは黙って首を横に振るばかりだった。

「ぼくは……」と改めて切り出した。しかし後ろの男が、もう一度腕をねじあげて黙らせた。

「わたしは……」とシャノンが切り出した。しかしやはり後ろの男が、いやな身振りで、その先を聞く気はないと示した。

オングストレムは何を言ったらいいのかわからなかった。マンツァーノが午後目の前に現れたとき、見るも惨めな姿だったが再会できて嬉《うれ》しかった。それも自分でも思ってみなかったほど。オングストレムはマンツァーノを信頼していたのだ。

「この人は、ユーロポールにもわたしたち全員にも、初めて停電の本当の原因を教えてくれた人です」と言ったが、自分の声が震えているのに気がついた。こんなに自信をもてずにいるなんて自分らしくない。もっとしっかりした口調で話そうと努めた。「数分前に攻撃者のコミュニケーションポータルを見つけたんです」

まだ全部を言い終わらないうちに、もしかしたらマンツァーノは最初からこのウェブページを知っていたのではないかという疑念がわき、血が顔に逆流してきた。わたしに芝居を打っていたのだろうか？

ナジが二人の警備員に合図した。二人はマンツァーノとシャノンを連れて出ていった。

「聞いてください、ナジさん」とオングストレムは言った。「思うに、ここであったことは、本当にとても……」

ナジは残りの一人の警備員に向かってうなずいた。

「……大事なことなんです」警備員にぐいっと上腕をつかまれると、オングストレムは黙った。

「その話は警察でしなさい」とナジが言った。

EC155ヘリコプター上

地上部隊がルートを伝えてきていた。EC155ヘリコプターが到着するころには、あたりは暗くなっていた。ヘリコプターは十分高度を保っていたので、追跡されているほうには音は聞こえないはずだ。ヘルメットに取り付けた暗視装置を通して、ハルトラントは、細い小道のようにカーブする眼下の幹線道路上に、追跡中の車を探した。防弾チョッキはすでに身に着けていた。

「いた」と副操縦士が言った。「二時の方向、約二〇〇メートル」

ハルトラントはヘリコプターの左側の座席にいた。ヘリの下方、道路が今ちょうど右にカーブし、視野から消えた。

「第二チーム、前方の状況は？」隊長が第二ヘリコプターの責任者に尋ねた。

「障害物のない地形」という答えが返ってきた。「約二キロ先に適当な接近地点がある。急カーブが三カ所、ここでは向こうもスピードを落とさざるを得ない。よって、第三カーブのすぐ手前で接近することを提案する」

「了解、第二チーム」と隊長が答えた。

ヘリコプターの下の車は時速約九〇キロで走っている。ということは、とハルトラントは頭の中で素早くざっと計算した。ヘリコプターで接近地点を偵察する時間はもうない。すでに二十分前から目標の車の上を飛んでいる、もう一機の選んだ接近地点が適切であることを信じるしかない。

ハルトラントは隊員たちの出動準備を見つめた。銃を再度点検し、防弾チョッキとヘルメットが正しく装着されているか確認している。その間にチーム指揮官の間では、無線で最後の調整が行われたが、ローターの轟音《ごうおん》にかき消されてほとんど聞こえなかった。

「降下」と隊長が命令した。

これからはすべてをこの上なく正確に進めなければならない。二機のパイロットはヘリコプターを道路の高さまで数秒以内に降下させなくてはならない。追跡されている側がモーター音に気付くのを少しでも遅らせるためだ。

道路が瞬く間に大きくなった。ハルトラントには共に作戦を遂行するもう一機が見えた。暗視装置をはずして上に上げた。

車の上空六〇メートルくらいまで高度を下げたところで、二機のパイロットはスポットライトを点《つ》けた。ぎらぎらした光の輪が車を包む。

ハルトラントは車が急に速度を落とすのを見ていた。二機のヘリコプターはさらに降下を続け、パイロットはついにヘリコプターを車の後方、地上から数メートルの高さにつけると水平に立て直した。ハルトラントは胃がきゅっと締めつけられたように感じた。トランスポーターの前には、もう一機が道を塞《ふさ》ぐように降り、照明をまっすぐ車の運転席にあてた。ブレーキランプが赤く光り、車はバックし始めた。実に見事にスピンし、一八〇度回って、全速力でこちらに向かってきた。

それに対しパイロットは、着陸脚《スキッド》が路面すれすれになるところまで機体を下げた。車はボンネットが沈むほどの急ブレーキをかけた。すると、ヘリコプターのドアがばたんばたんと開いた。トランスポーターのヘッドライトに照らされて、ヘリコプターからGSG9の隊員たちが飛び出した。ローターの轟音の中では、停止させられた車の乗員に命令や要求を呼びかけても無駄だ。メガホンを使ったとしてもまったく聞きとれないだろう。

ハルトラントは硬いアスファルトの上に降り立った。

トランスポーターの横で銃口から閃光《せんこう》が走った。ハルトラントは路上に身を投げ出し、ヘッドライトの届かないところを匍匐《ほふく》前進した。

「撃つな!」と怒鳴った。「撃ち方やめ!」

ヘルメットのヘッドフォンを通して、チームの指揮官たちの短く鋭い命令が聞こえた。

トランスポーターのライトはその間に撃ち砕かれていた。ヘリコプターのスポットライトが、蜂の巣のように穴だらけになった車をぎらぎらと浮かび上がらせた。助手席のドアの横に動かない体が横たわっていた。もう一機のヘリコプターの隊員たちはすでに車の後方に膝《ひざ》をついて、援護の態勢に入っている。そのうちの一人が被弾した男に近づいて銃を脇へよけ、他に武器がないか素早く全身を探った。他の隊員たちは側面から運転席に目を光らせている。

覆面をした隊員の一人が動かなくなった男の首に手を当て、数秒待った。やがてハルトラントのヘルメットのヘッドフォンに「脈なし」と聞こえた。その間にもGSG9の隊員二名が運転席に上がり、運転席と尾部の間にあるスライド式の窓を通して、慎重にトランクの中を探った。

「安全確保」

ハルトラントは立ちあがり、車に駆けつけた。

「容疑者一名死亡」という声がヘルメットの中に聞こえた。

どう見ても、目の前の路上に横たわるその男は死亡しているようだった。上半身と頭部に複数被弾し、顔はせいぜい半分しか見分けがつかない。男の人種も判断がつかない。男は血だまりに横たわりその血だまりはますます広がっていく。この男からもう何も聞きだすことはできないだろう。

激怒したハルトラントは、車の前方をまわって反対側へ行った。だが、隊員は他にどうしようもなかったのだ。撃ち合いを始めたのはトランスポーターに乗っていた男たちの方だった。あの状況では殺さずに確保することは不可能だった。左前輪の横に、二人目の男が横たわっていた。肌が黒く、最初の男と同じように被弾している。三人目はさらに数メートル先の草むらに倒れていた。その横に隊員二人が膝をついており、さらにもう一人の隊員が救急箱を手に走ってきた。三番目の男も何発も被弾していた。その顔立ちは典型的な中央ヨーロッパ人のそれと言うのが一番当たっているだろうか。短く刈った髪の色をどう表現すればいいのか、ハルトラントにはすぐには思い浮かばなかった。

ハルトラントはトランスポーターに戻った。

覆面をしたGSG9の隊員の横に、常装の制服兵士が何人かいた。GSG9の隊長は連邦軍の関係者に対する指揮権は有していないが、道路を十分な区間通行止めにするよう指示した。実際に交通量が多いことを危惧《きぐ》したわけではなく、不測の事態に備えるためだ。兵士たちはただちに指示に従った。ありがたいことに、こういう状況では少なくとも現場の人間は縄張り争いにかかずらわったりはしないのだ、とハルトラントは思った。

その間に第一チームの隊員たちは慎重にトランスポーターの後部ドアを開けた。破壊工作員たちは車の中に、関係者以外が立ち入った場合に作動する爆破装置もそれ以外の罠《わな》も仕掛けていなかった。車の中には何十もの小型タンクと小さな包みが見つかった。ハルトラントはそれを爆薬と燃え種だろうと推測した。大きな箱には食料品と寝袋が詰め込まれていた。食料品の残りが少ないことから判断すると、きっと旅の終点か食料庫が近かったのだろう。

その間、第二チームは運転席を調べていた。二台のラップトップは、後でじっくり調べなければならないだろう。最初の興味深い発見は擦り切れた中欧の地図で、紫色のマジックで破壊工作のルートが書き込まれていた。まずはドイツ国内のあと二カ所で方向を転じてから、オーストリアを通ってハンガリーへ、さらにはクロアチアへ続き、そこで地図は途切れていた。さらにどこかにこの続きがあるのだろう。書き込まれた線に沿ってマークが三つついていた。ハルトラントはそのマークをすぐに解読した。

「これは変電所だ」と説明して小さな四角を指さした。それは一番北、デンマークに記入されていた。その次はドイツの最初の標的リューベックだった。「ここにこいつらは放火した。三角形は高圧線の鉄塔だ。例えばこのブレーメンとクロッペンブルクの間にある鉄塔を、こいつらはすでに倒している。逆に○印のついているところからは、破壊活動の報告は入っていない。思うに、ここはこいつらの食料・弾薬類の倉庫だろう」

「そういう倉庫は当然あるだろう」と隊長も同意した。「ここにある分だけでは」と言ってトランクを指さした。「今までに行われた破壊工作には全然足りない」その指が地図をたどった。「こいつらのこれからの予定を考えればなおさらだ」

「今までのところ、電話機その他の通信機器は見つかっていません」と隊員の一人が言った。

「こいつらには必要ない」とハルトラントが言った。「ルートが決まれば、独立して行動できる。一味の他のメンバーも守れる」

「中継する倉庫にだけ通信機器を置いていて、そこからメンバーに連絡していたのかもしれない」

「それなら衛星電話に違いない、それ以外は機能していないから。しかし、各中継地点にそんな高価な機材を置くのは経済的とは言えないな。そんなことをするくらいなら携行する方がいいだろう」

隊員の一人がハルトラントと隊長のところにやってきた。

「ナンバープレートと車両は調べがつきました。ナンバープレートは二週間前、フレンスブルクで盗まれたものです。車はすでに四カ月前にシュトゥットガルトで盗まれています」

「そうだろうな」とハルトラントが断言した。この男たちはプロか、少なくともプロから教育を受けた連中で、それなりの装備をしている。

フラッシュの明かりが、ほんの一瞬ヘリコプターのスポットライトのぎらぎらする明かりよりさらに明るく光った。隊員が一人、細部まですべての撮影を始めていた。まずは犠牲者を撮影した。写真と指紋はすぐ、ユーロポール、インターポールと警察の鑑識課に送られ、データベースに入力されるだろう。

「ここにもう一枚地図があります」と覆面の隊員が言った。ハルトラントと隊長の前でその隊員は、あまりすり減っていない地図を開いた。その地図では紫色の線はギリシャまで伸びていた。

「徹底的にやるつもりだったんだな」と隊長がコメントした。「こんなことを最後までやりきれるとでも思っていたんだろうか？」

「首謀者は最初から嘘で固めてスタートしたのかもしれない」とハルトラントが言った。「それともこいつらは狂信者なのか。何を信じているのか、何に反対しているのかはともかく」

視野の端でハルトラントは、破壊工作員の一人の命を繋ぎとめようと隊員が必死になっているのを見た。その男を死なせずに済むといいが。

ブリュッセル

「静かにしろ！」と警官は言って、マンツァーノの指をスタンプ台に、それからあらかじめ用意された書式の欄に押し付けた。

「ぼくがピエーロ・マンツァーノであることは認める」と彼は言った。「そのためにぼくの指を汚す必要はない」

警官はマンツァーノにハンカチを渡した。

「それだけでは足りない」とマンツァーノが答えた。「手を洗わせてくれ」

制服警官は英語を理解しなかったのか、あるいはマンツァーノと話をしてはいけないと指示されたのか、何も答えなかった。

警官はテーブルを回り込んできて、マンツァーノの腋《わき》の下に手を入れ、立てと命じた。そして、両側に小さなのぞき窓がついた重いドアが並ぶ狭い廊下を通って、マンツァーノを監房へ連れて行った。部屋は二×三メートルの大きさで、その中に七人がひしめき合っていた。鼻を突く悪臭に、マンツァーノは息ができなかった。警官は黙ってマンツァーノを押し込むと、ドアを閉めた。マンツァーノは立ったまま、吐き気を必死にこらえた。吐いたもので他の人を汚すのは、決して最高のスタートとは言えない。

いろいろな年代の七人の男が、眠そうな目でマンツァーノのほうをうかがった。全員がマンツァーノと同じように無精髭《ぶしょうひげ》をはやしている。食いしばった歯の間から空気を吸い込むとドアにもたれ、そのままずるずると座りこんだ。

「I am Piero Manzano（わたしはピエーロ・マンツァーノといいます）」と言った。

二人がうなずいたが、他は無関心だった。

しばらく全員黙って座っていたが、やがてマンツァーノが口火を切り、誰か英語かイタリア語を話す人はいないかと尋ねた。

「英語なら」と若い男が答えた。「どうしてここへ？」

「話せば長い」と言ってマンツァーノはため息をついた。

「時間はあります」と若者が答えた。

「でも興味はない」と中年の男がしゃがれ声で言った。「黙ってろ！」

マンツァーノは心の中で罵《のの》った。この災害を引き起こした真犯人の重要な手がかりをつかんだかもしれないのに、犯人探しをする代わりに、臭い監房で時間を無駄にせざるを得ないなんて。警官に拘引される前に、あのウェブページを閉じてしまい、自分のラップトップ上の最も明らかな手がかりを消してしまったことが悔やまれた。もしかするとオングストレムが警官に自分の発見を伝えてくれているかもしれない。そうだといいのだが。

「ここで大声を出したら、向こうにぼくの声が聞こえるのかな？」とマンツァーノは先ほどの若者に尋ねた。

「誰かが騒ぐと、警官がやって来て様子を見ます。いつもではないけど」

「ここはどういう監房なんです？」とマンツァーノは尋ねた。「本当なら一名でいっぱいでしょう？」

「泥酔者保護室です」と若者が答えた。「でも場所も職員も足りないんです。それで、食料品や水を調達しようとして捕まっても、とりあえずここにぶち込まれるんです」そう言って肩をすくめた。「毎晩全員が中央監獄に送られるそうです」

「もう、晩だよ」

マンツァーノは背後のドアが開くのを感じた。顔を上げ、警官と目が合うと脇に身をずらした。警官は胸に銃を構えていた。その後ろにもうひとり制服警官が武器を持って立っている。

最初の警官が大声で命令を伝えた。マンツァーノを除いて房にいた全員が立ち上がり、マンツァーノの脇を押し合いながら出て行った。

マンツァーノが出たとき、廊下にはすでに、他の房に収監された者たちが二列に並んで待っていた。左側には短い女性の列、右側には長い男性の列。列の前の方にシャノンとオングストレムがいた。オングストレムまで巻き込んでしまったことに、とてつもなく良心が痛んだ。

警官の一人が何か大声で言ったが、マンツァーノには理解できなかった。全員が動きだした。

建物の前で女性はマイクロバスに乗せられ、男性は窓に格子のはまった大型バスに乗せられた。武装した警官が四人付き添った。座席の下には、足かせのついた棒が取り付けられており、そこに足を突っ込まなければならなかった。警官たちが、足かせがきちんとはまっているか確認して鍵《かぎ》をかけた。

重罪犯のようだと、マンツァーノは思った。格子のはまったガラス窓越しに暗闇を見つめた。通りすぎてゆく建物の正面は暗かった。道中唯一見かけた車は軍の装甲車だけだった。二人一組の兵士以外、道路に人影はない。兵士は懐中電灯かランタンを持ち、ヘルメットに明かりを点《つ》けていた。低級なパニック映画のようだとマンツァーノは思った。これからは甘ったるいラブストーリー以外、見るものか。

ニュルンベルク近郊

ヘリコプターのスポットライトが草原の真ったただ中に建つ小屋を照らした。大きさは五メートル四方くらいだろうとハルトラントは見積もった。パイロットがヘリコプターを建物から数メートルのところに着陸させた。着陸脚が地上に着くか着かないかのうちに、ハルトラントとGSG9の隊員が寒い機外へ飛び出した。ローターの起こす風の中を、上体をかがめて小屋に向かって走った。

ヘリコプターのモーター音がしだいにゆっくりになり、小さくなった。隊員たちは最後の数メートルを注意深く進み、ケーブルに付けた照明付きの小型カメラを、ドアの隙間から押しこんだ。モニターにカメラの映像が送られてくると、ハルトラントには中が無人で、床に藁《わら》が少し散らばっているのしか見えなかった。隊員が遠隔操作でカメラをドアの内側に向け、ドアを調べた。

「安全です」と隊員が最後に断言した。

二人がドアを突き棒で突き破った。後に続いた隊員が明るい懐中電灯で中を照らした。小屋はもぬけの空だった。足で藁を脇にどけた。隊員の一人が床をどんどんと踏みしめた。

「この下に何かあります」

すぐに細い隙間が見つかり、床にはめ込まれた上げぶたが見つかった。

再びカメラ付ケーブル探査装置を持った隊員の出番だった。

その隊員が小さな探査装置を隙間から下ろすと、左側に白いビニールシートで包まれた小包が、右側に小型タンクが見え、その間に透明なバンドで巻いた缶詰の包みが三つあった。カメラは上げぶたの錠も含めてすべてをことこまかに調べた。

カメラマンの隊員がオーケーを出すと、別の隊員たちがふたを破った。二人が膝《ひざ》をつき、慎重に白いシートを切り開き、中身を調べた。

「プラスチック爆薬です」と一人が言った。「表示はありません。中身が何かは分析すればわかるでしょう」

小型タンクの中身はディーゼル燃料だった。

「爆薬、燃料、食料品」最後に隊長が断言した。「他には何もない」

「ここにも電話機や無線機はないな」とハルトラントが言った。

「ない。あいつらは単独で移動中だったんだ。手がかりはとりあえずここで途切れるな」

ブリュッセル

バスはほとんど照明のついていない建物の前に停まった。とはいっても電気は来ているようだ、とマンツァーノは思った。頑丈な鉄扉が開き、バスは大きな中庭に乗り入れた。女性を乗せたマイクロバスがその後に続く。中庭は四方をそれぞれ三階建ての建物に囲まれ、各建物の正面は、一定の距離を置いて点《とも》された数少ない電灯の薄暗い黄色い光に照らされていた。女性用のマイクロバスは左へ折れ、男性用のバスはまっすぐ進んで、大きな門のアーチをくぐった。アーチをくぐると、武装警官が包囲線を張って待ちうけていた。付き添ってきた警官が足かせをはずし怒鳴りつけると、護送されてきた男たちは立ちあがった。マンツァーノも皆に続いた。全員バスを降り、長い廊下を誘導されて進んだ。廊下の突き当たりには高い両開きのドアがあり、その前に別の警官が待ち受けていた。そのうちの二人がドアを開けると、中は大きな暗いホールになっており、そこから我慢できない悪臭が漂ってきた。男たちは前へ進まされ、全員が中に入るとドアが金属音をたてて閉まった。

天井には四本の蛍光灯が点っていたが、そのうちの二本はちかちか点滅していた。ホールの隅々まで照らすにはその明かりだけでは少なすぎる。マンツァーノは、メタルフレームの二段ベッドがぎっしり並んでいるのがぼんやりと見えた。ベッドの中でもベッドとベッドの間でも人々がうごめいていた。何百人もいるに違いない。ここにはいたくない、とマンツァーノは思った。

新たに到着したグループと一緒に、マンツァーノはドアのそばに身を強張らせて立ち、これから起こることを待ちうけた。看守は指示を与えもしなければ、場所を割り当てもしなかった。ドアから一番近いベッドの前にしゃがんでいた男が何人か、新参者にぶっきらぼうに声をかけた。

　マンツァーノは何を言われたのかわからなかったが、身振りから今いるところを動かないのが一番だと言っているのだとわかった。

「空いているベッドはない」と泥酔者保護室にいたあの若者がマンツァーノに英語でささやいた。

　一緒に到着した男の中の一人が話を続け、例の若者がマンツァーノに要点を訳してくれた。

「ブリュッセルにいくつもある監獄から、全員がここに避難してきた、あるいは集められた。どの房も人でいっぱいだ。ここはもともとは体育館だ」と若者が説明した。「ここにはあらゆる種類の囚人がいる。スリから経済犯罪を犯した者、何度も殺人を繰り返した者まで。静かにして、指示に従うことだ」

　若者がまだ話し終えないうちに、男の一団がベッドの間の通路を通って近づいてきた。虫の好かないタイプの連中だった。全部で十二人、全員マンツァーノと同じかそれ以上の背丈で、日々ウエイトトレーニングを欠かしていないようだった。男たちが近づいてくると、むき出しの腕や肩、首、さらには顔の一部やつるつるに剃《そ》った頭にまでタトゥーが施されているのがわかった。ホールにいた他の男たちは、ベッドの中か隙間に引き下がった。

　その一団の中で一番背が高く一番筋肉隆々とした男が、どうも一団のボスらしかったが、新参者の一番前にいた男に近づき、何か尋ねた。質問された男は、おそらくマンツァーノと同年輩で、やや小柄、少し腹がでていた。彼が一歩退き、後ろに立っている男にぶつかった。筋肉隆々のボス格の男は質問を繰り返した。男がこわごわと答えた。何かを否定しているようだった。ボス格の男がその顔をひどく殴ったので、答えた男は後ろに倒れて支えられる始末だった。泣きそうになりながらも、男は頑張って立ち上がったが、手は出血した顔に当てていた。ボスが合図をすると、一団の二人が今殴られた男を押さえつけた。ボス自身がその男のポケットをごそごそ探った。何も見つからなかったので、男のベルトをはずし、ズボンを引きずり下ろした。ボスの補佐役が男を後ろ向きにさせると、男は大声で叫び始めた。それを聞くとボスは股間《こかん》を強烈に蹴《け》り上げた。蹴られた男は息が詰まって黙った。ボスは男の尻《しり》の山をつかむと、勢いよく両側に開いた。補佐役の一人が懐中電灯で泣いている男の尻の穴を照らした。ボスが短い棒を突っ込んだので、男は呻き声を上げた。するとボスは男を離し、もう一度股間に蹴りを入れ、補佐役が男を床に倒した。男は胎児のように縮こまり、横たわったまますめそめそ泣いていた。ボスは次の男の首をつかんだ。マンツァーノは自分の首がつかまれたように感じた。

ボスが新参者たちに怒鳴りつけたが、マンツァーノには何も理解できなかった。何人かはおそるおそる首を横に振り、上着のポケットをたたき、ズボンのポケットを裏返した。マンツァーノも同様に、何も持っていないことを示した。

ボス以外のタトゥーの男たちが間を開けて短い通路を作るように二列に並び、その間をボスは首をつかんでいた男を押して行った。タトゥーの男たちはその男を笑いながら殴った後、ボスが最初の男にしたのと同じように徹底的に身体検査をした。ただこの男は、最後の検査だけはまぬがれた。ズボンが踝《くるぶし》までずり落ちた格好で、男は「刑罰」の列からよろめき出てきた。マンツァーノは側壁の近くにいた何人かがそっと逃げようとしているのに気がついた。しかしそこにも筋肉隆々の男たちが待ち構えていて、すぐに押し戻された。マンツァーノは目を閉じ、全員がこんな拷問にあわなければいけないのだろうかと考えた。脚が痛んだ。顔、首、手、腋《わき》の下に汗をかいているのを感じ、眩暈《めまい》がした。これから自分の身に起こることが何もわからないですむように、いっそ失神してしまいたいと思ったくらいだった。しかし失神する代わりに、マンツァーノは片足を引きずって、殴り倒された男のところへ行き、そばに膝をついて英語で言った。「さあ、手を貸しますよ」

マンツァーノは男のズボンを引っぱり上げたが、男は抵抗した。また虐待されるのではないかと恐れたのだろう。マンツァーノは男を落ち着かせるように話しかけた。もう一人同じように屈《かが》んで手を貸す者が現れた。

ボスはマンツァーノの胸ぐらをつかむと、まるで玩具《がんぐ》か何かのようにひょいと持ち上げた。マンツァーノに向かって怒鳴りつけ、あざけるように笑った。マンツァーノには「サマリア人」という言葉しかわからなかった。ボスはマンツァーノの頭部の傷を見つけ、素手でそこを打ち、何か尋ねた。

「Sorry, I don't understand you.（悪いが、何を言っているのかわからない）」とマンツァーノは答え、痛みを悟られないようにした。相手はびっくりしてマンツァーノを見つめ、仲間のほうを振り返り、身体検査を中断した仲間に何か喚《わめ》いた。笑い声が起こった。

「I have nothing.（何も持っていない）」とマンツァーノは言って、裏返してあるポケットを見せた。

ボスがマンツァーノを仲間の列のほうに押すと、身体検査が始まった。一人がズボンを引きずり下ろしたとき、負傷したほうの脚に強く当たったので、マンツァーノはくずれ落ちた。男たちはすぐに引っ張り上げ、血の染みが広がっている脚の包帯を見つけた。

「What ist that?（ソレドシタンダ？）」一人が尋ねた。

「Police shot me.（警察に撃たれた）」とマンツァーノが答えた。

その男はマンツァーノを見つめ、突き放したが、今度はあまり激しくはなかったので、マンツァーノは踏みこらえた。ボスがその男に合図すると、マンツァーノは解放された。他の男たちからそれ以上攻撃されることもなく、マンツァーノは男たちの列からよろめき出た。

この乱暴ものの一団が他の新参者を苦しめている間に、マンツァーノは床に僅《わず》かばかりの隙間を探した。脚が痛んだ。疲れ、打ちのめされ、オングストレムとシャノンのことを思わずにいられなかった。女性棟の方はこんなに乱暴でないことを願った。囚人たちを組織してこの横暴に抵抗することも一瞬考えた。何せ十数人のマッチョ軍団に対するのは何百人もの男たちなのだから。しかし、充分な人数を集める前に、乱暴ものに気づかれる心配の方が大きすぎることは認めざるを得なかった。ヒーロー役ならここ数日間で十分すぎるほど演じてきた。銃創だけでも散々だというのに、これ以上歯を折られたり、骨折したりするのは願い下げだった。静かにしていて、もしチャンスがあったら、こいつらに何をお見舞いしてやろうか。それを考えるにとどめることにした。

十日目　月曜日

ブリュッセル

マンツァーノは、轟音《ごうおん》と叫び声で目がさめた。目を開けたときに、変な臭いがするのに気づいたが、その臭いもここの悪臭をかき消してしまうほどではなかった。

火事だ！

ぎょっとして二段ベッドの間で飛び起きると、すぐに炎が目に入った。ホール中央で大人の背丈ほどの高さまで燃え上がっている。黒煙が天井まで立ち昇り、その辺りに立ち込めていた。

多くの囚人はホールの隅に逃げ固まっているが、群れをなして扉へと殺到する者や、半狂乱になってわめく者、さらにはマットレスを火に向かって投げる者までいた。それで火を消すつもりなのか、自分のほうに近づけようとしているのか、マンツァーノには分からなかった。

煙が濃くなり、天井からゆっくりと降りてきた。

ここの窓は高さ六メートルほどのところにあるし、たとえそこまで上れたとしても幅が狭いので通り抜けることはできそうにない。

大きいドアに押し寄せる囚人の数はますます膨れ上がっていく。マンツァーノは今になって初めて気づいたのだが、小さい出口がいくつもあり、そちらへ突進していく者もどんどん増えていった。彼らは助けを求めて叫び、ドアをこぶしでドンドン叩《たた》いたり、ベッドの金属製フレームで突いて破ろうとしたりしていた。

煙でマンツァーノの喉はひりひりした。そこら中で囚人が咳《せ》きこみ、布や衣服の切れ端で口や鼻を押さえている。

何人かが、窓の下にベッドでピラミッドを築きはじめ、ついに窓まで積み上げるとガラスをたたき割り、渾身《こんしん》の力をふりしぼって脱出しようとした。だが無駄だった。彼らは助けを求め叫んだが、放火犯がベッドに火のついたものを投げ入れ、ピラミッドも炎にのまれてしまった。

マンツァーノは壁に押しつけられたまま呆然《ぼうぜん》としていたが、煙で涙があふれる目でこの混乱状態を追った。扉のあたりの押し合いへし合いはさらに激しさを増していたので、近づかないことにした。押しつぶされたり、踏みつぶされたりして圧死するのはごめんだ。

銃声がした。

大きな開き戸の一方が突然開き、男たちはそこから出ようと押し合った。さらに何発か銃声がしたが、耳を聾《ろう》する叫び声にほとんどかき消されそうだった。ますます多くの男たちが先を争って逃げようとするため、戸口がぎゅうぎゅう詰めになって前へ進めなくなり、そこへまた次の一団が押し寄せてくる。そこにまた一斉射撃の音が響いた。もう片方の扉も突然開いた。発砲は続いていたが、男たちはどっと外へ流れ出た。ホールでは煙がいっそう濃くなり、開いた扉とガラスが割れた窓の間を風が吹き抜け、火がさらに燃え上がった。炎は隣り合ったベッドからベッドへとどんどん燃え移っていった。

何てこったとマンツァーノは思った。選択肢は二つ、窒息死して焼かれるか、射殺されるかだ。だが、外では銃声が少し収まったようだし、遠のいてもいるようだ。マンツァーノは四つん這《ば》いになって、黒い煙の下を出口まで行った。最後に残った、炎の周りで踊っている正気を失った連中を置いて。

扉の前には負傷したのか死んだのか、血まみれの人間が何十人も横たわっていたが、誰もかまう者はいなかった。マンツァーノは、制服を着た二つの死体のそばを通り過ぎた。囚人たちは、警察官を殺して銃を奪ったのだろうか。群衆にまぎれ、大きな中庭の入り口にたどり着いた。門のアーチの下に幾人かの男がしゃがんでおり、門の外に銃口を向けて発砲していた。その轟音を、打ち寄せる波のように繰り返し響きわたるサイレンの音がかき消していた。

マンツァーノは地面に伏せて、周囲を見回した。出口はこっちの方向にしかない。すべてが治まるまで、混乱の中、ここで待つしかない。

武器を手にした連中が、思い切って突破を試み、周囲に向かって銃を乱射しながら、屋外に走り出てきた。銃弾を受け、前のめりに倒れる者もいれば、足をひきずり、よろよろと進んでついには倒れて動かなくなる者もいた。彼らの武器は他の連中に奪われ、奪った連中はそこからさらに先に進もうとする。

中庭の反対側では、男が建物から落下した。マンツァーノにはそれが囚人なのか、それともここの職員なのか見分けがつかなかった。囚人の一人が駆け寄って、武器を奪い、壁に背をあずけて発砲した。

燃えさかるホールからの煙は今ではマンツァーノの足元まで届いていた。高温でひどい臭いのする煙のせいで喉《のど》はひりひりと痛み、目はちくちくする。肘《ひじ》を曲げて顔を覆ったが無駄だった。先に進むしかない。中庭に出ると身を隠せるところも遮蔽《しゃへい》物もない。四方八方から銃弾が飛んできた。マンツァーノは片足をひきずりながら進みはじめた。次の瞬間には何発もの弾が当たるのを覚悟して。

ベルリン

「もうそろそろ、フィリップスブルクからはっきりした情報が欲しいものだ」と首相が言った。

ミヒェルゼンのリストには今日もまだ喜べるような書き込みはひとつもない。どこを見ても悪い知らせばかりだ。なかでも最悪だったのがフィリップスブルクからの知らせとそれに続く話し合いだった。

「尽力します」とドイツ連邦環境・自然保護・原子力安全省の女性職員が答えた。「ですが、未だに回線がつながらず、州とIAEA経由でも常に最新の情報が入ってくるわけではありません。一時間前に得た最新の情報によれば、ごく少量の放射性蒸気が漏れ出たとのことです。周辺五キロ圏内の住民にはすでに昨日から家や避難所を離れないよう勧告が出されています」

「それで、少なくとも他の原発はすべて問題ないんだろうな？」と首相が怒鳴り声を上げた。女性職員はすぐには答えなかった。ミヒェルゼンには彼女の手が震えだすのがわかった。

「何だ？」と首相は低い声で訊いた。

「エルベ川沿いのブロックドルフ原発では重大な事故が起きた模様です。詳しいことはまだわかっていません」

「詳しいことはまだわかっていないだと？」首相は文字通り爆発した。「このいまいましい原発運営会社はいったい何がわかっているというんだ？　何もわかっとらんじゃないか。誰が自分たちのネットワークにウィルスを入れたのか、原発がどうして稼働しないのか、いつになったら電力供給が元に戻るのか、なにひとつ！　フィリップスブルクとブロックドルフの原発運営会社の社長を直接ここに来させるか、モニター画面に呼び出すかしてくれ。いますぐにだ！」

「は、わ、わかりました」どなりつけられた職員はしどろもどろで答えた。

首相は一瞬目を閉じ、また開いた。

「すまなかった」と詫《わ》びた。「きみにはどうしようもないことだ。報告はこれで全部だと思っていいのかね？」

女性職員は唇をかんだ。

再び首相は目を閉じた。

「いいから言いなさい」

「ライン河畔にあるフランスのフェッセンハイム原発からも重大な事故があったとの報告がありました。詳細は分かりませんが、緊急冷却システムに問題が生じたようです」

彼女は壁の欧州地図上のある地点を指さした。シュトゥットガルト近辺の国境沿いだ。

「ＩＡＥＡによれば、微量ながら放射性蒸気が放出されたそうです。原発運営会社は、現段階では避難すべき理由はないと言っています。計画では二五キロ圏内が避難の対象となります。通常の場合、ほぼ五十万人が避難することになります。この中にはフライブルクも含まれています」

「五十万人……」と首相はうめくように言った。

「それとテメリンですが」と女性職員が言った。「サン＝ローラン原発と同様、メルトダウンが起きたようです。チェコ当局は住民の避難を開始しました。しかし、原発は一番近いドイツ国境から約六〇キロ離れています。加えて、現在は北西の風が吹いていますので、放射性物質はオーストリアの方に運ばれます」

「風向きが変わるまでは、だ」と首相がきっぱりと言った。

女性職員は無言だった。

「チェコ当局との連絡はどうなっているかね？」

「良好です」

「いいニュースもあるのか？」

「他の原発は平穏です」と女性職員が答えた。「われわれの情報によれば、グローンデ、グンドレミンゲンを除くすべての原発が、少なくとも向こう二週間分のディーゼル燃料を備蓄しています。グローンデとグンドレミンゲンには補充分を輸送中です」

「フィリップスブルク、ブロックドルフ、フェッセンハイム、テメリン、グローンデ、グンドレミンゲン」と首相は名前を列挙した。「これらについては一時間ごとに報告をあげてもらいたい。もちろん、このうちの一つでも状況が変わったら直ちにだ」

ブリュッセル

ガチャンと大きな音がして監房の扉が開いた。オングストレムがまっ先にそれに気づいた。彼女だけが、窓から中庭の様子を見ようと必死になっていなかったためだ。

オングストレムはシャノンをつかんだ。

「あいつら、開けたのよ！」と叫んで、シャノンを強引に廊下へ引っぱっていった。出たところで、走ってきた他の囚人たちに突き倒されそうになった。大勢の他の囚人たちと一緒に二人は階段に走り込み、中庭につながっている車両通行口に来たところで足を止めた。銃声は聞こえなくなっていた。男性の囚人棟から数百人がどっと流れて出口に向かっていく。ほとんどの窓から煙が上がり、炎が吹き出していた。

「あの人たちがいなくなるまで待ったほうがいいんじゃない？」とシャノンが尋ねた。

「何百人もの男が暴れまくってるし、なかには凶悪犯も……」

「だめ」とオングストレムが答えた。「この混乱の中だからこそ、わたしたちも気づかれないですむのよ。行きましょう！」

二人は走り出した。オングストレムは祈った。どうか発砲が本当に終わっていますように。

二人は無事、大きな門にたどり着いた。門は開いていた。道路に出た脱走者は四方八方に散って行く。

「ここはどこかしら？」オングストレムと並んで歩きながらシャノンが言った。

「町のはずれよ」とオングストレムが答えた。

「これからどうするの？」

「なんとかして家に帰るわ。家ならそんなにすぐに警察に見つかることもないわ。もっと悪いやつらを捕まえないといけないんだから」

デン・ハーグ

ハルトラントは衛星電話のボラールの声がよく聞きとれなかった。GSG9が破壊工作員たちの隠れ家を捜査している間に、ハルトラントはラーティンゲンに戻っていた。

「男たちの正体がわかりました」と伝えた。「典型的な傭兵《ようへい》です。南アフリカ人が一人、ロシア人が一人、ウクライナ人が一人。いくつもの情報機関のデータベースに重複して名前が載っていました。一人は最近までイラクのブラックウォーター（米国の民間警備会社）に雇われていました。あとの二人は、以前そこの社員でした」

「生き残ったやつに尋問できたんですか？」とボラールが尋ねた。

「いいえ。そいつは十二発の銃弾を浴びて、そのうち三発は頭に入ったままです。意識がない。だから何も訊けません」

「ほかになにかわかったことは？」

「もうちょっと待ってください。車の中に地図がありました。その地図には予定のルートや攻撃対象、武器を一時保管しておく場所に印がつけられていました。しかしやつらの持ち物の中にもその保管場所にも通信機器はありませんでした。目下、いくつもの情報機関とさまざまな国の捜査機関が三人の比較的最近の行動と金回りを調べています。もっとも、わたしならこの手のやつらには現金で支払いますがね、でもわからないぞ…

…よく言うように、Follow the money（カネの動きを追え）というのも手かもしれません」

ブリュッセル

マンツァーノは片足をひきずりつつも、できるかぎり速く道を進んでいった。遠くから警察の特別配置車輌のサイレンが聞こえてくる。逃げだして最初の数分は本能だけで動いていたが、今は、徐々に理性が戻りつつあった。まずは身を隠す場所が必要だ。それからインターネットに接続できる場所を見つけなければならない。そうすればRESETページをもっと詳細に調べることができる。頭にはそれしかなかった。どこに行けばいいのだろうと考えた。この町に知り合いはいない。ソニャ・オングストレムを除いては。彼女たちも脱出できたのだろうか。ようやく今、そのことに考えが至った。

行ってみるしかない。オングストレムにはデン・ハーグで名刺をもらったので、住所は頭に入っている。行き方を知っている人間を探さなくては。それに移動手段も。彼女の家がかなり遠方だった場合にそなえて、マンツァーノは一台一台自転車を調べていった。自転車スタンドにあるものも、交通標識にチェーンでつないであるものも。数台調べたところで一台、不注意な持ち主の自転車を見つけた。

デン・ハーグ

前日と同じようにマリー・ボラールは、食料品の配給所で荷を積んだトラックを待ったが、無駄だった。いつのまにか、ぼろ儲《もう》けをしようとする商人も闇商人も、怒りを募らせていく群衆の前に姿を現さなくなっていた。広場で激昂《げきこう》して演説をしている者たちは、責任者に釈明を求めよう、まずは政治家どもからだ、とあおり立てた。

群衆はダムが決壊したあとに流れ出る泥のように、じわじわと動きだし、とどまることはなかった。催眠術にかかったようになり、そこに怒りと好奇心がないまぜになって、マリー・ボラールは流れに身をまかせてオランダ議会のあるビネンホフまでついていった。

人々が続々と合流してきた。シュプレヒコールをあげながら広場に入っていく頃には数千人にもなるだろうと、彼女は思った。数人の警官が止めようとしたが、あっさり脇に押しやられてしまった。群衆はふくれあがり、ビネンホフの国会議事堂の広大な中庭にも入りきらないほどの人数になっていた。群衆は向かいの第二院の議場までの道を完全に埋め尽くした。

マリー・ボラールが最後にデモに参加したのは大学生のときで、それはただ両親を怒らせたいがためだった。彼女は、大声を発し、憤っている人々に囲まれて居心地の悪さを感じると同時に、大きくて温かい、動く有機体のなかで守られているような感覚を覚えてもいた。その有機体はときに、ひとつの声で叫び、ひとつの肺で呼吸し、ひとつの肉体を動かしているように思えた。不安であると同時に大胆にもなって、その有機体のエネルギーが自分に乗り移ってくるのを感じた。彼女は他の人たちと一緒になって叫んだりせず、注意深く、距離を保つようにしていたが、むきだしの感情の渦に引きこまれずにいるのは並大抵のことではないと気づいてもいた。横断幕を持参した者たちもいて、文字が書かれた麻布を二本のほうきの柄でぴんと張っていた。叫び声が小さくなることはなかった。それどころかますます勢いを増していくようだった。それは雷雨を伴う嵐の前触れとなる荒れた海の波が繰り返し岩礁にあたっては砕け、そのたびに高さを増し、波音が激しくなっていくのに似ていた。

ベルリン

「攻撃の背後に中国がいることを示唆するものはまだありません」と、上方のスクリーンの中からNATO軍司令官が説明した。彼の背後ではNATOの危機管理司令本部のスタッフたちがせわしなく働いているのだろう。ミヒェルゼンにはその姿が目に見えるようだった。

「欧州の電力供給会社のシステムで見つかった、ある破壊工作ソフトに関する手がかりを追っていくと中国のIPアドレスにたどり着くのです」

「トンガにもたどり着くが」と首相が言った。「だからといって、まさか南海の小島が犯人だとおっしゃるおつもりではないですよね」

「トンガや他の国々のサーバーは、攻撃の目くらましに使われたのです」と司令官が辛抱強く答えた。

「中国のIPアドレスは目くらましではないと、どうして言えるんです？」

「そのIPアドレスの場所が問題なのです。上海交通大学と藍翔《あいしょう》高級技工学校と聞いてなにか思い出すことはありませんか」

首相あるいは、その他の危機管理スタッフがこの問いかけに答えるのを待たずに、彼は続けた。「グーグルをはじめとするアメリカの会社へのハッキング攻撃を覚えていますか？　二〇一〇年と二〇一一年にメディアをにぎわした事件です。当時、米国の国家安全保障局、NSAを中心とするIT科学捜査の専門家が、手がかりを追っていくと中国にあるこの二つの教育機関に行き着いたのです。そのうち一つは軍のIT専門家を養成しています。これがなぜ興味深いことなのか、米国サイバー司令部の専門家であるジャック・ギテレスに説明してもらうのが一番です。ジャック、よろしく」

スクリーン上の小さなウィンドウに髪を短く刈り込み、メタルフレームの眼鏡をかけた男が映し出された。「中国やロシアのような政治体制の国は、このような攻撃の際には、米国やNATOとは異なる戦略をとります」彼は説明を始めた。「米国では、直接軍と諜報《ちょうほう》機関による特殊部隊が投入され調査にあたりますが、それに対し中国やロシアでは、しばしば〝愛国的ハッカー〟の勝手な仕業だとするのです。一例として、二〇〇七年、ロシアのエストニアに対する攻撃が挙げられます。エストニアの党やメディア、官庁、銀行や警察、それに消防署の緊急通報のためのウェブサイトがサービス妨害の攻撃を受けました。何者かにハッキングされたPCから、それぞれのウェブサイトに大量のメールが送られたため、サーバーがパンクしてしまったのです。何日にもわたって、給料の支払いや送金の機能が不能になりました。エストニアは、銃弾一発、爆弾一つ受けることなく、麻痺《まひ》状態に陥ってしまったのです。その後これはおそらくインターネットを利用した初めての戦争であるとされました。長い間、誰がこれに関与していたのか不明でしたが、二〇〇九年にロシア政府の青少年組織「Наши《ナーシ》」が犯行を認めました。問題はここなのです。当時、NATO加盟国への攻撃犯が政府関連であると、こちらにすぐに分かったとしても、ロシア政府は愛国心という熱にうかされた若者たちを出して、自分たちは無実だと言ったでしょう。犯行に軍や諜報機関が関与していたことを証明するのは困難です」

「でも、まあ」とミヒェルゼンがつぶやいた。「証拠なんて必要とあらば何でもいいわけですよね。イラク戦争の〝大義〟なるものを考えれば……」

司令官はミヒェルゼンの言葉を聞いていなかったが、国防大臣は厳しく叱責《しっせき》するような目で彼女を見た。

「戦争というものは、たしかにごく些細《ささい》なきっかけで始まってきましたが」と司令官が言った。「しかし、たかが数人の若者のせいで起きますか？　中国は少なくとも過去十年、西側諸国や企業のITシステムに繰り返し侵入してきました。二〇〇七年にドイツ連邦首相府といくつかの省のPCで見つかった〝トロイの木馬〟のことを思い出してください。二〇〇八年のホワイトハウスや二〇〇九年の一連の石油・エネルギー会社への侵入もそうです。こういう例は数限りなくありますよ」

「わたしには、いまだに動機がわからないのですが」と内務大臣が割って入った。「動機については何度も討論を尽くしてきたつもりです。世界経済にはずいぶん前からさまざまな国や地域の密接に絡み合った関係があるわけで、したがって欧州と米国が破滅すれば他の地域も甚大な影響を蒙《こうむ》るわけですよね」

「中国は、山積する問題と闘っています。社会の不公正、急がれる経済改革、何十年も続いた一人っ子政策による少子高齢化問題。中国共産党は多くの問題に対処しなければならないのです。そして知ってのとおり、共通の敵をつくることは問題を人民の目からそらすための格好の手段なのです。共通の敵として最適なのは自国に関係のない国との戦争です」話し合いが始まってから初めて司令官が顔以外の他の部分を動かした。カメラに向かってやや前かがみになったのだ。

「おわかりいただけましたか、首相どの。わたしは古いタイプの軍人です。軍人になったばかりの頃の何年間かはレオパルト戦車に乗っていました。けれどそんなわたしでもこれからの戦争は、必ずしも銃や戦車、戦闘機で戦うものではないとわかっています。

今われわれが経験しているもの、これこそがこれからの戦争でしょう。われわれは、誰かが最初の銃弾をわれわれに向けて撃ったり、最初の爆弾がどこかの都市に落とされるのを待ってはいられないのです、いや、待っていてはいけないのです。それに敵はそんなことはしますまい。そんな必要がないからです。敵は一万キロも離れた事務机に安全に悠然と座って、われわれを破滅させることができるのです。それなのに、どうして兵士たちを銃や大砲だらけの前線に立たせる必要があるでしょう。いいですか？　最初の一撃は、もう加えられたのです。敵は核兵器すら必要としません。それどころか核爆発を招いたのはわれわれ自身なのです。最初の核爆発はフランスの一部を破壊し、混乱に陥れました。次の核爆発が起きるのも時間の問題です。でも少なくともそれは防げます、われわれが今、積極的に動けば」

「反撃すれば、中国の施設を破壊し人民を殺すことになるだけで、わが国の電気がまた流れることをとうてい保証するものではありません」内務大臣が異論を唱えた。

「しかし、敵に攻撃をやめさせることはできるだろう」と国防大臣が口を挟んだ。

「あるいはいよいよ攻撃してくるか」と内務大臣が反論した。

「米国とＮＡＴＯは、二〇一一年にこういった場合の戦略を定めています。ＩＴインフラへの攻撃は戦争行為と見なされます。従来の武器もしくはデジタルな武器で報復することは許されています」

そう言って司令官はまた少し後ろにもたれた。あまり攻撃的な印象を与えないようにするためだろうとミヒェルゼンは思った。

「今すぐ、核ミサイルを北京に発射する必要はありません」司令官が言った。「われわれだって、最新の戦争のやり方ぐらい心得ています。第一段階で考えられるのと同じようなやり方で反撃すること。つまりいくつかの重要な都市の電力供給を止めるのです」

「そんなことができるのですか？」と内務大臣が尋ねた。

「西側諸国の軍は、ここ何年か眠っていたとでもお思いですか？」と司令官が逆に尋ねた。「上海、北京」と言って指をパチンと鳴らした。「許可をいただければ、ほんの数時間であちらも電力供給が止まります」

ミヒェルゼンは出席者の顔を観察した。ともかくみな感銘を受けている。

「もう一度よろしいでしょうか、首相」と彼は念押しするように付け加えた。「この紛争で発見されていないものは銃口からまだ煙が出ている拳銃《けんじゅう》、つまり動かぬ証拠というやつです。しかし犯行現場を見れば、銃から発砲があったことがわかるでしょう。そして、それでわれわれが深傷を負ったことも。われわれがこれ以上血を流す前に撃ち返すのです」

ブリュッセル

オングストレムは、盗んだ自転車を五階建ての賃貸アパートの前に停めた。その横にシャノンも自転車を並べた。

最上階にある部屋に入ると、オングストレムはただちに四つの錠を全部下ろし、チェーンで二重に戸締まりをした。

二人ともすさまじい姿だった。体はすすだらけなうえ、汗にまみれ、髪の毛はぼうぼうだった。

「来て」オングストレムはひとこと言ってシャノンをバスルームに連れていき、袋に入れられたウェットティッシュをいくつか手渡した。「これで間に合わせてね、申し訳ないけど」

シャノンはとりあえず汚れを落とすことにした。まずは、顔と手のすすを拭《ぬぐ》った。残った一枚で胸もとと首を拭《ふ》いた。

オングストレムは台所でパンの包みを開け、テーブルにハチミツとミネラルウォーターを置いた。

「朝食にお肉が欲しければ、コンビーフがあったと思うわ」と言った。

「ありがとう、これで充分よ」

「ピエーロとはデン・ハーグで知り合ったの？」

シャノンは、ボラールをどうやって捜したか、その途中でどんなふうにマンツァーノと知り合うことになったか、いきさつを話した。オングストレムはマンツァーノに興味があるに違いないといまなお感じていたので、シャノンはマンツァーノと一緒の部屋に泊まっていたことは黙っていた。

「それからドイツに行ったの？」

シャノンはオングストレムにどこまで話していいのか考えたが、無難な形で話しておくことにした。本当のことを知りたかったら、いずれマンツァーノが話して聞かせるのが筋というものだ。

「いまだにどうしてもわからないんだけど、どうしてあなたたち、また姿を消さなくてはいけなかったの？」シャノンの話が終わるとオングストレムは率直に言った。

「何はともあれ、わたしたちはここにいるわ」とシャノンは言った。「警察はここまで捜しにくると思う？」

「見たでしょ、あそこからどれくらいの人間が逃げ出したか。あの中には殺人犯もいるのよ。よりによってわたしのところになんて来るわけないわ」

二人はいっとき黙って朝食を食べた。

「ここ数日で何か動きはあった？」シャノンがとうとう口を開いた。「かなり全体像がつかめてるんじゃない？」

「またジャーナリストの顔になったわね」

シャノンは肩をすくめてみせた。「どっちみち今は、放送局に行けないんだし、たとえ行けたって誰が放送を見るの？」

「全体の状況なんてつかめてないのよ」とオングストレムは言った。「通信手段はほとんど使えないんだもの。電話は通じない、役所の無線もほぼだめ。使えるのは軍とアマチュア無線といくつかの衛星通信くらいよ。いくつかの国の危機対策本部にはたいてい連絡がつくけど、どの国も自分の国でいったい何が起きているのか断片的にしかわかってない。個別の情報が国の本部にぽつぽつ入ってくるけど例外なくよくない話ばかり。闇市が大繁盛で、有志の活動家グループや類似組織が公的機関や公官庁の代わりを務めている。警察や軍はもはや治安を維持できていない。やられたらやりかえす、そんな私的制裁がまかりとおる世界になっているわね」

「そういう一般人の自衛グループみたいなのに出会ったわ」

「わたしもブリュッセルでもそういうのを、いくつか見たわ。スペインのあと、ポルトガルとギリシャでも軍の反乱が起きた。フランスではどう見ても原発に重大事故が発生してるようだし、チェコでもよ。さらに欧州にある原発のうち十二基が危機的状況にある。いくつもの国で工業施設、特に化学工場で事故が発生して、多数の死者が出た。おそらく何百人もが死亡しているだろうし、ひどい環境汚染が引き起こされたところもある。でもこの件に関しても詳細はわかってないの。たぶん、他の事故に関しても全然わかってないと思う。大部分の国では、狭い地域で電気がまだ通っているところが点在しているけど、そこだって状況はたいしてかんばしくないわ。すごい数の避難民が押し寄せているから」

「米国はどう？」

「家族がいるのね？」

シャノンはうなずいた。

「あまり良くないみたい。少なくとも二基の原発で重大な事故が起きているわ。さらに三基の原発からは責任者がまともな情報をよこさない。知ってのとおり、それは良くないことを意味してる。原発以外でも同様の事態となっているわ。二、三日、停電になるのが遅かっただけ。食料と水の配給が止まったし、医療活動もできなくなってる。工場の事故、あれは本当にいまいましいわ。今頃はもう、あちこちで不法行為がまかりとおっているかもしれない、とくに社会的弱者が多い地域では」

ドアをノックする音がした。

シャノンは心臓が飛び出そうになった。「誰かしら」と小声で言った。

「わからない」とオングストレムも小声で返した。「ひょっとしてお隣さんかも」

「警察かしら？」

「警察がノックなんかする？」

パリ

「死んだらいくらでも眠れますよ」

初めて聞いたときから、不愉快な言い回しだ、とブランシャールは思っていた。ここ数日、睡眠などろくにとってないし、それこそ本当に死にそうだ。

「ネットワーク・コントロールセンターのコンピューターはほぼすべて、新たにインストールし直しました」とブランシャールは大統領秘書官のトレに伝えた。トレはいったいどうやっているのか、いまだに男性モード誌のモデルのような格好で職場に現れる。彼はこの空間で不快な体臭をまきちらしていない唯一の人間だった。

CNESのモニターの多くは、画面がブルーではなく、再び数字とグラフが光を放っていた。壁にある巨大なボードには、電力供給地域のおよそ八〇パーセントが赤く表示されており、その中にいくつか黄色の点がある。残りは緑だった。

「これはつまり」とトレが言った。「電力網の電力の流れを再び監視できるようになった、ということですか?」

「基本的にはそうです」とプロクテが答えた。「電力網のオペレーションを制御するサーバーの大部分が再び稼働するようになりました。明朝からまずは小さな送電網の再構築を始めます。うまくいくようであれば、一日中それを続けます」

「『うまくいくようであれば』とはどういうことですか? どうしてそうできないんですか?」

「システムが、というかプロセスが複雑なんです。おまけにさまざまな状況に左右されます」

「問題は何なのですか? われわれに何かできることは? 言ってもらわないと」

「残念ですが」とブランシャールが答えた。「無効電力の供給も、電力網の構築を迅速に、しかも問題なく進めていくことも、あなた方にはできません。この作業は、ほんの数時間しか電力が持ちこたえられないような状況で稼働していかなくてはならない発電所で必要なのです。おまけに電力網を安定させるために、こういう状態でどのくらいの電力消費者に電力を供給すればいいのか決めるのが非常に難しい。自動的に保護回路が働いて電気が遮断されてしまうかもしれないからです。そうなると負荷がかかり、発電機のスイッチが切れてしまう等々の問題が起きます。危険なのはたとえば変圧器に電源を入れることでインラッシュ電流（電気機器に電源を入れたときに一時的に大電流が流れること）が起きます。フェランチ効果で過電圧になる可能性もあります。もっとご説明したほうがよろしいでしょうか。一言で言えば、すべては簡単にはいかないということです。それに、残念ですが助けていただけることはない、ということです」

トレは、すべて理解したかのようにうなずいたが、一言も発することができなかった。

ブランシャールはこの瞬間を楽しんだ。専門用語をもっと連発したいところだったが自制した。「進捗《しんちょく》状況によりますが、一日か二日で国内の広範な地域にまたエネルギーを供給できるようになります。欧州の他の電力供給事業者の大半も似たような段階に入っています。ですが、彼らは今なお原発で発生した問題と闘ってます」

「真っ先に……」

「……トリカスタン原発、フェッセンハイム原発、カットノン原発がある地域に電気が戻らないといけません。それは承知しています。遅くとも今日の夕方にはとりかかることになると思います」

「では、大統領には電気供給が復旧すると報告してもいいのですね？」

「それは性急すぎます。大統領の公式発表はまだできません。まずはわれわれが先ほど言ったことをうまくできてからの話です」

「大統領がどれだけ復旧の発表をできることを願っているか、おわかりでしょう？」

「それは大統領に限ったことではありませんよ」とブランシャールは答えた。

デン・ハーグ

ビネンホフの一角に最初の煙が上がった。群衆は熱狂的な叫び声を上げた。二階の窓から炎が吹き出し、建物のそのあたりはたちまち煙に包まれた。群衆が動きだした。最初はざわざわとした動きだったが、じきにせわしない動きに変わった。

マリー・ボラールは広場の片隅で身動きがとれなくなっていた。広場の中央にはウィレム一世の像がそびえている。群衆の発する声の調子にも変化が生じた。足でリズムをとりながらスローガンを叫んでいたのが、興奮した叫びが入り乱れるようになり、そこに鋭く、不安に満ちた金切り声が混じる。マリーは背後から押してくる力がどんどん強くなるのを感じていたが、広場の周辺の道路は幅が狭く人で埋まっているため、多くの人がいちどきに逃げることはできそうにない。人々が踏まれたり、圧《お》しつぶされたり、窒息したりして死んでいく、集団パニックの光景が不意に頭をよぎった。するとたちまち自分自身もパニックに陥ってしまった。人波に押されるままに、じりじりと進んでいくしかなかった。血管をアドレナリンが猛烈な勢いで駆け巡っている。どうして我を忘れてこんなことをしてしまったのだろう。子供たちが待っているというのに。

ブリュッセル

「このページに行かなくてはいけないんだ」とマンツァーノが言った。

マンツァーノは、三十分前に比べれば、見栄えがよくなっていた。オングストレムが扉を開けるとすでに顔が真っ黒になったマンツァーノが、充血した目でじっとこちらを見ていた。

「あなたって会うたびにますますひどいありさまになっていくわね」と思わずそんな言葉がオングストレムの口から漏れた。だが、生きている彼に会えた喜びのほうが、彼のせいで人生最悪の夜を過ごすはめになったという怒りよりもはるかに強かった。

マンツァーノは自転車でここにやってきたのだった。二人はウェットティッシュと貴重なビン半本分の水、それと石鹼《せっけん》で、彼をとにもかくにも会った人が恐れをなさない程度にさっぱりした姿にしたのだった。ただ、充血した目と再び口を開けた頭部の傷、顔にあるいくつかの青あざは別だった。オングストレムが予想したとおり、それは刑務所でできたものだった。そんなことになったいきさつを彼は語らなかったが。

三人はそれぞれ、刑務所での様子を話した。窮屈だし、衛生状態は惨憺《さんたん》たるものだったが、少なくともオングストレムとシャノンのまわりにいた人たちは、最低限の人間らしさは保った人たちだった。看守が監房の鍵を開けたのかは三人とも謎のままだった。だがおそらく、開けないと何百人もの囚人を焼死させた責任をとらなくてはならなくなると不安になった、というところだろう。

「想像がつくと思うけど、ここはインターネットにつながらないのよ」とオングストレムが言った。

「どうしてもやらなくてはいけないんだ」マンツァーノは頑強に言い張った。

その思いつめたような口調に、オングストレムは何かに取り憑《つ》かれているような印象を受けた。もしかすると、昨夜の興奮と睡眠不足のせいだろうか。食卓のろうそくがゆらめくと、その印象は強まった。

「今何時かな？」マンツァーノはドアの上にある台所の時計を見た。もうすぐ午後六時だった。

「ぼくたちがなんとかたどりつけそうな電気の島はあるかな？」

「いいえ、ないわ。一番近いところでもゆうに一五〇キロはある。ドイツよ。でもそれも一昨日《おととい》までのこと。この間にまた電気がこなくなっている可能性もあるわ。それにどうやってそこまで行くつもりなの？」

マンツァーノはオングストレムをじっと見つめた。深く考えこんでいた。

「それじゃ、きみの職場にもう一度行かないといけない」

オングストレムは自分が耳にした言葉が信じられなかった。

答えが返ってこないので、マンツァーノは続けた。「このページを詳しく調べるにはそうするしかない。いいかい、このページがもしかしたら攻撃犯の通信プラットフォームかもしれないんだ！　調べる必要があるんだよ！」

興奮しきっているマンツァーノは、オングストレムのいらだちに気づいていないようだった。

「あそこで捕まってから二十四時間もたっていないのよ。そこへまた行くっていうの？」

「やるだけやってみないと。分かってるよ、きみたちが関わりたくないことは。でもぼくはあそこへ行く。どうすれば入れるかな？」

オングストレムは頭を振った。「どうかしてるわ。絶対に入れないわよ、身分証明書がなければ」

「可能性はゼロ？」

司令センター

その映像が最初に現れたのは、日本の放送局のウェブサイトだった。デン・ハーグにいる特派員が衛星経由で送ったのだ。オランダ議会の建物が炎に包まれている。計画通りだ、と男の仲間の一人、レクエ・ビラビが満足げに言った。男は、英国の首都にある大学に留学した際にこのナイジェリア人と知り合った経緯を思い出した。ニジェール・デルタ地域のある部族の長《おさ》の息子で、名高いロンドン大学スクール・オブ・エコノミクスで博士論文を執筆していた。二人はすぐ互いに親近感を覚えた。ビラビは青年の頃から、中央政府と国際的な石油コンツェルンによるニジェール・デルタ搾取に抗して闘ってきた。九〇年代なかば、ナイジェリアの政権によって活動家ケン・サロ＝ウィワが形ばかりの裁判ののち処刑され、世界中の激しい怒りを呼んだ後、ビラビは短期間、刑務所を転々とさせられ、拷問を受けた。彼の両親は、対立する少数民族の攻撃を受けた際に亡くなった。その少数民族は石油コンツェルンから資金援助を受けていた。ビラビは逃げのび、奨学金を得て大学で学んだ。

当時、男はビラビら数人と幾晩も討論を重ね、その中で生まれたある思想を具体化していった。その後何年かの間に行きついた思想についても同様である。出自も国籍も社会層も教育も性別も異なるものたちが同じビジョン、同じ目的の下、ひとつになった。そして今、彼らはそのビジョンに向かって最初の一歩を踏み出した。欧州や米国の人間はもう話し合いや請願やデモなどでは満足しない。かつての秩序を平和的に協力することで維持できるなどという幻想を抱いていたあとだけに、今はなおのこと無気力になっている。しばらくはショックで何もできないだろう。ローマ、ソフィア、ロンドン、ベルリン、その他数多くの欧州の都市から、特派員たちがデン・ハーグであったのと同様の公的機関への攻撃を報じた。さらには米国からも似たようなニュースが送られてきた。ビラビは満足感を隠そうともしない。男は彼に向かってうなずいた。数年前には思想にすぎなかったものが今や現実となった。蜂起が始まっていた。

デン・ハーグ

「国際的組織と協力した結果、ホルヘ・プカオの共犯者と目される容疑者に関する情報がさらに上がってきました」とボラールは委員会で報告した。「そのうち六人がプカオとコンタクトをとっていることがわかっています。さらに飛行機の搭乗記録を調べたところ、過去数年の間に、同じ時期、同じ場所に滞在していたことがあることが判明しました」

ボラールは、ひとりのアフリカ人の写真を画面上に呼び出した。

「これはナイジェリア出身のレクエ・ビラビ博士と思われる人物です。詳しい履歴はデータバンクでご覧ください。プカオとの共通点は多々あります。新興国あるいは発展途上国の中流階級から上流階級に属していること、政治活動への関与、現行のシステムに制裁を受けた経験、家族を見舞った悲劇、非常にインテリであること、世界有数の大学で学んだことなど。ビラビは数多くの本を出版しており、インターネットにブログもあります。その全文はデータベースの『Birabi_lit』の項にあります。まだそれらを充分精査したわけではありませんが、現時点でもビラビはかなり過激な人物と言えます。二〇〇五年に既にこう記しています。『現行の経済・政治システムが、今の国際間の勢力関係を強固なものにしている。過去数十年、すべての平和的な改革への試みは内側から瓦解《がかい》した。したがって、暴力によるシステムの破壊を再生の可能性として視野に入れなければならない』この急進的な姿勢にも、プカオと共通するものがあります。反G8のさまざまな抗議運動への参加もまったく同じで、プカオと同様二〇〇一年に初めてジェノヴァでの運動に参加しています」

ボラールは世界地図を示した。地図上の多くの地点が赤い線で結ばれ、すべての線、すべての地点に数字が二つずつ、書き込まれている。

「これは二〇〇七年のプカオの足取りを示しています」

ボラールはリモコンをクリックして赤い線に青い線を加えた。青い線の先がいくつか赤い線の先とぶつかった。

「青い線が、同じ時期のレクエ・ビラビの足取りです。ご覧の通り、多くの場合、両者は同じ時刻に同じ目的地に向かっています。ビラビは最終的には、米国で暮らしています。二〇一一年の秋に姿を消し、以後、足取りはつかめていません。米国当局は現在、残されたＰＣを調査しています。大家が物置にしまっておいたものです。データは念入りに消去されていましたが、いくつか再構築できたものもあります。特に、いくつかのＥメールのやりとりです。そこから、彼が二〇〇七年から『Donkun』なる人物とひんぱんにやりとりしていることが分かりました。ＩＰアドレスを調べると、Donkun はだいたい、プカオと同じ時期に同じ場所にいました。さらに捜査官は、これらの地域に出没し、二人のうちどちらかとコンタクトがあった人間を世界中から洗い出しましたが、何人かは同じように姿を消していました。彼らはもちろん特にマークすべき対象です。その中にはたとえば、インドネシア人のシティ・ユスフがいます。二人と似たような年齢、経歴の持ち主です。九〇年代後半のアジア危機で家族が財産を失い、通貨・経済危機が引き起こした不安定な社会情勢に苦しんでいます。ほかにはプカオの同国人が二人。エルビーラ・ゴメスとペドロ・ムニョスです。同じく政治活動家のスペイン人、エルナンデス・シドン、マリア・デ＝カルバリェス、さらにイタリア人男性が二名、ウルグアイ人の男性が一名、チェコ人男性一名、ギリシャ人女性一名、フランス人男性一名、アイルラ……」

「かなり国際的なグループですね」と誰かが言った。

「……米国人男性二名、日本人男性一名、フィンランド人女性一名、ドイツ人が二名。このうち何人かはプカオと同じく、国外退去となったＩＴの専門家です。今のところ怪しい人物は全部で五十名ほど。みな、そのうちの一人もしくは複数の人物とコンタクトをとっています」

「今の話はすべて一枚の写真と一枚のモンタージュ写真から引き出したのですか？」と誰かが質問した。

「写真は出発点に過ぎません」とボラールは答えた。「探索すべき場所が分かった段階ですぐに各国の諜報機関および国際的諜報機関がさらに調査を進めました。現在、世界中で何百名もの職員が数知れない手がかりを追っています。だからこそ、このような状況下でもたくさんの情報がすぐに集まるのです。集まったデータは、少なくともイデオロギー的な背景やそれなりの過去があり、こういったテロ攻撃に必要なノウハウを持った人物のグループの存在を示す根拠になりました。われわれは、世界中の革命的な改革運動からこの種の人物の特徴をつかんでいます。これらの活動家は貧しい環境や貧困に苦しむ下層階級の出であることはほとんどなく、社会の中流、上流層出身の教育のある人物が大半です。こういった現象はグローバルに生じています。いまだかつてなかった現象と言っていいでしょうね」

「まさか本気で」と誰かがとがめるような口調で割って入った。「永遠の若者をきどった連中がたった何人かで西側諸国を第二次大戦以来最大の危機に陥れ、世界を危険この上ない紛争状態に導いたと信じているわけではないですよね？」

「どうしてですか？」とボラールは逆に尋ねた。「七〇年代のドイツでは、わずか十数名のテロリスト集団、赤軍が六千万人の国民の生活を変えてしまいました。安全警備対策から過激派の公務就業禁止まで、それを契機に組織されたものが何十年たった今もあるわけです。イタリアの『赤い旅団』の創設メンバーは十五人、二〇〇一年九月十一日のテロ攻撃の実行犯は二十名にも満たない。ある程度のノウハウと資金さえあれば、数十人でそういうテロ攻撃を実行できる。われわれはどうしてもその事実を出発点とせざるを得ないのです」

「キーワードは」とクリストポロスが言った。「資金です。たとえそれなりのノウハウがあったとしても、そうした企てを実行するには半端ではない額の寄付が必要です」

「そこでボルドゥイン・フォン＝アンゼン、ジャネット・ブルデュー、ジョージ・ヴァンミンスターの登場です。この三人が姿をくらました他の人間と違うところは、莫大《ばくだい》な財産の相続人であることです。フォン＝アンゼンは、英国貴族の女性とドイツの銀行家の間に生まれた息子、ヴァンミンスターは米国人で、複合企業であるヴァンミンスター・インダストリーの跡取り。ブルデューはフランスのメディア王の娘。いずれも十億ユーロをゆうに超える財産があります。三人はそろって社会的、政治的プロジェクトに気前よく資金を援助しています。そして三人とも何年も前からプカオ、そのほかの容疑者とひんぱんにコンタクトを取っています」

「どうしてそういう人間が……？」

「別におかしくもなんともありません。そういう例はいくらでもあります。イタリアの出版者ジャンジャコモ・フェルトリネッリはイタリアでも有数の富豪一族の出で、世界的に成功を収めた文学作品『ドクトル・ジバコ』や『山猫』を出版した人物です。何百万回もTシャツや若者たちの部屋を飾ったあの有名なチェ・ゲバラの写真を世に出したのも彼です。しかし彼はイタリアのいくつかの過激派組織とつながっていて、自前の組織を立ち上げて地下に潜り、ドイツのテロリストたちに殺人兵器を提供していました。そして高圧線用の鉄塔を爆破しようとして死亡しました。もう一人の富豪でテロの指導者、オサマ・ビン・ラディンについては詳しく述べるまでもないでしょう。金持ちの中にもその思想傾向を問わず、ありとあらゆる過激な政治思想、社会思想の持ち主はいます」

オルレアン

アネット・ドレイユは避難所に並ぶ何百ものベッドの中から自分の場所を見つけた。臭いや騒々しさには慣れたものの、人々の顔をみると暗い気分になる。自分たちの場所は一番奥の一隅にあり、そこのいい点はあまり人が来ないことだった。そのかわり洗面所とトイレからは遠かった。赤十字の女性がドレイユ夫妻とボラール夫妻に隣り合った四台のベッドを割り当ててくれたのだった。

アネットは何度も放射線検査を求めたが、いつも「係員も機器も不足していて無理です」という回答が返ってくるばかりだった。

入り口のほうから興奮した声が聞こえてきた。何人かがベッドの並んでいる区域に足早にやってきて、行き合う人たちに口ぐちに何か大声で叫んでいる。声をかけられた人の中には立ち止まって言葉を返す者もいた。また、あわてて隣人や自分たちの家族に強い調子で何か言い含める者もいた。皆の不安をあおり、ベッドの海の中で自分たちの目的を達成した者たちも同様の行動をとっていた。彼らは大急ぎで所持品をまとめ、子どもたちの腕をつかんだり、ホール中に響きわたる大声で名前を叫んだりした。ホール内では低いざわめきが続いていたが、それがだんだんと音量を増して大きく響きわたった。

アネットは、しばし動きを止めたが、すぐに他の人たちのところへ行った。途中、皆が興奮しているわけを聞き取ろうとした。ホールの中央まで来たところで、夫とボラール夫妻が気ぜわしげに隣の人に何かを尋ねているのに気づいた。リュックサックやカバン、トランクを持った人々がどんどん出口に押し寄せていく。逃げようとしているんだわ！　出口の前には大きな人だかりができていた。

「発電所がまた爆発を起こしたんだ！」ボラールは、彼女が来ると大声で叫んだ。「風が放射性物質を含んだ雲をもろにオルレアンに運んでくる！」

ボラールは、自分たちのベッドに置いてあったわずかばかりの所持品をトランクに詰めた。

「誰がそう言っているんです？」

「みんなだ」とボラールは手を休めずに答えた。

「ここから逃げよう！」とアネットの夫も叫んだ。

アネットは躊躇《ちゅうちょ》した。避難所の責任者はスピーカーかメガホンで、もう一度避難しますとかなんとか、案内をしないのだろうか。落ち着いて、冷静に、整然と避難しましょうと呼びかけることも。閉ざされた建物のなかにいるほうが賢明なのでは？

彼女の夫とボラール夫妻は明らかにそんなことは考えていなかった。三人はトランクとカバンを詰め終えた。

「さあ」と夫のベルトランが促して、軽いほうのカバンを彼女の手に押しつけた。ベルトランは胸を押さえ顔をゆがめながらトランクを持った。

アネットはカバンを持ち、ベッドとベッドの間を駆け抜けていく三人の後を追った。その間にも避難所のほぼ全員が出口に押し寄せたが、狭いのでなかなか通れない。前を行く夫が、振り返って何か叫んだが建物全体が騒然としていて聞き取れなかった。夫がよろめいてトランクを落とし、すぐそばのベッドに倒れこんでアネットを見上げた。夫の目に、アネットは苦痛と恐怖を見てとった。

「ベルトラン！」と叫んで夫の肩に手をあて、ボラール夫妻を引き止めようと名前を呼んだ。もう一度、大声で呼んだ。自分に出せるとは信じられないくらい大きな声だった。二人は振り向き、戸惑った顔をしたものの、トランクを放りだし、人の流れに逆らって戻ってきた。

アネットの手の下で、ベルトランは意識を失って、ベッドの端に横たわっていた。真っ青な顔には汗がにじみ、青紫がかった唇は震え、胸をつかむ指は痙攣《けいれん》している。アネットは一方の手で夫の手を握りしめ、もう一方で顔を優しくなでた。夫は彼女を射ぬかんばかりの目つきでじっと見つめた。そんなふうに見つめられたことはかつて一度もなかった。

「心臓が！」とアネットは目の前に立っているボラール夫妻に叫んだ。「お医者様を！お医者様に来てもらわないと！」

なにが起こったのか最初に見てとったのはセレスト・ボラールだった。彼女は振り返るとまた出口に向かい、彼女の夫もあとを追っていった。

「お医者様を呼んでくるわ」とアネットは夫に言ってきかせた。「大丈夫よ。すぐにお医者様が来ますから」

夫の顔は氷のように冷たく、じっとりと汗ばんでいる。まぶたが震え、口を魚のようにぱくぱくさせている。なにか言いたそうなのだが言葉にならなかった。

「お医者様を！」とまた彼女は声の限り叫んだ。「お医者様が必要なんです」

誰の耳にも聞こえていないようだった。誰もかれもが出口に突進していく。アネットは自分が目に涙を浮かべていることに気づいた。

「ここにお医者様はいないの？」とつぶやいた。

ベルトランのあえぎは止まっていた。

ブリュッセル

「信じられない、こんなことしてるなんて」欧州委員会の建物の前に自転車を停めながら、オングストレムが小声で言った。

「わたしもよ」とシャノンが答えた。

「捕まったら今度はどこの刑務所にぶちこまれるんだろう?」とマンツァーノが言った。

「こんなときに悪い冗談はやめてよ」とオングストレムが文句を言った。

三人はできるかぎりのんびりとした歩調で建物の入り口に向かった。無事ロビーにたどりつき、ドアの電子錠の前にオングストレムが身分証をかざしたが、ドアは閉じたままだ。

「まったく!」と三人はののしった。「作動してないわ」

警備員が彼らに気づいてやってきた。オングストレムはその大柄な図体の向こうをのぞいた。この時間から建物に来る者は大していないものの、中にまだ残っている人はいるようだった。

「身分証を見せてください」と男はオングストレムに言った。

オングストレムはプラスチック製のカードを出し、男はカードを、次にオングストレムをじっと見た。彼はカードを返し、マンツァーノとシャノンをもの問いたげな目つきで見た。

「この人たちはうちの人間です」とオングストレムが言った。

「セキュリティシステムは節電のため今日から作動していません」と男は言った。そしてカギを使ってドアを開けると、受付のカウンターの上にある時計を見た。八時十五分過ぎだった。「あまり遅くまで仕事をしないでくださいよ」

オングストレムはかろうじて笑みを浮かべた。

「そうします。ありがとう」

節電のため廊下の天井は四つに一つしか灯りがついていないのだろうな、とシャノンは思った。

「ここで待ってて」とオングストレムが小声で言った。用心しながら歩を進め、左右に並ぶオフィスに一つひとつ目をやってからやっと、二人についてきてと合図した。マンツァーノとシャノンは音を立てないようにオングストレムの後を追った。オングストレムは二人をある部屋に押し込んで、ドアを閉めた。そこは、三人が昨晩連れ去られた部屋だった。

「あそこにわたしのミリタリーバッグがまだあるわ！」とシャノンが驚きの声を上げた。

「ぼくのラップトップはない」とマンツァーノが言った。

デン・ハーグ

「ここにいるべきなのかどうか考えてるの」とマリー・ボラールが夫に言った。二人は毛布にくるまって暖炉の火にあたっていた。子供たちはもう寝ていた。マリーは夫にビネンホフでの出来事を話した。夫は既に聞いて知っていた。

「そのあと、他の建物にも行こうとしている人もいたわ」とマリーが語った。「新しい市庁舎よ。ノールダインデ宮殿まで行こうとする人たちまでいたのよ。オランダ国民が女王のところにまで押しかけたら、きっと本当に大変なことになるわ」

「どこも似たようなものだよ」と夫が言った。ひどく疲れた様子だった。「すぐ戻る」と言って立ち上がった。夫が地下室に下りて行くのが聞こえた。二分後、小さな包みを手にして戻ってきた。夫はそれを開けた。暖炉の炎のゆらめきの中に一丁のピストルが姿をあらわした。

「どこからこれを?」とマリーはびっくりして尋ねた。「だって禁止されてるでしょう、家には……」

「なにがあるか分からないからね」と夫は答えた。「万一に備えて持ってきておいたんだ。地下室で厳重に保管しておいた」

二人は上の階にある寝室へ行った。夫はピストルをナイトテーブルに置いた。

ブリュッセル

「別のラップトップがあったわ」とオングストレムが小声で言った。彼女はドアを後ろ手に閉め、PCを机に置いた。

マンツァーノが電源を入れた。

オングストレムはドアのところに立って、外の様子に耳を澄ました。

幸いマンツァーノはIPアドレスを記憶していた。ゲスト用のネットワークに入り、IPアドレスを入力し、RESETページにたどり着くと、最初に入ったときに使ったユーザー名とパスワードを入力した。

マンツァーノの目の前にスレッドの一覧が現れた。下へスクロールしていくと、細かな見出しが並んでいた。

「ほんとにすごい数ね」とシャノンが言った。

「まったくだ」マンツァーノは適当にそのうちのひとつをクリックした。

「ああ、なんてこと。またもや例の子供のいたずら書きみたいな文字だわ」シャノンはLeetを目にして思わず言った。「翻訳して」とマンツァーノに求めた。

「ここには、

日付　火曜日、マイナス七三六、GMT十四時三十五分。

proud《プルード》: deelta23 からコードを受けとったか？

baku《バクー》: ああ。うまいバックドアを作った。添付をみてくれ。
proud《プルード》: 分かった。組み込め。

と書いてある」

「バックドアって?」

マンツァーノは答えず、添付されていたひとつのファイルをクリックした。スクリーン上にファイルが現れたが、どの行も文字や数字の羅列で、意味不明だった。

「これは?」

マンツァーノは口をつぐんだまま、一心不乱にそれを読んだ。「コードフラグメントだな」とやっと答えた。「簡単に言えば、コンピューターシステムのバックドアに使うものだよ。プログラマーは、こういうのをプログラムに書き込んでおくんだ。なにか困ったことがあったら後でアクセスできるように。その必要がない場合でも。もちろん、後で組み込むこともできる。それだけの腕があればね」

「こいつらはどうやって電力網を不正操作するか、ここで話し合っていた、ってこと?」

「それだけじゃない」とマンツァーノは言った。「準備をしてるんだ……やらないと……

…」

「なにを?」

「まだだ……」

マンツァーノが周囲に注意をまったく払っていないことにシャノンは少しいらついた。いつなんどき、また誰かがここにやって来ないとも限らないのに。マンツァーノはまだ画面とにらめっこしている。

「日付のところのマイナス七三六って、この書き込みは二年くらい前のものってこと？」

「カウントダウン、っていうぼくたちの説が正しければ」

「やつら、ずいぶん前から準備をしてたのね……」

「いや、もっとずっと前からだと思うよ。ここを見て」マンツァーノはさらにスクロールして他の書き込みを開き、読みあげた。

「ここには、
日付　木曜日、マイナス一二〇三、GMT十四時三十五分。

kensaro: b.tuck《ビー・タック》がスタンプールにサインした。

transaction は月末までに完了させること。

simon: 了解。Costa Ltd. と Esmeralda 経由で半分ずつ送る。

と書かれている」

「どういう意味？」

「分からない。transaction（取引）か。おそらく送金のことじゃないかな」

「スタンプールは？」

「見当もつかない……イスタンブール？」

「どうして？」

「音が似てるから」

「ふーむ、マイナス一二〇三。わたしたちの説だと三年以上も前ってことね」とシャノンが言った。

マンツァーノはそのページをさらにあちこちスクロールした。

「たくさんあるわね」とシャノンが小声で言った。

「何千とある」とマンツァーノも小声で返した。

「あなたたち、そこで何こそこそ言い合ってるの？」とドアの前のオングストレムが言って、二人のところにやって来た。「それはなに？」

「聖杯だよ」とマンツァーノが低い声で答えた。「たぶん」

「ふざけてるの？」

「敵のお偉いさんたちは、EメールをPCに送る際に大ポカをやらかしたようだ。迂回《うかい》しないで自分らの連絡用プラットフォームから直接送信したらしい。これを見るとどうやらそのようだ。本当にそうだとすると……」

「そうすると？」

「困ったな」とマンツァーノが言った。「外で起きているこの大惨事を終わらせるために必要な情報はすべて、おそらくこの中にある。それにたぶん、この卑劣なやつらを捕まえるための情報も」

「ここに？」とシャノンが訊いた。「たとえそうだとしても、これは巨大なパズルだわ！　使える情報がここに少し、あそこに少し。全部目を通すだけで何年もかかるわ！」

「だから困ったと言ったんだ」と彼は女性二人に向きなおって言った。「ぼくたちだけじゃ無理だ、専門家が束になってかからないと。全部分析して、パーツを探して、ちゃんとはめ込むんだ。大至急。何百何千と」

「誰がやるの？」

「さあね。ＮＳＡ、ＣＩＡ、世界中のいまいましい諜報《ちようほう》機関、テロ調査機関全部がだ！」

「警察は、最初からいつもあなたによくしてくれたものね」とシャノンが皮肉った。

「わかってる」マンツァーノはため息をついた。目を閉じ、鼻の付け根を指で押さえた。

「けどほかに打つ手があるかい？」

十一日目　火曜日

デン・ハーグ

ボラールはドアをドンドン叩《たた》く音で目が覚めた。いったいどこの誰だ、こんな時間にこんな物音を立てるのは？　暴漢がうろつきまわっているのでなければいいが。「何なの？」と隣で寝ていたマリーが寝ぼけ声で訊いた。

「様子をみてくる」ボラールはナイトテーブルの上に置いてあった懐中電灯だけでなく拳銃《けんじゅう》も持って下へ降りていった。

また誰かがドンドンとドアを叩いた。

「誰だ？」

「ヤニスです」

ボラールは手にしていた拳銃を後ろ手に隠してドアを開けた。「いったい何なんだ？　今何時だ？」

「明け方の三時です」

遠くのほうからサイレンの音が聞こえてくる。

「だったら、かなりいい知らせを持ってきてくれたんだろうな」

クリストポロスは首を左右に振った。「さあどうでしょう。例のイタリア人から電話がありました」

「どのイタリア人だ？」

「あのマンツァーノですよ。生死が関わっていると言ってました。攻撃をしかけてきた連中につながる手がかりをつかんだかもしれない、とか。でも、ボラールさんでなければ話したくないそうです」

ボラールはまずは完全に目を覚ます必要があった。捕まって逃げているのにまた連絡してくるとは、あのイタリア人ときたら、いったいなぜそんなことをするんだ？　おれをばかにしようとでもいうのか？　それとも本当に重要なことなのか？　いずれにせよ、あのイタリア人の説明を聞く必要がある。

「どこからかけてきたんだ？」

「明かそうとしませんでした」

「ここで待っていてくれ。何か着てこないと」

ボラールは階段を駆け上がって妻のもとに戻った。「出かけなくちゃいけない」とひとこと言って拳銃を手渡した。「必要になったときのために。使い方はわかるね？」

「でもわたし……」

ボラールはすでに着替えを済ませ、妻にもう一度キスをしてから外に出た。

クリストポロスの運転する車の助手席に乗り込むとボラールは訊いた。

「それで、マンツァーノは何も言っていなかったのか?」

「ええ。あなた以外には話すつもりはないと」

車の通風口から火事の焼け跡の臭いが吹き込んできた。

「市内の様子はどうだ?」とボラールが訊いた。

「ビネンホフは完全に焼け落ちました。群衆はさらにはノールダインデ宮や新市庁舎のほうへ移動しています。これはうわさですが、配備可能な警察部隊はすべて女王の居城に派遣されたようです」

「そっちへ向かってくれ」

王宮を通る道を行っても、たいして遠回りにはならない。すでに遠くから夜空がオレンジ色に明るく染まっているのが見えた。数分後、二人は王宮の近辺に到着した。寒さにもかかわらず、あてもなく路上をさまよう人がますます増えていた。道路に設置されたバリケードのところで二人は警察の非常線に止められた。ボラールが身分証を見せた。

「このあたりはまだ静かなものです」と警察官の一人が教えてくれた。「市庁舎のほうはそうではありません」

二人はさらに車を走らせた。空はますます赤々と燃えている。やがて車は人々に挟まれ、それ以上先に進めなくなった。

「ここで待っていてくれ」とボラールが言った。「車を見ていてくれ、じきにもどる」

車を降りて人波を押し分けながら進んでいくと立派な新市庁舎の前の広場にたどり着

いた。広場には人が虫のように群がっていた。以前は白かった建物のあちこちの窓から炎が上がり、建物の正面は煤《すす》で黒くなっていた。屋根が焼け落ち、ミシミシと音を立てて燃え上がっているところもあった。建物の近くでボラールはヘルメット姿の制服の一団が叫び声をあげる群衆と対峙《たいじ》しているのを目にした。数で劣勢を強いられている。道路の敷石が制服の一団に向かって投げられ、それを群衆に向かって投げ返していた。銃声がとどろいた。ボラールは小競り合いをほんの数秒眺めてから車に走って戻った。

遠くのほうから銃声が聞こえてくる。マリー・ボラールは横向きになって窓の外の暗闇をじっと見つめた。外は不思議な赤みがかった色をしていて、オーロラの光が揺らめいているかのようだった。目の前のマットレスの上、フランソワの枕の横に拳銃があるのはわかっていた。背後で床がきしむ音がしてドアが開いた。マリーはあわてて銃を手探りで探した。冷たい鉄の塊をしっかりと握り、さっと向き直った。暗闇の中に何も見えなかった。

「ママン、外の騒ぎはなに？」と寝ぼけ眼のベルナデットがドアの前で泣きべそをかきながら訊いた。マリーはドキドキしながら拳銃を枕の下に滑り込ませた。

「いい子ね、何でもないのよ」

「ママンたちのところで寝てもいい？」とジョルジュが訊いた。

「パパはまたお仕事なのよ」とマリーは言った。「いらっしゃい」

子どもたちの足音が寄せ木張りの床にバタバタと響き、小さな体がベッドに跳び上がって、すり寄ってきた。マリーはベッドの真ん中に体をずらし、二人を抱きしめた。頭の下からは硬い武器の感触が伝わってくる。それがそこにあるのを子どもたちが見つけないことをマリーは祈った。


「すごいぞ！」ボラールの口をついて出たのはそれだけだった。

身じろぎもせずコンピューターに向かい、ほんの数分前にマンツァーノから聞いたRESETのページをクリックしていった。クリストポロスと他の二人の職員が肩越しにのぞきこんだ。

「そこにあるデータをできるだけ早く保存してください」と電話の向こうからマンツァーノの声が言った。「侵入したことがバレないうちに」

ボラールはうなずいた。頭の中でいくつもの考えがうずまいていた。クリストポロスに耳打ちした。「IT部門に連絡しろ！　すぐに始めないと」

そのギリシャ人の部下は隣の席の電話に手をかけた。

「何を根拠に、これが本物だと？」ボラールは訊いた。もしこのイタリア人がニセの手がかりをつかませようとこのページを作ったのだとしたら？　そうしている間もボラールは手当たり次第にログをいくつかクリックしていった。ボラールにはさいわいこのハッカー語の知識があったので、ログの内容はある程度、解読できた。

「いいかげんにしてください！　どれほどの量か自分でご覧になっているでしょう。こんなものを作ったりはしませんよ」

「どうやってこれにたどり着いた？」ボラールが訊いた。

「多少、運がよかったんです。信じられないかもしれませんが、この手のものはセキュリティ面がひどくいい加減なんです。折をみて説明しますよ」

ボラールは話しながらデータベースをクリックし続けていた手を止めた。もう充分確認した。これが偽造したものでないなら、このいまいましいイタリア人が一発あてたというわけだ。

ボラールはいまだに心底、納得しているわけではなかった。ただ、この男の熱意や一徹さにある種の共感を抱いていたことも確かだった。「撃たれて怪我をしたと聞いた。具合はどうなんだ？」

電話の向こうにしばしの沈黙が流れた。続いて「どうも、もう大丈夫です」と返事があった。

ボラールはためらった末に言葉を続けた。「このプラットフォームが期待を裏切らないものだとすれば……」

「確信はかなりあります。ただ、手遅れにならないうちにこのデータを分析するには、よほどの規模の支援が必要だと思います。どこに動いてもらえますか？」

「どこでも」

「どこでも、とは？」

「NSAやフランス国家警察から連邦刑事局まで、どこでも」ボラールはもう一度、気乗りはしなかったが訊いた。「それから、あんたについてはどうすればいいだろう？」

ブリュッセル

「ぼくをどうすると？」マンツァーノは訊いた。

「この場にいてもらいたい」スピーカーフォンからボラールの声が響いた。

マンツァーノはオングストレムやシャノンにも聞こえるようにスピーカーフォンをオンにしていた。二人はもう見つかっても構わないと思っていた。「いずれにしてもRESETページを見つけたのはあんただ。車で迎えに行かせる。二、三時間でデン・ハーグに着くだろう」

マンツァーノは耳に飛び込んできた言葉を信じることができなかった。

「警察に捕まったあげく撃たれて追い回されて、また捕まったんですよ。それで昨夜、刑務所で——あそこを刑務所と呼んでいいならの話ですが——殺されそうになったうえ、火傷《やけど》を負ったんです。ぼくをCIAの手にすぐにでも売らないという保証はどこにもありません。この期に及んでなお、あなた方の仲間を信じろと言うんですか？」

……。

「そう願いたい」ボラールが言った。

マクリーン、アメリカ

「入手先はどこだって？」リチャード・プライスは疑わしげにもう一度聞いた。

エルマー・シュレンツはその書類を持って直接NCTC（国家テロ対策センター）の次長のところへ行った。アメリカで停電が起きてからというもの、ラングレーにあるCIA本部からほど近い、マクリーンのリバティ・クロッシングにあるこの複合施設では皆一睡もできない事態が続いていた。NCTCは二〇〇一年九月十一日の同時多発テロのあとに創設され、テロ攻撃の阻止を目的としてCIA、運輸省、NRC（原子力規制委員会）など各当局の情報を集約している。

それにもかかわらず、またもや攻撃されてしまったのだ。しかもとんでもない規模で。

そして、そのことにまったくといっていいほど気がついていなかった。

「国務省と国防総省とホワイトハウスです」

「三つ、すべてか？」

「ヨーロッパの当局はいくつかのルートを使ってきました。盗聴対策をして。かれらはこちらが情報を確実に入手することを望んだのです。できる限り早く」

「分析は終わったのかね？」

「その情報の信憑性《しんぴょうせい》が信じられるところまでは」

「それで、そこに何もかもが書いてあるというのか？」

「そのようです。あとは探し出してつなぎ合わせていくだけです。皆で協力して」

ラーティンゲン

「というわけでユーロポールから分析の分担について提案があった」ベルリンのGTAZ（共同テロリズム防衛センター）の所長が衛星電話の向こうからじきじきにハルトラントに説明した。

「そのために作業に取りかかれる職員が、誰でもいいから必要だ。女でもかまわない。タレファーのSCADAの件は保留にしておいてくれ。一連のデータを送るので、即刻取りかかってもらいたい」

「ユーロポールはどこからこのデータを手に入れたんですか？」

「きみの……あのイタリア人がこのデータを見つけた。まあ、その件を蒸し返すつもりはないが」

　ハルトラントは声にならない呪いの言葉を吐いた。ハルトラントは自分が何に腹を立てているのかわからなかった。あのマンツァーノという男が情報を見つけたことになのか、それともあの男と手を組まず自分の手で追い払ってしまったことになのか。

「二時間後には結果がほしい」

ブリュッセル

マンツァーノがオングストレムに別れの挨拶《あいさつ》をしているのを見ながら、そんなふうに自分のことを抱きしめてくれたことはないとシャノンは思った。マンツァーノに何を期待しているのかはっきりはしていなかったが、少しばかり嫉妬《しっと》を感じて胸がちくりとした。本当にたくさんのことを一緒に切り抜けてきた。おそらく人生で一番はらはらどきどきした瞬間のいくつかを。

マンツァーノはそのスウェーデン人から体を離した。職員が一人、欧州委員会の建物の目の前に停めたSUVのそばでマンツァーノを待っていた。

「運転手は要りません」マンツァーノは目的地まで自分の思い通りに運転しようとしていた。彼がボラールのことを本当のところはまだ信用していないのをシャノンは知っていた。

男は三十代半ばでよく鍛えた体つきをしていた。彼がマンツァーノの足を指差した。

「怪我をされているということですから。目を配るように言われています……」

どうしてこの男に目を配ってもらわなくちゃいけないんだ？　また逃げ出さないように？　それとも危険が迫っているから？

「まともに運転できない人の車に乗りたくありませんし」と男は言った。

シャノンが後部座席に乗り込み、マンツァーノはシャノンの隣に座った。そして、目を配ってくれるというその男が運転席に座った。彼はカバンからサンドウィッチ四つとミネラルウォーターの大瓶二本を取り出すと後部座席の二人に手渡した。

「ムッシュ・ボラールからよろしくとのことです」そう言うと、男は「シートベルトをしめてください。途中、他に走っている車がいなくても」と指示した。

規則第一の役人さんね、とシャノンは思った。その規則がどういうものかなんて、わたしには関係ないけど。シャノンはサンドウィッチの包みをちぎって開けた。

「前にあるこのカバンにはお二人のための新しい服も入っています」と男は言った。そして、少し間をおいてから言い添えた。「お役に立つでしょう」

シャワーが使えないのに新しい服がどんなお役に立つのかと、マンツァーノは不思議に思った。車内の空気が気に入らないというのなら換気でもすればいい。車がベルギーの首都の通りを走る間、マンツァーノは運転手の一挙手一投足を注意深く見つめていた。腹の底には、いぜんとして根深い不信感があった。車のチャイルドロックは掛かっていない。交差点で車が速度を落としたときに飛び降りることもできる。たとえ、遠くまでは逃げられないとしても。

マンツァーノたちは焼けこげた自動車のフレームが両端に積み上げられた道路を通り過ぎた。車道一面に散乱したゴミの残骸《ざんがい》からは黒煙が絶え間なく立ちのぼっている。通りに面した家も何軒か焼けていた。

「ここで何があったんですか？」

「騒がしくなりますよ」運転手は短く答えた。ラジオの電波を受信しようとしたが、入ってくるのはザーザーという雑音だけだった。マンツァーノは警察パトロール隊の横に軍人らしき人たちがいるのを目にした。二度、戦車とすれ違った。かなり物騒なことになっているぞ、とマンツァーノは思った。デン・ハーグに向かう道を示す道路標識はどこにも見当たらなかった。もしかすると通常は使わないルートを運転手がとったのかもしれない。それとも、この町の道路標識は十分に整備されていないのだろうか。全身にどっと疲れが広がった。マンツァーノは少し休もうと頭を後ろに倒した。

デン・ハーグ

すぐ近くで銃声がし、マリー・ボラールは驚いて飛び上がった。子どもたちが何か言いたげな目つきで自分を見ている。ジョルジュが窓辺に近づこうとした。

「そこにいなさい！」とマリーは叫び、その声で自分がパニックになっていることに気がついた。「後ろへ下がって、壁のほうに！」と指示した。外からは叫び声や泣きわめく声、どたばたと歩き回る足音が聞こえてくる。マリーは二階へと急いだ。洋服ダンスの一番奥に拳銃《けんじゅう》を隠しておいたのだ。用心しながら窓のそばまで行き、思いきって外を見た。犬が一匹、鼻先でゴミをあさっているだけで、家の前に人影はなかった。

「ママン？」下からベルナデットの呼ぶ声が聞こえた。

「そのままそこにいて！」

マリーは通りの左右に目を走らせた。数人の警官が別の一団を追いかけていたが、次の角で見えなくなった。

脈が落ち着くまでしばらくかかった。拳銃を元の場所に置いたまま居間に戻った。わたしが動揺してはいけない、ここでおかしくなってはいけない、とマリー・ボラールは繰り返し繰り返し自分に言いきかせた。

デン・ハーグの通りのいくつかでは、ブリュッセルを出発したときに見たのと同じ光景が広がっていた。焼けた車や家々、煙が立ちのぼるゴミ。

「どこへ行くんですか？」とマンツァーノは運転手に訊いた。

「ホテルはもういっぱいになってしまいました」と男が答えた。「お二人にはユーロポールの臨時宿泊施設に泊まっていただきます」

建物周辺の道路を戦車が巡回していた。

「あれは銃声？」遠くでパンパンという音がするとシャノンが尋ねた。

「ありえますね」運転手は答えた。

その建物にたどり着くには、重装備の軍人が見張りに立つバリケードを一カ所、通らなければならなかった。

「まるで戦争の真っただ中のようですね」とシャノンが言った。

「似たようなものです」と運転手が力をこめて応えた。

建物の入り口で三人は、防弾チョッキにヘルメット姿の警官による検査を受けた。運転手は二人を四階のひとけのない事務所に案内した。八台の折りたたみベッドが置かれており、そこが先ほど運転手が言った臨時宿泊施設であることは明らかだった。そのうちの六台のベッドの上には毛布や寝袋がかろうじて整えられていた。二台のベッドは使われていないようだった。その上にはズボンが二組、シャツが二枚、セーターが二枚、ダウンジャケットが一着、それぞれきれいにたたんで置いてあった。

「お二人用です」

シャノンは手を伸ばして毛布をなで、サイズを確認するためにズボンを体に当てた。

「シャワーは廊下のつきあたりにある洗面所で浴びられます」と運転手の男が言った。

「ムッシュ・ボラールはオペレーションセンターでお待ちです」

「場所はまだ覚えていらっしゃいますよね」と男はマンツァーノに向かって言った。

「では、のちほど」

司令センター

監視対象となるやり取りは、すでにアルゴリズムを使ってキーワードでふるいにかけられていた。ところがここ数日、量が減ってきたにもかかわらず、詳細にいたるまで調べることができたのはほんの一部だけだった。そのため、今ごろになってようやくそのメールが発見されたのだ。すでに四日が経過していた。差出人はベルリンのGTAZで、先週の土曜に少なくともユーロポールとインターポールに宛てて送られていた。内容は、ヘルマン・ドラゲナウと連絡をとっていた可能性のある男の身元を割り出してほしいというものだった。上海で開催された二〇〇五年の会議の集合写真が添付されていた。写真の端に写ったその男の顔にはペンで印がつけられていた。

身元が判明すれば、次に誰を捜せばいいのか、とっかかりが得られるというわけだ。諜報《ちょうほう》機関が世界中のあちこちで、全力で作業にとりかかる様子が目に浮かぶようだった。

彼らは先週土曜日以降に交わされた監視対象メールをしかるべきキーワードでひたすら検索していった。不安にかられながら数時間待った末、ビラビから警報解除が告げられた。その話題に関するメールはほんの一握りしかなかった。おまけに、そのほとんどが問い合わせに対する受信確認で、調査の成果を伝えるものではなかった。とはいえ、これからは一層神経をとがらせなければならないだろう。最終目標まではまだまだ遠い。

デン・ハーグ

「どうして彼女がここに？」とボラールは訊《たず》ね、シャノンを手で示した。

マンツァーノは答えるかわりに窓のところまで行き、街を見渡した。あちこちから濃い煙が立ちのぼっていた。遠くの方からは緊急車両のサイレンとヘリコプターのローター音が聞こえ、目の前を交差していった。

「彼女がいなかったら、ラップトップを手に入れることはできなかったし、RESETを見つけることもなかったでしょう」とようやく彼は答えた。

ボラールはぎゅっと目を閉じ、歯ぎしりした。

「ただし、記事はダメですよ」とボラールが言った。

「誓います」とシャノン。「お許しが出るまでは書きません」

シャノンはマンツァーノに小声で話しかけた。「でも、できれば至急、道具が必要なんだけど。カメラとラップトップ一台」

「ラップトップが必要なんですが」マンツァーノはボラールに申し入れた。「そして、彼女にもラップトップとカメラを一台」

マンツァーノはボラールが爆発寸前なのに気づいてはいたが、このくらいの要求はしてもいいだろうと思っていた。

ボラールは二人をむっとした目つきで見ると、吐き捨てるように言った。「いいでしょう。機材は届けるようにします。ただし、記事を出さない、ということについては変わりありませんよ」

シャノンは懸命に頷《うなず》いて了承した。「あなたがご自身のすばらしいお仕事の記録を公の場で見たいと思われるときまでは」

「からかうのはほかの誰かにしてください」とボラールは応えた。

「RESETの分析はどの程度まで進んでいますか?」とマンツァーノが話題を変えた。

「データはすでにインターポール、NATO、シークレットサービス、NCTC、それから他のいくつかの機関にも渡っています」とボラールが説明した。「分析は分担して行っています」

会議室では二十数人がコンピューターに向かっていた。ある一人の後ろでマンツァーノたちは立ち止まった。

「どういったパラメーターを使っているのですか」とマンツァーノが訊いた。

「いろいろです。たとえば検索キーワード。ゼロデイアタックについて話していると思われるチャットを見つけましたよ」

「いったいまた何の話なの?」とシャノンが訊いた。

「システムやプログラムにあるセキュリティホールのことで、それについてはメーカー側もわかっていないから対応策がないんだ」とマンツァーノが説明した。

「そのほかにもさまざまなユーザー名で検索しています」とボラールが続けた。「そういった人たちの会話をまた特定のキーワードでフィルタリングをしたりしてもいます」

「キーワード」とマンツァーノが言った。「ぼくのことも検索したんですか？」

「もちろん」とボラールが言った。「まっさきに検索しましたよ。ご覧になりますか？」

キーボードに向かっていた男がカチャカチャとキーボードをたたくとディスプレイに、ある文章が現れた。

6,11:24, GMT
tancr：例のイタリア人が例のドイツ人から逃げたようだ。
b.tuck：でもあいつ、まだ疑われているんじゃないのか？
tancr：わからない。おそらくは。
b.tuck：十分、腹が立つことをしてくれたからな。
tancr：まあな。いずれだれかが見つけ出すだろうが。

「例のイタリア人」とマンツァーノが言った。「というのがぼくで、I、Dで。例のドイツ人、それがハルトラントですね」

「まだありますよ」とボラールが言った。

4,9:47, GMT
b.tuck：こいつはだれだ？
tancr：知らない。調べてみる。

「それで、何がわかったんですか？　こうなってみるとやはり気になりますね」とマンツァーノは言った。

ボラールがうなずくと部下が別のチャットを呼び出した。

5,10:11, GMT
b.tuck：例のイタリア人ピエーロ・マンツァーノのことがもっとわかった。大昔からのハッカーだよ。記録を見ると、トゥーウインドかもしれない。

マンツァーノは不安になってきた。こいつらはハッカーの世界のことをよく知っている。このビー・タックの推理は当たっていた。「トゥーウインド」は今はもう使っていないが、マンツァーノが数年前まで使っていたハンドルネームのひとつだった。

九〇年代のマーニ・プリーテのデモに参加。二〇〇一年にはジェノヴァにもいる。

おい、こいつ、おれたちの側の人間かもしれないぞ。誰かこいつを知ってるか？

tancr：いいや。

おれたちの側の人間かもしれない？　マンツァーノは顔が赤くなるのを感じた。マンツァーノはこのいかれた連中の仲間だったのでは、という思いがやはりボラールの脳裏をかすめた。

「ここにも、まだもう一つ」とボラールの部下が言った。

5,13:32, GMT
tancr：あのイタリア人め、イラつくな。タレファーが怪しいと見当をつけてやがる。

一発食らわしてやりたいな。

b.tuck：どうやって？

tancr：偽メールだ。

b.tuck：了解。

「ありがとう」とマンツァーノはほっとした声で言って、勝ち誇ったようにボラールのほうを見た。「これでぼくが無実だと完全に納得してもらえたならいいんですが」

「あなたが敵側の人間だとしたら」とボラールは表情を変えることなく答えた。「これは仲間にひと芝居打ってもらったのかもしれませんよね」

マンツァーノは声にならない声をあげた。「あなたは誰かを信じるってことをしないんですか？」

「しません」

パリ

「冗談じゃない」とブランシャールは声を荒らげた。CNESのディスプレイボードでは、赤く光るフランス全土の送電網の中に緑色の線が次第に増えてきてはいた。ただし、その数は彼が期待していたほどではなかった。

「すでに供給地域の四〇パーセント近くまで電力が戻っています」とブランシャールは大統領秘書官のトレに報告した。最初に再開した比較的範囲の狭い送電区域では同期にも成功しています。この調子なら明日までにほぼ全国的に電力を供給できます」

「昨日の時点では今日までにはと言っていませんでしたか？　カットノンとトリカスタンは？」とトレが訊いた。

「えー、まあ……」

「というと？」

「それらはわれわれが直面している最大の問題の一部なのです」とプロクテが助け舟をだした。「全部で五十八基あるフランスの原子炉のうち、十二基で程度の差こそあれ突発事故が起きています。サン＝ローラン原子力発電所の一号基は、その十二基には含まれていません」

しばし沈黙が流れた。

「つまり、今後数日間は一部でまだ電力供給が不安定になることを覚悟しなければならないということです。場合によっては広い地域で一時的にまた停電が起こるかもしれません。その場合でも長くて二、三時間だとは思いますが」

「カットノンとトリカスタンでは重大事故の危険が迫っているんですよ。それなのに、あなたがたはここで能天気な話ばかりしている！」トレが激怒した。「その二カ所で最悪の大惨事が起きるまで二十四時間しかないかもしれないんだ！」

デン・ハーグ

「気になるのは」とマンツァーノは言った。「連中がいったいなぜ、ぼくのラップトップにメールをもぐませようと思ったのか。それと、タレファー社に向かったことをどうやってたのかです」

ルがマンツァーノをじっと見つめた。「あなたがハルトランドに、情報はうちから出たに違いないと強く主張したので、うちのIT部門が念のためシステムを調べてみました」

「ユーロポールのシステムから何か見つかったんですか？」

それを認めなければならないのは、ボラールにとってどう考えてもばつの悪いことだった。「ここにある大部分のコンピューターで交わされるメールを同時に読めたり、カメラやマイクロフォンを作動できたりするプログラムが見つかりました」

「おたくのセキュリティ担当者にはなりたくないな……」

「わたしもです。ドイツ、フランス、イギリスだろうが、ほかの国だろうが、政府や危機対策本部のセキュリティ担当者にはなりたくありませんね。敵はあらゆるところに侵入して、何から何まで読んだり見たり聞いたりしているようですから」

「読んだり見たり聞いたりは、今はもうされてないんですか？」

外で銃声がした。その場にいた者たちは驚いて飛び上がり、窓に駆け寄った。

「こっちまで来るのかしら？」とシャノンがつぶやいた。道路には人っ子一人いない。

「国や組織の最上層部の責任者はとりあえず侵入についてはそのままにしておくことに決めました」とボラールは続けた。「ただし、現在、連絡は二重に行われています。重要事項および機密事項についてはもっぱら特別回線を使い、盗聴されているコンピューターの近くでは話し合いは行っていません」

「まあ、それで秘密が保持できるかどうか……」

「逆に盗聴されているメディアを使って、敵側が混乱するようなニセの情報を流すこともできます」

「広範囲のソーシャル・エンジニアリングか……」

いうことです」

「あま手間ひまがかかりすぎだ。連中が利口なら、情報伝達のパターンが変わったことにいずれ気がつきますよ。向こうが仕掛けた分析ソフトにもよるでしょうが。あなたがおっしゃるように、連中がそれほどたくさんのシステムに入り込んでいたのなら、さまざまなタイプのやり取りを、しかもさまざまな言語が混じることもあるのに、人の手でフォローするのは不可能です。いくら人手があっても足りません」

「そうだろうとわたしたちも思っています」とボラールは言った。「たぶんソフトウェが見えないところで、あらかじめ定義されたキーワードや表現をもとにチャットをスキャンしているのでしょう。ルーチンがそのうちのどれかを見つけると自動的に警報を発するわけです」

「そうすれば大した手間はかかりませんね」とマンツァーノは言った。「NSAなどでは何年も前から世界中でやっていることです。これの唯一のメリットは、こういったアルゴリズムはどちらかといえばただ単に検索するというよりも、特定のものを探し出すように書かれていることです」

パリ

フランス中央対内情報局DCRIはパリ郊外のルヴァロワ＝ペレに本部がある。局長のジャック・セルヴェは今回のデータ分析の調整役を自ら買って出ていた。フランソワ・ボラールとは公の場で何度か顔を合わせたことはあったが、知り合いというほどではない。ボラールはデン・ハーグのユーロポール職員であり、パリでの出世競争においては蚊帳《かや》の外だ。本人はそうは思っていないとしても。ただ、今回の行動でその名が一躍、昇進リストのトップに躍り出た可能性は否めない。セルヴェの率いる情報局は幸い、ここ何年かの間にサイバー戦争やサイバー犯罪、サイバーテロについて幅広い知識を身につけていた。おかげで、デン・ハーグから分析データが送られてきたとき、すぐに包括的な分析を開始することができた。

今はルイ・ペテレフスキが最初の分析結果を発表しているところで、RESETに含まれていたチャットの画像ファイルをスクリーンに映し出した。

「たとえば、このチャットは少なくとも三年前のものです」ペテレフスキが説明した。

「この三人のチャット参加者のうち一人は頻繁に登場します。他の二人の名前はめったに出てきません。この二人は攻撃者の中枢部ではなく外部にいる協力者であると、われわれは見ています。ここで話し合われているのは、いくつかの通信事業者の本社のネットワークを不正に操作するソフトウェアの部品についてです。続いて、ここに新たに出てきたハンドルネームでRESETをスキャンすると、さらにたくさんのチャットが見つかりました。これで、この二人がこの手の仕事に精通した犯罪専門のハッカーだろうという仮定が裏付けられます」

「こいつらを見つけ出すことはできるだろうか？」セルヴェが訊いた。

「まず無理でしょう。少なくともすぐには。ですが、ここにあるチャットの内容だけでも非常に有益な情報が含まれています。何よりも捜査を前進させるものです」そう言ってペテレフスキは別のチャットの画像ファイルをスクリーンに映し出した。「これらを総合すると、ある一つの像が結ばれます。いつどこで何がどのシステムに侵入したのか。たとえばここでは、間違って届いたかのようにみえるメールを通信事業者の社員宛てに送るなど、さまざまな侵入方法について議論がなされています。差出人は人事部の女性社員、メールアドレスは乗っとられたものです。いくつかのメールには「Personell_cut

（人員削減）」というタイトルのドキュメントファイルが添付されていました。何も知らない受信者は、次の解雇者リストか？　と思うでしょう。すると当然、自分の名前が載っていないか心配になるのでファイルを開きます。すると、一瞬にしてその裏に組み込まれた有害ソフトがコンピューターにインストールされてしまうわけです」

「ウィルス対策システムはなぜ警告を発しなかったのだろう？」

「そういうシステムが発見できるのはすでに知られているウィルスだけです。攻撃者はゼロデイのセキュリティホールを利用したものと思われます。それを防ぐ方法はまだありません」

「ずっと前から知られていながら、いまなお有効な方法だな」とセルヴェが言った。

「そうです。詳細についてはまだ調べてみる必要がありますが、ほとんどすべての攻撃がこのプラットフォーム経由で話し合われ、計画されています。セキュリティ技術の面では不出来というほかありませんが。この連中は攻撃されることはないとでも思っていたにちがいありません」

「さもなければ、彼らにとってはどうでもいいことだったとか」と同僚の一人が口をはさんだ。

「誇大妄想家ということもありえます」とペテレフスキが応じた。「裏で動いているわれわれの仲間を知っているでしょう。彼らにもその傾向がありますからね」

「それは彼らに限ったことではありません」とその同僚は答えた。

デン・ハーグ

マンツァーノは自分がRESETの分析に関わる意味があるとは思っていなかった。世界に何千人といる有能な専門家たちが取り組んでいるのだから。ボラールから、タレファー社が自分のところのSCADAシステムからは何も見つからなかったと言っていたと聞き、マンツァーノは困惑していた。そういうわけで、静かな部屋に引きこもり、タレファー社に届いていた発電所の問題報告書をすみずみまで読んだ。

この分野に関して十分な知識はないし、専門的な付属資料を熱心に読み込んだわけでもなかったが、一時間後には何が起きていたのか、基本的なところは理解していた。実際、問題が起こっていた発電所すべてで、大量のエラーメッセージが出ていたのだ。さらにもう一つの共通点が見えてきた。多くの場合、職員が発電室と制御室とで多少違うものを目にしたということだ。

その理由は色々考えられそうだ。

「休憩したら?」とシャノンが訊いた。

シャノンが職員の肩越しにのぞきこんだり、捜査概要が書かれたボードにすみずみまで目を通したり、ビデオや写真を撮ったりする様子を、マンツァーノは一日中観察していた。RESETを見つけたときにシャノンが果たした役割をマンツァーノがもう一度声を大にして言うと、あのボラールが了解してくれたのだ。それどころか、「とてもいいアイディアかもしれない」とボラールは言った。「われわれの仕事ぶりを記録に残してもらえるのならね」

マンツァーノは伸びをした。関節がボキボキと鳴った。シャノンが言ったとおりだ。休憩をとる必要がある。

「コーヒーは？」とシャノンが訊いた。

二人はいっしょにドアを何枚か隔てたところにある小さなキッチンに行った。テーブルにはユーロポールの職員が二人、湯気をあげるコーヒーを前に疲れきった顔で座っていた。

マンツァーノはコーヒーのカプセルをひとつとってマシーンに入れた。いまだにこんな贅沢《ぜいたく》をユーロポールに許している緊急電源システムは素晴らしいと思った。扱いやすいようにあらかじめカプセルに入ったコーヒーをはめ込む流行《はや》りのコーヒーマシーンは好きにはなれなかったが、何はともあれないよりはましだった。それに、便利だということは否定しようがなかった。カプセルを入れ、ボタンを押せば、淹《い》れたてのコーヒーが出てくるのだから。まるでコーヒーが沸かせるコンピューターだなと思いながら、シャノンのためにカプセルをマシーンに入れた。

「少なめで、でも濃いのをお願い」とシャノンが言った。

マンツァーノはもう一回ボタンを押して待ち、それからカップをシャノンに手渡した。

赤いランプが点灯した。使用済みカプセルの入った容器がいっぱいで、捨てなければならないことを示している。容器を確認してみると自分たちが使った二つのカプセルしか入っていなかったが、その二つを取り出して容器をセットし直し、自分のコーヒーを手に二人の職員がいるテーブルについた。

座るか座らないかのうちにマンツァーノは立ち上がって、コーヒーマシーンをじっと見つめた。容器は空にしたはずなのにランプがまだ点灯している。容器をもう一度取り出して入れ直してみた。ランプは相変わらず点灯している。「そうか、表示器だ」とマンツァーノはつぶやいた。「もしかしたら表示器かもしれない」

「あなた、何をぶつぶつ言ってるの?」とシャノンが訊いた。

マンツァーノはコーヒーを一気に飲み干した。「エラーメッセージはもしかすると、単に表示器のせいかもしれないぞ」

「どの表示器?」

「SCADAのソフトウェアのだよ」

「コーヒーマシーンがそれを教えてくれたとでも?」

「そのとおり」

マドリッド

blond《ブロンド》
tancr《タンクル》
sanskrit《サンスクリット》
zap《ザップ》
erzwo《アールツー》
cuhao《クハオ》
proud《プルード》
baku《バクー》
tzsche《チェ》
b.tuck《ビー・タック》
sarowi《サロヴィ》
simon《シモン》

「ここにある十二のハンドルネームが、大半のチャットで目立って会話をしています」
マドリッドのスペイン警察技術捜査部隊のサイバー犯罪およびサイバーテロ部門の部長

代理エルナンデス・デュランは参加者一同に説明した。「ブロンドやアールツーなど、いくつかは同一人物です。こいつはスターウォーズ・ファンなんでしょう。興味深いのはプルード、ザップ、バクー、チェ、ビー・タック、それにサロヴィです」そこで意味ありげにひと呼吸おいてから続けた。「分析に参加しているベルグエル氏はこの名前について興味深い説を持っておられます。これらの名前から攻撃の動機が読めるかもしれないというのです。プルード、ザップ、バクー、チェ、ビー・タック、サロヴィはよく知られた名前の略である可能性があります。あくまでも可能性ですが。その名前というのは、プルードン、サパタ、バクーニン、ニーチェ、ベンジャミン・タッカーです」

軍に権力を掌握されてはいたが、さいわいこれまでのところ、仕事を妨害されることはなかった。たとえ、その部屋にいる軍部の動きに不安を抱いていたとしても。いずれにせよ、今回の大惨事を招いた真犯人につながる手がかりにようやくたどり着いたのだ。かすかな希望がはじめて見えはじめた。

「サパタとニーチェというのは何となくわかる」聞いていた職員の一人が口をはさんだ。「それ以外の名前も知っているが、それだけでは……」

はじめはIT科学捜査官がもっぱらデータの分析を行っていたが、ほどなく別の分野の専門家たちも加わった。そして社会学者のベルグエルがこの仮説を携えてきたのだった。

「ピエール＝ジョゼフ・プルードンは」とデュランが説明を始めた。「十九世紀のフランス人で最初の無政府主義者と言われています。『La Propriété c'est le vol』すなわち、『財産とは盗奪である』という彼の言葉は広く知られていますし、多く引用されてもいます。ミハイル・バクーニンは、ロシアの貴族ですが、十九世紀の無政府主義者で、やはり強い影響力を持つ人物です。ベンジャミン・タッカーはその次の世代になります。アメリカ人で、プルードンやバクーニンの著書を翻訳・出版し、十九世紀末から二十世紀初頭にかけてアメリカの無政府主義者の間では重要人物の一人でした」

「革命主義者、無政府主義者の集まりか」と、また別の一人が言った。「この説が当たっていれば。あながちお門違いではなさそうですね。あの連中がしでかしたことを見れば」

ベルリン

「ようやくいいニュースです」

ミヒェルゼンはこの十日間で、自分も向かいに座っているこの女性と同じように十歳ばかり老け込んでしまったのではないかと思った。

「全部が全部ではありません」と連邦環境・自然保護・原子力安全省の女性大臣が訂正を入れて、緑や赤い線が映し出されたモニターを指差した。「制御センターとサーバーの動作を正常化できた電力事業者が出始めました。ただ、残念なことにフィリップスブルク、ブロックドルフ、グンドレミンゲン、グローンデの原子力発電所がある地域の電力事業者についてはまだです。フィリップスブルクの状況は不明ですが、使用済み核燃料の冷却プールに保管されている燃料棒の多くがメルトダウンを起こしているものと思われます。現時点で健康に悪影響を及ぼすような高い放射線量は測定されていませんが、五キロ圏内の地域では避難が開始されています。ブロックドルフ原発の運営会社からは、非常用ディーゼル発電機に必要な予備の部品が届いてからは状況が改善されたとの報告が入っています。グンドレミンゲンではこれまでのところ、即席の緊急冷却システムを使って炉心メルトダウンを阻止できています」

「ただ、確かなところはわかっていないんですよね」とレスが指摘した。

大臣がうなずいた。

「ブロックドルフ周辺を除けば高い放射線量の値は検出されていません」

「グローンデは？」

「一番の気がかりです。まだ機能が半分残っている唯一の非常用電源システムも何度も停止しています。それが原子炉にどんな影響を与えるのかはわかりません。原子炉が危険な状態にあるということは推測がつきます。もし、その最後の頼みの綱である非常用電源システムさえも完全に停止してしまったら……」

「原子炉はあとどれくらいのあいだコントロール可能ですか？」とミヒェルゼンが尋ねた。

「運営会社は事態を掌握していると言っています」と大臣は言った。「ただ、うちの省の専門家の中には、あと一日、二日しかもたない可能性があると言う者もいます。また他の専門家は、グローンデは最悪の場合、それどころではなく、あと二、三時間だと」

「刑務所で起きた事件については何かわかっているのか？」と連邦首相が訊いた。

「ラインラント・プファルツの州政府は昨日からトリーアにある刑務所と連絡がつかなくなっています」と司法大臣が言った。「集団脱走を食い止めることができたかどうか、あちらでも確認できていません。ヴァルトハイム、シュヴェルテ、フールスビュッテル、ノイブルク＝ヘレンヴェルト、ロットヴァイルの刑務所では最終的に大部分の受刑者が脱走したとの報告が入っています」

「犯罪者はどのくらいの数に上るのだろう？」

「正確にはわかりません」司法大臣は正直に答えた。

「ドレスデンからは、激昂《げきこう》した市民たちがザクセン州議会の建物に殺到して、危機対策本部を解散に追い込もうとしたとの報告が届いています。警察ともみ合いになったようで、数多くの犠牲者がでました。死者の数はまだ不明です」

司法大臣の視線が凍りついた。それから、見たものから目をそらさずに立ち上がるとシュプレー川に面した窓まで行った。他の人たちも興味をそそられて後に続いた。

ミヒェルゼンは目を疑った。川の向こう岸、ホルシュタイン・ウファーに沿って、葉の落ちた柳並木の向こうを一頭のキリンが二頭の子どもを連れて歩いていた。威厳ある足どりで進むキリンの姿に全員が驚愕《きょうがく》して、一瞬われを忘れた。皆言葉もなく、その歩みを姿が見えなくなるまで目で追っていた。

「今のは、何ですか?」と内務大臣が訊いた。

「動物園から抜け出した動物ですよ」とレス連邦内務省事務次官が答えた。「動物園はここからたった二・五キロです。おまけに、見張りはいないも同然です」

「動物全部?」と誰かが訊いた。「ライオンやトラも?」

「それが心配です」とレスはつぶやいた。

ラーティンゲン

「これだ」とディーンホフは言った。「ユーロポールの連中がどうやってこれに気づいたのかわかりませんが、向こうの言う通りです。標準ライブラリにあるウィジェットデータを探すよう言われたので……」

ウィックリーはこれまでにない感覚に襲われた。まるで、血に飢えた猟犬の群れを背にして、深い谷底を覗《のぞ》き込んでいるような。

「三十分前にそのコードを見つけました。わかりやすいように疑似コードに変換してあります。何のことか誰が見てもわかるように」

「ずいぶん親切なことだな」と、ウィックリーは自分なら元のコードのままでも理解できた、とディーンホフに思わせるような口ぶりで言った。実のところ、そのままでは理解できなかったのだが、CEO（最高経営責任者）として能力のあるところを見せなければならない。
ウィックリーは疑似コードに変換されたテキストを読むために少し前屈《かが》みになった。
実施期日以降および全時間帯
仮定時間＝19:23＋（1から40までの乱数）
対象物全体の2％について
対象物の状態を別の値に変更
適当な別の色で表示
状態の変更を呼び出し中のプログラムに伝達
「これはですね」とディーンホフが説明を始めた。「つまり……」
「偶然の法則を使って、制御室の表示器にまったく存在しないエラーの報告をするということだな」とウィックリーが遮って言った。それから、「これは……」とつぶやいた。
「卑劣だ」
頭の中では今後どんな措置を講ずればいいか、ものすごい勢いで考えをめぐらせていた。ディーンホフが説明したとおりなら、外で起こっている大惨事の責任はタレファー社にも大いにあることになる。
「まさにそういうことです」とディーンホフが言った。「エラーの表示が出ていても機械自体はまったく問題ないのです。依然として正常に機能しているのですから。つまり、発電所は問題なく運転を継続できます。これを埋め込んだ人物は、システムの最も脆《ぜい》弱《じゃく》な点をついたのです」

「……人間、ということか」

このささやかな変更を思いついた人物に、ウィックリーはひそかに敬意を表した。その誰かは何が問題なのかを理解していたのだ。「つまり、発電所がまったく問題なく稼働していても……」まったく頭のいいやつだ。悪魔のように抜け目がない。

「……制御室の職員はエラーメッセージを受け取るということです」とディーンホフが言った。「たとえば発電機の回転数が低すぎるといった。本当は低すぎるわけではないのに。それを受けて回転数を上げる措置がとられる」

ディーンホフがうなずいた。

「すると発電機は本来あるべき速度よりも回転が速くなり」とウィックリーが言葉を続けた。「最悪の場合には自壊して、電圧変動や停電が起こることになる」

ディーンホフが補った。「職員を混乱させて誤った行動をとらせるだけなら、ほんの何カ所かの圧力弁の表示器を操作するだけで十分なわけです」

考えれば考えるほどすごいことだと、ウィックリーは感心した。この有害コードをもぐり込ませた者は、最小限の手間ひまとコストで最大限の効果を得たのだ。しかもそれほどひどいことをしているわけではないのだと自分を納得させることもできる。小さなランプをいくつか間違えて点灯させただけのことだ、と。実際に損害を引き起こすのは、表示器の出す誤った表示に従って誤った操作をしてしまった発電所の運転担当者なのだ。

「連邦刑事局の人間はもうこのことを知っているのか？」

「まっ先に彼らに知らせなければなりませんでした」

「それでいい。このルーチンはわれわれが報告を受けた発電所すべてで問題の原因となっているのか？」

「これまでのところ、うちのＳＣＡＤＡシステムの五つから、修正が加えられたサブルーチンが確認されました。ほかのシステムからもバグが見つかったとしても驚きはしませんよ」

「でも、そのバグはどうやって入り込んだんだ？　誰の手で？」

「それはうちのソースコード管理のログを見ればわかるはずです。それほど前のことでなければですが」

「その人間はどうやってセキュリティチェックを通過したんだ？　それにどうして今頃になって起動したんだ？」

「疑問だらけです」とディーンホフがため息をついた。「そのほとんどはまだ答えが見つかっていません」

「すでにわかっていることは？」

「バグが発生した時間です。このプログラムコードはたぶん時限爆弾の形で仕掛けられたものと思われます。時限爆弾なら品質保証テストの前にうまく隠すことができます。そういった時限爆弾を起動させる方法はいくらでもあります。簡単なコマンドを出すとか、ある特定の日にちを入力するとか。グローバル定数を別に設定したり、設定を変えたりとか。それについてはあと二、三日しないとわからないと思いますが」

「他には？　なぜこれほどたくさんの発電所が被害にあったのだろう。ＳＣＡＤＡシステムは発電所ごとにそれぞれの状態に合わせて構築されているはずだ」

「そうです。そうなのですが、どの発電所にも必要な特定の標準機能については、ＳＣＡＤＡの第二世代以降は、全制御システム共通の標準ライブラリを使用しています」

「つまり、時限爆弾はそうした標準ライブラリのひとつに潜んでいるということか？」

「頻繁に使われるグラフィック表示のためのウィジェットファイルの中です」

「それは発電所の制御装置のすべてに共通のものなのか？」

「制御の対象となる要素が機能していれば緑のランプ、機能していなければ赤いランプ。うちのシステムを装備しているすべての発電所のプログラムで、一部の要素は常にこうなっています。どの発電所でも同じ役目を担う制御装置の基本プログラムを、そのつど書き換えるのは馬鹿げているでしょう？　コストも余計にかかりますし、メンテナンスやソフトウェアの更新もより複雑になりますから」

「ドラゲナウはそういう標準ライブラリにアクセスできたのか？」

「ええ。しかし、他の二人にもそれは可能です」

誰がいつソフトウェアに時限爆弾をしかけたのかなど、ウィックリーにはもうどうでもいいことだった。今大事なのは、タレファー社が受ける損害を最小限に食い止めることだ。

「この問題をどうやって解決しよう？」

「有害コードを含まない新しいバージョンのプログラムを書いて、発電所のコンピューターにインストールするのです。双方のインターネット接続が機能していれば数時間で可能です」

ウィックリーはディーンホフに厳しい口調でいった。「どこでもインターネットに接続できるわけではない」

「人を派遣して、アップデートしたデータを直接届けることはできます」

「発電所はヨーロッパ全土に散らばっているんだぞ」

「いざというときには連邦刑事局が人手も輸送手段も十分に手配してくれるでしょう」

「あいつらをこの件から外しておくことはできないのか？」

「自分たちで人を送るとなると……」とディーンホフは言葉をにごした。

「タレファー社から人が派遣されて、その直後問題が消えたといううわさはいずれにしても立つだろうし、そのことについて聞かれることになるだろう。できるだけ疑いをもたれない方法を見つける必要があるな。データ修正も一緒にできてしまうような、定期的なアップデートはないのか？」

「もちろんあります。ですが、すべての発電所で同時に行うわけにはいきません。おまけにプログラムのアップデートと同時に問題が消えれば、結局タレファー社のシステムがトラブルの原因だったと、遅かれ早かれ気づかれてしまうでしょう」

ウィックリーは悪態をつきそうになったがこらえ、「完璧《かんぺき》なソフトウェアの用意を頼む」とディーンホフに指示した。

「すでに作業に取りかかっています」

「それをどうやって発電所のシステムに入れるかは、その間に考えよう」

ウィックリーはディーンホフの困惑した目つきに気づいた。

「それまでこの件は内々にとどめておくこと」ウィックリーが付け加えた。「連邦刑事局やユーロポール、それにこの件についてすでに知っている人間にはトラブルではなく用意のできた解決法を発表したいのでね」

ロンドン

「金脈を掘り当てたぞ」フィル・マッカフがささやいた。世間でMI6と呼ばれることの多いSIS本部の奥の奥で。マッカフはここ一週間、ボクスホール・クロスにあるこの建物から一歩も出ていなかった。隣の席でコンピューターに向かっていた同僚が顔を上げた。

「見てくれ」と大声で言って、プロジェクターをつないで自分のコンピューターのディスプレイを大型スクリーンに映し出した。あるチャットの二行に印がつけてある。

erzwo：OK、了解。

tzsche：もうすぐこっち真夜中だ。そろそろ寝ることにする。朝食を楽しんでくれ。

「これは二、三週間前の会話にあったものだ」とマッカフは説明した。「チェとアールツーのことは知っているよな。中枢にいる人物だ。チェがいるところはもうすぐ真夜中。反対にアールツーは朝食を楽しむという。これはどういうことだと思う？」

「この二人はそれぞれ地球の反対側にいるということね」エミリー・アルドリッジが言った。

「そのとおり。ここにもう一つ別のものがある。ちょっと古いが」

Fry, 97, 6.36 GMT

baku：どしゃ降りだ。太陽が降り注ぐ国だってのにな。

zap：こっちは満月だ。雲ひとつない。

「天気の話なんかよりもっとましなことはないのかな？」とドナルド・キーンが言った。

「ここの行なんか、すごいわね」とアルドリッジが考え込むように言った。「こういうチャットはまだほかにもあるの？」

「かなりたくさんある」とマッカフは答えた。「天気や時間帯に関する言葉で検索してみると」

そう言って世界地図を映し出した。「この地図には太陽の位置や月の満ち欠けや天気予報なんかをいろいろなデータベースから入れることができるんだ。それで検索してみた。この会話が交わされた日付と時間を入れると、ザップの居場所がわりと正確に割り出せる。グリニッジ標準時マイナス七時間ないし九時間のところだ」

「アメリカのどこかね」とアルドリッジが言った。

「それから、もう一人がいる場所ではちょうど雨が降っている。それで太陽を恋しがっている」

「そこではつまり、まだ日が暮れていないということだな」とキーンが会話に割り込んできた。「またはすでに夜が明けているところか」

「こういった類《たぐ》いの言葉をさらに分析していった結果、少なくとも二つのグループが存在するという結論に達した」

マッカフはみんなの顔を見回し、新しい情報を伝えた。

「これを再チェックしてもらえないかな。一つのグループは中央アメリカ、もう一つは東地中海沿岸にいるという確信がある」

デン・ハーグ

「おかげで先に進めるぞ!」とボラールは叫んだ。プリンターからすばやく紙を取り出し、ざっと目を通すと、「いいぞ《ビアン》」とつぶやいた。「すごくいいぞ《トレビアン》」
プリントアウトされた紙やら写真やら重要な情報が書かれたメモやらで、捜査本部の三方の壁はいつの間にか埋め尽くされていた。まだ何も貼られていない壁は容疑者用にとってある。例のホルヘ・プカオとその後浮上してきた彼の連絡相手が、停電に何らかの形で実際に関与していたのかどうかは、依然として定かではない。ただ、彼らが何かに絡んでいるという疑いはここにきて強まっていた。

　四十枚近い人物の写真が壁のあちらこちらに分けて貼られている。特に、ある一枚の写真のまわりには、この二十四時間の間にメモがどんどんと増えていった。その写真に写っているのは三十代の細面の男の顔だった。無精ひげをはやし、ファッショナブルな角張ったメガネをかけ、中ぐらいの長さの髪を丁寧に左わけにしている。他の人物の写真にもすべてに名前が書かれているのだが、その写真にもブロック体で「ボルドゥイン・フォン＝アンゼン」と書かれていた。その下にはＡ４の紙六枚が縦横にぴったりつけて貼られており、その上にごちゃごちゃと図が描かれていた。何十本もの線が何十個ものボックスを結んでいる。そのボックスには名前のほかに文字と数字の組み合わせがメモされていた。

「すでに確認は取れている」ボラールはまわりに立っている者に伝えた。「ガーンジーのカリヨン社の口座にあった二〇〇万が半年の間に七回に分けてケイマンのユートピア・エンタープライズ所有の口座とスイスのハンズロック社所有の口座に移され、そこからさらにリヒテンシュタインのバグフィックス社の口座とスイスの無記名口座に移されている。商業登記簿上では、アメリカのタラハシーに本社を置くソフトウェアコンサルティング会社であるバグフィックス社の共同経営者の一人はシティ・ユスフだ。もう一人はジョン・バノック。ホルヘ・プカオと接触のあった二人のアメリカ人のうちの一人で、二〇一一年の秋に姿を消したままだ」

ボラールは四角いボックスと線があちこちに書かれた図にその情報を書き加えた。

「ただし、金はそれらの口座からすぐに別の口座に移されている。その別の口座については閲覧申請済みだ。そっちの情報は数時間のうちに手に入るだろう。金融機関はどこも非常に協力的なのでね。フォン＝アンゼンのそれ以外の一四〇〇万についても調べはすぐにつくだろう。お偉いさん連中がやる気になると、こんなにも早く事が進む」とボラールは言った。「しかも、いくつかの国では停電しているというのに。それとも停電しているからか」

ボラールは資料を安全が確保された回線で送らせた。ユーロポールやその他いくつかの機関が手がかりをつかんでいることを、攻撃者本人たちにわざわざお知らせする必要はない。

「それから、たった今、ロンドンの分析官からの情報が入ったのだが、彼らの見解によると、攻撃者たちは二カ所の潜伏先で活動していて、一カ所はメキシコ、もう一カ所は東地中海沿岸もしくは中近東だそうだ。なので、この地域への送金を優先的に調べていこう」

金を追え《フォロー・ザ・マネー》。傭兵《ようへい》については金の流れをつかむことができなかった。このドイツ人の遺産相続人のほうが明らかに有望だ。この相続人は金の流れを表に出さない方法に関しては、銀行家の父親からそれほど多くを学ばなかったらしい。

「これは……」ボラールの耳にマンツァーノのつぶやく声が聞こえた。このイタリア人は分析官の一人が作業する隣の机に飛びついた。

「あれを探して……いいや、そうじゃなくて……スタンブールだ！　スタンブールと入力してみてください。それから……どの名前だったかな？　ビー・タックだ。ちょっとやってみてください！」

分析官がキーボードをたたくと、何十ものログが出てきた。

「確か古いものだった」とマンツァーノがひとりごとをいった。「あれが気になったんだ……少なくとも三年前のものだった。1.20も検索キーワードとして入れてみてください」

コンピューターのディスプレイには一つのメッセージが現れた。

Date: thu,-1.203,14:35 GMT.

「kensaro:b.tuck がスタンブールにサインした」マンツァーノはブリュッセルで見たことのある会話を読み上げた。「transaction は月末までに完了させること。simon: 了解。Costa Ltd. と Esmeralda 経由で半分ずつ送る」

「スタンブール」とマンツァーノが言った。「イスタンブールの可能性は？　東地中海だ。一致する」

「コスタとエスメラルダ」とその場に加わっていたボラールが言って、「これは会社の名前だな」と壁に張り巡らされたメモをぐるりと見まわした。

「それだ」とついに言った。「エスメラルダ社の名前はもう挙がっている。リヒテンシュタインだ。取引内容についての資料を請求してある。すぐにもう一度プッシュしてみよう」

「了解。では、ここにいる全員でスタンブールとイスタンブール、それからトルコ関連のキーワードが含まれるログをすべてチェックします」

　シャノンとマンツァーノは薄暗い廊下を自分たちのベッドがある部屋に向かって歩いていった。

「彼ら、あの連中を捕まえられると思う？」とシャノンが訊いた。

「遅かれ早かれね」とマンツァーノは眠そうに答えた。部屋に着いた。部屋には他に誰もいない。窓ぎわへ行った。街は赤っぽい光に覆われている。光の強いところもあれば、弱いところもあった。「大事なのは、彼らが外で起きていることの惨事を止めることだ」

　二人はじっと黙りこんだ。考えにふけり、ここ何日かに起きたことを思い返していた。シャノンはそれまでの限界を乗り越えて生き抜いた。こんなことができるとは思ってもみなかった。マンツァーノにとってはもうずっとひどい出来事だっただろう。撃たれてからというもの、人が変わってしまったようだ。以前よりも寡黙になった。ハルトラントがシャノンを見つけたが、マンツァーノを見つけることができなかったあの晩、病院で何があったのか彼は一切語ろうとはしなかった。どうやって犬に見つからずにすんだのか。「運がよかった」としか、マンツァーノは言わなかった。シャノンはあの最後の夜のことを思わずにはいられなかった。マンツァーノの腕の中で目を覚ました朝のことを。まんざらでもなかった。

「ありがとう」と不意にマンツァーノが言った。

「何が？」

「ぼくを連れて逃げてくれたこと」

シャノンはいたたまれなくなった。「選択の余地があった？」と訊いた。「あなた以外に誰がRESETを発見できたというの？」

マンツァーノはベッドに腰をおろし、靴を脱いで横になった。

シャノンは赤の他人が部屋を出入りするかもしれないと思うと、何となく落ち着かなかった。その一方で、ここ何日かでチームのメンバーの多くとは少なくとも表面的には顔見知りになっていた。ユーロポールの署内にいて安心できないなら、いったいどこへ行けば安心できるというのだ。そう思いながら、シャノンもベッドに横になった。

マンツァーノの深く、規則的な呼吸が聞こえてくる。何秒もたたないうちに寝入ってしまったに違いない。毛布をかけてあげてから明かりを消し、自分もごわごわした毛布の下にもぐり込んだ。体は疲れ果ててぐったりしていた。暗闇に身を横たえ、マンツァーノの寝息と外の物音に耳を澄ませた。銃声のような音が何度もする。兵営みたいだと思った。まるで軍隊にでもいるみたい。眠ったほうがよさそうだ。ひょっとすると夢のほうが現実よりもましかもしれない。

十二日目　水曜日

デン・ハーグ

ボラールはボルドゥイン・フォン＝アンゼンに関する資料が並べられているボードに、建物の写真を貼った。複雑で分かりにくい構造のビルだ。

「一年半前にスーパー・コンピューターという会社がイスタンブールのアジア側にあるこのビルを買いました。トルコからの情報によればスーパー・コンピューター社はこの建物をさまざまな分野の企業六社に貸しています。この付近は、外国企業が集中する賑《にぎ》やかなエリアで、外国人がいても目立ちません。トルコの捜査官がこれらの企業の出資関係と経営状態を詳しく調査し、過去数年間の銀行取引や納税データを確認したところ、すぐに最初の大当たりが来ました。企業のオーナーたちです。一つの会社の代表取締役は、われわれが既に知っている人物でした。ジョン・バノックです。また別の一社のオーナーは他でもない、プカオがコンタクトを取っていたナイジェリア出身の人物、レクエ・ビラビ博士その人でした」ボラールはプリントアウトした資料を写真の横に貼った。「コスタ社とエスメラルダ社、その他にも二社がスーパー・コンピューター社に金を振り込んでいて、その総額は二〇〇万ユーロになります。」ボラールはこれといった特徴のない建物の写真を指先でたたいた。「おそらく、ここにテロリスト・グループの一味がいます。トルコ当局が監視を開始しました」

ラーティンゲン

「この前お願いした件、調べてくれましたか？」ハルトラントが訊いた。

「設備のメーターについては調べました。しかし、何も見つかりませんでした」ウィックリーが答えた。

「プログラム部分をわたしの部下に見せてやってください。もう一度確認させたいので」ハルトラントはウィックリーを挑発した。

ウィックリーとディーンホフが目配せを交わしたのをハルトラントは見逃さなかった。

「どうしました？」鋭く訊いた。

「もちろん、お渡しします」ウィックリーが応じた。「ディーンホフ、後はまかせる」

ディーンホフが上司の顔を不安げに見るのを見て、ハルトラントは、二人が何か隠していると直感した。ウィックリーは落とせないだろう。だが、ディーンホフならチャンスはあるかもしれない。

「電力網の復旧には、発電所の稼働が不可欠です」辛抱強く説明した。そんなことは二人とも十分承知している。だが、ディーンホフに事の重大さをはっきり自覚させる必要があった。「電力事業者はもう少しで制御を取り戻せそうです。しかし、そのためには十分な電力を供給できる発電所が必要です。二カ所の原子力発電所が危機的状況に陥っています。こちらの会社が原子力発電所用のソフトウェアを作成していないことは重々承知ですが、この二つの原子力発電所は至急、通常の送電網からの電力を必要としているのです。フランスの事故のことは聞いていますか?」

ハルトラントは二人が自分の話にどう反応するか慎重に観察した。

「悲惨だ」とウィックリーが答えた。

ディーンホフがうなずいた。

「あんなことを、我が国で起こしてはいけない」ハルトラントは強調した。

「あの……」ディーンホフが咳払《せきばら》いして言った。「お見せしたいものがあります」

ウィックリーが一瞬目を閉じた。その表情から、ハルトラントは勝利を確信した。

ベルリン

「GSG9隊員六名からなるチームと英国特殊部隊が、必要に応じてトルコ当局をサポートするため、現場に向かっています」外務大臣が報告した。

「必要に応じてとは、どういうことだ?」首相が問いただした。

「容疑者が本当にそこにいるという確証をまだ得られていないからです」

「それに、犯人を逮捕もしくは排除したとしても、おそらく電力網の早期復旧には結びつかないと思われます」内務大臣が補足した。

「フィリップスブルクとグローンデから心配な報告が来ています」環境・自然保護・原子力安全大臣が付け加えた。「ディーゼル燃料の補給はとっくに到着しているのですが、非常用電力供給システムの立ち上げに難航しています」

「半径五キロ圏内の住民に避難命令が出されました」ミヒェルゼンは物問いたげな首相の視線に応《こた》えて説明した。底なしの疲労感があった。「バーデン・ヴュルテンベルク州の危機対策本部は現場の責任者との連絡手段を確保するのに苦労しています。軍の特別部隊が現場に向かっているところです。ニーダーザクセン州のほうが状況はまだましなようです。グローンデの東にあるヒルデスハイム周辺には、まだ停電していない地域が離れ小島のように残っています。この島をこの数時間で拡大することに成功しました。ここが避難対象にさえならなければ、住民の避難も調整しやすいでしょう」

「テロリストの主要拠点が二カ所あると聞いたが？」首相が訊いた。

「二つ目の拠点はメキシコにあると見られています」外務大臣が返答した。「そこからアメリカへの攻撃を指揮しているようです」

「いまどき場所などどこでもいいのではないのか？」首相が言った。「インターネットを使って攻撃するのなら、世界中どこからでもできるだろう。イスタンブールにいるテロリストを排除して何になる？　メキシコのテロリストが代役を果たす。おそらくそういう計画に違いない」

マクリーン

「メキシコシティは地獄です。行かれたことはありますか？」シュレンツが訊いた。

「わたしに言わせればワシントンも十分地獄だよ」プライスが言った。

「人口は九百万。身を隠すには最高の場所です」シュレンツが説明した。「ただ、身を隠すにもそれなりのやり方は必要ですが」

「本題に入ろう」

シュレンツはプライスの前にリストや写真などをプリントアウトしたものの束を置いた。何枚かは顔写真やぼやけた全身写真、その他は建物の写真だった。

「ユーロポールが数日前から容疑者の金の流れを追っているのですが、その線から、メキシコシティのある建物にたどり着きました。二年前にノーベルト・バトラーなる人物が購入しています。この男はアメリカ人で、何年も前から、他の主犯格と目されている人物たちと密接に連絡を取り合っています。狂信的な反政府主義者で、二〇〇九年の保守派ティーパーティ運動の立ち上げに関わっており、四カ月前から姿を消しています」

「プカオのような左翼系無政府主義者の仲間か？　それともレクエ・ビラビのようなブラックアフリカンの仲間か？」

「左翼だろうが右翼だろうが、反政府であればどっちでもいいようです。支配権力を憎悪し、その転覆をめざして主犯格と目される連中とつるんでいるようです」

「しかし、この男はアメリカ人は絶対に殺さないだろう」

「それはどうでしょうね。アメリカで起きたアメリカ人によるアメリカ人に対する最悪のテロ攻撃はまさに保守的な反政府主義者の仕業でした。一九九五年のオクラホマシティのテロ事件で、犯人のティモシー・マクベイは躊躇《ちゅうちょ》することなく幼稚園までも爆破しています」

「メキシコで不動産を買っているアメリカ人など大勢いる」

「そうかもしれませんが、何年も前から容疑者と関係しているのはバトラーだけです。メキシコ当局に照会したところ、イスタンブールと似たような結果でした。企業形態は複雑に入り組み、企業同士も経営陣が密接な関係にある。メキシコ警察が監視を開始しています」

「大統領に知らせる」

デン・ハーグ

「もう出かけるの？」

フランソワ・ボラールは妻の声に不安を聞き取った。

「行きたいから行くんじゃない。行かなければならないんだ。もう少しでこの大惨事を終わらせることができるし、犯人を捕まえられるんだ」

二人は家の中で唯一暖をとれる暖炉の前に立っていた。子どもたちは母親にぴったりとくっつき、不安げに父親を見上げている。ボラールはドアの横に置いた包みを指して言った。

「この中に三日分の水と食料が入っている。もしかすると明日には電気が復旧するかもしれない。明後日《あさって》にはおそらく家に帰れるだろう」

「あぶないことするの？」と娘のベルナデットが訊いた。

「しないよ」

ボラールは妻の視線に気づいた。

「本当だよ」と妻に約束した。「危険な任務は特殊部隊が引き受ける」

妻が子どもたちを少し離した。「向こうで遊んでなさい」

二人ともしぶしぶ母親の言いつけに従ったが、あまり遠くまでいこうとはしなかった。

「外は無政府状態よ」妻がため息をついた。

「ピストルがあるだろう」妻のぎょっとした目つきから、武器は身を守るよりも身を脅かすものだと思っていることが見て取れた。「明日、電気がまた復旧したら……」

「絶対にそうなるの？」

「ああ」ボラールはうまくごまかした。

妻はしばらく夫をじっと見つめてから訊いた。「ご両親から何か連絡はあった？」

「まだだ。でも、きっと大丈夫だよ」

オルレアン

「見ないほうがいいわ」セレスト・ボラールはアネット・ドレイユの肩にそっと手を置いた。

アネットはその手を振り払いこそしなかったものの、言うことを聞かず、前方の光景から目をそらそうとしなかった。

五〇メートルほど先で、手袋とマスクを着けた男たちがトラックの荷台から死体を下ろし、手足を持って、四角い墓穴に投げ入れている。墓穴は長辺が二〇メートル、短いほうが五メートルくらい。深さはわからない。

墓穴の端に司祭が立ち、聖水を振りかけていた。アネットは顔を強《こわ》ばらせ、両手を固く握りしめてその光景を見守った。数歩横に中年の女性がひとりぽつんと立ち、その向こうでは若いカップルが嗚咽《おえつ》を漏らしている。二十数名が即席の葬儀に立ち会っていた。

アネットは夫のほっそりした体を埋葬係の男たちが持ち上げたのに気づいた。勢いをつけて放られ、夫の姿は穴の中に消えた。アネットは「さよなら《アデュー》」とささやいて唇を嚙《か》んだ。夫に会えるのを心待ちにしていた娘のこと、孫たちのことを思った。もう二度と会えないのだ。

男たちは最後の死体を即席の共同墓地に投げ入れると、袋から白い粉を取り出して、墓穴に撒《ま》いた。最後にショベルカーが穴を土で埋めた。

隣で泣き声が聞こえてきた。アネットは上唇が震えるのを感じ、唇をぎゅっと合わせた。そうしてしばらく立ちつくしていた。何も耳に入らず、何も感じなかった。あるのは深い空虚感だけだった。それからセレストの体にもたれかかった。避難所に戻るには長いこと歩かなければならない。二人は十字を切ると、最後にもう一度「アデュー」と別れの言葉をささやき、踵《きびす》を返して歩き出した。

司令センター

シティ・ユスフはふと疑念を抱いた。停電が始まった当初から監視していた交信の記録を分析していると、あることに気づいたのだ。特定のキーワードの使用頻度を調べていたら、妙な状況に行き当たった。おかしい。どうもおかしいぞ。日曜日以降、交信量が徐々に減っているし、使用頻度の高いキーワードの組み合わせも変化している。停電の始まった週、危機対策本部や官庁では、支援方法のみならず、原因の究明についても、情報交換をしていた。使用頻度が一番高いキーワードは「捜査」や「テロリスト」だ。しかし交信量が減り始めると同時に、こういったキーワードの登場回数も減った。激減している。ほぼゼロになったといってもいいくらいだ。

日曜日付で官庁の全職員に宛てて送られたメールが目に留まった。本当に必要でない限りコンピューターを立ちあげないよう指示している。交信が減ったことはこれで説明がつく。

そこでユスフは考え込んだ。だが、このメールが実は官庁の担当職員に宛てられたものではなかったとしたら？　こちらに宛てられたメールだったら？

誰かが監視に気付いて、監視者に読ませるためにわざとこのメールを送信しているのかもしれない。だから以後の交信パターンが変わったのだろうか？

この疑念について司令センター内では激論が闘わされた。中には神経質になっている者もいた。ユスフは前日に見つけた一通のメールのことを思い出した。そこにはマーク付きの写真が添付されていた。発信日は「節電」メールの一日前だった。

交信記録が見つからなくなったのはそのせいか？　われわれ監視しているものとは別のルートで交信しているのだろうか？　世界の半分の国の警察と諜報《ちょうほう》機関がすでにこちらを追跡し始めているとしたら？

名前が知られたとしても、見つかるわけがないと反論する者もいた。今に至るまでずっと足取りは巧妙に消しているし、偽装もしている。恐れる必要はない。これからの準備も万端に整えてある。新しい名前、新しい身分証、新しい生活。これからは互いにもっと注意しようと確認しあった。外に出る時もだ。万が一、誰かに邪魔されて計画そのものを終わらせることになった場合のことも考えてある。こちらのすることは誰にも阻止できないはずだ。

トランザール輸送機の中

「大当たりだ」ボラールはノートパソコンを覗《のぞ》きこみながら呟《つぶや》いた。だが、その声はプロペラ機の騒音にかき消されて、誰の耳にも届かなかった。

イスタンブールでテロリスト・グループの主要拠点と目される建物が発見された直後、ボラールはヘリコプターでケルン・ボン空港の軍用区域に移動し、ドイツ連邦軍のトランザール輸送機に乗り換えた。機上で近隣のザンクト・アウグスティンから来たGSG9チームと合流した。

機内では衛星通信に接続することができた。機中、ボラールはRESETの分析と継続中の捜査に関する最新の報告を受けた。

出動することになっても、ボラール自身は作戦に加わることはない。その権限もなければ、訓練も受けていない。しかし、ルイス長官は、ユーロポールの捜査担当者を同行させることを希望した。それで今ボラールは、訓練でとことん鍛え上げられた六十名の隊員に囲まれ、轟音《ごうおん》をあげる飛行機の機内にいるのだ。隊員たちはここ何日間の疲れを微塵《みじん》も見せていなかった。彼らの会話は聞き取れなかったが、時々笑い声が上がるところからすると、冗談でも言っているようだ。ボラールは機内でボックス席に座り、向かいの席にいる二人の隊長に見えるよう、テーブル上のパソコンの向きを変えた。

画面にはイスタンブールの建物の最新の画像が映し出されていた。ぼやけた、粗い画像には、建物から出てくる男が二人、そして建物の窓辺にいる男女が各一名写っていた。

「ペドロ・ムニョスだ」ボラールは得意満面で言って監視カメラがとらえた画像を指さし、その横に新たに男の顔写真を表示した。

「それにジョン・バノック、マリア・デ＝カルバリェス、エルナンデス・シドン」

監視カメラの画像と見比べられるようにほかの三人の顔写真も新しいウィンドウを開いて表示した。

「隊員のみなさんの出番です」

ブラウヴァイラー

アンプリオン社の電力網システムの運営責任者、ヨッヘン・ペヴァルスキは緊張気味にモニター前に座り、ドイツ東南部の電力会社が所轄の電力網を復旧させようとするのを注視していた。ここまで彼も家族もうまく困難を乗り越えてきた。家の地下にある簡易発電機で電気はおこせるし、こういう事態にそなえて、タンクには水を備蓄してあった。ただ、助けを必要としている近所の人たちや近くに住む親せきとの付き合いはどんどん難しくなっていった。ペヴァルスキは押しかけて来る人を断固として追い払っていたが、妻はいつもいつも厳しくあたることはできないようで、ときたま凍えている人を招き入れたり、お腹をすかせている人や喉《のど》の渇いている人に食べ物や水を分け与えたりしていた。そのため、備蓄は乏しくなってきていたが、それでも三週間分は残っている。まだ心配には及ばない。一昨日《おととい》、備蓄のディーゼル燃料を最後の一滴まで使い切ってしまい、以来、押しかけてくる人の数は減った。

そうなってもペヴァルスキ自身は大して困らなかったし、家族もまあまあ快適にやっていた。ペヴァルスキは何よりもまず、仕事に時間を注ぎ込んだ。何日間も限られた少ない職員で仕事を回しており、その間ヨーロッパの主要送電網制御センターに十分な人材を送り込むことはできなかった。自らモニター画面がずらりと並んだ机に向かって仕事をしなければならないこともしばしばだった。今もそうだ。隣に座った職員は少し動揺していた。ペヴァルスキは自分の担当する電力網に注意を払いながらも、東部ドイツの職員たちが、変電所やサーバーが再び稼働してから電力網の他の部分を稼働させることができるか見守っていた。

「少なくともマーケルスバッハとゴールドイスタールは稼働しているようだ」ペヴァルスキが確認した。チェコとの国境近くにある二カ所の揚水式発電所は始動できそうだ。ここは状況がましな方だった。高い所にある貯水池から水を下に落としてタービンを回しさえすれば、発電できる。外部の助けなしに稼働することができるのだ。会社の経営陣が電力網の復旧のためには貯水池が満タンであることがいかに大切か理解していて、非常時、もしくは地元の政治家の圧力に屈して、数時間照明をともすために満タンの貯水池から放水していないことを切に願った。

ここが成功すれば、オペレーターたちがマーケルスバッハから送電線で、ロールスドルフを経由してベアヴァルトのボックスベルク褐炭発電所に繋《つな》ごうとするだろう。ボックスベルクのような火力発電所では、一度停止させて発電機を冷却させてしまったら、自力で再稼働させることは難しい。再稼働のためには外部からの電力が大量に必要だ。少なくともペヴァルスキはマーケルスバッハとの連係が上手《うま》くいっていることを期待した。リッペンドルフの同期調相機のタービン二機を回す分の電力は引いてくる必要がある。リッペンドルフの褐炭発電所にはゴールドイスタールから、レンプテンドルフを経由した送電線を通って電流が送られる予定だ。

この狭い範囲での電力網さえ復旧すれば、そこからドイツの最東部の地域へ、それから徐々に中央の地区まで電気を供給できるだろう。

「来い」ペヴァルスキの隣の職員が小声で言った。「来い！」

ベルリン

再び全員がモニター上で集合した。ポルトガル、スペイン、ギリシャの新しい首脳陣もいる。NATOの首脳陣は、今回はモニター上に集まることで我慢しなければならなかった。ホワイトハウスも参加していた。

ミヒェルゼンは一番下に並んでいる六つのモニター画面に目をやった。監視カメラやヘルメットに取り付けられたキャップカメラでさまざまなアングルから撮った、イスタンブールとメキシコシティの建物が映し出されている。イスタンブールは夜だが、メキシコシティでは日が照っている。

ミヒェルゼンは前回の会議には出席していなかったが、テロリストの拠点と目される建物が見つかってからは、可能な限り速やかに拠点の活動を止めることができるだろうと確信していた。すべての会話は完全に盗聴から守られたシステム経由で行われている。テロリストたちはこちらに発見されていることには気づいていないはずだ。イスタンブールではトルコ軍の特殊部隊が、GSG9とシークレットサービスとともに攻撃をかけることになっている。メキシコシティの方には、少し前に同地に到着した米国海軍特殊部隊《シールズ》二百名が、メキシコ軍とともに攻撃をかける予定だ。

一つの命令を合図に、地球の両側で同時に二つのチームが攻撃を加えることになっている。最初の攻撃で建物内のインターネットと電力供給がストップするだろう。そのあとは、特殊部隊の出番だ。

「いよいよだ」と首相が言った。「こちらで出撃命令を出します。反対の人はいますか？」

中国陰謀説を崩されたNATO軍の司令官たちでさえも何も言わなかった。

警官と兵士たちは何としてもターゲットを生け捕りにするよう厳命されていた。たとえヨーロッパの送電網の復旧が思い通りに運んだとしても、テロリストが死ねば最も重要な情報が失われかねない。そのリスクを冒したい者は誰もいなかった。テロリストたちはアメリカではヨーロッパとは違う手口を使っており、そのためヨーロッパの解決策をそのままアメリカで用いることはできないのだ。

「それでは、うちの部隊への攻撃命令はこちらで行う」アメリカ大統領が決意した。

イスタンブール

男は新鮮な空気を吸いたかった。仲間はそれぞれ一日十八時間かそれ以上、コンピューター画面に向かっている。外に出ずにはいられなかった。建物の地下を通って外に出た。この地下通路は特別に作られたものだった。仲間内には安全規則を守っていない者もいることは知っていたが、男は規則を守り、拠点から二〇〇メートル離れた地点にあるビルの出口から外に出て、夜風にあたった。気温は五度ぐらいしかなかった。夕方のこの時間、路上はにぎわって活気づき、車は渋滞していた。ここにいるとにわかには想像し難いことだが、この日常生活が数百キロ向こうでは完全に停止しているのだ。数週間か数カ月もすれば、ここでも同じことが起こり、遅かれ早かれ、ヨーロッパやアメリカで生じているのと同様の浄化効果が現れるだろう。男は上着の前をとめて、深呼吸した。リラックスしてショーウィンドウにそって歩いた。無駄なものばかりだ。すぐに人々は一番大切なものに気づくだろう。そうならなければならない。自動車。ここでも何台もの自動車が燃やされるだろう。アジアや南米の放送局もヨーロッパやアメリカのようにニュースにするだろうか？

トルコでは本当の変革が始まる前に、まず軍が政権を掌握するだろう。しかし、長期的には同じような結果になるはずだ。渋滞した車のクラクションが大きくなった。渋滞で車がまったく動かなくなっている。いつものことだ。そのとき、背後で鈍い衝撃音がして振り返った。一ブロック先の建物の窓がぴかっと光り、建物の上方に爆音を上げて下りてくるヘリコプターがまばゆい光の中に浮かび上がった。

歩行者が振り返り、立ち止まり、金縛りにあったようにその光景を眺めている。建物の正面全体にスポットライトが当てられた。われわれの建物だ。何ごとかマイクを通して叫ぶ声が聞こえた。言葉は聞き取れなかったが、意味はすぐに解った。男は自分がポケットの中で両手の拳《こぶし》を固く握りしめているのに気づいた。注意深くあたりを見渡し、人々を、車を観察した。できるだけ人目につかないように行動しなければならない。大半の歩行者はまだぽかんと口をあけて建物の方を見上げている。また歩きだす者もいる。少し離れたところに黒い窓ガラスの配達用自動車を見つけた。後部の両開きのドアが開いていて、中に警察官が何人も座っているのが見えた。その中の一人はすぐに誰だか分かった。ユーロポールのフランス人だ。本当にわれわれを見つけたのか！　こんなにも早く！　フランス人と他の何人かを止めようと、路上の人混みにまぎれて近づいた。轟《ごう》音《おん》は耳を聾《ろう》さんばかりだった。

デン・ハーグ

まったく、サッカーの試合の生中継じゃないんだぞ、とマンツァーノは思った。攻撃の様子は見まいと自分に誓っていた。だが、気づくとモニターに映し出されるぶれた画像に釘付《くぎづ》けになっていた。画面にはイスタンブールとメキシコシティに配された四台のカメラがさまざまなアングルから撮影した映像が映し出されている。カメラのアングルを決めているのは誰だろうと思った。ラングレーか、ベルリンのどこかに監督がいて、操作盤に向かっているクルーに「一番モニター、三カメにキュー」とか指示を出しているのか？　それともひょっとしてハリウッドの監督か誰かか？

イスタンブールでは特殊部隊が真っ暗な廊下を抜けて、仕事机とコンピューターがずらりと並ぶ部屋に突入したところだった。部屋にいた何人かが飛び上がった。多くの者は腕をさっと頭上に上げたが、机や椅子の下に身を投げ出す者もいた。ヘルメットカメラはあわてふためく顔、おびえた顔、激昂した顔をとらえた。マイクロフォンは叫び声、指揮官の命令、どたばたと走り回る足音、銃声をとらえた。

その後、画面は静かになった。何人もが拘束され、後ろ手に縛られて腹ばいになっている。がらんとしたオフィスではモニターが光を放ってはいるが、マンツァーノには何が映っているのかわからなかった。二人の警官が慎重にじりじりと隣の部屋に入っていった。だが、中には誰もおらず、天井近くまでサーバーのラックで埋まっていた。

シャノンは部屋中を撮影し、特に強《こわ》ばった顔や必死に椅子の背を握る手、縛られた足などをフィルムにおさめた。イスタンブールの建物は突入隊に制圧されたようだ。ボラールからはまだ何の連絡もない。ボラールは脇道に停めた特別配置車両の中で待機し、建物の安全が確認されたらまっ先に中に入ることになっていた。メキシコシティではシールズの隊員二名が膝をついて、負傷した男に包帯を巻いていた。男は二人の隊員を罵《ば》倒《とう》し、にやりと笑い、悪意に満ちた言葉を小声で発した。シールズの他の隊員たちは部屋をさらにくまなく捜索している。

十分後、イスタンブールから連絡が入った。「作戦終了、ターゲットの身柄を拘束、ターゲット十一名の内、軽傷三名、死者三名」

その二分後にメキシコシティから連絡が入った。ターゲット十三名の身柄を拘束、うち重傷一名、死者二名。

「おめでとう！」アメリカ大統領の声がスピーカーから流れた。続いて他国の首脳たちもさまざまな言語で祝福を述べた。

「次回はお好みのチャンネルで生放送をお楽しみください」カメラの後ろでシャノンがつぶやいた。

イスタンブール

イスタンブールでなすべきことはもうたいして残っていない。男は公共交通機関を使ってアタチュルク空港に向かった。建物を離れるときはいつも、コインロッカーの鍵《かぎ》を携帯することにしていた。コインロッカーには偽造パスポートと現金が入れてある。空港は通常どおり機能していたが、ヨーロッパ行きやアメリカ行きの便は案内板に表示されていなかった。

警察が拠点を見つけたということは、おそらくもう停電の原因も突き止めているのだろうし、間もなく電力は復旧するだろう。飛行機がヨーロッパの主要都市に飛ぶようになるのも時間の問題だ。残る問題は、こちらのことをどれだけ詳しく把握されているかだ。自分は関与を疑われている。こちらのことを知っていればいるほど、やつらは建物に突撃した際に、人数が少なすぎると気がついただろう。仲間の半分はメキシコシティにいるのだが、やつらは人数が少ないのは逃亡者がいるからだと見て、空港を監視するはずだ。だが男は新しい偽造パスポートを信頼していた。髪型も変えたし、口髭《くちひげ》も付けた。メキシコシティの拠点も見つかったのだろうか？　彼はニュースを流しているテレビが見られる快適な場所を探した。音声が聞こえなくても、映像を見さえすれば内容がわかるだろう。待つのは慣れている。事前に手も打ってある。そちらが作戦を続けるだろう。事件は解決したと安心するがいい。そのほうが好都合だ。

デン・ハーグ

「完了した」画面の中のボラールが呼びかけた。ボラールの映像データは細切れで届いたので、その動きはまるでロボットのようだった。「プカオとユスフを除いて、リストに載っていた人物はほとんど捕まえた」

しかしユーロポール本部では誰も祝《の》う気分にはなっていなかった。これまでの日々がずっしりと重く圧し掛かってきている。全員が、危機はまだ去ったわけではないと分かっていた。

「やつらの居場所を知る手掛かりは？」ルイス長官が訊いた。

「まだありません。二人がここにいた確証さえありません。そちらでは電気は復旧しましたか？」

「残念ながらまだです」ヤニス・クリストポロスが返事をした。

「ヤニス、きみに頼みがある。妻のところまで行って、わたしが無事だと伝えてもらいたいんだ。やってくれるか?」

「承知しました」クリストポロスが答えた。

「きちんと名を名乗って身分を伝えてくれ。最近妻はとても用心深くなっているから。また連絡する」ボラールの顔がモニターから消えた。

「もう寝るよ」マンツァーノは撮影を続けているシャノンのカメラに向かって言った。

イプス=ペルゼンボイク水力発電所

ヘルヴィヒ・オーバーシュテッターは発電所の南側の発電ホール内に建っている三つの赤い巨人を見上げた。右手に握られた無線機のスピーカーはカチカチ音を立てている。三時間前、ドイツ軍の特別便でタレファー社からの最新データが送られてきた。

「たったこれだけか?」ＩＴ技術者が怪訝《けげん》な顔をした。メーターのせいだったとは。誰かがプログラムに細工をして、メーターを誤作動させたのだ。

この問題の原因を作った会社は終わりだろうとオーバーシュテッターは思った。もう二度と注文が来ることはないだろうし、賠償訴訟を起こされれば、それがとどめだ。

技術者が訂正されたウィジェットを登録した後で、制御室にいたオーバーシュテッターが同僚とテスト運転と再稼働の準備を始めた。問題はなにも起きなかったが、オーバーシュテッターは発電ホールに入っても、まだ疑念を拭《ぬぐ》いきれなかった。制御室にいる同僚が機械の上にかがみこみ、モニターをコントロールして、次のメッセージを待っている。

初めは何の音もしなかった。しかし、空気の振動から、制御室がドナウ河の水流でタービンを回し、発電機を動かすのに成功したと分かった。何日ぶりかで水圧が高くなった。空気の振動が小さな低い響きに変わり、徐々に音が大きくなって、穏やかなゴーッという音に変わった。新生児の産声のようだ。オーバーシュテッターは心の中で歓迎の挨拶《あいさつ》をした。

十三日目　木曜日

ローマ

昨晩もヴァレンティーナ・コンドットは一睡もできなかった。ＩＴ技術者が職場の機能が間もなく回復すると宣言してから、ずっと管理センターに座りっぱなしだった。外はまだ暗いが、停止していた発電所の大半から問題は解決したとの連絡があった。再稼働の準備は整っている。さらに、近隣のオーストリアとスイスの送配電事業所も国境地点の電力供給を開始していた。これで安心して送電網を復旧させることができる。大型スクリーンでは、まず北の国境付近の線が何本か緑色に変わった。接合点から接合点へと電流が流れ、赤の線が次々と緑色の線に置き換わっていく。同時にそれぞれの発電所から緑色の線が放射状に広がり、急速に成長する木の根のように国中を被《おお》っていった。

デン・ハーグ

「連中はここにとても良い設備を備えていた」ボラールの声が説明した。ヘルメットカメラがイスタンブールのテロリストの拠点の映像を送ってきた。「実際、逮捕者は死んだ者も含め全員、われわれのリストに載っている人物だ。たしかに、コンタクトをとっていた人間のうちいない者も何名かいるが、たいしたことではない。もしかすると仲間ではなかったのかもしれない」

ボラールは名前を読み上げた。マンツァーノとシャノンも耳を傾けた。クリストポロスや他のユーロポール本部の職員ほど注意深く聞き入っていたわけではないかもしれないが。

「連中から何か聞き出せましたか？」ギリシャ人のクリストポロスが尋ねた。同国人が二人、テロ組織に加わっていたことにショックを受けている。

「話好きな奴もいる」ボラールが答えた。「わけのわからないことを言ってはいるが。ほとんどはすでにいろいろなメディアで公になっているのと同じような話だ。つまるところ、こういうことだ。連中はより人間的で公正でフェアな新しい世界秩序を構築しようと考えていた。しかし連中の見解では、それは既存の社会から作り出すことはできず、ビッグバンを起こすことによってしかなしえない。他のやり方では、怠惰で、感覚の麻《ま》痺《ひ》した、甘ったれた人間たち、特に西欧の人間たちは行動しないというのだ。もうしばらくかかると思うが、事件の背景を……」

「外を見ろ！」誰かが叫んだ。

マリー・ボラールは冬景色の庭をぼんやりと眺めていた。そのとき突然、冷蔵庫が気だるそうなブーンという音を立てた。不思議に思って振り向き、信じられない気持ちで冷蔵庫に近づいて扉を開けてみると、中は明るかった。慌てて横の壁にあるスイッチを押した。天井灯に明かりがついた。

「ママン！」居間から子どもたちの声が聞こえてきた。「ママン！」

小走りでそちらに向かった。ソファの横のフロアスタンドが光を放っている。息子のジョルジュがテレビのリモコンを操作すると、画面が灰色の砂あらし状態になり、スピーカーからはザーザーという音が聞こえてきた。娘のベルナデットはシャンデリアのスイッチで遊んでいる。パチパチと何度もスイッチを入れては切っていた。

「パパの言った通りだ！」ジョルジュが大きな声で言った。「また電気がついた！」

この状態が続いてくれるといいのだけど、とマリーは思った。向かいの家でも同じように照明がついたり消えたりしているのが見えた。マリーが窓に駆け寄ると、子どもたちもついてきて、顔を窓ガラスに押しつけた。見渡せる限りの家々で照明がついたり消えたりしていた。

マリーは自分の中で大きな黒い石の塊が粉々になって消えていくのを感じた。それでもなお、本当に終わったのかと疑う気持ちはかすかながらあった。

辺りの家々から人が出てきて、脅威が去り、敵が消えたかのように周囲を見回した。本当は逆で、何かが戻ってきたのに。近所の知り合いがマリーに抱きついてきた。マリーは両脇に子どもたちを抱き、子どもたちは母親の腰にしがみついた。

「パパもすぐに家に帰ってくるよね？」ベルナデットが母親の顔を見上げながら訊いた。

マリーは娘をなおいっそうぎゅっと抱き寄せた。

「帰ってくるわ。きっと、すぐに電話がかかってくるわ」

「そうしたら、パリのおじいちゃんとおばあちゃんのところに行けるね」とジョルジュが言った。

「そうよ、また行きましょうね」


マンツァーノも他の人たちとともに窓に駆け寄った。空には重い雲がたれこめて、どんよりとした日だった。近所の建物の窓にちらほらと灯りが点《とも》った。ボラールが画面の中で何か話していたが、誰も聞いてはいなかった。クリストポロスがコンピューターマイクに向かって叫んだ。「電気が来た！ こっちは電気がまた来てます！」

次々とたくさんの窓に灯りが点っていく。再び灯りが消える窓もあったが、すぐに同じ建物の別の窓に灯りが点った。照明のスイッチを一つひとつ試してみなければ気がすまないかのようだ。本当に再び電気が流れていると、皆まだ信じられないのだ。しばらく街では灯りが不意にぴかっと点ったり、消えたりしていたが、だんだんと明るくなっていった。世界が元に戻ったと、まずは確かめずにはいられない気持ちがマンツァーノにはよく理解できた。

シャノンも窓に駆け寄って、その様子をカメラにおさめていた。

ユーロポールのチームは全員、窓辺に立って外の騒ぎを眺めていた。それから突然、クリストポロスがマンツァーノに抱きつき、歌いながらそのまま部屋中を踊りまわりだした。他のみんなも抱き合い、肩をたたき合った。喜びの声を上げる者もいた。マンツァーノは笑いながら怪我した脚を指差し、踊るのをやめさせた。そこら中で誰も彼もが抱擁し合っている。疲れを感じている人はひとりもいないようで、みんなはしゃぎまわっていた。

十分間ほど経ったろうか、外の照明が点滅をやめ、人々が建物から外に出てきて集まり、興奮した身振り手振りで話しているのが見えた。

「素晴らしいわ！」シャノンが声をつまらせながら言った。その間もカメラをあちこちに向けて撮影している。「路上に出てくる！」そう言ってから、こうしめくくった。「近くから撮影しないと」

ブリュッセル

ソニャ・オングストレムは他の人たちと窓辺に立って街の様子を見ていた。高層のオフィスビルにはポツポツと照明がともり、住人がまだ避難していなかったか、もしくは避難を拒否していた小さな家屋にも灯りがついた。ネオンサインもぱっと点《とも》り、オフィスビルの外壁についている装飾ライトが点った。同僚たちは笑い合い、ガヤガヤと話をしている。電話が鳴っていたが、数分間は誰も受話器を取らなかった。オングストレムは留置場で過ごした夜のこと、アメリカ人の女性ジャーナリストとピエーロ・マンツァーノのことを思い出さずにはいられなかった。二人がデン・ハーグに戻って以来、話ができていない。向こうから一度だけ連絡がきた。留守番電話に無事到着したとのメッセージが入っていたのだ。そのときオングストレムは自宅にいたのだが、眠っていた。今朝インターネットで、イスタンブールで起きたことについてシャノンが伝える特別リポートを見た。映像にはマンツァーノの姿もちらりと映っていた。オングストレムは心ここにあらずで、抱きついてきた同僚の肩をたたくと、側のデスクに座り、イェーテボリにいる両親に電話をかけた。通話中だった。姉の家にもかけてみたが、留守番電話の音声が流れたので、短いメッセージだけ残した。

次々と同僚が職場に戻ってきて、同じように電話をかけ始めた。その会話から察すると、ほとんどの人が家族か友人と話しているようだ。誰もが自分にとって一番大切な人たちと連絡を取りたがっていた。オングストレムも何人かに連絡を取って、無事かどうか声を聞くことにした。自分のオフィスに戻ったちょうどそのとき電話が鳴った。受話器を取り上げた。

「やあ」ピエーロ・マンツァーノの声が言った。「どうしてる？」

ベルリン

「後処理が始まりました」レス事務次官が言った。「まずは水、食料、薬品の供給システムを構築することが最優先です。すべてを今日明日中にというわけにはいかないでしょうが。詳細についてはミヒェルゼンから説明させていただきます」

またしても悪いニュースを伝えるのはわたしの役目なのね、とミヒェルゼンは思った。

「エネルギー供給がある程度安定していること。これがまず大前提としてあります」説明を始めた。

「ある程度とは？」国防大臣が口を挟んだ。事件の解釈をめぐる主導権争いに敗れて傷つき、いまだに立ち直れずにいるこの男は、ことあるごとに仕事の邪魔をしてきた。横槍《よこやり》を入れられてもミヒェルゼンは慌てなかった。首相がこの邪魔者を内閣から追い出すのも時間の問題だろう。

「停電で大きな被害に遭った発電所がいくつかあるからです。そのため発電量が不十分です。一方で、多くの企業が生産を再開するまでに何日か、もしくは何週間かかかるため、電力の需要は停電前ほど高くはありません。では本題に戻らせていただきます」

ミヒェルゼンはスクリーンにどの家庭にもある水道の蛇口の写真を映し出した。

「国内の約七〇パーセントの家庭で断水しています」

続いて、洗剤の宣伝CMでトイレの汚れを体現しているおどろおどろしいキャラクターをスクリーンに映した。

「水を供給することも、流すこともできなくなっていました。その結果、水道管に空気が入ったり、水道管が乾燥したりしたため、比較的短期間で、水道管内に黴菌《ばいきん》が増殖しました。つまり、これから水道管に送られる水は不衛生だということです。断水した地域に水の供給を再開する前に、清掃を徹底しなければなりません。これには時間も人手も要りますし、おそらく何週間もかかると思われます。その間、断水している地域の住民には給水所で水を供給しなければなりません」

断水の初日に、汚物まみれのトイレの写真を何枚も撮っておいたので、その写真をモニターに映し出した。出席者の間から不快げな声が漏れた。

「下水についても同様です」ミヒェルゼンは無視して続けた。この十二日間ある程度水を使うことができていた人たちに、国民が直面している状況をはっきりわからせるには、こういった写真を見せるしかないのだ。

「停電初日の夜から大半のトイレで水を流せなくなりました。ボトル入りの飲料水や雨水、雪を溶かした水を流せたところはあるかもしれません。ですが、下水道管内の汚物を流せるだけの水量には足りません。その結果、家庭のトイレや下水道が詰まり、下水道内で汚物が乾いてしまっています。トイレや下水道を問題なく使用できるようにするには、これもまず清掃を徹底しなければなりません。地域によって差はありますが、担当者によれば、清掃には数時間から数日間、場合によっては一週間ほどかかる見込みです」

次に下水処理施設の写真を映した。

「この下水処理場は、短期間の停電に対しては事前対策を行っていました。ここでは主にバクテリアによって汚水を浄化しています。バクテリアは環境の激変にも強いのです。しかし、長期にわたって繁殖ができなかったためその数が激減し、新たにバクテリアを浄化槽に入れる必要があります。必要なだけのバクテリアを確保するには、やはり数日から数週間かかる見込みです」

次に、荒れ果て、がらんとしたスーパーマーケットの大きな棚を映し出した。

「食料の供給も復旧までに時間がかかります。冷凍食品の在庫は腐ってしまいましたし、生鮮食品はほとんどが停電中に配布されたか、盗まれたかです。缶詰や長期保存できる食料品も在庫はごく限られています。多くのスーパーは近日中に営業を再開する予定が、その前に店舗の清掃や修繕が必要ですし、品数もかなり限られます。こちらについても公共機関が緊急救援組織の協力を得て、多くの地域で何週間か食料供給をサポートしなければなりません」

次に養鶏所の写真を映した。

「最低限必要なことは、中長期的な影響を考えて、至急解決策を見いだすことです。多くの生産業者はすべてを失ってしまいました。たとえば畜産農家。飼育していた何百万頭もの家畜が死に、その死骸《しがい》を片づけなくてはなりませんが、その際、衛生面での問題が生じてきます。向こう何年間かは、食肉は輸入に頼らざるを得ないでしょう。それと同時に、地元の生産者が生産を再開できるよう支援する必要があります。同じことが果物や野菜のハウス栽培についても言えます。ドイツ国内の被害はオランダやスペインに比べると、それほどひどくはありません。しかしそれでもやはり、多くの農家が甚大な被害を受けています。ご覧のとおり問題は山積しています。どの側面を見ても、住民は住んでいた地域の供給が元に戻るまで、避難所にいるほうがよいかもしれません。この関係で、今後、国民とのコミュニケーションが非常に重要になってきます。国民は少しでも早く停電が起きる前の状態に戻ることを望むでしょう。心理的な側面を軽視することはできません。電気が復旧したのだから、元通りの生活に戻れるだろうという心理が働きます。われわれは国民に実情を伝え、実際に通常の状態に戻るまで、どう行動すべきか助言を与えるための、さまざまな広報戦略をすでに準備しています」

ミヒェルゼンは、その資金繰りはどうするのだろうかと考え込んでしまった。金融危機以来、ヨーロッパのほとんどの国が多額の債務を抱えており、なかには破たんした国もある。国が支援や助成プログラムに回せる金はほとんどなかった。金融経済への影響は計り知れない。しかし、それについてはそのうち財務省の担当者から説明があるだろう。

デン・ハーグ

「テロリストは逮捕されました」テレビの画面で、シャノンがリポートした。「今回のテロ攻撃の影響がどれほどの規模になるのか、その全体像はまだ誰にもわかりません。しかし、これが史上最悪のテロ攻撃であったことだけは間違いありません。犠牲者は、ヨーロッパとアメリカを合わせて数十万人、もしかすると数百万人にものぼる可能性もあります。経済的損失は兆単位にのぼると見られており、被災国の経済は今後この影響を長く受けることが予想されます」

シャノンはテレビ局の経費で、マンツァーノと自分用にデン・ハーグの最高級ホテルをとった。一人に一部屋があてがわれている。マンツァーノは洗いたてのシーツと風呂《ふろ》、静かな時間を堪能《たんのう》した。いまはシャワーを浴び、ホテルが信じられないくらい素早く用意したフカフカのバスローブにくるまって、ベッドに横になっている。マンツァーノはシャノンの活躍が自分のことのように嬉《うれ》しかった。まさにシャノンの独擅場《どくだんじょう》だ。世界で最初にテロリスト逮捕を報じ、背景についてのスペシャルリポートまで行った。シャノンの働きぶりには目を見張るものがあった。何日もほとんど寝ていない上に、昨日は徹夜までしているのに、リフレッシュ休暇から戻った直後のように見える。それともテロリストのおかげなのだろうか？

「多くの人々を苦境に陥れた犯人たちはいったいどのような人物なのでしょうか？　動

機は何なのでしょうか？」

シャノンの背後に逮捕者の顔写真と、ボラールの対策本部の壁に貼られていた死者の顔写真が映し出された。どれも目の部分は黒い線で隠されている。

「当局はまだ名前を公表していません」シャノンは名前を知っているのに知らないことにしているのだとマンツァーノは思った。「しかし、彼らの足跡をたどっていくと、急進的な無政府主義者に特徴的な性格が見て取れます。市場経済、コンピューター・テクノロジー、無能で腐敗した政治。そこに人間らしさや正義、環境といったものを圧し殺す原因があると考えているのです。彼らの中では、既存の社会制度に対する異様なまでの狂信的憎悪と、革命をおこしたいという欲求が結びついているのですが、現在の社会制度がどのように形成されてきたものであるのかについては無関心であるように思えます。たった今、ユーロポールで捜査の指揮を執り、犯人逮捕の現場にも立ち会った捜査官と連絡がつながっています」

分割された画面にイスタンブールのボラールが映し出された。

「ボラールさん、このような事態を引き起こしたのは、どういう人たちなのでしょうか？」

「それは今後の捜査で解明されていくでしょう。逮捕者の中には、急進的な左派思想を持っているようにみえる者も、急進的な右派に属するととれる者もいます。大半は中流家庭の出身で、高い教育を受けています」

「そこから見えてくるのは……左派、右派といった、物事をカテゴリー分けするこり固まった考え方ではもはや社会の現実を説明することができなくなってしまったということなのでしょうか？」

「そうかもしれません。どのテロ組織にもこういったタイプは特に多いと言えます。われわれはこのタイプを『正義漢』と呼んでいます。彼らは――と言っても女性の暗殺者もいますが――自分が全人類を幸せにする真実を知っていると固く信じこんでいます。皆さんの周りにもこのような考えの持ち主はいるだろうと思います。その考え方自体は本来そんなに悪いものではないかもしれません。ただ、こういったタイプの人間が手段を選ばずその真実を他人に押し付けようとすると危険です。彼らにとって、高尚な目的のためには、罪のない犠牲もいたしかたないのです」

「犯人は全員逮捕されたのでしょうか。何人いたのでしょう。いつ、どの法廷で裁かれるのですか？」

「それに関してはまだ答えられません。被害を受けた国はどこも、彼らを起訴するのではないでしょうか。実際にどこで裁判が開かれるのかは、現時点ではわかりません」

「もしかすると、ユーロポールの近くにある、デン・ハーグの国際司法裁判所になるかもしれませんね」

「そうかもしれませんね」

イスタンブール

空港のテレビが全貌《ぜんぼう》を明かしてくれた。建物が急襲されてからわずか数時間で、テレビに最初の映像が流れた。メキシコシティの映像もあったのには落胆した。さらにこれでもかとばかりに、欧州と北米の広い範囲で電気が復旧し始めている。だが、驚くのはこれからだ。

停電が終わってわずか数時間のうちに、彼はイスタンブール発デン・ハーグ行きの飛行機の機内にいた。航空会社はヨーロッパ行きの運航を全便ではないが、可能な限り速やかに再開していた。

計画ではこうなるはずではなかった。まだ停電は続いているはずであった。大混乱の中で誰かが停電の原因に気付くまで、少なくともあと三、四日はかかるとみていた。そして、ブルースクリーン状態が続いた後の送電網制御センターが活動を再開する準備ができるまで少なくとも二週間。SCADAの不正操作が見破られるまではさらに何週間もかかると見ていた。第一波の停電の後、ヨーロッパでは少なくとも一カ月間は停電が続くはずだったのだ。あのイタリア人さえいなければ。彼の顔がちらりとテレビに映った。もっと早くこのイタリア人を始末しておくべきだった。ユーロポールにスマートメーターのことを伝えた直後に、徹底的に。奴がこんなにしぶといとは思ってもみなかった。もしかするとわれわれは長年の努力の成果を、世界が新たなスタートを切るチャンスを、奪われてしまったのだろうか。その代償を奴に払わせてやる。男は、自分のこの怒りはプロらしくもない、むしろ個人的な感情であると自覚せざるを得なかった。

予定していた第二波の攻撃を阻止したのが誰かは分からない。昨日、昼ごろに自らコマンドを発信したのだが。まだ時間は少しある。あのイタリア人を見つけるのにはそれで十分だ。どこに行けば奴が見つかるかは分かっている。

デン・ハーグ

マリー・ボラールはコンピューターの前に背を丸めて座り、インターネットでサン＝ローランの最新ニュースを探していた。数時間前に、いくつかのテレビ局が最初の映像を流してからというもの、もしかすると両親がどうしているかを知る手がかりが見つかるかもしれないという はかない望みをいだいて、あるときはテレビのどれかのチャンネルに、またあるときはインターネットのニュース画面に目を釘付《くぎづ》けにしていた。だが、次々と出てくるニュースは大災害の規模を伝えるものばかりで、そちらに目を奪われてしまった。アメリカからのニュースもあり、それで初めて被害の途方もない大きさを知った。

インターネットで、世界戦争が起こるかもしれないという可能性についての議論を後から読んで背筋が寒くなった。何日か前にサン＝ローランで起きた爆発の写真、報道、ニュース速報を見て絶望感に襲われ、住人避難のニュースを知って、自分の両親と夫の両親が無事安全な場所に逃げられたかもしれないと希望がわいた。興奮した住民や暴動の被害を受けた街の映像が何十もあったが、どこも似たり寄ったりだった。即席の共同墓地、炎を上げる家畜の死骸《しがい》の山、工場の上空何キロまでも立ち上る火煙、砲撃する戦車。これらは全部、何のために起こったのだろう？　テロリストたちの動機についてはこれまでのところ、いいかげんな憶測が流れているだけだ。フランスや他の国にいる親せき、友人、知り合いに何度も電話をかけてみたが、いつも通話が集中していてつながらないか、いまだ不通かのどちらかだった。ＩＰ電話も試したが、どこにもつながらなかった。

　そうこうするうちに公的機関の発表が見つかった。以後事態は正常化するが、期待されるよりは時間がかかるであろうという。いったいどうしてすべてにそんなに時間がかかるのだろう？　電気は復旧したのに！　マリーはフランスについてのニュースにまた没頭した。

ラーティンゲン

「ＳＣＡＤＡウィジェットの不正コードの出所を逆探知しました」ディーンホフが報告した。「ドラゲナウが前世紀の終わり頃に埋め込んでいたようです」

「そんなに前から準備していたんですか？」ハルトラントが訊いた。

「本当のところがどうだったのかは、もうわからないでしょう。もしかすると、単に遊びのつもりだったのかもしれませんし、自分の会社が吸収されたことで復讐《ふくしゅう》を企て、当時から何か用意をしていたのかもしれません」

「どうしてこれまで不正操作が一度も見つからなかったのでしょう？」

「ドラゲナウは絶好の機会をとらえていたのです。世紀の変わる直前のＹ２Ｋ騒動を覚えていますか？　日付が変わることですべてのコンピューターが誤作動を起こすかもしれないというあれです。うちでもプログラマーはたいてい年数の下二桁《ふたけた》の数字だけでプログラミングしていたので、てんやわんやでした。ほとんどすべてのプログラムを訂正しなければならなかったため、プログラムの確認やテストはミレニアム問題に関係するものに集中していました。結局、言われていたような大災害は起こりませんでしたが。でも、ＩＴ業界はこれで大儲《おおもう》けしました。この騒ぎでプログラミングの一部が見過ごされて、これまでずっと見つからなかったのでしょう」

「彼はそれを十一年間も寝かせておいたわけだ」

「テロリストたちがどうやってドラゲナウを見い出したかは、捜査で分かるでしょう。おそらくうちの会社だけでなく、いろいろな会社の内部関係者に話をもちかけていたのでしょう。リスクの高いやり方ですが、うまくいったことは明らかです」

「ドラゲナウはその計画の影響の大きさを、まったく知らされていなかったのかもしれない」ハルトラントが口を挟んだ。「もしかすると、復讐するいい機会だと思っただけなのかもしれません。そして何者かが金をたっぷり払った」

「いずれにせよ、バリ島に向けて出発する数日前に、何年も前に隠しておいたバックドアを使ってコードをアクティブにした。そしてタイムリミットの日にプログラミングどおり装置を誤作動させたわけです」

「彼自身は自分の裏切り行為の恩恵をあまり受けていないな」ハルトラントが言った。

ディーンホフは同意してうなずいた。

「ありがとう、ディーンホフさん」ハルトラントが言った。「クリーンなバージョンを素早く提供してくれて感謝します」

それから、硬い表情でディーンホフの報告を聞いていたウィックリーのほうを向いた。

「あなたに関してですが、勾留状《こうりゅう》が出ることはありません。しかし不正コードを発見したのに隠していた件については、法廷で再びお目にかかることになるでしょう」

ハルトラントは別れ際にディーンホフと握手をした。ウィックリーには会釈ひとつしなかった。もう一人、話をしなくてはならない相手がいる。気は進まないが、そうせざるを得ないだろう。

デン・ハーグ

「マンツァーノです」ホテルの部屋で電話に出た。

「ハルトラント様からお電話です」とフロント係が言った。

マンツァーノは一瞬躊躇《ちゅうちょ》したが、答えた。「繋いでください」

ハルトラントは英語で挨拶《あいさつ》し、具合はどうかと尋ねた。

「良くなってきています」マンツァーノは疑いながらも答えた。部下にぼくを銃撃させ、CIAの尋問があると脅した男が何の用だ？

「素晴らしい仕事ぶりでした」ハルトラントが言った。「あなたがいなければ、こんなに上手《うま》くはいかなかったでしょう。少なくとも、もっと時間がかかっていたはずです」

マンツァーノは驚きのあまり言葉もなかった。

「助力していただいたことにお礼を言わせてください。そして、あんな扱いをしたことを申し訳なく思っています。ただ、あのときは……」

「謝罪は受けます」マンツァーノは遮った。ハルトラントが連絡してくることはもはやあるまいと思っていた。「あのときは非常事態でした。誰も彼もが常に冷静に振る舞えたとは思いません」

これでは仲直りしようとしているみたいじゃないか。こんなにあっさり無罪放免にしていいのか？

「幸運を祈ります」ハルトラントが言った。

「ありがとう。幸運はみんなに必要です。部下の方に、こんど人を撃つ時はよく考えてからにするよう伝えてください」

「今回のことはいい勉強になったと思います」

「幸運を祈ります」

ベルリン

「犠牲者の正確な数はまだわかっていません」保健省のトールヒューゼンが報告した。「現時点の推定では、ドイツ国内における停電による直接の犠牲者は数万人もしくは十万人前後におよぶとみられています」

ミヒェルゼンは部屋にいる全員が一瞬息を呑むのを感じた。

「申し上げましたとおり、これは現時点での数字です。この数字が今後大きくはねあがる可能性はないとは言えません。ヨーロッパ全体では、場合によっては百万人を超えると見込まれます。しかもこの数字には、長期にわたる健康被害による犠牲者は含まれておりません。たとえば、この間治療を受けられなかった心臓病、糖尿病、透析患者などの慢性疾患患者。さらには被曝の長期的な影響による犠牲者などです。冷却プールが破損したフィリップスブルク原子力発電所の半径一〇キロ圏内では健康被害をもたらす高い値の放射線量が計測されています。住民を避難させるのが遅すぎなかったかどうかが明らかになるのは数年後、数十年後となるでしょう。個々人の病歴を追跡調査する人がいればの話ですが。ここでは、被害を受けた可能性のある人は数万人であると申し上げておきます。避難対象の区域にまた人が住めるようになるか、見極めがつくのもまだ先のことでしょう。ブロックドルフとグローンデ原子力発電所の周辺でも放射線量の上昇が観測されましたが、詳細な情報はまだこちらの手許《てもと》には届いておりません。これらの地域でも後々何らかの影響が出て、住民を移住させる必要が出てくる可能性は排除できません」

トールヒューゼンは原発の写真に代えて、土を盛った墓地の写真を新たに映した。

「遺体の処理もおろそかにできません。ここ何日間は、必要に迫られて臨時の共同墓地に葬ってきましたが、身元不明のケースが多く、問題になっています。行方不明者の家族も多いため、多くの遺体を掘り起こし、時間を掛けて身元を調べる必要がでてくると思います」

次にベルリンのひと気のない荒廃した病院の写真が映された。

「今日明日というわけにはいきませんが、病院は予定より早く業務を再開できそうです。ここで重要となるのは水、食料、医薬品の供給です。中期的には、まだ在庫はあるものの、製造ラインがストップして、今後復旧させる必要があるところでは、薬品の不足が起こることを見込んでおく必要があります。現時点では、大半の国民が再び医療を受けられるようになると考えています。診療所も部分的に制約を受け、診察時間の短縮はあるかもしれませんが、大半の治療を再開できるようになるでしょう。薬局も同様に数日後には営業を再開できると思われます」

デン・ハーグ

シャノンは笑いながらカメラをマンツァーノに向けた。ちょっと様子を見に立ち寄っただけで、時間はあまりない。

「あなたは英雄よ！」マンツァーノに向かって言った。「これから有名人になるわ！」

「やめてくれ」マンツァーノは手で顔を隠した。

「インタヴューさせてくれるでしょ？」

「逆にしないか。ぼくがきみにインタヴューする。きみがぼくのコンピューターを守ってくれたお陰で、RESETを見つけられたんだから」

またもやシャノンの携帯電話が鳴った。シャノンは二言三言話してから、携帯電話をしまった。

「とにかく朝から晩までうるさくて」そう言う声は嬉《うれ》しそうだった。

「きみは有名人だからな」マンツァーノが言った。

「わたしはメッセージを届けただけよ」

シャノンは少しはしゃぐのをやめ、ソファにどさっと座るとマンツァーノをじっと見た。

「どうしたんだい？」

「なにが？」

突然、冷静になり、優しいがきっぱりとした声で言った。

「いろいろと一緒に経験してきた仲じゃないか。きみが何か考え込んでいることぐらい分かるよ」

「いろいろと一緒に経験してきた？」

自分の顔が赤くなっているのがわかった。彼も熱っぽくなっている。まずい雰囲気だ。シャノンは感情的になり、恥ずかしくなった。自分がマンツァーノのことをどう思っているのかよくわからなかった。大変な思いをしながらあちらこちらをさまよう間に、互いの距離はいろいろな意味で近づいた。しかし、自分の心の奥深くの声に耳を傾けてみると、マンツァーノのことは兄のように思っているのだと認めざるを得なかった。

マンツァーノはシャノンが気まずそうにしているのに気づいた。

「自分たちの目で見て、身をもって体験してきたことという意味だよ。あのめちゃくちゃなテロ攻撃とその被害のことだ」

シャノンは少しむっとしたが、同時にほっとして反論した。「わたしたちみんな、あれをすぐに忘れることなんかないわ」

マンツァーノはうなずき、窓の外を眺めて言った。「ひとつわからないことがある。彼らは攻撃を実行するのに膨大な労力を費やしてきた。ボラールがイスタンブールに行く前に、ぼくがボラールと話し合ったことを憶《おぼ》えているだろ」

確かにシャノンは憶えていた。この人はずっと気を緩めることができないのだろうか？

「考えているんだ。彼らは何をもって目標を達成したことになるだろう。それともすでに目標は達成したのだろうか。公に発表しているパンフレットやマニフェストで彼らは、公正で思いやりのある世界について語り、それはまったく新しいスタートを切ることによってのみ実現できるとしている。つまりリセットだ。今のシステムをゼロに戻さなければならない。文明の基盤を奪えば、ぼくたちはすべてを一からやり直さなければならなくなるだろう。そう考えていたんだ。長期的にどんな影響が出てくるかはまだわからないが、この事態は現行の秩序をひっくりかえすほど長くは続かなかった。被害を受けたほとんどの国で、いまだに与党が政権についているし、元の秩序を取り戻そうとしている。十二日間では十分ではなかった。彼らはこれも想定していたのだろうか。それとも事態をもっと長期化させるつもりだったのか？　ぼくがああいうクレイジーな奴らの立場だったらどうするか、ずっと考えているんだ……」

芝居がかった調子でシャノンがRESET上のビー・タックとタンクルのやりとりを引用した。「おれたちの側の人間かもしれない……」マンツァーノは唇を嚙《か》んで、厳しい目つきをするに違いない。そう思って、マンツァーノが答える前に慌てて言い足した。

「でも、あなたはそうじゃない。だからわからないの、あなたが……」

「ぼくがもし彼らのように一線を越えたとしたら」マンツァーノは考えていたことを口にした。「予定より早く捕まったときにそなえて、予防策を取っただろうね。なにがあっても目標を達成できるように準備したと思う。彼らが逮捕されたときとその後の映像を見たかい。全然うちのめされたように見えない。それどころか、むしろ満足気じゃないか？　勝ち誇っているみたいじゃないか？」

「大量殺人鬼のように有名になりたかっただけなんじゃないの？　それは実際うまくいったし、うまくいったとわかっているのよ」

マンツァーノは首を横に振り、答えがそこにあるかのように床を凝視した。

「嫌な予感がする」と言葉を返した。「何かまったく別なことが起こりそうな気が」

「ねえ、わたし、これからブリュッセルに行かなくちゃいけないの」とシャノンは言った。「向こうで大物政治家と会うことになっていて……」

「君はいまや有名人だからな」

「もしかしてソニャもカメラの前に引っ張り出せるかもしれない。なんといったって、彼女のお陰でRESETを見つけられたんだから。一緒に来ない？　気分転換になるわ」

イスタンブール

「もしきみがテロリストの側だったら何をしていた?」ボラールが訊いた。ボラールのいる部屋の窓から、太陽が街の建物の屋根に赤くぎらぎらと照りつけているのが見えた。

「最新のRESETの分析状況を知らないので何とも言えません」マンツァーノはコンピューター画面上のボラールに向かって答えた。「不正プログラムは再構築できましたか?」

「部分的には」

「ここ二週間のテロ攻撃の部分は?」

「そこはまだだ。ソフトウェアの開発者同士が交わした何千件にものぼるチャットと何百万ものコードを分析している。何が言いたいんだ?」

「これまでの攻撃はすべて最初の日に行われたんですよね。それとも、テロリストがその後も引き続きプログラムを操作していた証拠は見つかりましたか?」

「いや」

「ぼくがテロリストの側だったら何をしていたかと訊かれましたよね。ぼくだったら自分で実行できなくなっても、攻撃をさらに続けられるようにしたでしょう。システムに時限爆弾を埋め込んで、自分でもプログラムをストップできないようにして、電力網が復旧したらすぐに爆発するようにしたと思います」

ボラールは数秒間モニターを見つめた。テロリストたちがチャットの中で言っていたことは間違ってはいなかったのか。マンツァーノは奴らと同じことを考えている。それとも、苦境の連続で頭がおかしくでもなったのか。

「RESETに初めて入ったときに行きあたったチャットで、バックドアについて話していました」マンツァーノは先を続けた。「もうシステムの中に入りこんでいるのになぜバックドアがいるんでしょう?」

「誰もがシステムはまた安全になったと信じたときにもう一度侵入するため……」ボラールはマンツァーノが考えているであろうことを口にした。

マンツァーノは肩をすくめた。

「そういうふうに考えるのは、間違いなくぼくだけではありません」と言った。「プカオ、ユスフ、フォン゠アンゼンの足取りはつかめましたか?」

ボラールは逆に質問で応じた。「まだ攻撃は終わっていないと思うのか?」

「分かりません」とマンツァーノは答えた。「これからブリュッセルに行きます。向こうからまた連絡します」

画面が暗くなった。

そのあとすぐボラールはフランス赤十字の知り合いに何度目かの電話をかけた。

「フランソワか」白髪交じりの髪の、しわだらけの男が言った。「すまない。まだきみのご両親も義理のご両親も見つかっていない」

オルレアン

避難者の大半がホールの出入り口付近に押し寄せた。すでに持ち物をトランクに詰めて肩に担ぎ、子供の手を引いている者も少なくない。そのあたりにいる兵士や役人、ボランティアを捕まえようとしている者もいた。アネット・ドレイユとヴァンサン・ボラールは力をふりしぼって懸命に前に進もうとした。

「ダメだ！」兵士が前にいる人たちに向かって怒鳴る声がした。その言葉は二人の耳にも届いた。「今日は立ち入り禁止区域には誰も入れないことになっている！」

電気が戻ったというニュースは口コミでたちどころに広まった。まっ先に外の様子を見に行った人たちが戻ってきて、近隣の家々に照明がついていると報告すると、誰もが自分の目で確かめようとして、なだれを打って外へ飛び出していった。そのあと責任者が必死で引き留めようとしても無駄だった。大勢の人が興奮気味にわいわいがやがや声を上げながら避難所から文字通り逃げ出したのだ。緊急避難所に避難しているのは、全員が避難区域から来た人ばかりではない。オルレアンの高層マンションの住人で、衛生上の理由から立ち退かされた人も多い。向こうはもう水が出ているだろうか？　アネット・ドレイユも早く自分の家のバスルームでシャワーを浴びたかった。

「じゃあ他にどこに行けばいいんだ？」誰かが言った。

「ここにいるんだ！」兵士が答えた。

「こんなとこ、もう一秒たりともいたくないわ」アネット・ドレイユは周囲の騒音に負けないよう、大声で言った。

ヴァンサン・ボラールは何も言わなかった。アネットは彼の目の中に、もう二度と家に帰らせてもらえないのではないかという不安を見て取った。

「パリまでたったの一三〇キロよ！　なんとか行けるはずだわ。電気が復旧したら車にガソリンを入れることもできるし、タクシーをつかまえられるかもしれない。車だって借りられるかもしれないわ。いくらだって払うわ。それに、鉄道も復旧するかもしれないし」

ヴァンサン・ボラールは首をかしげた。

「わたしたちの家の方がここよりはよっぽど快適よ！」アネット・ドレイユは大声を上げた。当たり前のように「わたしたち」と言ってしまったことに気づいた。夫のベルトランはもういない。だがその状況に慣れることができずにいた。一人になったと考えるのは耐えられなかった。

「もちろん、あなたもセレストと一緒に来てね！」ヴァンサン・ボラールに向かって言った。そして、腕をつかんで人混みの中から引っ張り出し、ベッドの並ぶホールに連れていった。

セレスト・ボラールは自分のベッドの上に座り、三人の手荷物の番をしていた。

「二人はわたしたちの——わたしの——ところに来てちょうだい。自分の家に帰れるまで」アネットは自分が決めたことを二人に伝え、急いで荷物をまとめ始めた。
ボラール夫妻は黙ってアネットを見つめていた。だが、とうとうセレストがトランクを簡易ベッドの上に開け、服を詰め始めた。

ベルリン

「市民の怒りを、身をもって体験しました」内務省のロルフ・フィーインガーが報告した。「掠奪《りゃくだつ》、空き巣狙い、窃盗や凶悪犯罪事件の件数の正確なところはわかっていませんし、わかることはないでしょう。少なくとも二十の自治体で、この三日間で初めてではありますが、議員や役所が一部の住民に職権を取り上げられました。予想される通り、この地域の住民は秩序や安全を回復することができていませんし、そもそもそれを目指していないケースもあるようです。リンチ殺人に至ったものまで含め、私的制裁があったという報告を何件か受けていますが、まだ検証できていません。軍や警察は目下、これらの地域で統制を取り戻そうとしています。おおむね比較的上手《うま》くいっているようですが、抵抗する者もいるようです。後で相応の法的処分を受けることは分かっているのだから当然です。この件は中長期的に法律上、大きな問題に発展する見込みがあるため、解決策を見つけなければなりません。停電中におきた犯罪事件で裁判所は今後何年か手いっぱいになると思われます。早急に大幅な増員が必要ですが、これは非現実的でしょう。とすれば、別の有効な解決策を見つけなければなりません」

「たとえば軽犯罪者に対する恩赦だ」法務大臣が遮った。「一刻も早く国民の法的な安全を確保するためにも、恩赦を実施する必要がある」それから人差し指を高くかざした。「国民を安心させることが何よりも大切だ。話に割り込んですまなかった。続けたまえ」大臣はフィーインガーに詫《わ》び、報告を続けるよう促した。

「しばらくは逃亡した受刑者の逮捕に時間がかかりそうです」フィーインガーが続けた。「報告によれば、逃亡犯は約二千人いると目されています。そのうち四分の一が凶悪犯です。国民の協力が不可欠ですが、通達にはきわめて慎重を期さなければなりません。犯罪者に囲まれていると錯覚させてはいけませんし、自ら捕まえる気を起こさせてもいけません」一瞬息をついて、一口だけ水を飲んだ。

「それほど簡単にいくかね？」外務大臣が疑問を挟んだ。「国民は自主的に行動することに慣れてしまっている。お上が全く責任を果たせないでいるのに、言うことを聞くだろうか？」

「それほど自主的に行動しているとは言えないでしょう」フィーインガーが訂正した。「国民の約三分の一が用意された避難所に避難していますし、八割が水と食料の配給所を利用しているなど、国を頼っています。大半の国民が今後何週間、何カ月、あるいは何年も災害から立ち直るので手いっぱいになるでしょう。災害の長期的な影響が大きいことは間違いありません」

ブリュッセル

マンツァーノは笑いながら老人を抱きしめた。

「ブリュッセルには来たことがなかったから、いい機会だと思ってな」ボンドーニはそう言ってにやりとすると、マンツァーノの肩をたたいた。「若いの、顔色が悪いな！　おまえさんの話は聞いたぞ。あれは本当か？　テロリストをほとんど一人でやっつけたんだって？」

「ぼくは連中に近づいてもいませんよ」マンツァーノが応じた。それからボンドーニの娘ララを抱きしめた。ふたりは、給水が復旧するまでホテルの豪華なスイートルームに泊まっているのだ。

「きみの友達も無事帰れたのかい？」

「全員大丈夫よ」

「アントニオ・サルヴィを紹介しよう」ボンドーニはそう言って、後方に隠れていた痩《や》せぎすで頭の薄い男を前に押し出した。「この男の放送局がここの支払いを全部してくれてるんじゃよ」そう言って自分の泊まっている部屋を指した。「インスブルックからのチャーター機の代金もじゃ。わしのルポルタージュを製作したいらしい。わしのおんぼろフィアットに乗って、おまえさんがイシュグルに行ったと聞きつけて……」

マンツァーノは記者と握手をした。昨日から、世界中のリポーターがひっきりなしにホテルに電話を掛けてきて、マンツァーノに連絡を取ろうとしていたが、ホテルに頼んで部屋に電話を回さないようにしてもらっていた。こいつらはどうやってぼくが泊まっているホテルを突き止めたんだろう。幸いマンツァーノの携帯電話はハルトラントが押収した荷物や車と一緒にドイツに置きっぱなしだ。ボラールからは、本国に帰還する手配をしたと連絡があった。ブリュッセルでは、マンツァーノはまだ記者に見つかっていなかったのに。

「二、三、質問してもよろしいでしょうか……」サルヴィはここまでまだ一言も発していないシャノンを横目で見ながら話しかけてきた。

ここに至ってシャノンはマンツァーノの肩に手をかけ、自分のほうに引き寄せた。

「まずわたしと話してからね……」

「それで、山はどうでした？」マンツァーノははぐらかした。

「期待どおりだったよ」ボンドーニが答えた。「たいていのところより快適じゃわい。水、食料、薪の暖炉、若くて可愛い女性たち。なんでもある。最新技術なんてなくても平気さ」

「それですぐにもチャーター機でこの豪華ホテルに引っ越してきたわけですね」マンツァーノは笑いながらからかった。

「やはり最新技術がちょっとあれば、それに優《まさ》るものはないからのう」ボンドーニが首を横に振りながら言った。「おまえさんがかっさらっていった魅力的なスウェーデン女性はどこだね？」

オルレアン

アネット・ドレイユとボラール夫妻は、街中の凍りついた道を重い手荷物とトランクを持って歩いていた。ゴミが歩道にも車道にも散乱していて、悪臭が漂っている。公共交通機関はまだ復旧しておらず、道を走っているのは警察車両と軍の装甲車だけだった。通りがかったガソリンスタンドの多くは照明が消えているにもかかわらず、すでに行列ができていた。レストランやカフェ、軽食店はまだ閉まっている。タクシーはまだ一台も見かけていない。何度も人に道を訊《たず》ねてレンタカー会社までたどり着いたものの、店内は無人だった。なにを期待していたのだろう？

中央駅の二重ガラス屋根のホールには何千人もが避難していた。売店は閉まっていて、駅のカウンターには誰もいなかった。

三人はくたくたに疲れて荷物を床に置いた。セレストが荷物番をして、アネットとヴァンサンがパリまで行く列車は動いているか調べてくることにした。

何人かから話を聞いて、当初は不定期ながらも列車は走っていたが、一週間前からは一本も走っていないことが分かった。今日、パリ行きの列車があるらしいという噂も聞いた。だが、何時に出るのか、切符は要るのか、どこで買えるのかは誰も知らず、信憑《しんぴょう》性《せい》を証明することもできないので、噂は噂のままにとどまっていた。また、放射性物質を含んだ雲のせいでパリが立ち入り禁止区域とされ、そのため列車は首都に入れないという。

「確かなことはなにも分からない」ヴァンサンはアネットに合流すると、がっかりして言った。「電気は復旧したが、鉄道会社の職員は戻っていない」

「何でもスイッチを切るのはすぐにできるけど」とセレストが言った。「でも、いざまた動かそうとすると、けっこう時間がかかるものなのよ。喜ぶのが早すぎたわ」

ベルリン

レス事務次官が立ち上がったとき、この十二日間で彼は確実に六キロは痩せたわ、とミヒェルゼンは思った。

「まずは良い報告です。ドイツの広い範囲で通信網が復旧しました。ここにいる皆さんももう家族や友達と電話で連絡がとれたでしょうし、ニュースをインターネットで読んだり、テレビで見たりしたことでしょう。現状ではこれは大いに助かりますが、同時に、まさにこのことでこれから数日間、確実に問題が生じてもくるでしょう。はじめのうちは、停電の終結についてセンセーショナルな報道が続くと見られます。そのうえでわれわれは、国民が自立してやっていけるための情報を、できる限り多く提供していく必要があります。具体的にいえば、水と食料の供給に関する情報です。しかしながら、マスコミが危機の全容を報じたら、一気に苦情や非難が増えるでしょう。これは政府にとって、またすべての国家機関にとって、大きな危機であると同時に大きなチャンスでもあります。多くの質問が出るでしょう。われわれのシステムはなぜこんなに簡単に攻撃されたのか？　エネルギー会社にはどのような責任があるのか、どのような結果を考慮に入れておくべきだったのか？　危機管理システムがこんなにお粗末だったのはなぜか？　官庁の無線通信機の電源がわずかな時間で尽きたのはなぜか？　テロリストはなぜ、こんなに長いこと人目につかずに攻撃を準備できたのか？　電話網はなぜ、あっという間に崩壊してしまったのか？　原子力発電所はすべてがストレステストに合格していたのに、なぜこんな大事故を起こしたのか？　スマートメーターと将来導入されることになっているスマートグリッドは、実のところどれくらい賢《スマート》いのか？　そしてなによりどの程度安全なのか？　電力会社が絶対的な安全性を保証していないのに、ドイツの一般住宅は新築や改築の際に必ずスマートメーターを取り付けなければならないのはなぜか？　そのような基盤の上に、エネルギー網を再構築して責任をもてるのか？」

「それらについて、今後、議論していかなければならないことは確かです」環境大臣が言葉をはさんだ。「しかし、角をためて牛を殺すことになってはいけません。既存のシステムは無力化されました。だからこそ改善しなければ安全は確保できない。これから良くするしかない、そうですよね？」

「わたしは立場を表明するためにここにいるわけではありません」レス事務次官は穏やかに応じた。「今後予想される議論に向けて準備をするためです」

ブリュッセル

ソニャ・オングストレムは自分の笑い声は大きすぎるし、笑いすぎだと自覚していた。だが、ワインを五杯飲んだら、どうでもよくなった。フレール・ファン＝カールデン、クロエ・テルバンテン、ララ・ボンドーニ、ローレン・シャノンはもっと飲んでいるから、気づかれることもないだろう。ボンドーニを介してマンツァーノとシャノンに近づこうとしたイタリア人ジャーナリストが、放送局にプライベートジェット機まで出させて、ボンドーニをブリュッセルまで連れてきた話を面白がって何度も繰り返し、みんなで何度も笑った。

ホテルは速やかに営業を再開することができた。特に酒類は停電中、あまり消費されなかったので、みんなでバーにもたれながら大はしゃぎで次々とグラスを空けていった。ララの父親は、つつましい食事を終えて、部屋に寝に戻った。イタリア人ジャーナリストは全員に一通り運試しをしてみた後、ファン＝カールデンに狙いを定めて口説いていた。それはソニャ・オングストレムにとって好都合だった。ファン＝カールデンは、スキー場のヒュッテで過ごした晩と同様に、食事中ずっとマンツァーノにすり寄っていたのだ。それにしても、彼は本当にすごい顔をしている。抜糸していない額の傷、憔悴《しょうすい》したように頰がそげおちた顔。彼が怪我したことを知らない人は彼が歩かなければ、誰も怪我に気がつかないだろうが。少なくとも髭《ひげ》は剃《そ》ってある。二日前に初めて見た時の様子はひどいものだった。

ファン＝カールデンとイタリア人ジャーナリストを除いて、みんな踊っていた。オングストレムは、みんなが何事もなかったかのように楽しげに振る舞うのも不思議ではないと思った。今日は一週間以上も続いた不安、苦痛、絶望感を、騒いで忘れたいのだ。

マンツァーノは踊っている人たちを眺めていた。「愉《たの》しそうだな」そう言ってワインを飲みほした。「でも、ぼくは疲れた。ララの親父さんと同じ、年寄りなもんでね」

「わたしはそろそろ失礼するわ」そう言ってオングストレムはバーチェアから立ちあがった瞬間、かすかなめまいを覚えた。ファン＝カールデンの肩を軽くぽんとたたいて、ジャーナリストに手を振って挨拶《あいさつ》した。踊っている友人たちには声をかけずに立ち去った。

ホテルのロビーに向かう途中でマンツァーノが言った。「改めて謝らせてくれ。きみを巻きこんでしまって、すまなかった。他に行けそうなところが分からなくて……」

「二人を職場に連れて行くべきではなかったかもしれない」オングストレムが応じた。

「でも、そうして良かった」

「タクシーはつかまるかな？」マンツァーノが訊いた。

「大丈夫。ガソリンスタンドも営業を始めたし。うちの水道だけはまだ駄目だけど。でも、もう慣れちゃった」オングストレムは笑った。

「ぼくのところでシャワーを浴びれば」マンツァーノがにやりとして言った。「初めてじゃないんだし」

「部屋に誘いこもうとしているでしょ」

「もちろん」

ホテルの玄関前まで行くと、実際にタクシーが停まっていた。お別れの抱擁をし、キスを交わした。そしてもう一度。オングストレムはマンツァーノの手が背中や肩に触れるのを感じた。そして自分も彼の腰や首に触れているのに気がついた。二人は体を寄せ合ったままエレベーターへと急いだ。他の客は眼中になかった。二階で降りて、足早に廊下を抜ける。マンツァーノがポケットからカードキーを引っ張り出して客室のドアを開けた。彼女を部屋に押し込み、自分も部屋に引っ張り込まれた。彼女の手がセーターの下に入ってきた。マンツァーノは手をスカートの中に入れて、ヒップをまさぐった。二人は真っ暗な中をもつれあって歩き、転びそうになった。オングストレムはバランスを取り戻すと、まだマンツァーノの手にあったカードキーを取り、ドアの横のスリットに差し入れて部屋の電源を入れた。

軽くスイッチに指をふれると、部屋にほんのりと明かりがともった。

「照明をつけて、あなたのことを見たいの」オングストレムは首にマンツァーノのキスを受けながら耳元で囁《ささや》いた。

彼の手がスイッチに伸び、照明を消える寸前まで絞った。「でも電力は節約すべきだ。ぼくの顔なんか見ても綺麗《きれい》じゃないしね」

オングストレムは額の傷の横にキスをした。

「すぐ元通りになるわ」

ベルリン

ミヒェルゼンは何人かの同僚と車に合い乗りして一週間ぶりに帰宅した。ルートの関係で、彼女が最後になった。

街を車で走るのは不気味だった。建物の正面には再び広告や店の名前や会社のロゴが明かりを放っている。歩道にはゴミ袋が堆《うずたか》く積まれ、その多くは破れて中身が路上にあふれ出していた。車道にも食品などを入れる紙袋が山のように積み上がり、その山が車のヘッドライトの中に不意に浮かび上がる。ゴミの山のあいだを犬とネズミがうろつきまわっていた。

多くの家の窓には灯りがともっていた。人々は早々に避難所を出て自宅に戻ってきていたのだ。明日になって、水道は止まったままだし、スーパーも閉まったままだと知ったら、みんな怒りと落胆を募らせるだろうとミヒェルゼンは思った。まだ避難所に留まるようにラジオやテレビで呼びかけてはいる。しかし従わないからといって、責めることはできない。自分だっていま家に帰るところなのだ。しかも、明日出勤すれば、職場には水の流れるトイレがあり、シャワーがあり、食べ物もある。

前方の車道脇にある二台の車の残骸《ざんがい》の上から、カーブを描いた奇妙なものが高く突き出ていた。肋骨《ろっこつ》だ。通りすぎたときに見てわかった。死んだ動物の巨大な肋骨だ。

「あれは何?」慌てて運転手に訊いた。牛の肋骨にしてはあまりにも大きすぎる。

「聞いたところでは、動物園にいたゾウの残骸ですよ」運転手が落ち着き払って答えた。「今回の一件で、たくさんの動物が動物園から逃げ出しましたから」

ミヒェルゼンはキリンの母子のことを思わずにはいられなかった。

「ほとんどが飢えた人たちに食べられてしまいました」運転手が続けた。ゾウの肉って食べられるの? ミヒェルゼンはショックを受けて考え込んでしまった。

車のラジオからニュースが流れてくる。ヨーロッパのほとんどの国で、広い範囲で基本的な電力供給が再開され、放送局は徐々に大規模災害の様子を伝えるようになってきた。昼ごろ、最初にサン＝ローラン原子力発電所の悲劇とフィリップスブルク原子力発電所の事故が報じられた。これから何日か、悪いニュースには事欠かないだろうとミヒェルゼンは思った。スペインや英国、ドイツ、ポーランド、ルーマニア、ブルガリアで起きた化学薬品工場での事故、無数のさまざまな死亡事故、今回の一件の長期的な影響など。アメリカからも似たようなニュースが入っていた。

運転手が車を停めた。明朝迎えに来てもらう時間を申し合わせ、ミヒェルゼンは車を降りた。顔に冷たい雨粒が当たった。悪臭を放つゴミの山の間を足早に縫ってマンション内に入った。

部屋の空気は冷たく湿っぽく、どんよりしていた。照明はついた。長期の休暇から帰宅したときとあまり変わらない。危機対策本部で絶えずストレスにさらされたあとなので、また一人になれたことが嬉《うれ》しかった。職場から飲料水のボトルを何本か持ち帰ってきていた。そのうちの二本を使ってトイレを流した。

眠れそうになかった。赤ワインの栓を抜いてグラスに注ぎ、真っ暗な台所の窓辺に行った。ぐいと一口飲んで、外の夜景に目を向けた。街の灯りが見える。だがその灯りがだんだんとぼやけてきた。震えが全身を駆けぬけた。もはやこらえきれなくなり、わっと泣き出し、とめどもなく泣き続けた。

デン・ハーグ

よそのホテルに移られました、とホテルのフロント係が伝えた。あのお客様にどのようなご用件でしょうか？　男はリポーターですと言い、彼が事件解決に一役買ったのを知らないのですかと尋ねた。あのアメリカ人のジャーナリストほどではありませんが、やはり重要なのです。ああそうですか、彼女と出て行ったのですか。ホテルの名前を教えてもらえませんか、あのイタリア人にインタヴューしたいので。インタヴューしたがっているのはあなただけではありませんよ、とフロント係は応《こた》えた。お客様には、どなたであれ客室に電話を取り次がないようにと言われていました。そのあとでホテルを換えたのですか？　なぜだろう？　こちらのホテルに不満だったのですか？　そうかもしれません、とフロント係は言った。今はどこもまた電気が来てますし。まあそんなところでしょうね、有名人ですからね。フロント係は肩をすくめた。袖《そで》の下に一〇〇ユーロ札を一枚出す羽目になったが、男はマンツァーノの新しい宿泊先を聞き出した。そしてタクシーに乗った。

高級ホテルでデスクマネージャーにローレン・シャノンの同僚だと説明した。シャノンに呼ばれてきたのだと言って、デスクマネージャーを慌てさせた。今日ブリュッセルに発《た》たれましたよ。何も聞いていらっしゃらないのですか、とデスクマネージャーは訊いた。いいえ、こちらのホテルのお部屋はキープしたままです。さてどうしよう、きっと彼女はぼくに連絡し忘れたんだ。ブリュッセルのホテルを教えてもらえると助かるのですが。

デスクマネージャーは住所を書いてくれた。

十四日目　金曜日

オルレアン

「もうすぐ十時よ」アネット・ドレイユは息を切らしながら言った。「もうプラットホームに行ったほうがいいかもしれないわ。列車に乗りたい人はきっと大勢いるでしょうから」

アネットも、ボラール夫妻もトランクにもたれて夜を明かした。顔に浮かぶ不安の色は一段と濃くなっていた。ホールはそこら中に人が座りこんでいてすし詰め状態なので、横切るのは容易ではなかった。

アネットは駅の構内にあるパン屋を物欲しげな目でちらりと見たが、店にはシャッターが下りていた。まずセレストを、それからヴァンサンを助け起こした。ヴァンサンが帽子を脱いで髪を整えた。とっさにアネットは自分の髪を手ですいた。髪の毛が絡まっていないか、こっそり手を見た。なかった。三人は荷物をかかえて、プラットホームに向かった。プラットホームは押し合いへしあいで、線路に落とされる人も何人もいた。構うもんか、何がなんでも列車に乗らなければ。

デン・ハーグ

期待しすぎたみたい。政府の広報を出していたにもかかわらず、マリー・ボラールはがっかりしてバリケードでふさがれているスーパーの前に立ちつくした。わずかばかりの朝食をすませてすぐ、子供たちを連れて家を出たのだ。道は汚く、ところどころ荒れていたが、活気を取り戻していた。相変わらず軍がパトロールをしていて、頭上ではヘリコプターが爆音をあげていた。空気は饐《す》えたような臭いと冷えた灰の臭いがした。一軒目が無駄足になったあとも、さらに近所にある別の二軒に行ってみることにした。歩きながら、営業しているカフェかレストランがないか探したがどの店も閉まっていた。二軒のスーパーも閉まったままだった。いつ開店するかの案内もなければ、従業員もいなかった。

がっかりしたのはマリーだけではなかった。他の客が何人も下りたままのシャッターの前で怒声をあげたり、あれこれ訊きまわったり、議論をしたりしていた。

「ママン、寒い」ベルナデットが言った。

「うちに帰りましょう」

ちょっと回り道をして銀行の前を通りかかった。銀行は営業していた。希望の光だ！窓口には人が大挙しており、出入り口のところまで人があふれていた。

その向こうに腕が二本高々と突き出ていて、なだめるような手振りをしている。オランダ語で繰り返し何か叫んでいる。銀行の業務は本日再開しますが、現金の引き出しはまだできません。明日にはまた引き出せるようになります。ただ、引き出せる金額には限度があります。

だったら明日またここに来ることにしよう。三人は寒さの中家路を急いだ。マリーはまだコートも脱がないうちに、廊下の電話からパリの両親にかけてみた。昨日から何度もかけている。呼び出し音が十回鳴ったところで、受話器を置いた。ボラールの実家にかけてみた。こちらも誰も出なかった。

ブリュッセル

「おはよう」オングストレムがぱっと目を開けると、マンツァーノが声をかけてきた。オングストレムは眠たそうに目をしばたかせてマンツァーノを見てからあたりを見まわした。

「ホテルのぼくの部屋だよ」とマンツァーノが教えてくれた。「きみはシャワーを浴びるために残った」

「思い出したわ」オングストレムは伸びをして、バスルームに消えた。

マンツァーノは窓辺に行き、カーテンを左右に押し開けて朝日を眺めた。バスルームからシャワーの水音が聞こえてくる。ポーターの話では、このホテルは外交官や政治家がよく利用するため優先的に水が供給されているのだそうだ。だから、ブリュッセルの大半の家庭でまだ水が使えないのに、ここでは使えるのだ。

服を着て朝食サロンへ下りていった。長いビュッフェテーブルにはパンとチーズとハムが一種類ずつ並べられていた。他には小分けに包装されたチョコレート、水の入ったカラフ、紅茶とコーヒー。品ぞろえが少なくて申し訳ありません、と書かれた手書きのカードが添えてあった。できるだけ早くいつも通りの朝食を出せるよう努めております、と。

「おはよう！」シャノンがにやにやしながら二人に声をかけてきた。

ラップトップとコーヒーを前に、ひとりテーブルについている。マンツァーノとオングストレムを上から下まで眺めまわした。

「昨日は盛り上がったの？」

「そっちは？」

「どれくらい踊っていたか分からないわ」

「ボンドーニさんは？」

「まだ寝てるわ」

「あのイタリア人の記者は？」

「ラッキーなことにまだ見かけてないわ。あれだけ飲んだら当たり前よね」

パタパタとコンピューターのキーをたたいて何か打ち込んだ。

「ごめんなさい、メールよ。そろそろ行かないと。ボラールから何か新しい知らせはきた？」

もう一度二人をまじまじと見てから言った。「まあ、二人には他のことで忙しいか」

マンツァーノはシャノンの当てこすりが気に障った。

「何か食べて、コーヒーを飲みたいな」

シャノンはコンピューターをぱたんと閉じて、立ち上がった。「専属カメラマンをつけてもらったの」と説明する。「ボラールから何か新しい知らせが入ったら、必ずすぐに知らせてね！」シャノンは立ち去った。

マンツァーノは大きなため息をついた。「あのエネルギーは信じがたいよ」

オングストレムはマンツァーノの腰に手を回した。

「わたしたちもエネルギーを補給しましょう」そう言って、マンツァーノをコーヒーのあるほうに引っ張っていった。

イスタンブール

マジックミラー越しにボラールは日本人の取り調べの様子を見ていた。男は物静かで、落ち着いているようだった。他の容疑者と同じく、英語がすばらしく堪能《たんのう》であることを初めから隠しもしなかった。

数日前、容疑者の中にこの男がいることを知って驚いた者は少なくなかった。日本人のテロリストだって？　ボラールは一九九五年のオウム真理教による東京地下鉄サリン事件や一九七二年に日本赤軍がテルアビブ空港で起こしたテロ事件を指摘した。

日本人の男は身柄を拘束されてから二時間しか眠らせてもらっていない。隣接する六つの取調室では、七人の男と一人の女の取り調べが行われている。そのうち三人は撃たれて怪我をしていたため、早めに切り上げられ、治療をうけていた。突撃の翌日にヨーロッパ各国の諜報機関やCIAが到着し、かわるがわる、ときにはトルコの当局と協力しながら取調を進めていた。テロリストたちはこれまでの経緯についてはまだいっさい口を開いていない。逆に、攻撃したこと自体はあっさり認めている。彼らの主張は、世界に新しい時代をもたらすためには攻撃は必要だった、というものだ。ボラールが興味深く思ったのは、少数派《マイノリティ》について否定的な発言がないことだ。それはテロリストにはよくあることで、ふつう反感の対象によって左派か右派に分けられるものなのだ。

「われわれをここに拘束し、拷問して幾らもらっているんですか？」日本人が取調官に訊いた。

「拷問はしていない」

「睡眠を奪うのは拷問です」

「こちらが知りたいことは、多くが緊急を要するものなんだ。答えてくれれば寝かせてやる」

「あなたの給料でロールスロイスは買えますか？」

この日本人は人事部長のような話し方をするとボラールは思った。

トルコ人の取調官は動じなかった。「わたしの給料は関係ない」

「いいえ、関係あります」と、日本人は穏やかに反論した。「あなたの上司は買えます。上司にお金を払っている男たちは高級車で駐車場をいっぱいにできる。あなたがここで汚れ仕事をしている間に、彼らは豪邸で七十二人の処女をはべらせていますよ」

「がっかりさせて申し訳ないが、そういう話は信じない」

「これが公平なことだと思いますか？　あなたはわたしのような男と夜を過ごさなければならないのに、彼らは美女とフェラーリでドライブしているのですよ」

「ここでは公平不公平の話をしているわけではない」

「では、何の話をしているのですか？」

スリープになっていたボラールのコンピューターが立ち上がった。ビデオチャットの画面にクリストポロスの顔が映っていた。

「これを見てください」とその顔が言って、コードが並ぶ別の画面が現れた。「偽コードです」

四十八時間以内にブロック・コードがなければ第二フェーズを実行せよ
「何を実行するんだ？」ボラールが聞いた。

「それはまだ分かっていません」クリストポロスが答えた。

「わかっているのは、ドラゲナウのSCADAコードの実行ではないし、イタリアもしくはスウェーデンのスマートメーターについて何か実行するのでもないということだけです。これまでの攻撃戦略の分析では、ソフトウェアにはこのようなコマンドは必要ないので」

ブリュッセル

「まさにそういうコマンドのことを言ったんですよ！」マンツァーノは怒鳴った。

ボラールの顔は青みがかっているが、それはきっと照明のせいだろう。いつになったらユーザーがゾンビ顔にならないカメラがラップトップに組み込まれるのだろうか。

「システムのどこかに隠された時限爆弾はまだ眠っています」とマンツァーノは言った。

「もしかして全体ではないかもしれないが、少なくとも一部にはある。これは実行されていないいんじゃありません。ブロックされているだけです。少なくとも四十八時間は。ブロックされないと、ドッカーン！　また最初からやり直しだ」

シャノンとオングストレムはマンツァーノの肩越しに画面を覗《のぞ》いていたが、ボンドーニ同様、画面に映らないようにラップトップのカメラの視界の外にいた。

「攻撃してからどのくらいたつ？」オングストレムが小声で言った。

「ほぼ三十時間だ」マンツァーノはざっと計算してささやき返した。

「でもブロック命令は攻撃の直前に出されたとは限らないわ」シャノンがひそひそ声で言った。もしかすると前日にもう送られているかもしれない。

「もしそうだったらきみがもうその結果を報道しているよ」マンツァーノが小声で言い返した。

「何をぼそぼそ言っている?」ボラールが訊いた。

「RESETのデータベースに入らせてください」マンツァーノが求めた。「それからイスタンブールとメキシコシティのログを全部ください!」

ベルリン

「経済の分野にどのくらい影響があるかは予測困難です」財務省のヘルゲ・ドムシャイトが報告を始めた。

会議室のメンバーの大半が昨日より元気そうだとミヒェルゼンは思った。目の下のクマも薄くなったし、背筋もしゃんとしているし、なんといっても雰囲気がよくなった。ギスギスしていないし、集中しているようだ。ミヒェルゼンも昨晩はいつの間にか眠っていた。

「製造業に関しては、大半の企業が業務を停止しています」ドムシャイトが報告を続けた。「多くの企業は向こう何日間もしくは何週間、原料や部品が不足して、生産ラインが停止したままでしょう。生産工場はその多くが損傷し、なかには壊滅状態に陥ったところもあります。たとえば金属工業の高炉がそうです。製造途中にあった多くの製品が破損しました。エネルギー業界の最近の例を挙げますと、風力発電機の風車は高温で何時間もかけて、言ってみれば焼き上げなければなりませんが、その途中で電気が止まり、高炉が停止すると、その製品は当然のことながら、もはや使い物になりません。食品製造の問題についても報告が入っています。エネルギーの供給が不足しています。既存の原子力発電所の一〇パーセントが重大な損傷を受け、修理には何ヵ月もかかるでしょう。そうなりますと、製紙、セメント製造、アルミニウム製造など、大量のエネルギーを必要とする工業部門は操業再開までにはかなり時間がかかるでしょう。可能であればですが、停止してからあまり時間のたっていない原子力発電所を再稼働することも検討することになるかもしれません」

「それは論外だ！」環境・自然保護・原子力安全大臣が憤慨して口を挟んだ。

「フィリップスブルクとブロックドルフの事故の後では、国民の理解を得られない」

「産業界からはその要請が出されることは確実です。その心積もりは必要でしょう。ドイツの経済を支えてきた中小企業もまた、電力不足の打撃を受けます。中小企業はさらに大きな問題に直面します。大企業ほど注目されないために、銀行の融資を受けることが難しいのです。今後数ヵ月、数年でドイツ経済が大きく落ち込むのを避けるためには、大規模な支援プログラムを構築しなければなりません。それでもなお」と彼は悲観的な口調で続けた。「ドイツが経済大国の座に返り咲けるかどうかは疑問です。今回はアメリカによるマーシャルプランは期待できません。あちらもこちらと同じぐらいの被害を受けています。それに、援助が必要なのはドイツだけではありません。ヨーロッパのすべての国が必要としているのです。それはすなわち、重要な貿易相手国を失うということであり、回復するにしても、かなり時間がかかるでしょう。これはほんの序の口です。中期的には、新興国市場にとっては輸出相手国であるヨーロッパやアメリカなどの消費国側の市場規模が少なくともこれまでよりは縮小するため、中国、インド、ブラジルなどの国々では、近いうちに失業率が上昇し、その結果、社会問題や政情不安に苦慮することになるでしょう。これによって、近年の大規模な成長市場が失われます。悪循環です。支援プログラムがなければ我が国でも失業率は急上昇するでしょう。社会への影響はまだ不透明です。経済研究者の中には、中南米のように、中間層は消滅し、ごく一握りの富裕層と多数の貧困層に二極化すると予想する人もいます」

「政治的な対応をとることで歯止めはかけられるだろう」首相が言葉をはさんだ。

「過半数の同意が得られれば……。わたしが懸念するのは、この事件の長期的な影響がどういうものになるのか、これまでの社会や経済問題にこれと似た前例はあるのか、ここにいるわたしたちも含めて、多くの人間にはいまだにわからないことです。ただ過去の過ちを繰り返してはなりません」

「景気対策の財源はどこから持ってくるんだ?」と外務大臣が訊いた。「被害を受けた国の大半が元々財政赤字を抱えていたし、財政が破たんした国もある」

ドムシャイトは外務大臣の視線に表情一つ変えなかった。それについては「財務大臣のほうから説明があると思います」

デン・ハーグ

「どんなブロック・コードだ? ブロックされないとどうなるんだ?」ボラールはそう問いただしながら、取調室の机に片手をついて大きく身を乗り出し、もう一方の手の人差し指でプリントアウトした紙をコツコツと叩《たた》いた。

「知らないと言ったはずですが」向かいにいるフランス人の容疑者が答えた。この同国人を母語で取り調べていたボラールは、フランス人が実行犯の一員だったことで激怒していた。フランス人は昔から声高に変化を求めてきたし、その際暴力に訴えてもきた。

「いいか」ボラールは監視カメラに声を拾われないように声をひそめ、容疑者の胸ぐらをつかんだ。「ブロック・コードが何のためか言わないせいで、ヨーロッパかアメリカのどこかでまた停電が起きて、このうえまたさらに大勢の人間が死んだら、俺は態度を変えるぞ。全く違う扱いをする。そのときは睡眠が足りないどころではすまないぞ」

こういう脅しは法にふれかねないことは分かっている。自分自身に腹を立てながら容疑者から体を離した。

「そんなことは許されませんよ」容疑者の男が叫んだ。「拷問と脅迫は禁止されています」

「だれが脅迫した？」

「あなたです！　人権に反します！」

ボラールは再び身を乗り出し、額がくっつきそうなほど顔を容疑者に近づけた。

「人権に反するだと？　何百万人もが飢え、渇き、凍え、病院で治療を受けられなかった。その人たちには人権はないのか？　ブロック・コードはなんのためだ？」

「本当に知らないんです」容疑者は言い張った。顔は青ざめ、額には汗が浮かんでいる。厳しい尋問の訓練は受けていないらしい。そのうち倒れるだろう。ボラールはどこまで追及すべきか考えた。

でも、本当に何も知らないとしたら？

ベルリン

「良い報告です」フォルカー・ブルーンス財務次官が報告を始めた。「大半の銀行の支店が営業を再開しました。国民へのお金の供給はひとまず確保しました。それからあまり良くない報告もいくつかあります。銀行の取り付け騒ぎが起きないようにするため、引き出し金額は当分一人につき一日、一五〇ユーロまでに制限されます。ヨーロッパの証券取引所は来週半ばまで開きません。アメリカの株式市場も同様です。技術的にはすぐにでも再開できますが、まず、一息入れて一連の事件を消化する必要があります。先週金曜日の最終の取引終了までヨーロッパとアメリカの主要銘柄の株価指数は約七〇パーセント値下がりしました。二週間前は株価が総額何百億もあったドイツの企業も、今では大金持ちであれば容易に買収できるでしょう。ユーロは欧州中央銀行が買い支えていたにもかかわらず下落しました。これは原油とガスの輸入が必要なことを考えますと、大問題です。輸入価格が極端に高騰するため、十分な量を購入できなくなる可能性があります。別の側面からエネルギー供給が崩壊しかねません。幸いなことに――と言うのはシニカルな言い方かもしれませんが――アメリカが攻撃を受けたあと、今週になってドルも下落しました。原油とガスはドル建てなので、輸入価格は多少安くなります。これに関して付け加えますと、我が国の戦略的な原油と燃料の備蓄は何カ月分かありますし、多くの場合、価格は長期的な契約に基づくので、燃料高騰の影響が出てくるのは何カ月か先になるでしょう」

それから一息つき、報告を続けた。「証券市場と原材料市場の動向は予測不可能です。停電が終息したことで、積極的な値動きをみせるかもしれません。一方、市場は先週、状況の悪化に反応できませんでした。たとえばポルトガル、スペイン、ギリシャの軍事クーデターも何らかの影響を与えるでしょう。ドイツ国債の格付けは、金融危機で最悪だった時期のギリシャ、アイルランド、イタリア、スペイン国債よりはるかに悪いものです。現在、金融市場での資金調達は期待できません。これはドイツ政府が数ヵ月後に債務不履行に陥って、公務員給与と年金を支払えなくなることを意味しています。多くのヨーロッパ諸国はもっと早い時期にこの問題に直面するでしょう。国際金融市場は崩壊の危険にさらされています。今の問題に比べれば、これまでの金融危機など他愛もないものです。少なくとも最悪の事態を避けることが政治に求められています。今から……」そこで腕時計をちらりと見た。「四時間後にG20首脳、欧州中央銀行頭取、米国連邦準備理事会委員長、国際通貨基金《IMF》代表、世界銀行頭取がテレビ会議を行い、シナリオを議論する予定です」

パリ

オルレアン発パリ行きの列車は延々と時間がかかった。路線上にある大きめの駅すべてに停まったからだ。アネット・ドレイユはそれに驚いたが、少なくとも家へ向かってはいる。それに三人は座席を確保していた。ボラール夫妻は席に座るなりすぐに寝入ってしまった。アネットはずっと窓の外を眺めていた。あそこの畑で土を掘り返したら埋められた死者がどのくらい出てくるのだろうか？　結局気をまぎらせてくれたのは車内の喧騒《けんそう》、特に子供たちの声だった。ベルナデットとジョルジュが元気だといいけど、とアネットは思った。

午後遅く、三人はパリに到着した。ボラール夫妻が他の何十人もの乗客とともにタクシー乗り場で待っている間、アネットはもしかするとさらに先へ進む助けになるものがあるかもしれないと、駅の構内に駆け戻った。駅の案内窓口には職員がいた。だが、周りに大きな人だかりができていたので、タクシー乗り場に戻った。タクシーが一台現れると、待っていた人が我先にと押しあいへしあいを始めた。さらに二台やってきた。どちらもタクシーの標識はつけていないが、そのうちの一台がヴァンサン・ボラールの目の前に停まった。運転手が助手席の窓を下げて聞いた。「どちらへ？」

アネットが家の住所を告げた。「一五〇ユーロだ」男がふっかけてきた。

「それは……」アネットは言いかけたが、ぐっとこらえた。タクシー料金表では本来三〇ユーロ程度の距離なのに。

「分かりました」顔をこわばらせて答えた。

「乗りな」

運転手はドアのロックを解除した。他の人たちがどっと押しかけてきて、恥知らずな運転手にもっと金を出すと持ちかけたが、ボラール夫妻がすでに乗り込んでいた。

「半額前払いだ」運転手が後部座席に手を伸ばしてきた。

アネットが払った。

「どこから来たんだ？」男は車を出しながら、好奇心丸出しで聞いてきた。

「オルレアン」アネットはそっけなく答えた。暴利を貪《むさぼ》る男とは話したくない。

「なんてこった……」男は叫んだ。「あそこは立ち入り禁止区域だろう。ニュースでそう言っていたぞ」

アネットは指にからまってきた髪の毛のことを思い出さずにはいられなかった。

「オルレアンは違うわ」と答えた。「あそこの避難所にいたの」

「いや、そうだ」男は言い張った。道路はオルレアンよりずっと汚く、動物の膨れ上がった死骸《しがい》まであった。こちらでもほとんどパトカーと装甲車くらいしか走っていなかったが、タクシーは時速八〇キロしか出していなかった。男が笑いながら言った。「まあパリにいるおれたちだって似たようなものさ」

男のもってまわった言い方にアネットは不快感を覚えたが、訊かずにはいられなかった。「どういうことですか？」

「爆発を起こした原発のほうから雲がこっちに流れてきたって話だ。でもたいしたことはないと政府は言っている」男は肩をすくめた。「そのあとの雨で洗い流されたからもう危険はないって、そう主張してるわけだ」そう言って投げやりな仕草をした。「まあ、信じておくことにするさ。そうでもしないと、おちおち生きてもいけないからな」

アネットは一言も返さなかった。さりげないふうを装って髪をすき、こっそりと手を見た。

「何か必要な物はないか？」男があっけらかんと尋ねた。「食べ物は？　水は？　調達してやれるよ。近ごろ簡単には手に入らないからな」

「ありがとう。でも結構です」アネットは頑として断った。

家の前で法外に高い料金を払い、車のナンバーを記憶した。家の中が外みたいに臭くなっていないといいのだけど。三人はゴミの山をよじ登って乗り越え、建物の玄関にたどり着いた。

アネットはドアを開けると、ため息まじりに言った。「やれやれ、やっと着いたわ」

部屋の空気は少し淀《よど》んでいたが、外の悪臭は入ってこない。アネットは荷物を置いて電話をかけに行ったが、通じなかった。小走りにベルトランの書斎のコンピューターのところに行った。ボラール夫妻もついてきた。息子夫婦が孫を連れてデン・ハーグに引っ越して以来、彼らも最新の通信機器を使っていた。アネットはコンピューターを立ち上げて、スカイプを起動させ、娘の名前をクリックして発信した。数秒後、少し映像が歪《ゆが》んだ画面にマリーの顔が現れた。アネットは目頭が熱くなった。スピーカーをとおしてマリーの声が聞こえてきた。

「あなたたち！　来なさい！　おじいちゃんとおばあちゃんよ！」マリーがまた画面のほうに向きなおった。「ああ、神様。ママン、また顔を見られて嬉《うれ》しいわ！　みんな無事？」

ブリュッセル

「何百万とあるわ」シャノンが悲鳴をあげた。「探し出すのに何年もかかっちゃう」

マンツァーノは猛烈な勢いでキーボードを叩《たた》いた。

「きみにももう分かるだろう。ちょっとしたスクリプトを書いているところだ。ぼくがRESETのIPアドレスを見つけるときに、ファイアーウォールのログに何をしたか、覚えていないかい？　あと少しで完了だ」

「そのスクリプトで何を探すの？」

「ファイアーウォールのときとほとんど同じものだ。あるIPアドレス宛てに四十八時間ごとに繰り返し送られている送信データを探す。これでよし」

マンツァーノがリターンキーを押すとプログラムがログのデータを検索し始めた。

マンツァーノはビデオチャットに切り替えてボラールを呼び出した。しばらく待ったが、ボラールは応答しなかった。

イスタンブール

「フランソワ、フランソワ、そこにいるの？」

くぐもったマリーの声がコンピューターから聞こえてくる。ボラールは画面をじっと見つめた。妻の青ざめた細面がぼんやりと浮かんでいる。ボラールは涙をこらえた。「パパが……」妻の声が途切れた。「パパをもう一度……掘り返して、パリで埋葬しなくては」

そう言うのはもう三度目だった。その事実はマリーにとって、父親が死んだという知らせと同じくらい残酷なことだった。

「すまないが……」ボラールはしゃがれ声で言った。「もう切らないと。気をつけて。またすぐ会えるから。みんな愛してるよ」

しばし身動きもせずに座っていた。子供たちのこと、妻のことを考えていた。家に帰らなければ。マリーの両親に向こうに行ってもらった。あそこなら安全だと思って。ロワール川沿いの牧歌的な丘陵地帯ならば。一瞬、シャンボール城の前の芝生で蝶《ちょう》を追いかけていた少年時代がよみがえった。少年時代を過ごした場所にはもう二度と戻れない。ベルナデットもジョルジュも二度とあそこで遊べない。

ボラールはぱっと立ちあがって、駆けていき、手近な取調室に飛び込んだ。アメリカ人の捜査官が二人がかりでギリシャ人の男を締め上げていた。男のシャツの腋の下と襟元にくっきりと汗の染みができていて、唇が震えていた。

アメリカ人には目もくれず、男の胸ぐらをつかんで立ち上がらせた。

低い耳障りな声で言った。「おれの義父が数日前にサン＝ローランの近くで死んだ。心臓麻痺《まひ》だった。誰も助けを呼べなかった。サン＝ローランだ。あそこで何が起きたか知っているだろう？」

　ギリシャ人の男は目を見開いてボラールを見つめ、動かなかった。もちろん知っている。

「おれの両親はな」ボラールはあえぎながら言った。「先祖代々暮らしてきた家を出ていかなければならなかった。おれもその家で育った。おれの子供たちもあの家が大好きだ。もう誰も二度とあそこには戻れない」

　拳《こぶし》の関節部分を男の喉仏《のどぼとけ》に押し当てた。男の恐怖心が伝わってくる。怖がっているのを感じた。「どんな感じがするか分かるか？」ボラールは続けた。「もう死ぬとわかっていて、もがき苦しんでいながら、誰も助けてくれない。それがどういうものか」

　男が逃れようとして顔をそむけるのを感じ、手に力を込めた。男の眼がうるみ始め、やがて涙があふれた。ボラールが本気なのが伝わったようだ。

「このブロック・コードは」一段と低く耳障りな声で訊いた。「四十八時間ごとに発信されなければならないことになっている。何のためだ？　あれで何をブロックしている？　時間はあとどのくらい残されている？　吐け、この自惚《うぬぼ》れたクソ野郎！」

　男の全身が震え始め、涙がふっくらした頬をつたった。

「し……知らない」男は哀願するように言った。「本当に知らないんだ！」

彼は急ぎ足で受付嬢のところに行った。とても急いでいるふうで、片手をいかにもせわしげにカウンターに置いた。体はもう目指す方向を向いたまま、訊いた。ピエーロ・マンツァーノの部屋はどこだったかな？　訊かれた受付嬢は客室乗務員のようなスカーフの付いた、青い制服のようなものを着ていた。急いでいることを強調するため、腕時計にちらりと目をやった。受付嬢はコンピューターで懸命に調べ始めている。自信ありげに行動すれば簡単にうまくいくものだ。

五一二号室です。

ありがとう。

「まだ何件か残っている」マンツァーノが言った。

「何が？」シャノンがカメラを回しっぱなしにしながら訊いた。

「特定のＩＰへの定期的なログだ」マンツァーノはいくつかのネットワークアドレスを指さした。シャノンとオングストレムはよく見ようとマンツァーノの肩越しに身を乗り出し、ボンドーニは椅子を寄せてきた。

「これと、これと、これは知っている。メキシコシティの拠点のものだ」

ビデオチャットでデン・ハーグのクリストポロスを呼び出すと、数秒で応答してきた。

「ここにIPアドレスのリストがあります」マンツァーノが話しかけた。「大至急、この中にすでに持ち主が割れているIPアドレスがないか照合してもらいたい」

言いながら、リストをメールに添付してユーロポールに送った。

「本当に急いでいるんです」

「何か疑っているんですか？」

「そうです」

「できるだけやってみます」

インターネットがまたスムーズに繋《つな》がってくれて本当に助かる、とマンツァーノは思った。電気が来ているかぎりは。

「また連絡します」そう言って交信を切った。

「ぼくだったら、ブロックコマンドを最後の最後に出すなんてことはしないな」考えていることを声に出して言った。「そんなことになれば出すのを忘れかねない」

「それに」とシャノンが続けた。「複数の人間がコマンドを送れるようにしておかないと。一人が出せなくても」

「自分たちがあの拠点にいたとして」オングストレムが考えながら言った。「作動ボタンをブロックしなくてはならない立場にあったら、何をどうしたか」

「わたしだったら昼間のうちにコマンドを出しておくわ」シャノンが言った。「そうすれば、自分はまず安全だもの」

「複数の人間ですれば、拠点に誰かがいる限りブロックできることになる」

「ぼくだったらアラームを作成したと思う」マンツァーノが言った。「時間切れになる前に誰もブロックしなかった場合のことを考えて」

「そもそも何でブロックするんだ？」ボンドーニが疑問を差し挟んだ。「ブロックしなければもう一度停電が起きるだけだ。奴らの望むところじゃないか」

「無駄な火薬を使わないためだ」マンツァーノが言った。「ブロックは、電力供給システムに埋め込んだ時限爆弾が爆発して停電が起きないようにするためのものだ。でも停電中は時限爆弾に点火する必要はない。今まさにぼくたちがいるこの状況を想定していたんだ。インターネットが復旧して、テロリストが拘束されているという。もし今、時限爆弾が新しい不正プログラムを起動させたら、また振り出しに戻る」

「同じようなパターンを見つけることはできる？」シャノンが訊《たず》ねた。

「もちろん」マンツァーノは答えた。「ぼくたちの考えが正しいかどうか疑わしい。まずは簡単なケースからテストしてみよう」

言葉をかわしながら、検索用パラメーターのスクリプトを書き換えた。

「初めに、残っているＩＰに定期的にアクセスがあったか調べてみる」

コマンドを打ち込むと、数秒後にコンピューター画面に結果が出た。

「まったくない。では別のバリエーションを試してみよう。複数の人間が不定期に同じＩＰにアクセスしたか」

ビデオチャット画面で誰かが呼びかけてきた。クリストポロスだった。マンツァーノが応じた。

「はい？」

「ＩＰリストを送りました。背景が分かっているＩＰアドレスはマークをつけてあります」

「どうも」

マンツァーノがリストを見ると、半分以上に黄色いマークが付いていた。

「いいぞ。これで選択肢が狭まる。最新の検索結果と比べてみよう……」

データを更新してリストと比べた。

「まだ多すぎる」

もう一度クリストポロスを呼び出した。

「ログのリストを送るので、大至急、ＩＰにどんなデータが送られたか調べてくれませんか」と頼んだ。「ブロックコマンドを探しています」

「こっちのキャパを超えています」クリストポロスが答えた。「データを見られるようにしますから、自分で調べてください」

「それでは時間が掛かりすぎます！」

「すみません！　こっちは本当に忙しいんです」

「分かった、送ってください」マンツァーノが怒鳴った。即座にメールが届き、彼はデータベースにログインした。データベースには二ヵ所のテロリストの拠点にあったサーバーとコンピューターのデータがすべて保存されていた。

マンツァーノは一つひとつIPリストの送信時間と送信先、保存されたデータを照合していくしかなかった。まずはIP毎にデータを調べていった。IPが時限爆弾装置のために作られた可能性は高かった。少なくとも自分だったらそうする。

誰かがドアをノックした。

「わたしが出るわ」オングストレムが言った。

手間がかかりすぎるとマンツァーノは思った。一つひとつIPリストに載っている時刻とコンピューターをチェックしてから、データバンクを検索しなければならない。それに危険だ。自分が正しければ、一秒たりとも無駄にはできない。外から「ルームサービスです」という声が聞こえてきた。

七回目の検索で見つけだした。

「これかもしれない」そう言ってマンツァーノは最後にコマンドが送信された時刻を確認した。四十七時間二十五分前だった。

「文字と数字」ボンドーニが呟《つぶや》いた。「これが読めたら……」

「彼ならできる」背後から誰かが英語で言った。

マンツァーノは振り返った。ドアのところにオングストレムが立っていて、首筋にはナイフが光っていた。彼女の頭の後ろに、黒い巻き毛の頭が見える。男は口髭《くちひげ》を生やしていたが、すぐに誰だか分かった。ボラールの捜査本部にいたとき嫌と言うほどその男の顔写真は見ていた。

ホルヘ・プカオはオングストレムをマンツァーノのほうに押し出した。彼女の目に恐怖の色が浮かんでいた。マンツァーノは全身がこわばった。

「ローレン・シャノン。シャノンは命令に従った。カーテンの紐《ひも》を持ってきて、友達をみんな縛るんだ」

シャノンは命令に従った。震える指でカーテンの止め紐を引きちぎり、まずボンドーニの手を後ろで縛った。

「今からでもいい。われわれに協力しないか」プカオがマンツァーノに訊いた。

「おまえの仲間はもういない」マンツァーノが応じた。

プカオは憐《あわ》れむような笑いを浮かべた。「もちろんまだいるさ。何十億人もいる。西洋文明と暴力的な資本主義に抑圧され、搾取されるのはもううんざりだと思っている人間はな。政治家、銀行家、経営者を名乗る少人数の犯罪者のグループに支配され、騙《だま》され、略奪されるのにうんざりしている人々だ。テラスハウスや団地、会社や工場で勇気がなくてグズグズしているのにはもう我慢できない人々だ。ピエーロ、きみも辟易《へきえき》している人間の一人だろう」そう言ってマンツァーノの鼻先にナイフを向けた。プカオの口調から説教臭さが消え、親しげなものに変わった。「きみはわれわれの側の人間だ。そしてそれはきみにも分かっている。それとも腐敗しきった政治家たちに反対してデモをしたことを忘れたのか？　ジェノヴァでグローバル化の不公平さを訴えて戦っただろう？　きみは年を取ってしまったのかもしれない。幻滅したのかもしれない。だが夢を忘れたとは言わないでくれ」

「ぼくの夢では何十万人もが飢えて、渇いて、治療を受けられないまま死んでいったりはしない……」

「夢ではそうかもしれないが、現実はそうではない！　何十年もの間、毎日、世界中で人が死んでいる。そのことに対してジェノヴァでは怒っていたんだろう！　今でも腹を立ててるはずだ！　ただし昔の同志たちとお上品にワイングラスを傾けながらね」

マンツァーノをじっと観察しながら訊ねた。「違うか？」

プカオは痛いところを突いてきた。それはマンツァーノも認めざるを得なかったが、今はそんなことにかまってはいられない。ブロックコマンドを送信しなければならないのだ。

「ぼくとおまえの夢が同じだったとしても」とマンツァーノは言った。「実現方法はまったく違う。それは確かだ」

「だから今まで何も変わらなかった」プカオが落ち着いて答えた。「六九年世代もそうだ。デモをして、コミューンに住んで、石を投げた。で、今そいつらはどうなった？　豪邸を買うために銀行の幹部や医者、弁護士、企業のロビイストになった。彼らは何を成し遂げた？　金持ちはますます金持ちになって、貧乏人はますます貧乏になる。今の若者は曾祖父《そうそふ》の世代みたいに保守的でノンポリで腰ぬけだ。環境はますます破壊された。

もっと説明を続けようか？」

彼は話を続け、その間にシャノンがマンツァーノの手首を縛った。プカオは紐の結び目を確認すると、話を続けた。「いつ、何によって本物の変化が起きた？　現実社会が変わり、新しいシステムが導入されたのはいつだ？　民主主義がヨーロッパ貴族の支配に、後にはファシズムにとってかわったのは？　アメリカで植民地支配が終わったのはいつだ？　大災害の後だ。大衆は生存の危機を体験することが必要だ。命以外に失うものが何もなくなって初めて、新しいことのために戦える」

「そんなの出鱈目《でたらめ》よ、何ごたくを並べてるのよ！」シャノンが叫んだ。「東ヨーロッパの共産主義の崩壊はどうなの？　中南米諸国で軍事政権から民主主義に変わったのは？　アラブの春は？　世界大戦が起きる必要なんてなかったわ！」

「黙って手を動かせ」プカオは命じ、シャノンにナイフを向けて脅した。「世界中で何十年以上も戦争が続いた後で共産主義が崩壊した。冷戦を忘れたか？　ああ、そのときみはまだ子供だったか」

「で、あなたは賢い老人だったわけ？」シャノンが言い返した。マンツァーノは目配せをして止めさせようとした。

だが、プカオは議論が気に入ったようだ。話を聞いてもらえるのが嬉《うれ》しかったのかもしれない。「きみは戦争の何たるかが全然分かっていない」プカオが講釈を始めた。「南米ではアメリカとヨーロッパが傀儡《かいらい》政権を介して残酷にも軍事力を行使し、何万人もの犠牲者を出した。その後は、国際通貨基金《IMF》と世界銀行、既存の政権がいわゆる新興国の競争力を押さえつけた。似たようなことがアラブ諸国でも起きた。だから民衆が蜂起したんだ。われわれの攻撃は、ヨーロッパと北アメリカだけでは苦しみが足りなかったせいか、反乱にも、より良い社会への転換にもいたらなかった。だが、今あきらめるわけにはいかない。ここでやりとおせれば、すべては変わる」

プカオはオングストレムの手がちゃんと縛られているか確認した。

「自分の言っていることがわかってるの?」オングストレムが言った。「あなたは、自分が攻撃しようとしている人たちと同じことを言っているとしか思えない。くだらないスローガン、天国に行くためには犠牲が必要だ、火による浄化、痛みをともなう改革が必要だ、そうして初めてすべてがよい方向に向かう……」

四人はソファに座らされた。

「自分用の紐を取ってこい。おれが縛ってやる」プカオがシャノンに命令した。

「そんな言葉で、おれは挑発されやしない」シャノンを縛りながらオングストレムに向かって言った。「おれの言っていることは、すでに先人たちが知っていた。セネカを読んでみろ。『地上から星への道は平穏ではない』昔の神話でも宝を手に入れるためには怪物を倒さなければならない」

「外では人間が死んでいるのよ!」

「それは恐ろしいことだし酷《ひど》いことだが、仕方がない。ハイジャックされた飛行機みたいなものだ。最悪の事態を避けるためには撃ち落とすしかない。大勢の人を救うためには、誰かが死ななくてはならない」

「くそったれ！」シャノンが罵倒《ばとう》した。「それはあなたが決めることじゃない！　あなたがしているのは、そのハイジャックの犯人と同じことよ！」

「いかれてるわ」オングストレムがマンツァーノに囁《ささや》いた。

プカオはシャノンの手首を紐できつく縛り、他の三人のところに押しやった。「猿ぐつわはしたくない。もう一度叫んでみろ、即刻皆殺しにするぞ」

とにかく理性的になれとマンツァーノは言いたかったが、こういう人間には理性に訴えても無駄だとわかっていた。

「心配はご無用」シャノンはつっけんどんに言い返した。「もうあなたと話すことはないわ」

プカオはその言葉を聞き流してコンピューターの前に座り、データをチェックした。

マンツァーノは何ができるか必死に考えた。

「この野郎」プカオが小声で言って、ぱっと振り向いた。「おまえは何もわかってない。何一つわかってない。警察に撃たれたというのに」

マンツァーノは怒りが込み上げてきたが、今理性を失ってはいけないとわかっていた。

「すべて筒抜けだ」努めて穏やかに言った。

「ずっと、おれたちは、長い時間を……」プカオはそう言って、視線を宙にさまよわせた。「どうやって見つけた」やっと尋ねた。

マンツァーノは本当のことを言うべきか、しばし迷った。目の前にいる男は誇大妄想的で無慈悲なナルシシストだ。少しでも批判的なことを言ったら何をするかわからない。

「ぼくのコンピューターからメールを送ったのはおまえか？」

「……そういうことか」

マンツァーノは黙った。もし本当にそれをしたのがプカオだったら、まさに決定的な間違いを犯したことに気付いたはずだ。

マンツァーノは話をしながら、背中の後ろで縄を解《ほど》こうとしたが、シャノンはしっかりと結わえていた。

「おれが作成した」とプカオが言った。「アップしたのは別の奴だが」

「上手《うま》くできている」とマンツァーノは応じた。「だからこそ警察はすっかり騙された。だがそっちのサーバーからぼくのコンピューターに保存したやつはクビにした方がいい」

プカオはスペイン語らしき言葉で何かブツブツ言った。マンツァーノには何を言っているのか分からなかったが、罵倒しているようだった。

「サーバーの安全を管理していたやつらもクビにしたほうがいい」さらに言った。「いまどき優秀な人材を集めるのは難しいからね」

「黙れ」プカオは腕をさっと振った。「おまえが今何をしようとしているのか、おれが気付かないとでも思ってるのか？　見え透いたことを言うな」

「悪口だって言えるわよ」シャノンが冷たく言った。「この馬鹿野郎！」

　プカオが薄笑いを浮かべた。

「ああ、君は悪い警官《バッドコップ》役か。挑発には乗らないと言ったはずだ」

　彼は立ち上がった。

「退屈な会話だ。お互いにお別れをしろよ。みんな居合わせて、お気の毒さまだな。本当はピエーロに会うためだけに来たんだが。おまえには本当にいらいらさせられたよ。知っていたか？」

「同じようなことを最近よく言われる」

「では、諸君。ここにいる皆さんはもう、おれが人を巻き添えにすることをいとわない人間だとご存じだな」

「他のやつらと同じ穴のムジナということだ」ボンドーニがつぶやいた。

　プカオはソファの背にまわり、ナイフを持ったまま、オングストレムの髪に手を伸ばした。

　マンツァーノがぱっと立ち上がった。一瞬、全員が驚いて硬直した。プカオが動きを止めた瞬間に、他の三人も立ち上がった。プカオはオングストレムの髪をつかもうとしたが、手は空をきった。マンツァーノは数歩後退し、他の三人も少し離れた。

　プカオは我に返り、隣の部屋に続くドアを閉めると、ゆっくりとソファを回り込んだ。

「逃げられると思うか？」

マンツァーノはさらに後退し、コンピューターが置かれている机のかたわらまで行った。シャノンとオングストレムは別々の方向に逃げて、部屋の両側に分散した。

プカオはボンドーニに近づいた。「このじじいが一番とろそうだ」

ボンドーニは急いでソファの後ろに行き、ソファを挟んでプカオと向かい合った。

プカオがソファに飛び乗った。

「行くぞ！」マンツァーノは叫ぶなり突進し、プカオの脇腹に力まかせに頭から突っ込んだ。プカオはバランスを崩し、ソファの背もたれの向こう側に落ちたが、すぐに立ち上がった。ボンドーニは逃げずに、膝《ひざ》を蹴飛《けと》ばした。プカオは崩れ落ちた。マンツァーノは手を縛られたまま何とか立ち上がり、ソファの背もたれを乗り越えて、プカオの肩に体当たりした。二人はもつれあって向こうの壁にぶつかった。マンツァーノは胸に燃えるような痛みを感じた。シャノンが背後からプカオの股間《こかん》に猛烈な蹴りを入れた。プカオの体が二つ折りになった。その手にナイフが握られているのがマンツァーノには見えた。ナイフは柄まで血まみれになっていた。シャノンがプカオをもう一度激しく蹴った。マンツァーノは息苦しさをこらえ、全身でプカオにのしかかった。二人はもつれ合って床に倒れこんだ。自分の顔のそばで、オングストレムの足がプカオの顔を踏みつけるのが見えた。プカオの唇が裂け、血沫が飛び散った。マンツァーノは何とか立ち上がろうとして、膝をついた。プカオのシャツに血の染みが広がっている。オングストレムがプカオを一心不乱に蹴り続け、マンツァーノは両膝をついたままプカオの上に体を投げ出した。

「ナイフ！」マンツァーノは眩暈《めまい》を感じた。「ナイフはどこだ？」プカオは両腕で頭をかばっている。手には何も持っていない。

「ここだ」ボンドーニが答えた。彼は両手を縛られたまま、ナイフでシャノンの手首を縛っている紐《ひも》を切ろうとしていた。両手が自由になるとシャノンは片足をプカオの頭にのせ、全体重をかけた。マンツァーノはなんとか膝をついて体を起こし、動かなくなったプカオを覗《のぞ》きこんだ。シャノンはボンドーニとオングストレムの手を縛っている紐を切り、最後にマンツァーノの手の紐を切った。それから残っていた紐でプカオの手首と足首を縛りあげた。瞼《まぶた》と唇が切れて血が出ている。プカオは瞼をピクピクさせながら苦しそうに息をして、目を開けた。

「ミスが多すぎたな」マンツァーノはうめくように言って、プカオに体当たりしたときにぶつけた左胸を手で押さえた。肋骨《ろっこつ》が折れたに違いない。「おまえのような完全無欠な男にとっては初めての経験だろう」

それからコンピューターに駆け寄った。目の前が暗くなってよろけたが、踏みとどまった。

あと十分。コマンドはどこだ？　これだ。送信。頼むから正しいコードであってくれ。どうしてキーボードが血だらけなんだ？　すべて合っていればいいのだが。目の前のコンピューターの画面が霞《かす》んだ。ビデオチャットの画面。クリストポロス。

「どうしました?」

荒い息をしながら言った。「あるIPアドレスとブロック・コードを送信しました。探していたのはそれだと思う」どうして息ができないんだ?

「どうしたんです?」クリストポロスが大声で言った。

「もう一度確認を。頼む。急いで。いますぐ」とだけ答えた。頭が机につきそうなほど傾いている。顔を上げてかすれ声でつぶやいた。「あと九分しかない」

「何ですって?」

「いいから早くしてくれ!」

「ピエーロ!」オングストレムが叫んで駆け寄った。シャノンも続く。オングストレムはマンツァーノの胸に手をあてた。切り裂かれたシャツの下の裂け目から血がどくどくと流れ出てくる。オングストレムは傷口に手をしっかり押しあてた。

マンツァーノは痛みで気が遠くなった。力が抜けて椅子からずり落ちるのを感じた。シャノンが抱きとめた。体が冷えてきた。オングストレムが覗きこんでいる。どうしてそんなにおびえた目をしてるんだ? 遠くのほうで名前を呼ぶ声がする。何度も、何度も。その声がだんだん小さくなっていく。眠りたかった。マンツァーノは瞼を閉じた。

クリストポロスは無事やり遂げただろうか? 寒い。眠たい。

十九日目　水曜日

パリ

　玄関ホールに入るとボラールはフラッシュの嵐に出迎えられた。立ち止まって、手で目を覆いながら、どんな有名人を待っているのかと訝《いぶか》しんだ。それから自分の名を呼ぶ声が聞こえた。報道陣がマイクを突きつけて、質問をあびせてきたが、うるさくて何を言っているのか聞き取れない。子どもたちを守ろうと両手を広げたが、ベルナデットは脇をすり抜けて、カメラに笑いかけ——ボラールが仰天したことには——舌をつき出した。報道陣はいっそう激しくフラッシュを焚《た》いたが、大勢の人が笑っていた。ボラールは緊張がほどけた。自分がここに来るのをどこから知ったのだろう、そもそも、どうして自分なんかに関心があるのだろう？

　待っている人の中に両親と義母の姿を見つけた。ベルナデットとジョルジュは三人に駆け寄って抱きついた。最高の被写体だ。何秒間かすべてのカメラがこの再会シーンに向けられた。その隙にボラールとマリーは報道陣の横をすり抜けた。

「名誉大勲章を授与されるって、本当ですか！」群がる人々の間からそんな声が聞こえてきた。

「テロリストはもう全員捕まったんですか？」

「ご家族はデン・ハーグでどうやって生き延びたのですか？」

「CNNのジェームズ・ターナーです。ユーロポールを辞めるって本当ですか？」

「大統領にはいつ会うのですか？」

「次期内務大臣候補にあがっていますが、それについて何かひとこと」

ボラールは質問にいっさい答えなかった。マリーの腕を取り、待っている家族のところに行った。子供たちは興奮しながら祖父母たちに話しかけている。この瞬間、祖父が死んだことは忘れているようだ。ボラールは妻の腕をぎゅっと握って、そばにいるよと伝えた。マリーはすぐに母親を抱きしめた。

やっと警備員が駆けつけて、家族をマスコミから守ってくれた。警備員に助けられてタクシーにたどり着いた。家族はすでに中に乗り込んでいる。それからボラールは報道陣のほうを向いた。

「お出迎えありがとうございます。ですが、わたしは犯人逮捕にかかわった多くの人間の一人でしかありません。お礼ならば彼らに言ってください。これ以上のコメントはありません」

ボラールが乗り込むと車はすぐに走り出し、質問の嵐はすぐに遠のいた。

二十三日目　日曜日

ミラノ

ドゥオーモの屋根の上には爽《さわ》やかな風が吹いていた。眼下には街の明かりがきらめいている。大聖堂の前の広場では何千人もの人々が何日も前から反政府デモを繰り広げ、電力供給状況の改善を要求していた。車の音がぼんやりと聞こえてきたが、デモの声の方が大きかった。

「ここに来たのは初めてなんだ。信じられるかい？」マンツァーノが尋ねた。

「たいていそんなものじゃないの？」オングストレムが言った。「自分の住んでいるところの近所だと、いつでも行けると思いがちなのよね。でも案外行かないものよ。誰かが遊びに来て初めて行くとか」

プカオのナイフはマンツァーノの胸を切り裂き、肺にまで達したが、命に別状はなかった。それでも何とか診療を再開していた病院に、数日間は入院しなければならなかった。退院後もマンツァーノはブリュッセルに残り、オングストレムは休暇を取った。二人はホテルで静養し、友達や家族に電話し、メールを交わし、テロの二週間をどうやって乗り越えたかを互いに知ろうとした。

インターネットもテレビも問題なく機能している。マスコミの取り上げるテーマは決まっていた。ホルヘ・プカオ、そしてメキシコシティとイスタンブールにいたテロリストたちの取り調べは続いていた。逃亡していたボルドゥイン・フォン＝アンゼンはアンカラの空港で逮捕された。シティ・ユスフもじきに捕まるはずだ。事件の全容が解明されるまでには何年もかかるだろう。事件の影響を克服するのにはおそらくもっと長くかかる。

基本的な電力供給は再開されたにもかかわらず、多くの地域では概していまだに供給状況がよくなかった。原子力発電所や化学製品工場で起きた事故のせいで、広い地域で人が住めなくなり、何百万人もの住民が故郷を追われた。経済は今後何年も崩壊したままだろうし、厳しいデフレになると見込まれている。最終的に死者が何人に上るのかは今もってわからない。ヨーロッパとアメリカでの死亡者数を合計すると、今後長期にわたって出るであろう犠牲者を別にしても、百万人単位になるという話もある。しかしそれでもなお、事態はもっと悪くなってもおかしくなかったのだ。ホルヘ・プカオの逮捕後、ITの専門家が不正プログラムを見つけた。ネットを通じてヨーロッパとアメリカを再び機能停止状態にするものだった。犯人たちの動機を知らされると、人々は激昂《げきこう》し、リンチを求める声が高まった。しかし、そのわずか数日後には災害を未然に防ぐことができず、国民が期待したほどすばやく復旧させられない政府に対する怒りが高まっていった。騒乱が増え、ポルトガルやスペイン、ギリシャなどで新しくできた軍事政権は選挙で選ばれた政党に権力を返さなかった。

プカオとその仲間たちは結局、少なくとも破壊の目的だけは達成したのかもしれない、とマンツァーノは思った。だが、今はそのことは考えたくなかった。彼はオングストレムの肩に腕をまわした。縫った胸の傷口が痛んだが、屋根の海の向こうに、夜の帳《とばり》の中できらきらと輝く街の明かりを眺めて愉《たの》しんだ。下の方からは群衆が唱えるスローガンがかすかに聞こえてくる。そうして二人はしばらく無言で佇《たたず》んでいた。

マンツァーノのズボンのポケットの中で携帯電話の音が鳴り、メールの着信を告げた。

携帯電話を取り出してメッセージを読んだ。

「ローレン・シャノンは無事アメリカに着いたよ」オングストレムの耳元でささやいた。

「わたしにはプカオが正しかったとはどうしても思えない」オングストレムはそう言って、ドゥオーモ広場でデモをしている蟻のように小さい人々を眺めた。

「ぼくもだ。ぼくたちなら別の、もっといい形でやれる」周囲の景色を眺めながら、オングストレムの腰に手をまわした。

「これからはもっとここに来ようと思う」

オングストレムもマンツァーノの腰に手をまわした。「わたしもよ」

解説

千街晶之

二〇一一年三月十一日に東日本大震災が起こるまで、多くの日本人は電気や水を、まるで空気のように当たり前に存在するものと錯覚していたのではないだろうか。

そんなことはない、電力会社にも水道局にも料金を払っているのだから、空気と同じなどと思ってはいなかった——という反論は当然あるだろう。しかしそれは逆に言えば、お金さえ払えば、ごく自然に電力会社なり水道局なりがサーヴィスしてくれるものと思い込んでいたということではないだろうか。スイッチを押せば灯が点《とも》り、蛇口をひねれば水が流れる、それがあまりに当然の生活でありすぎて、大切なライフラインであることを日常的には意識していなかった——それがかつての私たちではなかったか。もちろん、実際にそれらのライフラインに職業的に関わっていたひとは別だろうけれども。

しかし東日本大震災の直後から、被害を受けた東北各県では電気や水がない生活を強いられる地域があり、その一部は復旧までに相当な時間がかかった。首都圏にもその被害は及び、にわかに節電が叫ばれ、それまで誰も想像すらしなかったような輪番制の計画停電が実施された。当たり前のサーヴィスとして享受していたものが、非常時においては如何に脆《もろ》かったか、今更のように日本人は思い知らされたのである。

いや、思い知らされたのは日本人だけではなかったようである——ということが、マルク・エルスベルグの小説『ブラックアウト』（原題 BLACKOUT Morgen ist es zu spät）から窺《うかが》える。本書が日本の東日本大震災と、その後の社会の変容を視野に入れて構想された作品であることは、その内容から明らかだ。

マルク・エルスベルグは、一九六七年、ウィーンに生まれた。オーストリアの新聞「デア・スタンダード」のコラムニストとして知られており、現在は戦略コンサルタントと広告のクリエイティブディレクターとしても活躍している。本書は彼の小説家デビュー作で、ドイツの Blanvalet Verlag 社から二〇一二年三月に刊行され、ドイツ語圏で高い評価を集めている。

本書をひとことで言えば、十数日間におよぶヨーロッパ大停電を描いたパニック小説である（日本を舞台に同じようなテーマを扱った福田和代の話題作『TOKYO BLACKOUT』〈二〇〇八年〉と比較して読むのも一興だろう）。停電の始まりはイタリアとスウェーデンだったが、やがて他のヨーロッパ諸国にも次々と拡大する。この停電を原因とする災禍は日を追うごとにどんどんエスカレートし、機能停止状態に陥った全ヨーロッパでは水や食料などを求める争いや暴動が多発、次第に無法地帯と化してゆく。

そのさなか、イタリア人プログラマーのピエーロ・マンツァーノは、電気メーターに見慣れないコード番号が表示されていることに気づき、やがてこの大停電が人為的なものではないかという可能性に思い当たる。この前代未聞のパニックの裏に秘められた陰謀とは？

見ての通り、上下巻、かなりの分量の大作である。しかも登場人物が非常に多く、馴《な》染《じ》みが薄いヨーロッパ各国の地名が頻出し、場面転換も相当目まぐるしいので、上巻の前半あたりまではなかなか物語に入りづらいかも知れない（正直なところ、私もそうだった）。そういう読者には、とっておきの読み方をお薦めしたい。まず主人公であるピエーロ・マンツァーノ、EUの情報監視センターに勤務するスウェーデン人女性ソニャ・オングストレム、ドイツ内務省危機管理・国民保護局の局長代理フラウケ・ミヒェルゼン、パリ在住のアメリカ人ジャーナリストであるローレン・シャノン、そしてユーロポール（欧州刑事警察機構）のフランス人職員フランソワ・ボラール——この五人の名前と立場を先に覚えておくことだ。彼らが主要キャラクターだということさえ念頭において読めば、この小説は驚くほどわかりやすい話になる。他の登場人物は、彼ら五人との関係性によって記憶していけばいい。また、時々挟み込まれる「司令センター」という項では、犯人グループのトップと思われる人物の不気味な述懐が紹介される。この見えざる人物が何を目論《もくろ》み、真実を暴こうとするマンツァーノの動きにどのように立ちはだかるかが、スリルを盛り上げる効果を果たしている。

マンツァーノは自宅の電気メーターの異常をきっかけに、そのメーターがヨーロッパの中でもイタリアとスウェーデンで真っ先に導入された事実を知り、メーターが人為的に操作された可能性を世間に訴えようと、電力会社や警察やEUなどを回る。しかし、マンツァーノは凄腕《すごうで》のハッカーであり、かつて企業や国のコンピュータ網に侵入したために有罪判決を受けたり、検察による汚職捜査絡みのデモに参加して拘留されたりした経歴があるため、左翼活動家嫌いのボラールをはじめとする警察サイドからはあまり快く思われていない。またマンツァーノのほうも、過去の経験により警察という組織に不信感を抱いている。この互いの不信感が、マンツァーノの主張が受け入れられるまでのタイムラグを生み、また彼自身にとんでもない災難を齎《もたら》すのである。マンツァーノは優れたハッカーであり、不屈の意志の持ち主であるものの、決して万能のヒーローではないので、彼の活躍によっても事態はそう簡単には収束しない。というか、一人物の活躍で早々に収束する程度のパニックを、著者は書く気などさらさらないのである。

大停電を計画した犯行グループは、途中でマンツァーノの存在に気づき、彼を排除しようとする。犯行グループと捜査陣の双方を敵に回すかたちとなったマンツァーノは、地獄と化したヨーロッパを逃走する身となる。このあたりから、物語はノンストップ・サスペンスとしての正体を現して加速する。満身創痍《そうい》のマンツァーノの逃走劇と並行して、ヨーロッパの平穏と秩序はとめどもなく崩壊してゆく。交通網は麻痺《まひ》し、食品などの奪い合いが起き、フランスでは原子力発電所で爆発が発生し、刑務所からは大勢の囚人が脱走する。水が流れなくなったトイレには汚物が溜《た》まり、病院は医療もままならない状態となる。タカ派の政治家は中国などの非同盟国家がテロに関与した可能性を主張し、ひとびとは疑心暗鬼に陥ってゆく。動物園から脱走したキリンを目撃してドイツ政府の要人たちが呆然《ぼうぜん》とするくだりは、人間と動物の区別が失われてゆく状況を象徴していてことのほか印象的である。

ここまでの大パニックにはならなかったにせよ、私たちはつい最近、似たような体験をした筈《はず》だ。震災により電気・水道・ガスなどのインフラは破壊され、一部のひとびとはペットボトルの水などの買い占めに走った。住人がいなくなった家などを狙って、被災地では窃盗などの犯罪が起きた。地震や津波による直接の死者以外にも、高齢者を中心に、避難所で命を落とす例が相次いだ。東京電力福島第一原子力発電所の事故では、現場で必死の復旧作業が行われる一方、政府は右往左往し、電力会社幹部は責任逃れに走り、付近の住民はいつ終わるとも知れぬ避難を余儀なくされ、原発安全神話は完全に崩壊した。反原発か現状維持かをめぐる双方の非難合戦は、事故から一年以上経った今も収まる気配がない。被災地に今なお大量に積まれている瓦礫《がれき》の受け入れをめぐっても、他の地域でトラブルが続いている。多くのボランティアが現地入りして被災者を助け、「絆《きずな》」という言葉が称揚された反面、日本という国は他者への不寛容、弱者への無慈悲で覆われつつあるようにも感じられる。

もともとマスコミ畑の人間であるエルスベルグは、そんな日本の様子を報道などでつぶさに目にしたのだろう。そして、もしヨーロッパで同じようなパニックが人為的に引き起こされたらどうなるかをシミュレートし、想定し得る災厄のすべてを、この一作で描き尽くそうとしたに違いない。単に、テロリストに徒手空拳《くうけん》で立ち向かうヒーローを描きたかったのであれば、ここまで大勢の登場人物は要らないし、ヨーロッパ各地の出来事を同時進行で詳細に描く必要もない。それらの要素を、デビュー作であるが故の詰め込み過ぎなどという技術的な問題と捉《とら》えてしまえば、本書に籠《こ》められた著者の思いを無視することになってしまうだろう。絵空事のヒーロー物語ではなく、あくまでも現実に起こり得るパニックを可能な限りリアルに描き、それに警鐘を鳴らすこと――それが本書の第一目的のように思えるのである。

もちろん、日本で起こったパニックをそのままヨーロッパを舞台に移しかえてもリアリティは生じない。四方を海で囲まれた日本とは異なり、ヨーロッパ諸国の殆《ほとん》どは地続きである。二度の世界大戦で荒廃したヨーロッパでは、戦後の冷戦期に統合の気運が高まり、さまざまな統合体が生まれた。一九九三年に発足したEUは、現在二十七カ国が加盟する大型共同体となっている。しかし、昨今のギリシャをはじめとする各国の財政破綻《はたん》を原因とするユーロ通貨危機が世界経済に影響を及ぼし、幾つかの国でユーロ離脱の声が上がるなど、地続きであるが故の危うさをも抱え込んでいる。

本書で描かれているのは、まさに地続きだからこその共倒れ的な電力危機のありようであり、パニックである。ヨーロッパという、複雑に交錯する無数の糸で織り上げられた一枚の巨大なゴブラン織が、電力インフラという一本の糸が抜き取られただけでずたずたになってゆく、壮大な滅びの情景である。ここから読者は、日本と共通する危機についても、またヨーロッパ独自の事情についても知ることが出来る。この力作が、既に大きな災禍を経験した日本の読者にどのように受容されるか、大変気になるところである。

本書は、実在する企業に言及し、まったくこのとおり、あるいは似たような経過をたどったであろう現実的な経過がテーマになっているにもかかわらず、フィクションである。

本書に登場する人物、事情、思想及び会話は架空のものである。

ブラックアウト　下

マルク・エルスベルグ

猪股《いのまた》和夫《かずお》・竹之内《たけのうち》悦子《えつこ》＝訳

角川文庫　17507

平成二十四年七月二十五日　初版発行
平成二十四年九月　十　日　再版発行

発行者—井上伸一郎
発行所—株式会社角川書店
東京都千代田区富士見二—十三—三
電話・編集（〇三）三二三八—八五五五
〒一〇二—八〇七八

発売元—株式会社角川グループパブリッシング
東京都千代田区富士見二—十三—三
電話・営業（〇三）三二三八—八五二一
〒一〇二—八一七七
http://www.kadokawa.co.jp

印刷所—暁印刷　製本所—本間製本
装幀者—杉浦康平

定価はカバーに明記してあります。

エ 5-2　ISBN978-4-04-100254-4　C0197

角川文庫発刊に際して

角　川　源　義

第二次世界大戦の敗北は、軍事力の敗北であった以上に、私たちの若い文化力の敗退であった。私たちの文化が戦争に対して如何に無力であり、単なるあだ花に過ぎなかったかを、私たちは身を以て体験し痛感した。西洋近代文化の摂取にとって、明治以後八十年の歳月は決して短かすぎたとは言えない。にもかかわらず、近代文化の伝統を確立し、自由な批判と柔軟な良識に富む文化層として自らを形成することに私たちは失敗して来た。そしてこれは、各層への文化の普及滲透を任務とする出版人の責任でもあった。

一九四五年以来、私たちは再び振出しに戻り、第一歩から踏み出すことを余儀なくされた。これは大きな不幸ではあるが、反面、これまでの混沌・未熟・歪曲の中にあった我が国の文化に秩序と確たる基礎を齎らすためには絶好の機会でもある。角川書店は、このような祖国の文化的危機にあたり、微力をも顧みず再建の礎石たるべき抱負と決意とをもって出発したが、ここに創立以来の念願を果すべく角川文庫を発刊する。これまで刊行されたあらゆる全集叢書文庫類の長所と短所とを検討し、古今東西の不朽の典籍を、良心的編集のもとに、廉価に、そして書架にふさわしい美本として、多くのひとびとに提供しようとする。しかし私たちは徒らに百科全書的な知識のジレッタントを作ることを目的とせず、あくまで祖国の文化に秩序と再建への道を示し、この文庫を角川書店の栄ある事業として、今後永久に継続発展せしめ、学芸と教養との殿堂として大成せんことを期したい。多くの読書子の愛情ある忠言と支持とによって、この希望と抱負とを完遂せしめられんことを願う。

一九四九年五月三日

角川文庫海外作品

Xの悲劇
エラリー・クイーン
越前敏弥＝訳

聴力を失った元シェイクスピア俳優レーン氏が緻密な謎解きを繰り広げる本格ミステリの不朽の名作、20年ぶりの決定版新訳！ 解説・有栖川有栖

Yの悲劇
エラリー・クイーン
越前敏弥＝訳

ドルリー・レーンの推理が明かす思いもよらない犯人とは？ 長く読み継がれるミステリ史上最高の傑作を、読みやすい新訳で。解説・桜庭一樹

Zの悲劇
エラリー・クイーン
越前敏弥＝訳

サム元警視の娘ペイシェンスとドルリー・レーンは、真犯人をあげ、無実の男を救うことができるのか。疾走感溢れるミステリ。解説・法月綸太郎

レーン最後の事件
エラリー・クイーン
越前敏弥＝訳

七色の髭の依頼人、消えた警備員、稀覯本のすりかえ。そしてついにミステリ史上最も有名な「意外な犯人」現る！ 新訳・悲劇の四部作ついに完結。

和をもって日本となす　改訂版(上)(下)
ロバート・ホワイティング
玉木正之＝訳

日米の文化的差異を、ベースボールというスポーツを通して見事に浮き彫りにした画期的名著。新たな書き下ろし原稿を加えた改訂版で登場。

東京アンダーワールド
ロバート・ホワイティング
松井みどり＝訳

東京のマフィア・ボスと呼ばれた男の生涯が明らかにする、日本のアンダーワールド。政府と犯罪組織の深い絆、闇のニッポンの姿がここにある！

東京アウトサイダーズ　東京アンダーワールドII
ロバート・ホワイティング
松井みどり＝訳

世界中のアウトローたちが一攫千金を夢見て集まる街、東京。日本の闇社会と繋がる彼らは今も暗躍を続けている。知られざるニッポンの真実。